鐵之骨

鉄の骨

池井戸潤

Jun Ikeido

目錄

第一章　圍標課

1

從下午開始下的雨，變成傾盆大雨。

「真糟糕。」

設置於工地的臨時事務所只有一臺小型電視機。昨晚十點多，事務所所長永山徹夫看著電視上的氣象預報喃喃自語。這是春季的暴風雨。

永山今年五十五歲。他在快五十歲時離婚之後，就過著單身生活，即將邁入退休年齡。

他的頭髮稀疏，臉晒得黝黑，樣貌粗獷，身穿工作服，不知為何盤腿坐在折疊椅上，手中拿著裝了酒的杯子。這副模樣看起來不太像建設工地的所長，反倒比較像工地現場的工人。

永山並沒有參與施工，因此其實可以穿著西裝，可是他幾乎沒有穿著工作服以外的服裝出現過，還說「我穿這樣比較適合」。

工作大致結束後，永山對富島平太說「陪我喝一杯吧」。平太喝著酒，每當聽見雨水發出「刷～」的聲音被風吹過來，就會回頭看黑暗的窗外。

桌上雜亂地放著喝了一半的一公升酒瓶、柿之種米果花生（註1）以及仙貝。仙貝是平太在信州上田的老家寄來的。母親說要感謝大家平日在職場上的照顧，常常寄送蘋果、梨子、葡萄等水果過來，不過當生產季節結束、沒有特產可送時，就會莫名其妙地改送仙貝等乾燥食品。不論平太對母親說了幾次不用操心，她都當作沒聽見，每兩個月就會從鄉下寄送紙箱給他。平太的老家是兼職農家，母親並沒有上過班，因此完全沒有考慮到（或者應該說根本無從想像）一大早捧著行李搭通勤電車的辛苦。

「這下子明天就麻煩了，阿徹。」

皺著眉頭說話的是工程承包公司的社長安岡。安岡與永山認識很久，只要是永山經手的大廈，他通常都會是承包業者之一。兩人雖然是委託方與承包商的關係，但更像是長年的朋友，說話口吻很親暱。對永山來說，與其找不知道工作表現如何的新業者，不如選擇長年合作、彼此信任的對象比較安心。

「沒辦法勝過天氣。」

永山回答。在進度原本就過於緊湊、幾乎是連日趕工的工地，遇到下雨是很大的打擊。尤其是灌漿不能在雨天進行，因此會造成整個程序順延，直接影響到進度，工作的延遲也會波及到次日以後。為了補回拖延的進度而要求工人加班，就會

註1　柿之種米果花生：柿之種是柿子種子形狀的米果零食，與花生搭配的招牌商品（柿ピー）是很受歡迎的佐酒零食。

導致成本上漲，使工地現場的收支惡化。所長低聲對安岡說「到時候就拜託你了」，而平太也多少了解其中真正的含意。所長是在拜託安岡的公司也稍微提供補貼。

安岡沒有回答，只是取出 hi-lite 香菸，用喝太多酒而幾乎在顫抖的手點火，抽著菸沉默不語。

安岡的公司狀況沒有樂觀到可以輕鬆答應。

他喃喃說出毫無根據的話，讓平太感到傻眼。然而——

「天氣會放晴的。」

過了一晚，天氣晴朗到彷彿昨晚的暴風雨是一場夢，迎接春光明媚、日照和煦的一天。這無疑是安岡的祈禱（或者應該說是執念）實現了。

此刻工地有幾十名工人在工作，為不久就要開始進行的灌漿作業做準備。彷彿占據整片基地、像迷宮般的地基上，前幾天還搭建著裸露的鋼筋。建築首先完成水泥柱與梁的部分，接著一層層澆置預拌混凝土。除了本日預定進行的四樓部分之外，樓房的全貌幾乎已經完成。

八點開始在工地舉行朝會與廣播體操之後，等水泥泵浦車到達，樓房建造關鍵程序之一的灌漿作業就開始了。

建築工地的工人平常個性都很粗獷，不過只有這個時候，所有人都以稍微謹慎一些的表情，關注著送出水泥的管子震動、注入模板的水泥逐漸增高。

平太很喜歡這個程序。

在打好地基、綁紮鋼筋製成的骨架上，光是出現鳥居型的水泥模板，看起來就更接近建築物。此刻水泥正澆灌到樓房最高層的四樓牆壁部分，等到這項工程結束，樓房建造工程就度過最大難關。

平太自大學畢業後，進入中堅建設公司一松組工作三年，這段期間一直待在工地現場。每次看到灌漿工程，他心中就會照例湧起新鮮的喜悅。

天氣這麼好，只要安全無恙地結束這項工程，就有希望在工期之內完成。

平太正感到安心的時候，那幅景象突然跳入他的視野。

在沿著建築搭建的鷹架上，有兩名工人正在抽菸。他們身上穿著紫色工作褲、黑色長T恤，頭戴土黃色安全帽，脖子上圍著毛巾，一看就知道是土肥建設公司的年輕工人。工地禁菸是一松組徹底要求的規則。

「喂！田卷！」

平太呼喚其中一名男子。這個建築工地大約有一百名工人在工作，不過平太已經記住幾乎所有人的名字。雖然說是承包商的人，可是如果委由承包公司的負責人提醒工作態度有問題的人，就無法徹底執行規則，因此平太會直接提醒自己發現到的問題。

田卷芳治的工作態度惡劣，也不是現在才開始的，但是即使平太提醒他，他也沒有回應。這種人就像不良高中生直接變成大人，根本聽不進同輩的平太提醒。

平太再度呼喚名字，田卷便一邊和身旁的夥伴閒聊、一邊俯視這個方向。即使看到平太，他的臉色也沒有改變。

「香菸！」

平太對田卷怒吼，但田卷卻面露嘲諷的表情假裝沒聽見，把頭轉向旁邊，和夥伴說了些話捧腹大笑。

平太感到惱火，從階梯衝上田卷等人所在的四樓鷹架。田卷應該能夠從鐵板發出的聲音察覺到平太接近，但他卻連頭也不回。

「喂，這裡禁菸。」

平太站在駝背坐著的田卷後方，大聲對他說。

沒有回應。

「你沒聽見嗎？」

「吵死了。這個工地監工真囉嗦！」

田卷用不以為然的口吻抱怨，沉著地吸著菸。平太繼續瞪他，他便臭著一張臉，把抽到接近濾嘴的菸蒂丟入仍在繼續灌漿的模板中。

「喂！」平太低聲呼喚。

緩緩站起來的田卷不耐煩地回頭，用輕蔑的眼神看著平太。平太突然出拳，往他的臉揍下去。

田卷腳步踉蹌，倒向仍舊盤腿坐著的夥伴。

「臭小子！」田卷氣勢洶洶地喊。

「別開玩笑！」平太也怒吼回去。聽到騷動的其他工人都沿著鷹架聚集過來，承包公司的負責人增川也來了。

田卷站起來，理智線已經完全斷掉。

「王八蛋！」

他向平太踏出一步，伸出左手想要抓住平太的胸口。平太撥開他的手。平太沒有打過架，因此雖然態度強悍，身體卻在發抖。

「怎麼了，主任？哪裡有疏失嗎？」

增川以幾乎要搓揉雙手的姿態介入。

「停止灌漿！」平太在回答之前，先朝著下方咆哮，然後重新面向對方。水泥泵浦車的聲音停下來，建築工地恢復悄然無聲。

「撿起來。」

平太朝著在增川身後、雙眼燃燒怒火的田卷說。

「主任，請問這是怎麼回事？」

增川雖然擺出一副低姿態，但眼睛卻沒有笑意。平太知道，即使自己是一松組的員工，增川也沒有把進入公司才第四年的他看在眼裡。

「這傢伙把菸蒂丟進水泥裡。」

增川的表情變得僵硬。他正在思考該怎麼對應。

「真的嗎，田卷？」

增川把視線朝向斜後方詢問。雖然沒有得到回應，但是他無疑已經理解狀況。

「很抱歉。」增川皺起臉，似乎是要表示這是很嚴重的失敗。「我會好好教訓他。」

平太說：「增川先生，這已經不是一次兩次的事了。為了這傢伙的工作態度，我不知道警告過多少次。請你把他調離工地。還有，這面牆的水泥費也請你們負擔。我打算重新進行灌漿作業。」

「只不過是一根菸蒂嘛！」增川的這句話踩到平太的地雷。「別這麼生氣，主任，我跟你道歉。」

增川向平太鞠躬。

「強度怎麼辦？」

「啊……強度？」增川愣住了。

「剛剛丟進去的菸蒂吸收混凝土的水分，那部分的強度就會減弱，這點你應該也知道吧？過了幾年之後，如果因為地震導致那部分出現裂痕，就會被質疑和原本保證的強度不一樣。到時候，你們公司能負責嗎？別人會認為是一松組偷工減料。如果你願意負責，那就快點灌漿吧！」

「主任，那是很多因素碰巧重疊在一起才會發生的狀況。」

增川的說法讓平太差點要發飆。

「你這傢伙——」

平太正要說話，就有人抓住他的肩膀。永山不知何時來到他身邊，對他說：「算了，平太。」

「所長，你說算了是什麼意思？如果原諒他們做的事——」

「喂，增川先生，還有那邊的年輕人。」所長制止平太繼續說下去，瞪著那兩人。「下次再發生這種事，就不是挨一拳可以解決的。今後你們都別想接一松組的工作。」

「很抱歉，所長。」

增川以判若兩人的謹慎表情深深鞠躬，接著回顧身後的田卷，對他怒叱：「你也快道歉！」

田卷臭著臉說「真抱歉」，瞪了平太一眼就離開了。

「喂，重新開始灌漿！」

永山的一句話，讓泵浦車再度開始運作，投入模板裡的管線也動起來。

「辛苦了。這裡沒你的事，你也去工作吧。」

「這面牆壁怎麼辦？菸蒂還在裡面。」

難道要用「這種事很常見」來帶過嗎？據說以前的確有滿多人會在灌漿施工中把菸蒂丟進去。最近雖然很少見，但是如果不監視，田卷一定又會做出同樣的事。平太相當確信這一點，因此直視所長。永山嘆了一口氣，對他說：

「在這個業界，必須清濁並包。不是只有正確的事才是正確的。話說回來，也不能接受隨隨便便的行為。你懂嗎？」

「我怎麼會懂？」

平太這麼說，永山便一臉苦澀地把頭轉開。

「總之，你也會慢慢了解。不過你得記住，這就是在這個業界生存下去的訣竅。」

平太無法釋懷。他並不打算以正義之士自居，也不屬於那樣的個性。他只是無法原諒那個工人的態度、或者應該說是馬虎的程度，然而永山卻只提出一句警告就放過對方。

「那種承包業者，應該馬上停止往來才對。」

平太繼續抱怨，但永山只是拍了拍他的肩膀，然後用從外表難以想像的輕盈動作從鷹架跳到建築內，轉眼間就看不見人影。

「小平，聽說你揍了工人。」

這天傍晚，平太回到事務所，負責會計的相田紗依雙眼炯炯有神，興致盎然地問他。相田是在建築工地專門負責會計的一松組契約員工。她是個年近五十的事務員，個性親切，對出入事務所的每個人都冠上「小」來稱呼名字，是個很隨和的歐巴桑。

平太瞪大眼睛問：「妳怎麼知道？」

紗依得意地笑著說：「我當然知道。」

「所長有說什麼嗎？」

「這個嘛～」

紗依模稜兩可地回答。平太原本期待「沒有」的回答，因此感到意外，壓低聲音問：「他說什麼？」

紗依白天都待在事務所，從接電話到端茶都由她包辦。所長的電話不論是客戶、承包商、或是總公司打來的，當然也都由她來接，也會知道談話內容，因此消息自然很靈通，有時還會知道身為正職員工的平太不知道的事情，令人感到驚奇。

然而此刻紗依卻說出令人在意的話：「不是今天的事。」

「那是什麼事？」

「這麼重要的事，不能由我來說。」

平太若有所悟地抬起頭。他猜到是人事方面的消息。說到人事，他想起同樣身為主任的市川上星期也說過類似的話。

市川不知是聽誰說的，曾提起過這個職場會有一個人被調走。平太原本以為和自己無關，所以沒有留意——

「好了，我也該回去了。」

平太本來想要問得更詳細，但是紗依卻有些慌張地開始收拾辦公桌，像是逃亡般離開座位。

「不會吧……」

工期只剩下兩個月。平太轉頭看白板上永山的欄位，上面寫了設計事務所的名字，後面寫著「直接下班」。

我要被調走？這是真的嗎？該不會是紗依聽錯了吧？

平太一時無法相信，反覆自問沒有答案的問題。

2

「喂，平太，來一下事務所。」

幾天後，當平太正在檢查內部裝潢工程的完成度時，他的手機接到永山與平常無異的電話。

從窗戶可以看到正以勇猛突進的氣勢朝著完工運作的現場。外牆即將完成，窗戶會被搬進來裝上去，然後再進行內裝。這一來，矗立在住宅區的低層樓房就會更添存在感。

平太來到事務所，永山告訴他：「你要暫時離開工地，轉到業務課。」

「為什麼要我去業務課？」

平太俯視慵懶地坐在椅子上的所長。

所長的口氣彷彿在拜託他去跑腿買東西般輕鬆，更讓平太感覺到與事情重大性之間的落差。

業務課是負責業務活動的部門，而且負責的不是小案子，是公共工程等大型案件。對於大學念建築系的平太來說，屬於完全不同的領域。當初他是為了建造建築物而進入一松組的，這一來和原本的目標完全不同。

問題還不僅如此。一松組這家中堅土木建築公司分為建築與土木兩個部門，而業務課傾向投入更多力量在土木而不是建築。理由很簡單，因為土木的收益比較高。不論是哪家土木建築業者，都是以土木彌補建築的虧損。

永山默默地拿了一盒堆疊在桌上的 Seven Star 香菸盒，打開包裝，點燃一根之後也勸平太抽菸。平太搖頭，吐露出內心的受傷：「也就是說，這個工地不需要我嗎？」如果是公司人事決定，那就不能拒絕了，不過如果還在諮詢階段，他就想要拒絕。

「我也不知道為什麼選中你。他們說想要找你過去。我也很了解，業務課不是你專長的領域，不過他們非常堅持，我也沒辦法拒絕。」

「也就是說，已經決定了嗎？」

平太仰望上方。

永山沒有回答，只是吐出大量的煙。

「反正只是一時的。」

「那當然。被塞到總公司的那種地方，我一定會窒息。」平太說。「而且這裡的工作怎麼辦？」

「這個嘛……」永山回應之後，思索片刻回答：「工程已經差不多要完成了。」也就是說，目前這裡有多餘的人手。平太完全無法說服他。

平太感到失望，永山便繼續開導：

「聽到總公司要求把你調到業務課的時候，我也感到很苦惱。不過仔細想想，這或許也是個好機會，畢竟之前沒有建築領域的人去那裡的例子，應該可以學到很多東西。我最擔心的是你能不能在那裡做下去，不過應該沒問題。反正你有那樣的活力。」

永山暗指平太揍田卷的事件，眼神露出笑意。永山有時會讓人難以捉摸，究竟他是態度從容還是瞧不起俗世。即使如此，他在一松組內仍受到很高的評價，被稱為「蓋樓房的永山」。

「所長，請你幫幫忙。我是屬於工地的人。」平太繼續堅持。

「有什麼關係。你就當作暫時去學習吧。之後我會再把你找回工地。」

永山說完便站起來說：

「好了，為了慶祝，我們去吃飯吧。我在站前找到一家很不錯的壽司店。」

永山面對一臉悵然的平太，把香菸塞到工作服口袋裡。接著他突然以嚴肅的表情說：

「別忘了我之前跟你說過的話。不是只有正確的事才是正確的。業務課就是那樣的地方。」

到底是什麼樣的地方？

平太忍住沒有反駁，嘆了一口氣。紗依似乎誤以為這是「升遷」，對他比了勝利手勢。別開玩笑。可是——

對於上班族而言，人事命令是絕對的。

這天晚上，平太喝到爛醉。

3

「你在生什麼氣？調到別的部門也沒什麼不好的。」

當平太告訴萌自己被調動的事，萌完全無法理解他的憤怒。

「當然不好。」

正式命令發布當週的星期六，兩人來到新宿一家掛著「喝到飽三千日圓」招牌的居酒屋。平太很會喝酒，萌也很會喝。桌上的生啤酒已經是第三杯，萌比平太早一步喝完。

野村萌和平太在大學網球社認識，不過因為社團有一百五十人，因此當時兩人只是彼此認得出對方的關係。當平太踏入社會，被公司指示要去銀行建立薪水帳戶時，看到萌在那間分行，不禁大吃一驚。一松組的主要往來銀行是白水銀行，而萌則是該銀行新宿分行的新進行員。以此為契機，兩人開始交往，至今已經四年，彼此都已經沒什麼顧忌。

「不過有些業務活動必須了解工地現場才能做吧？不是有所謂技術型業務嗎？平太，你一定很適合當業務。你這麼會喝酒。」

「喝酒跟工作有什麼關係！」

平太自己也不服輸地喝光杯中的酒，又向店員點了兩杯，然後看著坐在旁邊的萌。

她雖然不華麗，但個性踏實而穩重，像是一般人，可以輕鬆談論各種話題。當平太說出抱怨或煩惱時，她就會提供自己的意見。和萌在一起感覺很輕鬆。

「你是那邊的單位指名過去的吧？這樣不就是升遷嗎？」

平太回答：「那是銀行的想法。基本上，對我們這種製造東西的人來說，還沒有多少經驗就被排除在工地現場之外，並不值得高興。」

「在銀行第四年就算老手了。」萌故意裝出高傲的態度回答。「而且你不是大學畢業嗎？理科現在都要碩士畢業了。」

平太說：「我是在一松組上班耶。不是我自豪，這是一家不起眼的中堅建設公司。這種公司哪會需要碩士畢業生！別開玩笑。」

萌哈哈大笑。

「而且業績也不怎麼樣吧？」

「妳聽到什麼消息嗎？」平太感到在意便問。

「是融資課的學長說的。」

一松組雖然撐過泡沫經濟崩潰的動亂時期，但老實說業績並不起眼。今年的獎金有一個半月就算好的，更差的情況可能只有一個月，甚至也可能只有半個月。大型建設公司的業績不斷成長，但中堅公司的一松組卻無法搭上順風車。身為基層員工的平太不了解複雜的經營情況，不過當公司業績惡化，自然而然會讓公司內部及工地現場蒙上陰影。

「不知道是不是因為這個緣故，一松組社長常常到我們銀行。」

「他是去借錢嗎？」

「我也不知道……這年頭即使是主要往來銀行，也未必能夠依賴了。」

萌的發言完全就是銀行員的語氣，讓平太感覺有些不適應，便譏諷地說：「我們得拜託銀行借錢才行。」

萌說：「別誤會。如果可以借的話，銀行其實也想要借錢。」

從她的口吻可以聽得出來，就如平太在建築工地累積經驗，萌也在銀行累積了一定的經驗及知識。兩人踏入社會三年，在各自的職場逐漸成為獨當一面的工作者。

「也就是說，有些公司是銀行想借錢給他們也沒辦法借的吧？我們也會變成那樣的公司嗎？」

平太開始感到擔心，萌便轉移話題說：

「你不用太在意。這種事不是你該擔心的。重要的是，在抱怨人事調動之前，應該先努力做好被交代的工作吧？如果做了之後覺得無聊，到時候再跟人事部抱怨吧。」

萌說完便豪邁地舉起啤酒杯一飲而盡。

4

一松組的總公司大樓位在南新宿的住宅區。狹窄的街道上聳立著新穎的八層樓建築，乍看之下顯得相當闊綽，感覺分外諷刺。

連假過後的五月十日，正值五月晴朗的日子，平太第一次到業務課上班。

入口只有一名感覺不太可靠的年老警衛站著。平太穿過入口，和不熟的員工一起上樓，到業務課所在的七樓。難得來到這裡，他才發現八樓是董事樓層，六樓是員工餐廳與休息室，七樓的辦公室只有業務課，剩餘空間則分別做為會客室與會議室使用。也就是說，業務課形同孤島。

他穿過寫著「來訪者請利用對講機通知」的單調入口，來到屏風後方，就看到過於寬敞的辦公室，裡面只有六張集中在一起的桌子。窗邊有一張特別大的桌子，想必就是課長座位。

或許是因為太早到，課員都還沒有來到公司。

平太把公事包放在桌面空著的座位，打開百葉窗。辦公室似乎朝東，刺眼的朝陽光線射進來。底下可以看到南新宿到代代木的街景。

「抱歉。」

平太突然聽見有人說話，立即回頭。

一名穿著制服的女員工站在那裡。她大概比平太年長，鼻梁筆直，一雙眼睛給人個性強勢的印象。

「我是今天開始要在這裡工作的富島。」

「哦，原來是你呀。」

對方若有所悟地露出親切的笑容，說「請跟我來」，帶平太到會客室。

「課長應該快要到了，你先在這裡等一下，我現在就去泡茶。對了，我是業務課的柴田。」

柴田以輕鬆的態度自我介紹，不久之後就端了熱茶和總公司內的座位表回來。這是載有姓名和內線電話號碼的便利工具。

柴田的名字是理彩，課長是兼松巖夫。除了理彩和平太以外的課員，只有西田吾郎這個名字。西田的座位和分配給平太的座位面對面。

平太原本想說反正來了就會知道，因此沒有事先調查，不過看來這個單位比他想像的還要小。快要到九點的時候，有人敲門。

「早安。你來得真早。」

走進來的男人面色蒼白，完全不同於「巖夫」這個感覺很強的名字。他匆匆忙忙地在平太面前坐下。

他是個四十多歲、看起來頗神經質的男人，長得有點像老鼠。平太腦中浮現背負龐大房貸、在公司與家庭都承受壓力、從早到晚像小白鼠般不停工作的中間管理職形象。

平太一直待在建築工地，認識的員工總帶有些土氣，不過眼前的男人卻完全不一樣。一言以蔽之，就是不太像土木建築業者。

「我是課長兼松。請多多指教。」

向平太伸出的這隻手不太像建設公司的員工，反倒像溫吞的銀行員般柔軟。平太想起昨天在送別會的最後，永山握手並對他說「到那裡要好好努力」；和那隻草鞋般粗糙的手比起來，實在是差太多了。

平太喜歡像永山那樣厚實的手。他憧憬的是在建築工地接觸重機具與鋼筋、打造眾多建築的手。然而此刻交給平太的工作，卻是與鋼筋水泥、工人成群的工地無緣的事務工作。兼松的手彷彿就在這種工作的延長線上，讓平太的心情低落。

兼松說：「你熟悉工地現場。過去業務課都是文組錄取的員工，不過今後應該也會需要了解現場的人，所以才請你過來。一開始或許會有不懂的地方，不過請你加油吧。」

不論在什麼樣的職場，要接納沒有經驗的人，就得花工夫進行教育訓練，勢必會很辛苦。這點平太自己也明白，因此聽了兼松的話感到有些放心。

「謝謝。」平太說完後，又詢問心中產生的問題：「可是為什麼要找我？應該還有更適合的人選吧？」

一松組錄用的畢業生當中，文組與理組各半，每年都會有幾十個學習建築與土木的人進入公司；其中也有不少人不想到工地工作，比較想從事業務工作。實際上，平太也知道有同梯同事填寫志願時，希望分配到業務部門。根據這名同事的說法，「在大學裡學建築的時間只有四年，卻要因此決定今後幾十年的出路，太不合理了。學建築的人應該也能從事業務才對」。平太記得自己當時覺得他說得也有道理。

「我們當然也選了幾個人，不過尾形常務希望務必能找你來。」

「常務？」

平太不禁反問。尾形總司常務是被視為社長候選人的要角，對平太來說等於是雲端上的人物，屬於和自己不同的世界。地位這麼高的人特地要求把自己調到業務課，老實說他也不知道該如何解釋。他當然不記得、也沒有自覺曾經做過任何討對方喜歡的事。他在工地總是全心投入，不過和同時期進入公司的人相較，並不是只有他特別努力在工作。

這時兼松說出意想不到的話：

「你見過常務吧？我聽說你在董事面試的時候，有過一段精采的對話。」

原來如此——

平太感到臉變得熱熱的。

那是一松組最後階段的面試。平太被詢問想要進入公司的動機，便談到他第一次看到東京的摩天大樓時，受到強烈的震撼，並回答「希望自己能夠從事給人夢想的工作」。

以學生的錄取面試來說，這是很常見的對話。他當然只是照預先準備的內容回答，實際上在來到最後面試之前的面試當中，這段話都給對方不錯的印象。在上次面試時，主考官甚至對他說「希望你能夠在我們公司參與這樣的建築工程」。面試一如平太的意圖獲得成功。

然而這次的對象卻和先前不一樣。

「你認為我們公司能夠建造出──比方說像都廳那樣的建築嗎？」

社長以下的四名董事之一如此詢問。

平太充滿活力地回答「當然了」，然而這名董事卻說：「不過在現實當中，幾乎是不可能的。」其他三人沉默不語。發問的是五十多歲、面貌粗獷的男人。他具有懾人的氣魄，看上去就是長年默默承受勞苦的人。

這名董事接著說：

「你對四四方方的六層樓建築有什麼看法？比方說，就像本公司大樓這樣平凡無奇的建築。這也能稱得上你所說的『給人夢想的工作』嗎？」

平太老實回答：「我覺得不太一樣。」

男人默默地面對平太，說：「很遺憾，我們建造的幾乎都是這樣的建築。」

平凡無奇的樓房。

沒有一棟是那種會有人抬起頭喊「好厲害」的樓房。在建造的同時便融入四周、不會有任何人回頭觀看、超級普通的樓房。面試的氣氛似乎變得有些詭異。平太正思索著該如何回答，這名董事又問：「你知道為什麼嗎？」

一松組其實是平太第十家面試公司。不論到哪一家公司，他都說「貴公司是我的第一志願」。其實他真正的第一志願是大企業清水組，不過他在第一次面試就被刷下來。他雖然感到失望，不過還是鼓勵自己還有其他大型建設公司，結果在大森組、大日建設等公司的面試都沒有獲得錄取。最後他終於放棄大公司，把目標改為準大型公司以下的建設公司，又接受幾家公司的面試，終於在這家公司突破到最後面試階段。

平太感到焦急。其他準大型建設公司都沒有錄取他，只有這家一松組，不知為何遇到的面試主考官都很友善，讓他順利到達最終面試，但運氣似乎也用完了。如果這家公司落榜，原本就混沌不明的求職活動就會在泥沼中回到起點。

不過這時的平太腦筋有些靈光。

「那是因為——建築是有業主才存在的。」

看到男人的態度，平太就知道自己的答案是正確的。對方沒有改變表情，直視平太，問了下一個問題：

「如果業主委託的建築是平凡無奇、四四方方的樓房，你要怎麼辦？那是沒有夢想的工作。」

「我不這麼認為。」

平太總算說出類似反駁的話。「即使外觀平凡，對於業主來說，這棟建築依舊是有夢想的。或許是期待已久的新公司建築，或許是為了擴展事業的倉庫。雖然和我小時候抬頭仰望的摩天大樓不同，不過我想那裡依舊存在著某人的某種夢想。」

對方沒有回應，只低聲「嗯」了一聲，似乎是表達肯定。這名董事在面試用的單子上寫了些字，然後直視平太說：

「一起來實現你的夢想吧。不過現實很嚴苛，也許你一輩子都無法建造你想要建造的大廈。即使如此，你還是願意來我們公司嗎？」

平太呆望對方瞬間，無法壓抑內心湧起的喜悅流露在表情中。

「當然了！」

這可以說是一松組給平太的實質內定通知。雖然是四年前的事，不過當時心中湧起的欣喜，以及對方站起來伸出右手時自己呆呆握住的情景，都是他難以忘懷的回憶。

這名董事正是尾形總司。事後平太才聽說他是一松組的常務董事，原本是大型建設公司清水組的幹部。因為是民間公司，所以不算空降，不過據說是第一代社長在過世前三顧茅廬邀請他，擔任第二代社長的監護者。

一松組有尾形在——他是被如此評價的實力派人物。

「業務課是尾形常務的直轄。」

兼松這麼說。尾形是一松組業務部門的最高層，因此這麼說也沒錯，但平太平時很少去注意組織圖，所以說來很蠢，在聽到這句話之前都沒發覺到這一點。他和尾形第一次也是最後一次說話，就是在最終面試的時候。不，面試算不算「談話」也是一個問題。不過當平太知道尾形還記得當時的對話，在驚訝的同時也感到高興。

「關於你的工作，暫時先跟著西田一起到處拜訪吧。西田！」

兼松朝著門的另一邊呼喚，不久之後就有個肥胖的男人進來。這個人的年齡大約三十多歲，身上穿著起皺紋的廉價西裝，襯衫想必是在量販店買的，腹部圓滾滾地外凸。他身上散發著強烈的菸味。

「這位就是今天起調到本部門的富島。」

「敝姓西田，請多多指教。」

橫幅很寬的臉上，一雙眼睛像是在評鑑對方般看著平太，讓平太有些緊張地低下頭。

「在他學會工作之前，就讓他當你的助手一起四處拜訪。拜託你了。還有辦公桌和身邊的事，就問柴田——你剛剛見過她吧？」

兼松抬頭看牆上的時鐘，以眼神對西田示意。

「那就走吧。」

他把視線轉向平太。「接下來要開會，你也一起參加吧。」

平太跟在課長與西田身後走出會客室，並繼續跟著兩人走出業務課辦公室。他原本以為他們要去同一樓層的會議室，但兩人卻爬樓梯上八樓。這是董事樓層。

雖然說是董事樓層，不過既沒有鋪著厚地毯的豪華走廊，也沒有祕書迎接。一行人走到樓層盡頭，敲了兩下半開的門，裡面就有粗壯的聲音回應：「進來。」

「抱歉打擾了。」兼松的表情變得緊張。

室內不算豪華，不過空間很寬敞，放了一張辦公桌與十人座的會客用沙發組。平太對此刻在辦公桌前閱讀文件的男人有些印象。當他們進入室內，這個男人便默默地指示他們坐下，拿著老花眼鏡緩緩走過來，坐在扶手椅上，一副很有威嚴的姿態。

兼松首先開口：「富島今天到職。今後他也會參加會議，請多多指教。」

尾形回了一句「這樣啊」，臉上帶著宛若好久沒看到兒子的父親般的笑容。他問平太：

「你經歷過幾個工地現場？」

「三個。」

「怎樣？讓你的期待落空了嗎？」

「沒這回事。」

平太真心回答。過去平太參與的三個建案都是大廈。有大型社區般的大廈，也有販售價格超過一億的高級大廈。先前永山所長指揮的樓房雖然是預定價格在四千萬日圓的中級大廈，不過想到上班族買下這棟大廈當作一輩子的房屋，就會有特別的情感。平太認為重要的不是價格，而是大廈中充滿著購屋者的夢想。

「我聽永山提起過你的工作狀況。」

尾形的語氣很誠摯。平太也覺得他的眼神頗為親切。

「你認識永山所長嗎？」

「認識。他跟我是老朋友了。我在前一家公司的時候，曾經和一松組聯合承攬工程，當時就覺得他是很值得景仰的人。有一次在灌漿的時候，還被他狠狠罵了一頓。」

「為什麼？」平太不禁詢問。

「因為我那家公司的人把菸蒂丟到混凝土裡，讓他看不下去。跟你一樣。」

平太發出苦笑。看來永山已經直接報告平太的工作狀況。永山沒有提到他和尾形相識，這點也很符合他的作風。「到了工地，就要用自己的眼睛來判斷對方值不值得信任。」這是永山的教導。或許也因為如此，他沒有提到尾形的事。他大概是想要叫平太自己判斷尾形是什麼樣的人。

「常務，請問可以開始了嗎？接下來要進行業務報告。」兼松插嘴，進入正題。「先前建設局在西麻布一丁目的路面工程，由戶張道路公司得標。芝三丁目是高原組得標。這兩項都是小工程，我們打算放棄小案件，把目標鎖定在神宮前三丁目到二丁目的地下道路工程。這應該會是幾十億圓規模的工程。」

尾形的表情變了。先前面對平太時的笑容消失，以彷彿要吵架的眼神看著課長。

他們繼續談論公事，其中也夾雜著平太無法理解的單字。這是因為他們討論的是土木工程。每一家建設公司都由建築與土木相輔相成。以一松組的情況來說，營業額比例建築占七成、土木占三成；不過從獲利來看，比例卻反過來。對於一松組來說，土木等於是生命線。

談到具體的工作話題，尾形的舌鋒就變得銳利，明確地指摘細節。兼松受到連番質問的攻擊，只能採取守勢，甚至偶爾還被批評「業務課長至少該掌握這一點」；既沒有反駁的餘地，也沒有容許抗辯的氣氛。兼松只能說「非常抱歉」，然後繼續談下去。他的側臉看起來因為壓力而扭曲。尾形相當嚴格。

平太親眼目睹兩人對話，心中逐漸產生「這下來到可怕的地方了」的想法。他心想，早知道還是應該堅持待在工地，不過已經太遲了。尾形先前歡迎平太調來的談話，早已不知道被拋到哪裡。

「這項工程是『選擇性』吧？」

尾形以沉重的口吻確認。他指的是「選擇性招標」。公共工程的招標制度分為公開招標與選擇性招標。雖然不是平太專長的領域，不過他在這個業界待了三年，至少知道這些事。

「一定要得標！兼松，交給你了。」

尾形以嚴厲的聲音這麼說，兼松的眼神就變了。浮現在他蒼白額頭上的血管變得更明顯。另一方面，尾形的雙眼則像兩支電鑽一般。

接著這雙眼睛望向平太與西田兩人，讓平太感到緊張。

「西田和富島兩人到區公所去打招呼，順便去見阿虎，打聽有沒有招標相關的情報。」

「是！」西田說完，只是默默地注視尾形，一動也不動。這幅景象簡直就像戰爭電影中，二等兵在上等兵面前畢恭畢敬的態度。

「還有什麼事嗎？」尾形問。經過幾秒鐘的沉默，他開口說「那就這樣吧」，會議便結束了。雖然只有十五分鐘左右，不過內容相當充實，而且像鉛塊一般沉重。

走出會議室時，兼松宛若肩上背了大量重石般，臉色相當陰沉。他彷彿忘了下屬的存在，快步走下階梯。平太一邊追隨著他的背影，一邊對西田說：

「課長也真辛苦。」

西田看著平太，似乎覺得他天真到極點，然後短促地嘆一口氣。

「笨蛋，我們也一樣。如果做事太馬虎，就會被常務掐死。」他的臉上沒有笑容。「總之，準備好就出發吧。我們要去區公所。」

西田說完就超越平太，肥胖身軀的重量踏出誇張的腳步聲走下樓梯。平太看著他圓滾滾的背影，暗自思索。

這裡既沒有工人的笑聲與閒聊，也沒有開工前的早操；把抽到休息時間最後一秒的菸捻熄、緩緩抬起屁股站起來——這種悠閒的氣氛，在這裡也完全不存在。

這就是業務課嗎？

話說回來，這種緊繃的氣氛究竟有什麼意義？工作的確需要保持嚴格的態度，但當他想到被指派各種課題的兼松那張表情凝重的側臉，不免覺得哪裡搞錯了。

每天汲汲營營，只為了得到訂單而四處奔波，或許是被大公司壓迫的經營環境造成的影響。如果得不到眼前的工作，脆弱的體質轉眼間就會難以為繼——這裡的危機感是待在工地時所不知道的，簡直就像是不同的公司。

5

「剛剛尾形常務說要去見阿虎，阿虎是誰？」

當他們離開位於南新宿的總公司、走向車站時，平太詢問。他原本想要當場問，不過當時的氣氛並不是身為新人的平太所能插嘴的。

「阿虎是S區公所道路課長的暱稱。他的本名是花井虎之助。」西田回答。

「這個名字聽起來真威猛。」

平太這麼說。西田似乎覺得很滑稽，笑了出來。「接下來就要去見他，你得繃緊神經才行。一不小心，就會被他咬住。」他用嚇唬的口吻說。

兩人搭乘山手線，過了幾站，在最接近S區公所的車站下車。站前的巴士站到了假日就會擠滿人，在東京也屬於排行前幾名的繁華區，不過在平日的上午則顯得較為清靜，瀰漫著悠閒的氣氛。平太對於穿著西裝的自己走在這樣的場所，感到有些格格不入。

他們越過站前的行人保護時相交叉口，沿著兩側是一家家百貨公司的公園通坡道往上走。五月的陽光很刺眼，讓人感受到初夏來臨。路上的年輕女孩打扮得花枝招展。

不久之後，就看到五層樓的區公所。區公所剛好在和緩的坡道頂端，可以看到後方公園的樹木。

「抱歉，請找花井課長。我是一松組的人，想要來打招呼。」
來到區公所三樓的土木部，西田立刻化身為低姿態的業務員，彎腰遞出名片。
「如果要打招呼，名片盒在那裡，請把名片放進去。」
迎接他們的職員是個年近四十、沒有化妝的瘦削女性。仔細一看，櫃檯上放了類似醫院放掛號單用的塑膠盒。
「可以的話，希望能夠直接向課長打招呼，可以請妳幫忙通知一聲嗎？」
西田繼續堅持。平太站在低著頭仰視對方的西田背後，覺得這名職員的態度相當倨傲。
「你是業界的人吧？本區公所不能直接接受這樣的拜訪。」
職員的態度相當堅定。
「事實上，因為課長非常照顧我們，如果不直接拜訪反而會失禮。」
西田說話的同時，視線敏捷地移動到職員背後。
「啊，花井課長！」
西田突然大聲呼喚，伸直背脊。平太知道女職員板起臉孔，不過西田仍舉起右手說「好久不見」，無視先前應對的職員，展露笑顏。
花井是個四十多歲、高高瘦瘦的男人，頭髮梳成七三分，穿著白襯衫、打領帶，在大多穿著 Polo 衫的職員當中顯得有些拘謹。
花井看到大聲呼喚「花井課長！」的西田，明顯皺起眉頭。
「西田先生，你這樣我會很困擾。」

花井快步繞過櫃檯出來，低聲說。
「很抱歉，課長。我們部門來了一個新人，我想要介紹一下。」
花井匆匆瞥了平太一眼，然後說「到這裡吧」，帶他們到小小的會客室。過了片刻，花井親自端了放三個茶杯的托盤進來。
「唉呀，真不好意思！讓課長親自泡茶，太過意不去了。真是抱歉。」
西田站起來，誇張地表達惶恐之意。
「只有這次。我不能給一松組特別待遇。」
花井說完看了一眼平太，又補充說：「不能讓新人產生誤解。」
「話說回來，小玉好可怕啊。」
「你也覺得吧？」花井苦笑著說，「她對『客人』也是那樣，實在很傷腦筋。」
小玉大概就是剛剛接待他們的女性。平太想起她的胸前掛著「玉井」的名牌。
「『客人』嗎？」西田立刻問。
「對呀。」花井刻意皺起眉頭。他和西田似乎很熟，侃侃而談：「這次的區長高舉的標語就是『潔白無瑕』。又不是牙膏，做得太過度，工作就會窒礙難行，真是傷腦筋。而且他還規定要稱呼所有來訪者為『客人』。」
「這樣不太對吧？」
雖然不知道為什麼不對，但西田仍呼應花井。「就是說啊。」兩人一起啜飲著茶，感覺是一對好搭檔。
「對了，你就是新人嗎？」

花井突然對平太說話。平太挺直背脊說：

「我過去三年都在工地現場工作，今天是第一天到業務課上班。我叫富島平太，請多多指教。」

花井接過平太遞給他的名片，只瞄了一眼，就收進襯衫口袋。

「本公司全靠花井課長，所以一定要最早來這裡打招呼。」西田說完，又補充：「而且我們也聽說有新工程預定要發包。老實說，在這樣的景氣之下，本公司的業績也不是很理想，希望能夠在近期內接到可以大展身手的大工程。就這點來看，這次的工程非常理想。好想要啊～」

花井的態度頓時變得冷淡。

「這種事……嗯，最好不要單獨來談。」

「那當然。」西田說完，鞠躬說：「希望本公司能夠獲得指名。」

花井沒有回應。

即使彼此很熟，他終究還是道路課長，就立場來說不能隨隨便便透露多餘的訊息。這一點西田當然也了解。

「大概有十五家嗎？」

西田若無其事地探詢。他指的是競標的指名業者。

花井沒有回應。

「畢竟工程金額應該也很龐大，或許假設有二十家左右比較恰當吧？」

西田像是在問話，也像是在自言自語。

「大概是這樣吧。我也不清楚。」

西田立刻拿出記事本寫下數字。

「已經大概有個估算數字了吧？我們可以獲邀為投標業者嗎？」

「這個嘛，即使是西田先生的要求，我也不能說出來。」

花井似乎覺得西田的臉色變化很有趣，故意慢條斯理地說。

「我可以放心嗎？」

「委託有實績的公司，本區日後也能放心。」

西田的表情立刻變得開心。

「感覺應該會有好結果。」

「也許吧。我真的不知道。就算能參加投標，也不知道能不能得標。」

「大概會是多少呢？」

西田注視著花井寬額頭的臉，如此詢問。

平太不禁全身緊繃。西田此刻問的不就是最低得標價格嗎？公共工程的投標制度通常會有發包時的上限金額與下限金額，在有限的範圍內，由提出最低金額的業者得標。前者稱為預定價格，後者稱為最低得標價格，兩者原則上都不能公開。對於希望得標的企業來說，預定價格大概都能估算出來，問題在於最低得標價格。如果能夠事先知道這個金額，就能透過圍標，以更高的金額來得標。

然而如果公務員洩漏這種情報，就會構成犯罪。

「這個我就不知道了。」

對於這個問題，花井也只是裝傻。西田執拗地問下去：

「像那麼大的工程，應該可以預期有二字頭吧？」

他是指二十億日圓。

「拜託，西田先生，別再繼續問下去了。請你顧慮到我的立場。」

花井似乎很困擾地搔頭，然後恢復正經的表情喝茶。

「很抱歉。不過課長，指名方面請務必幫忙。拜託！」

花井沒有回答，只是輕輕咳了一聲，然後忽然轉向平太，以開玩笑的口吻說：

「你也真辛苦。總之，不可以學這種學長喔。」花井瞥了一眼手錶，在此同時西田說「很抱歉在您百忙當中打擾」，可以說是絕妙的默契。

他們走出會客室。

「喂，花井——」

當他們在土木部前方準備與花井道別的時候，有人呼喚花井。

花井警覺地回頭，幾乎同一時間西田也低語「糟了」。

在樓層中央一帶的位置，有個頭髮斑白、體格壯碩的男人，以凶惡的表情看著他們。

他揮手叫花井過去的態度顯得很不高興，看起來氣氛不太對勁。

「再見。」

花井低聲說完，朝著那個男人走過去。西田鞠了躬，抓著平太的手肘說「我們走吧」，但就在這時——

「喂，一松組的。」

西田背對著男人停下腳步，皺起眉頭。當他放棄抵抗、戰戰兢兢地回頭時，臉上堆起討好的笑容。

「啊，您好。承蒙您的照顧。」

男人氣呼呼地鼓起臉頰，沒有回禮。花井從遠處不安地看著他們。男人繞過職員的辦公桌走過來，氣勢洶洶地說：

「你們在幹什麼？」

「沒什麼，只是——本單位有新人進來，所以特地來打招呼。很抱歉在百忙當中打擾。」

西田如此辯解，平太也配合他低頭鞠躬。

「別開玩笑。你知道這個吧？」

男人用指尖敲了敲放在櫃檯上的塑膠盒。這是剛剛小玉提到的名片盒。仔細看，上面寫著「來訪者受理盒」這種莫名其妙的名稱。

「你們得照規定來才行。」

男人突出下巴，以鄙視的態度看著西田。西田又喃喃地道歉。他只能像這樣等候對方的怒火平息。

「下次違反規定，就要把你們排除在邀請名單之外。」

「請千萬別這麼做。非常抱歉。」

西田以祈禱般的聲音道歉，並深深鞠躬。平太也跟著他鞠躬。當他們察覺到男人沒有回應就移動，便再度抬起頭，看到對方已經背對他們。

「花井，過來一下！」

男人呼喚道路課長，並消失在屏風後方。他們等到花井低著頭跟在後面、直到看不見人影，才離開土木部。

「那個人是什麼人物？」

平太在回車站的路上詢問。

「他是土木部長五島，老是自以為了不起的小官員。」

西田從胸前口袋掏出香菸，用百圓打火機點燃，邊走邊吐出煙。接著他又補充一句：「那傢伙很討厭。」

雖然說有錯的是他們，但那男人的臉看起來真的很陰險。

平太的母親八重子常說，人活到五十歲，平時想的事情及性格就會顯現在臉上，陰險的人就會變成陰險的臉孔。所以要隨時面帶笑容——這是他母親的口頭禪。

「不過連面對面打招呼都不行，太奇怪了。既然有工作上的關係，向對方打招呼不是很正常嗎？」

西田說：「你大概還沒搞清楚，就是不能有工作上的關係。」

「可是如果要接區公所的工作，那就有關係了吧？」

「跟區公所有關係，可是跟公務員沒有關係。你懂嗎？」

西田用指尖把抽完的菸彈到前方，用腳跟踩熄。

「什麼『潔白無瑕』嘛！只會說些冠冕堂皇的表面話！如果按照區長的方針，我們也是『客人』才對。」

平太忍不住笑出來。西田說得的確沒錯。

「有必要做到那種地步嗎？連打招呼都不行，太不合理了。」

他說出心裡的話，西田便以有些嚴肅的表情說：

「大概是在防杜官商勾結圍標吧。最近到處都在揭發弊案。」

這是指發包的公家單位有人涉入民間業者之間的圍標。

「不過官方也在利用圍標。圍標如果消失，會感到困擾的其實應該是官方吧。」

西田說出意外的話語。

6

「我有些在意。」

在當天晚上舉辦的迎新會第二攤，平太對西田提出這個話題。他們在公司附近的中式餐廳結束迎新會之後，告別與客戶有約的課長，前往西田常光顧的小餐廳。

這家店的店名很有趣，叫作「屯面」，是一家只有吧檯座位和兩張餐桌的小店，不過這樣反而能夠讓穿著廚師服的店主注意到每一個角落。料理非常美味。理彩、西田與平太三人並肩坐在吧檯座位。

圍標如果消失，會困擾的應該是官方——

西田在白天說了這樣的話。

有這種矛盾的情況嗎？

別的不說，這陣子被舉發的大型官製圍標事件，應該讓公務機關嘗到很大的苦頭吧？

「平太，你說說看在公共工程當中，官方感到最困擾的是什麼情況？」

經過這天的酒席，稱呼方式從「富島」變成「平太」。

西田已經喝得醉醺醺的，擺出一副準備談業界黑暗面的大哥姿態。

「應該是怕自己牽扯到圍標被逮捕吧？」

「不是這個意思。」西田輕描淡寫地反駁。「雖然說被揭發或逮捕是非常糟糕的情況，不過對於必須執行預算的公務員來說，最糟糕的就是付了錢之後工程沒有完成。」

平太驚訝地問：「有這種事嗎？」

「有。」西田很果斷地回答。

「是承攬公司在工程完成之前就倒閉嗎？」

「不只是這種情況。其中還有更惡質的。接了公共工程，就能拿到契約金的兩三成做為訂金。有些公司就是看準這一點，一拿到錢就落跑。這一來官方也只能舉手投降。」

「遇到這種情況，工程怎麼辦？」

「不能怎麼辦。」西田回答。「到最後預算就會不夠。承辦人大概會私下拜託某家公司，請他們以賠錢價格接案。對公務員來說，這是影響到自己人事考核的大失誤。被強迫接這種工作的公司也會很困擾。」

「被強迫……這種事行得通嗎？」

「因為是選擇性招標。」西田喝完眼前的酒。「對我們土木業者來說，不參加投標就沒辦法做生意。從那麼多家業者裡面要挑選某一家參與投標，不是靠抽籤決定，是由公務員決定的。比方說，由那個阿虎決定。如果被那樣的人拜託說，『這次請你忍耐，幫幫忙』，那麼因為要顧慮到下一個工作，也沒辦法不接了。」

平太想起上午見到的花井虎之助的臉，點了點頭。

話說回來，即使不是圍標的形式，公務員與業者之間存在著這樣的斟酌考量，仔細想想也很奇怪。

具備參加投標資格的業者有很多，但是根據西田的說法，針對一件工程，公家單位頂多邀請十五到二十家公司參與投標。

「要知道，業者為了接到工程，不論如何都必須進入這份名單當中。首先要進入名單，接下來才是問題。」

「是『那個』嗎？」

平太謹慎地問。他指的是圍標。

「沒錯，就是『那個』。」

「『那個』真的有必要嗎？」

西田直盯著平太，似乎在憐憫他缺乏業界人士的常識，或者也像是對一副正義之士姿態的新人感到有些不耐。

「如果沒有『那個』，傷腦筋的不只是公務員，我們也一樣會很傷腦筋。如果大家競相壓低工程價格，每一家公司都會探索最低得標價格，在接近底價的價格附近削價競爭。就算得標了，憑那種價格也做不下去。承攬案件如果虧損，那就沒意義了。所以才必須進行協調。」

西田使用的詞不是圍標，而是協調。

「也就是說，我們公司也在參加圍標嗎？」

平太的聲音太大了，讓西田皺起眉頭。

「說起來，這也是必要之惡。你必須要了解這一點。」

「可是這不是很奇怪嗎？」平太反駁。「本公司應該也發表過脫離圍標宣言才對。」

這是在平太進入公司的那一年發生的事件。

北關東地方大規模的圍標組織被揭發，以大型建設公司為主，有幾個人遭到逮捕。在這之後，各家建設公司便宣誓要脫離圍標，一松組應該也遵從了這項倡議。

「那只是嘴巴說說。不管說得再好聽，只要制度不改，圍標就不會消失。真心話跟表面話是不一樣的。平太，你已經從表面話的世界來到真心話的世界。」

真心話的世界……

這句話沉重地下沉到平太的心底。

「我們的工作是要接公共工程，可是如果只是照正常方式估算成本投標，就沒辦法接到工程。如果變成自由競爭，一定會有業者用接近最低得標價格的金額投標。這種公司完全不顧獲利，只求能夠得標。現在有很多公司覺得，就算會有虧損，也比沒工作來得強。像這種快要爛掉的公司持續削價，到最後連健全的公司都會出問題。這一來，整個建設業都會有問題。平太，你知道這代表什麼意思吧？」

在西田醉醺醺的眼睛深處，的確透露出一絲真理。西田雖然表現得輕佻，但是他並不只是輕佻的男人。

「在日本，每十二名就業者當中就有一人、總共將近五百四十萬人從事建設業相關行業。其中有很多人是在沒什麼企業體質的中小微型公司，只能勉強餬口。它們之所以能生存下去，就是因為有圍標。如果沒有圍標，變成自由競爭，大家就會開始競相削價。在體力決定勝負的消耗戰當中，中小微型企業馬上就會倒閉，就連大企業也很危險。這一來就會出現大量失業人口，經濟也會陷入大混亂。」

平太啞口無言。他正感到茫然，西田便拍拍他的肩膀說：

「別想得太認真。我也不覺得這種做法是正確的，將來必須消失，也應該會消失，不過目前還不行。依照舊有的制度，即使圍標消失了，也不會有什麼好結果。現在對我們來說，最重要的就是要設法在這個時代存活下來。我們要相信，撐過現在之後，就會有不必協調也能經營下去的時代來臨。」

這種時候，是不是應該說「我會好好努力」呢？

平太的確可以理解西田的說法。即使不是正當理論，也是真心話。話說回來，平太過去完全是局外人，對圍標抱持著普遍的厭惡感，因此也很難立刻接受。

「光憑漂亮話是不能經營下去的。」

理彩原本默默地聽西田的話，這時撫了一下頭髮這麼說。理彩的側臉顯得若有所思，視線沒有朝向平太，而是盯著手邊的玻璃杯。她從第一攤就喝很多，不過面色絲毫不改。當平太看著她，她便將極為現實的視線朝向平太。

「不管你喜不喜歡，公司期待你做的工作，就是利用這樣的機制取得生意。雖然一點都不值得贊同，不過我們待的就是這樣的業界。」

「即使是違法……？」平太有些謹慎地問。

「那又怎麼樣？」理彩興致索然地說。「就像吾郎說的，先想辦法生存下去比較重要。你想要去找新工作嗎？」

「平太，別說得這麼死板。」西田恢復平常嘻皮笑臉的表情說。「業務課是本公司的明星部門。營收由營業課來拉高，獲利則由業務課來達成。也就是靠常務、課長、我跟——你。」

「你是不是忘了某個人？」

理彩瞪著西田問，西田連忙補充：「——當然還有理彩。」

「圍標課是明星部門啊。」

理彩邊說邊在吧檯上托起臉頰。

「圍標課？」平太不禁反問。

「沒錯。每一家建設公司的圍標，都是由業務課擔任的。我們公司也一樣。脫離圍標只是對社會大眾的政治宣傳，其實根本就是謊言。」

這時平太忽然想到工地所長永山的臉孔。他一定也知道這樣的情況。他明明知道，卻把平太送到這個部門。

為什麼？

平太心中湧起疑問與憤怒，幾乎無法忍受。

「我的確可以理解，可是如果叫我去做明顯是違法的事情，我——」

「平太，別想得那麼嚴肅，說什麼違法不違法的。」西田的口吻像是在拉攏他。「過去每次被揭發，業界就會提倡要擺脫圍標陋習，可是圍標並沒有消失，仍舊繼續存在。而且就像剛剛說的，利用圍標的不只是建設公司，公家機關也一樣。有很多種情況，譬如說——」西田醉眼看著平太。「你如果待過工地，應該常常去政府機關提交文件之類的吧？在那裡管理停車場的歐吉桑，是不是幾乎都是同樣的人？前年和去年是不是都是同樣的面孔？」

平太被問到突如其來的問題，努力搜索記憶。

「好像真的是……」

「沒錯吧？」西田得意地笑了。

「可是這跟圍標有什麼關係？」

「你仔細想想看：停車場的管理工作，通常是由政府機關以一年契約發包出去的。也就是說，每一年都會透過投標來決定，可是卻一直都是同一家業者，你不覺得有點奇怪嗎？」

「啊！」平太不禁發出小聲的驚叫。

他從來沒有想過這個問題，但西田說得的確沒錯。

「這就是背後有圍標的證據。如果是公平競標，停車場管理公司應該每年都會改變，工作人員的面孔也會不一樣；可是實際上，每年卻都是同樣的業者得標，結果都是同樣的人在從事同樣的工作。理由很簡單，因為在圍標的時候，原本的業者可以獲得優先權，也就是類似既得利益。同樣的業者如果連續幾年得標，一般應該會被認為很奇怪，可是政府機關卻假裝沒看見。你知道為什麼嗎？」

平太回答：「因為比較安心嗎？」

西田像是要說「就是這個」，在面前豎起食指點頭。

「如果換了業者，首先就得進行麻煩的交接作業，還要擔心新的業者做得好不好。如果是同一家業者每年得標，就不用擔心這些事，另外得標業者的員工也不會失業。也就是說，對雙方來說都是好事。」

西田的話以奇特的說服力打動平太的心。

「什麼『潔白無瑕』？哼，別說笑了。去S區公所看看，每次都是同樣的面孔在管理停車場，連掃地的歐巴桑都一樣。對自己方便的時候就假裝沒看到，哪有這麼蠢的事！那些傢伙根本就沒有批評圍標的資格。」

平太對此也試圖尋找反駁的說法，但沒有找到。

表面話的世界與真心話的世界——即使兩者看起來是並立的，說中真相的也總是真心話。越是深入思考，表面話的破綻就會越明顯。

過去平太所知道的圍標案都是登上新聞的大事件，但現實中的圍標卻包羅到清潔業者這種枝微末節的地方，要根除幾乎是不可能的。

這時西田舉起喝到一半的酒杯，在他耳邊低語：

「歡迎來到真心話的世界。」

當晚平太喝得酩酊大醉。

7

昨天晚上平太在第二攤之後就回去了，但是西田在那之後獨自搖搖晃晃前往歌舞伎町方向，無疑又喝了很多。當平太接近他，就聞到酒臭味。

「唉，頭好痛。」

西田出現在公司，蒼白著臉這樣說。他帶平太到公司附近的咖啡廳，待了快一小時解酒，然後從代代木站搭乘外環的山手線。

他們在新大久保站下車。

兩旁的招牌有夾雜韓文的烤肉店等。走了五分鐘左右，先前沒說幾句話的西田總算開口。

「接下來要見一位滿重要的人物。」

西田一副感覺很刺眼的樣子，指著泛藍的玻璃帷幕大樓。牆面標示出「瀧澤建設」的公司名稱。這是平太也知道的中堅建設公司當中占上位的一家。

「這不是同業嗎？」

平太感覺去那裡打招呼很奇怪，不過還來不及問理由，西田就迅速穿過入口。裡面設有無人櫃檯。這裡原本應該有櫃檯小姐，不過在裁員之後，只剩下內線電話表和一臺電話。

西田沒有看電話表，直接按下按鈕。由此可見他常常來這裡。

「走吧。」

西田放下聽筒，走進電梯。

他們在四樓走出電梯，就看到一名女員工等在那裡，帶他們到會客區。這是以胸口高度的藍色隔間屏風隔開的區域之一，夾著辦公桌放了兩張椅子。大概等了五分鐘左右，就聽到有人說「你好」，一名男子走進來。

這名男子看到平太，毫不猶豫地掏出名片遞給他。

「敝姓和泉，請多多指教。」

和泉勇人，頭銜是專務董事。他或許沒有把西田和平太視作太重要的客人，沒有穿外套，白色襯衫也沒有繫領帶，坐下之後立刻從胸前的口袋拿出香菸。

「是新人嗎？一松組景氣真好，應該請你們稍微讓一點才行。」

和泉或許是關西出身，說話時帶了一點關西腔。

西田露出苦笑，在面前揮手。

「請別開玩笑。之前的人辭職之後，我們有兩年沒有補充新人，一點都不寬裕。

先別提這個，這次的神宮前道路，請多多關照。」
「喔，那件事啊。」
和泉移開視線。他的態度似乎有什麼難言之隱。
「和泉先生。」西田收起臉上的笑容。「上次的案子我們不是讓過了嗎？依照約定，這次應該安排給我們公司吧？」
「有這樣的約定嗎？」
聽到兩人的對話，平太屏住氣。和泉以從容的表情裝傻，厚厚的鏡片後方，一雙眼睛不知隱藏著什麼樣的想法。這是一張大膽無敵的臉。
「在這種時代，別那麼貪心要一家公司獨包，要不要採用聯合承攬的方式？」
「不行。」
西田斷然拒絕。他雖然依舊散發著酒臭味，不過眼神卻和剛剛宿醉未醒的時候截然不同。
「我們公司的狀況也很艱難。」
和泉沒有回應，似乎在思考什麼。最後他說了一句「你們今天是來打招呼的吧」，結束了這個話題。
「那個男人就是這個。」
走出瀧澤建設的大樓之後，西田豎起大拇指這麼說。
「是指圍標的頭頭嗎？」

西田沒有回應，不過平太答對了。

「他是關東地區道路工程的主導者，不過是個很難對付的角色。」

這一點平太在旁邊聽他們談話也能理解。

「每家公司的狀況都大同小異。現在不管是哪一家公司，都渴望能夠得標。在這當中要如何協調就是關鍵。」

「協調是指——」

「就是分配得標企業，決定哪一項工程由哪一家公司得標，而且就連用多少金額得標都由和泉操控。當然也會有不滿，不過只要遵從他，就能得到勉強足以生存下去的工程。懂了嗎？」

西田用銳利的眼光瞪著平太。

「嗯，大概知道了。」

然而平太內心也產生疑問：

「我有一個問題。投標的公司名字會公布嗎？」

「不會。」西田以苦澀的表情說。「投標業者不會知道對手的名字。」

「那要怎麼去協調圍標？」

「就是要從探聽哪些公司被找去投標開始。」

對於原本是門外漢的平太來說，西田的說明令他感到意外。西田繼續說：

「先聯絡平常參加圍標的成員，就能掌握二十家當中的十幾家。反正主要的公司應該都會受到徵詢。剩下的五家左右，就必須設法找出來。圍標要所有參與投標的企業一起做才有意義。如果有缺，那就沒什麼好談了。」
參與投標的業者是由政府單位決定，並不是所有登錄業者都會參與投標。公共工程的投標其實是由官方指定參與企業的封閉圈子。
「這次工程的投標業者已經知道了嗎？」
「嗯。」
「是怎麼調查的？」
西田邊走邊露出得意的笑容。
「有很多方式。總之，這次的工程一定要得標，否則會很慘。」

8

來到業務課的第一個星期宛若坐在雲端，一轉眼就過去了。
由於不習慣的事情接連而來，因此平太不知不覺就累積相當大的疲勞，這個週末平太在宿舍房間熟睡到接近中午，醒來後也完全提不起任何幹勁，便前往笹塚一帶的購物中心及書店打發時間，直到傍晚五點之前才總算來到新宿。
「圍標是犯罪行為吧？」
萌聽了平太的話，果然皺起眉頭。
「我想了很多，覺得應該是必要之惡吧。」
平太其實並不確信真是如此，不過還是這麼回答。

西田在迎新會那晚說的話，給了平太些許文化衝擊。

他也很想反駁。即便如此，他還是無法反駁，或許正因為這就是業界的真心話。西田提到真心話的世界那段話，特別具有說服力。

然而萌卻冷冷地說：

「這樣太奇怪了。」

他們此刻在新宿車站大樓上方的沖繩料理店。因為是星期六，店內的客人很多，萌的聲音只能勉強讓坐在餐桌對面的平太聽見。

「就是因為做這種事，一松組才會落魄吧？」

萌的這句話讓平太感到惱火。

「真是抱歉了。難道妳要我換工作嗎？」

「我沒這麼說，不過總覺得沒什麼說服力……」

「哪裡沒有說服力？」

平太如此問，萌便輕聲嘆氣，靠在椅背上，臉色變得有些嚴厲。

「平太，你剛剛說沒有圍標就得不到工作，那為什麼一松組的業績那麼差？這不是很矛盾嗎？」

萌任職的白水銀行是一松組的主要往來銀行。

「妳看過我們公司的財務報表嗎？」

平太感覺好像自己的房間被任意偷窺一般。

「我沒有看，只是聽融資課的人說過。而且你們社長依舊每天來拜訪銀行，可以感覺到很深刻的危機感。」
「那就借錢給我們不就好了？」
平太也知道一松組的財務拮据。
「所以說啊～」萌此時的口吻就像是面對不懂事的小孩。「就算銀行想借，也不能輕易借錢。而且你們公司還在背地裡圍標，難道完全沒有法令遵循的概念嗎？要是有人被逮捕，銀行絕對沒辦法融資，這一來公司就會倒閉吧？」
「銀行還真了不起。」平太感到惱火，以憤怒的表情面對銀行員女友。「那要怎麼辦？破壞圍標約定，用賠錢的價格取得訂單嗎？」
「這種事我也不知道。」萌顯得有些疲倦。「我只是從銀行員的角度盡可能提供建議而已。」
「那我應該感謝妳囉。」平太酸溜溜地說。
這一個星期以來，他被調到業務課這個承攬案件的最前線，已經充分理解一松組的業績岌岌可危。在尾形常務也參與的會議中，每次出現業績數字，就會因為太過嚴峻而幾乎能感受到現場溫度瞬間下降。
「話說回來，銀行真讓人羨慕。」
平太說完就感覺到萌的身體變得僵硬。他知道不應該說這種話，但此刻他內心的克制力有些鬆懈了。
「銀行如果經營不善，政府會出手幫忙，可是我們只能靠自己生存。妳知道這是多麼辛苦的事嗎？」

「我沒有說你們不辛苦。」萌也變得情緒化。從她的眼神看得出來，她是真的在生氣。「銀行也很辛苦，我在工作上也遇到很多困難，可是你完全不知道那是什麼樣的辛苦吧？同樣地，我也不可能實際了解你在工作上的辛苦。我猜大概真的很辛苦，可是這世上沒有不辛苦的工作。大家都很辛苦，卻還是遵守規則在做事。這些認真工作的人看到大剌剌主張『必要之惡』的業界，絕對沒辦法諒解。」

「哦，是嗎？真抱歉。」平太回嘴。「不過在我聽來，根本就只是漂亮話。妳雖然說得好像很了不起，可是報紙不是也報導過，白水銀行接到業務改善命令。哪有資格說別人！」

萌的表情中，有某樣東西突然消失了。

「說穿了，你只是討厭銀行吧？」

「不是討厭不討厭的問題。」

平太此刻的心情彷彿自己在代表一松組說話。

「我當然也希望不用圍標，就跟妳想放款也沒辦法一樣；可是我們公司原本就已經虧損，如果妳以為靠著拒絕圍標這種漂亮話就能轉虧為盈，那就太天真了。」

沒有圍標就沒有訂單──對於現在的一松組業務課來說，這是無可動搖的現實。

「平太。」萌以嚴肅的眼神看著他。「我知道一松組的情況很艱難，可是我不希望你也染上那樣的習性。」

平太默默承受她的視線，接著說：

「別忘了我是上班族，也是建設業界的一分子。如果是上級命令，我也只能遵照命令去做。銀行員不是也一樣嗎？」
「可是你要做的事情是犯罪行為！」
「我不是說過這是必要之惡，妳為什麼不能理解？」
平太變得有些自暴自棄。他之所以會感到煩躁，或許是因為自己也還沒有調整心態到能夠真心如此斷言。
「妳還不是對有錢的老人家花言巧語，賣投資信託商品給他們？老人家投入養老用的資金之後，難道每樣商品都漲了嗎？也有賠錢的吧？重點不在是不是犯罪。在我看來，你們那種做法更惡質。你們銀行員是為了自己要賺錢而做的，可是我們卻是為了生存做的。」
「我——」萌眼中泛起微微的淚光。她開口說話時斷斷續續地，聽起來像是在哭。「我不會……向臨櫃的老人家……強迫推銷。投信的確……有業績目標，可是，我不會想要……像那樣……達成目標。別瞧不起人——」
「瞧不起人的是妳吧？」
原本應該道歉並說些溫柔的話，但是平太卻採取了和心中的自己相反的行動。他也不知道為什麼。
平太吐出這句話的瞬間，就感覺到兩人之間似乎吹來一陣冷風。店內的喧囂聲從他的意識中消退，內心湧起苦悶與不知對象的焦躁。
這時——
「我要回去了。」

萌說完就迅速拿起公事包站起來。
平太並沒有追上去。
萌的背影很快就消失在店外來來往往的人潮當中。
「可惡！」
平太一口氣喝完還有八分滿的泡盛，勉強把剩下一半以上的料理塞入嘴裡，離開餐廳。

9

「神宮前道路工程案的協調有些棘手。」
次週一，在照例於尾形常務辦公室舉辦的會議上，兼松課長擦拭著額頭上的汗水說。
「根據調查，受邀參與投標的公司有幾家是新面孔。」
尾形的視線變得銳利。在急增的緊張氣氛當中，平太盯著眼前的虛空，宛若那裡有一道看不見的牆壁。
「聽說是區長的方針……說是要讓沒有實績的公司也有機會參與公共工程……」
兼松宛若辯解般地說。事實上，根據西田的看法，這應該是區公所為了阻止圍標而採取的戰術。
「談過了嗎？」尾形問。

關於談話內容，平太在前幾天的課內會議中也知道了。他們談的是邀請新加入的公司參加圍標。

「是的。和泉先生希望由我們來進行，所以我在前幾天去拜訪這些公司，但是其中有一家反應不是很好──」

該不會因為對方反應不好就放棄吧？──尾形雖然沒說話，但他凶猛的眼神很顯然在這麼說。平太可以感覺到，此刻兼松雙肩承受很大的壓力。

兼松的表情變得扭曲。他的臉色很差。

「那家公司叫什麼？」

「叫『常磐土建』。就是這家公司。」

兼松遞出從信用調查公司得到的調查表。尾形只是迅速掃視一下，便以嚴厲的眼神重新看著兼松。

兼松繼續說：

「這是一家創立五年的新公司，社長是從真野建設離職的山本。這家公司先前一直以民間工程為主，這次據說是第一次參加公共工程，不過他們採取不理會既有體系的態度。」

真野建設是大型建設公司。從平太的位置可以看到調查表上的代表人欄位，上面記載著四十三歲的年齡。以土建業的社長來說還很年輕，跟兼松屬於同一個世代。

「不過常務，這家公司頂多收支打平，應該沒什麼企業體質吧？」

西田插嘴，尾形便低聲沉吟。

「他們想必是在民間工程沒有得到預期的獲利，所以才把觸手伸向公共工程。雖然可能沒什麼企業體質，不過這種公司更會拚命想要爭取工程。即使會虧損，只要收到訂金，就能解決眼前急迫的資金需求。以後的事情就等以後再想辦法。」

原來如此。平太對於尾形的分析感到驚嘆。

熟知公司營運本質的尾形做出的判斷，對於過去只接觸到工地的平太，給予了新的思考基軸。這時他心中忽然浮現萌希望他不要涉及圍標的一番話，不過他努力壓抑這個回憶，轉變為「公司就是這樣」的想法。

像尾形常務這麼厲害的人，為了生存也要使出全力，展開各種推敲與猜測，不顧一切地去搶奪工作。看到這樣的情況，平太就會覺得把圍標當作壞事、主張必須停止的理論，只是不懂業界情況的不成熟意見。

在銀行那種受到保護的世界工作的人，終究不會了解不論如何都必須求生存的弱小建設業者的煩惱。這個業界的重要關鍵，不是能夠以社會一般常識來解釋的。

「西田，你去重新評估工程費用。外包和材料要盡可能壓低價格。平太——」尾形具有威嚴的視線朝向坐在末席的平太。「你要好好觀察西田的做法。」

「這樣太狠了。」

耕田晉太說著，皺起黝黑而長得像瓜類的臉孔。他是中堅材料廠商、也是一松組往來業者之一的「馬克西姆建材」的業務。

在道路工程中，屬於製造成本的材料費占比高達六成。為了降低工程成本，最快的方式，就是向經營瀝青混凝土的馬克西姆建材公司殺價，壓低進貨費用。

「我們不是長年的合作夥伴嗎？」

西田用怪怪的關西腔（註2）回應。給人輕浮印象的西田這麼說，也不具任何威脅效果，但對手耕田的輕佻程度也不遑多讓。從剛剛開始，兩人就隔著計算機在討價還價，不過當耕田看到西田的決心非常堅定，就開始改用「哭招」想要撐過去。

「這樣的單價，你去哪裡都找不到。這根本就是十年前的價格。我們公司也會活不下去。」

「就忍耐這一次吧。阿晉，拜託，我們公司也很辛苦。」

「請別故意用關西腔說話，很噁心耶！」

耕田閉上嘴巴交叉雙臂，吐出彷彿連靈魂都要跑出來的嘆息。他盯著計算機上的數字說「太困難了」，然後說要回去請示公司就走了。

「總算結束了。」

西田目送他的背影消失，把埋沒在手邊資料最下方的清單拉出來，在馬克西姆建材的方格打勾。「刪減成本清單」的標題看上去更添分量。

「那樣不要緊嗎？」

「這次只能請他們忍耐一下了。下次他們應該就不會接受這種價格，不過我們的目標只有眼前的訂單。」

註2　關西腔：原文中耕田晉太郎使用關西腔，而西田在對話中也刻意用關西腔回應。

西田說完，取出手機，開始打電話給清單上的其他外包公司。
這就是耀眼的「圍標課」。
營業額由營業課來拉高，獲利則由業務課來達成。
這是平太所不知道的世界。過去他都在工地裡埋頭工作。
在那裡的確也有各式各樣的制約與困難，譬如工期太短、預算太低有可能虧損等等；然而那些都是在被指派的工作框架中、局限的世界內發生的，而他原本也沒有特別體認到，那份工作是經由某人努力爭取得來。
然而當他的立場轉變為爭取訂單的一方，就會發覺到這件事有多麼艱難。
要承攬一件工程，需要好幾名業務拚命工作。在這個資本主義社會的國家，原理原則就是競爭，因此必須研擬各種策略以求獲勝，窮盡智慧以求生存——
清單中也有平太已經拜會過的公司。
他說：「這家公司請讓我來幫忙。」
西田在講電話的同時露出些許驚訝的表情，不過他點了點頭，似乎是在說「試試看吧」，並且在清單上做了記號。
目標是刪減五％的原材料費。
平太現在理解到，單單一件工程有多麼重要、需要耗費多少汗水和寶貴的勞動才能爭取到。支撐一松組這個組織的，並不是只有工地。
他覺得自己在業務課的工作中找到了核心。
他封印住心中的違和感，只注視這個核心。不是只有工地，在這裡也能找到有眼前看到航線。

趣的工作。雖然困難而嚴峻，但這裡確實存在著值得去做的工作。

平太先前接到人事命令時感到茫然，莫名其妙被丟到業務課，但現在他已經在眼前看到航線。

這個星期當中，平太與西田兩人為了降低成本而奔波，每天都忙著和交易對象交涉，因此平太連日都要到深夜才能回家。

他感到很愉快，也相信日子過得很充實。

這種樂趣和在工地流汗工作時不太一樣，可以說是新世界。

他面對的是數字。

他沒有想過進入建設公司之後會從事這樣的工作，不過此刻他對於從看似平凡無奇的數字找出意義產生興趣。他對於自己的心境變化感到驚訝，就好像過去完全不放在眼裡的石頭，突然像寶石般閃閃發光。

不過在這個星期高昂的情緒當中，有一件事讓他一直在意。

那就是他和萌的關係。

自從星期六晚上和萌吵架之後，兩人就沒有見面。

平太當然試著打了幾次電話，也有傳簡訊給她，但她幾乎沒有任何回應。

到了星期四，平太拋下先前的意氣用事，傳簡訊對她說「上次很抱歉」。

——沒關係。

她在星期五傍晚傳來冷淡的回覆。當時平太正和西田湊在一起討論降低成本的方式。

平太把鉛筆丟在攤開在桌上的資料，注視手機畫面好一陣子。

「怎麼了？女朋友傳來的嗎？」

西田一邊埋頭於資料中掃視上面的數字，一邊以銳利的直覺詢問。「如果要約會，拜託約晚一點。今天是最關鍵的時候。」

「不是的。」

西田沒有回應，只是緩緩抬起頭，抬起眼珠子看著平太。他無疑感覺到平太的語氣和平常不一樣，但沒有繼續追問，視線回到手邊的資料。

當天晚上平太加班到晚上十點，然後照例在「屯面」和西田喝酒。

結果平太在凌晨一點多才回到宿舍。他因為喝太多加上疲勞，次日星期六在被窩裡睡到將近中午。

到了下午，他傳簡訊給萌，問她要不要見面。

他們偶爾也會吵架。

不過萌的個性很直爽，不太會把不愉快拖延一個星期。

宿舍的早餐時間早就過了，因此他到笹塚站前的蕎麥麵店吃了蘿蔔泥蕎麥麵，在影片出租店檢視新作品ＤＶＤ的架子，毫無意義地買了錄影用的光碟，然後回到宿舍攤開報紙。

這時他注意到一則令他在意的新聞。

「Ｍ縣縣長因涉及圍標遭逮捕」

在頭版中央的位置，刊登了在自家被逮捕並帶走的男人照片。年紀大約六十多歲的男人臉上，掛著平板而空虛的表情。

平太心想，真蠢。

「到那種年紀還想要錢嗎？」

他對如此膚淺的心態感到輕蔑，然而在此同時，他心中也湧起一絲苦澀。

他感到無所適從，雙眼盯著版面無法聚焦。

——我自己不是也在參與圍標嗎？

以猛烈氣勢工作的這一個星期，他的確感到很充實。在此同時，這一個星期他也因為拚命處理眼前工作而失去冷靜。然而——

如果俯瞰平太工作的定位，很顯然正是屬於圍標這個大框架的一部分。

到頭來，被逮捕的縣長和平太都是一丘之貉。

唯一不同的是，被逮捕的縣長是為了錢，而平太等人是為了求生存而圍標。

正當平太感到悶悶不樂而皺眉時，房間裡的電話響了。

是萌打來的嗎？

聽筒傳來的是母親的大嗓門，彷彿音量調節出了些差錯。「最近都沒跟你聊天，所以就打電話給你。」

「你過得怎麼樣？」

母親洪亮的聲音，直接展現了剛直而笨拙的個性。

富島家在上田市的郊外代代經營農業，從擔任教職的祖父那一代改為兼職農家，而父親也繼承下來。

他們的家境絕對稱不上寬裕，不過還是設法讓平太上大學。為了支付入學金，雙親不顧親戚反對，賣掉一部分的祖傳土地籌錢。

「總之，一定要受教育才行。」

父親對聚集在老家客廳的三名叔父姑姑這麼說，堅持自己的意見。

父母親都只有從當地高中畢業。父親在當地公家單位充分接觸到組織內部現實，或許一直都在思考要如何讓兒子從事自己喜歡的工作吧。

「我最近想去東京玩，對你來說方便嗎？」母親有些靦腆地問。

平太猜測她或許感到寂寞。平太自從就職之後，只有新年和盂蘭盆節假期才返鄉。母親雖然參加紅十字、交通安全、合唱團等各種活動保持忙碌，但是打電話給平太的次數卻增加了。

「嗯，沒問題，不過最好挑星期六、日來。」

「我想要在二十五號星期五過去。我打算訂飯店，星期五在東京觀光。如果可以的話，星期五晚上或星期六，把你女朋友帶來吧。我們一起吃個飯。我會帶伴手禮過去。」

平太感到心情有些沉重。

如果只是自己陪母親就算了，但是想到在東京長大的萌看到鄉下的母親不知會有什麼感想，平太就感到有些膽怯。這種羞愧的感覺，就好像自己兒時照片被看到一般。

平太說：「我不知道她方不方便，不過我沒問題。」

「我知道了，那就先這樣吧。還有，上次我遇見橋川先生，他很稱讚你。」

橋川先生是在市公所工作的鄰居大叔。他是平太父親的同學，從以前就和富島家交情很好。

「稱讚什麼？」

「他說你能到一松組、而且還是總公司工作，是很了不起的事。他感到很驚訝。」

平太內心深處感覺到被叮咬般的刺痛。

「沒什麼大不了的。」

「不過你很忙吧？要注意身體，別累壞了。」

或許是因為決定前往東京而感到高興，母親的聲音顯得很活潑。

「我媽最近要來。」

萌邊喝杯中的紅酒邊瞪大眼睛。

「什麼時候？」

「從二十五號起。」

「這樣啊。」

萌把酒杯放在桌上，把手指壓在桌上的溼毛巾。桌上擺著吃到一半的披薩與香腸拼盤、凱薩沙拉。

一如預期，當平太傳簡訊給萌，過了一陣子她便回覆：

——幾點？

看到彷彿沒吵過架的簡短內容，平太鬆了一口氣，傳了約定時間跟地點之後就準備出門。

在新宿站前某棟大樓地下的葡萄酒吧，萌臉上帶著尷尬的笑容。她的眼神顯得為難，無疑是對於見平太的母親感到猶豫。

平太感到失望，意識到自己與萌的關係不知何時已經漂流到危險區域。

萌一直都在他的身邊。

不需顧忌彼此，像空氣一般自然。

然而另一方面，一開始的新鮮感逐漸流失，變成雖然安定卻沒有刺激的關係。

在此同時，彼此的想法差異也不時會顯露出來。尤其在工作方面更是如此。

一開始交往的時候，兩人剛踏入社會，完全搞不清方向，仍舊抱持著學生時代的價值觀，每次見面就會頻繁地談起各自的工作。當時公司充滿了新鮮的驚奇。兩人的職場雖然不同，但因為同樣一無所知，因此能夠產生共鳴，光是發牢騷或談論自己的失敗也能談得很熱烈，就某種角度來看也可以說是在互舔傷口。

天真純粹的當時，兩人之間填滿了毫無雜質的愛情。

在那之後過了三年。原本站在同樣地點仰望不同山頂的兩人，在這三年當中開始埋頭攀登各自的山。

銀行與建設公司——

兩者是完全不同的公司、業種，職場的氣氛和員工也完全不同。即使認定公司不是一切，但是工作的做法與思考方式對一個人的生活會造成很大的影響。畢竟一天二十四小時當中，有將近一半時間都會在工作場所的規則中度過。

他們雖然開始了解公司，但並不知道全部；雖然理解工作，但也還無法從容應付。

也就是說，萌和平太都沒有多餘的心情去理解、接納對方。

他們都很拚命。

然而他們沒有想到，這樣會對彼此的關係造成裂痕。事實上，平太確實覺得銀行太過自以為了不起，而萌也對建設公司的體質感到有些嫌惡。

彼此內心的想法在對話中出現時，就會開始吵架。

「妳不用太勉強。」

平太小心避免透露出內心的動搖。

萌對於見平太的母親感到猶豫。

在此同時，這也等於是在猶豫要不要繼續和平太交往。

萌已經二十五歲，不可能沒有想過結婚的事。

平太沒有和萌談起過結婚的事，不過平太發覺到，自己一直認定兩人的狀況理所當然會發展到結婚。

然而仔細想想，他無法保證萌也抱持同樣的想法。

他沒有發覺到，萌的心意不知何時已經離開自己。他對於深信萌不可能離開的自己感到生氣。

「對不起。」

萌邊說邊凝視著酒杯中剩下三分之一左右的紅酒。

「妳要吃什麼嗎？」

平太拿起桌上的菜單翻開。

萌說：「不用了，還有披薩。」

平太感覺到手中撈起的沙從指尖撒落的空虛，沒有繼續說話。

此刻推動萌與自己關係的齒輪正開始微妙地錯開，但平太不知道該如何修正。

10

晚上十點多，萌在新宿站地下與平太道別。

他們原本約會的模式，是在某處吃晚餐之後前往飯店，因此這天平太也往新大久保的方向走。

然而平太發覺到萌站在原地，便停下腳步。他回頭，臉上帶著受傷的表情。這裡是新宿人來人往的街頭。

「對不起。我今天沒有那個心情。」

對不起——

這不知道是今天第幾次，萌覺得一不小心就會哭出來。

「不要緊嗎？」

平太是個好人，誠摯地在擔心。但是萌卻感覺到自己在說謊。
「對不起。」
平太對萌這麼說，探頭看她的臉色。
該擺出什麼樣的表情？
試著露出笑容？或是說自己累了？
萌的表情不自在地扭曲。
平太看到了，也露出悲傷的眼神。
「回去吧。」
萌再度喃喃地說「對不起」，但聲音被轉為綠燈後同時起步的汽車引擎聲淹沒。
他們一起穿過新宿車站的驗票口。萌在爬上中央線階梯的地方和平太道別，上樓到月臺。
她一再回頭，看到平太一直在階梯底下目送她。之前很少有這樣的情況，所以平太一定也感受到了什麼。
他們之間產生了變化。
她不得不承認這一點。
一開始是小小的違和感。
這三年來，萌在銀行工作。銀行員的工作比原本想像的更嚴苛，她花了很大的工夫才能記住必要的知識與規則。
在不容許失誤的職場，會有一定程度的嚴格與緊張氣氛。不論是多麼親近的顧客，一牽扯到錢就會變了一個人。

透過這樣的金錢流動，萌在這三年當中，學到了觀察社會的技術。這樣的技術，似乎為她帶來了和就職前的二十二年間看到的世界完全不同的風景。透過金錢看到的世界如此不一樣，甚至讓她感到驚訝。

仔細想想，她和平太之間的誤解，或許發端於她以銀行員的觀點來看平太的職場與工作。

當平太談起在建築工地發生的小插曲時，過去的她可以天真地笑，或是和他同仇敵愾地一起生氣。

但是當她知道一松組業績惡化、並且毫無業績改善對策的混亂狀態之後，她就不禁想說「就是因為做這種事才會落魄」。

其實這不是平太的錯。

她明知說這種話會惹平太生氣，但有時還是會不小心說出真心話，導致兩人吵架。

之所以無法率直地道歉，或許是因為萌已經深深染上銀行員看事情的方式。

平太越是被眼前的工作耍得團團轉，她就越是察覺到與自己以公司業績的宏觀角度看事情的差異。

正因為這樣的遠近感差異，讓她覺得平太很幼稚。她對這一點感到生氣。她越來越常遇到想要斥責「應該從大局來看」、或是「你應該更成熟一點」的場面。過去原本處於對等立場、站在同一個地點的平太，老實說現在顯得有些黯淡。

這時她的手機響了。
月臺停著即將發車的列車，乘客紛紛走入車內。
萌看到手機顯示的名字，連忙接起電話。
「晚安。妳好嗎？」
說話的聲音聽起來很輕鬆。
園田俊一是比她大四歲的融資課學長，乍看之下感覺很輕浮，以花花公子自居，不過他的實力讓分行長也很看重。
「嗯，還好。」
萌發覺到自己不知不覺就泛起曖昧的笑容。一半是因為困惑，一半是因為對園田的好感。
告訴她一松組經營情報的也是園田。
她記得那是在融資課的課員決定調職的歡送會。當時萌和園田在同一張餐桌坐在彼此對面。
「園田，你別這樣。萌已經有男朋友了。對不對，萌？而且還是本行的客戶！」和萌同屬於營業課、同梯入行的瑠衣這麼說。她平常就很露骨地追求園田，因此在提防園田對萌產生興趣。
萌過去對園田並沒有任何特別的感情，不過對於瑠衣的過度防衛感到有些受不了，曖昧其詞地說「有什麼關係」。
不過園田卻產生興趣：

「哦，是哪一家客戶？」

「是一松。一松君！」

銀行員在外面不會以全名稱呼客戶的公司，以免洩漏情報。畢竟在外面喝酒的時候，沒有人知道會在哪裡遇到相關人士。然而瑠衣在這方面卻毫無顧忌地說出口，讓萌感到提心吊膽。

「那是我負責的客戶。」

萌並不知道這件事。她一邊舉起啤酒杯喝酒，一邊看著表情突然變得認真的園田。

「真的？」

「沒錯。你男朋友幾歲？」

「二十五歲，跟萌是同學。」瑠衣再度插嘴。

園田稍稍瞥了萌的眼睛，說了聲「這樣啊」，然後以格外認真的表情把紅酒杯舉到嘴前。接著他說出令人在意的話：

「中堅建設公司現在到處都很辛苦。」

「有什麼問題嗎？」

「雖然不是在這種場合應該提的話題，不過融資終究是要看業績的。」

也就是說，業績如果不佳，就沒辦法融資。

萌不知道該說什麼，內心感覺很複雜。即使知道平太的公司業績不佳，她也無能為力。

「不過那家公司姑且也有上市吧？」

說話的是瑠衣。她已經喝了很多，發音變得模糊，看著園田的雙眼散發著熱情的光芒。

「就算是上市公司，也不能保證業績。他在工地嗎？」

由於園田的問題來得很突然，萌無法理解問話的用意，一時愣住。

「妳的男朋友在工地現場工作嗎？」

「嗯，他總是戴著安全帽。」

聽到她這麼說，周圍的人噗哧地笑了，但是園田沒有笑。

「在工地工作真好。他大概不會知道總部的詳細狀況，只要關心眼前的工作就行了。不需知道公司目前的狀況，就某種層面來說應該算是幸福的。」

當時平太還沒有調到總公司。平太一直待在大廈建築工地，談起工作就是承包商、水泥灌漿之類的話題。

園田的這句話，讓萌意識到平太也是巨大組織當中的一分子。

她對於平太的工作原本也有各種想法，不過聽到園田從公司的高度來看事情，感覺很新鮮。

視角不同。

視角不同，就會改變視野。

就這點來說，萌覺得園田比平太更了解一松組。在那之後，園田每次見到萌，就會談起一松組的話題。

一開始，萌因為是平太公司的話題而感到關心。畢竟公司業績如果惡化，平太也不能置身事外。

有時園田也會拿財務報表之類的文件給萌看，對她進行說明。

不過在聽他說明的同時，萌開始以不同的理由對園田的話感到關心。

他的話題中涵蓋了萌過去沒有思考過的視角，以及首度聽聞的授信判斷實態。園田的說明既有趣又易懂，即使是艱澀的議題，他也會用深入淺出的方式解釋。公司的意義、社會的意義——談話的內容越來越深入，背後總是讓萌感受到「在社會整體框架中該如何存在」的「宏觀」思考。

他是和平太相反的理論派，具備讓人有些受不了的自尊與知識。過去萌遇過很多說話有趣讓她發笑的人，不過卻沒遇到能夠滿足她求知欲的人，或是讓她發現到知性趣味的人。

於是不知不覺中，萌的關注焦點從平太的公司轉移到園田本人。就如其他女行員，萌也將園田視為憧憬的學長。

不過萌和其他同儕女行員之間，存在著決定性的差異。

那就是園田也對萌有好感。

在那次聚會之後不久，園田就邀請萌一起用餐。那是在工作提早結束的星期三。萌因為沒有其他安排就輕鬆答應，或許太輕率了一點。她原本以為是和其他融資課員一起用餐，不過當她到約定地點時，卻遇到有些麻煩的局面。

到場的只有她和園田兩人。

「有什麼關係。」園田以輕鬆的口吻說。

萌第一次和園田一對一用餐。地點是表參道的義大利料理餐廳。

萌因為緊張，以及對平太與同事的罪惡感，一開始很不自在，不過她逐漸被園田巧妙的口才吸引，這頓餐出乎意料地在愉快氣氛中結束。

「下次再一起用餐吧。」

臨走之際園田這麼說，然後沒有繼續留下萌，就獨自進入地下鐵車站。

萌雖然對平太感到歉疚，不過和平太約會時無法感受到的談話樂趣，在她心中留下清爽的餘韻。

萌心想，如果有機會，或許可以再度一起吃飯。

不過在那之後，園田便開始頻繁地邀萌外出。

當工作有可能提早結束時，他幾乎一定會傳簡訊給萌。最初見面的時候，萌就把手機號碼和 e-mail 帳號告訴他了。

後來萌又在下班之後和他單獨用餐兩次。

這兩次的用餐經驗並沒有改變她對園田的評價。不僅如此，她對園田更有好感了。不過她對平太的罪惡感也與之成正比地增加。

就因為如此，園田再度邀她時，她拒絕了。

——今天有事，所以不行。

她傳了這樣的簡訊。

她自己也覺得這樣的簡訊很狡猾。她並不是因為有事、而是因為有平太在才拒絕，但是她卻沒有說出來。園田明知她在一松組有男朋友，卻似乎完全不在乎。

——這個星期六，可以跟妳聯絡嗎？

星期五，園田傳了這樣的簡訊。萌想了很久，最後回覆：

——星期六、日我都跟朋友約了晚餐。

她和平太有時星期六、日都會見面。平太是男朋友，園田是職場的學長，應該優先的當然是平太。她腦中理解這一點，但是——

「妳現在在哪裡？」

中央線告知列車出發的聲音響起。

萌左手將手機貼在耳朵，右手遮住耳朵。

「車站。」

「新宿嗎？」

園田的觀察力很敏銳。園田似乎也不是從房間裡打電話的。在他背後可以隱約聽見繁雜的聲音。

「對。」

萌回答的時候，中央線的車門正好關上。

「我在澀谷。妳現在要回去嗎？」

「對。」

「要不要見面？」

萌感到猶豫。

現在？她才跟平太見過面道別之後？

「喂，聽得見嗎？妳現在只有一個人嗎？」

「對。」糟糕！不過已經太晚了。

「我過十分鐘會過去，找個地方喝一杯吧。總共一小時。」

那應該沒問題。

「我知道了。車站西口可以嗎？我會在驗票口前面等你。」

萌按著通話鍵，盯著手機好一會。接著她突然驚醒過來，回頭看階梯的方向，尋找已經不見人影的平太。

她無法拒絕。

園田的存在感在萌心中日漸增長。

對萌來說，園田是個可靠而有魅力的男性，和形同朋友、感覺與自己並列的平太不同。園田位在更高、即使踮起腳尖也搆不到的地方。

她不知道自己喜不喜歡園田。

但是至少必須承認，園田是她憧憬的對象。

萌走下剛剛走上來的階梯，直接前往西側驗票口。

園田選擇的店是和風的牡蠣吧。

「我推薦熊本牡蠣。搭配白葡萄酒也不錯，不過其實也很適合搭配日本酒，可以消除腥味。妳要點什麼酒？有純米、吟釀──」

老實說，萌不知道該選什麼酒。正當她為了回答而煩惱，園田便說：「那就由我來選吧。」

園田說他剛剛和大學時期的朋友開同學會回來，先前已經喝了酒。

「你喝了很多嗎？」

「沒有。」園田搖頭。「我想到今天也許可以和妳見面。如果要喝的話，我比較想跟妳喝。」

園田點完之後，瞥了一眼萌的臉，問她：「妳剛剛去約會了吧？」

「呃，這個……」

「今天是星期六，當然會想要見個面吧。」

園田看穿了一切。萌也不否定。「妳的男朋友最近怎樣？」

「嗯……普通吧。」

萌察覺到園田正盯著自己。

「你們會繼續交往下去嗎？」

「這個……」

萌現在無法回答。她也不知道自己想要怎麼做。

「我記得他是負責工地吧？沒有調動嗎？」

「他現在調到總部了。」

「哪一個部門？」

「聽說是業務課。」
「原來是圍標課。」
萌抬起頭，重複他的話反問：「圍標課？」
「那個單位有這樣的稱號。他沒有告訴妳嗎？」
萌不知該怎麼回答。平太是因為對象是萌，才談起圍標的事。她不知道該不該跟園田談。
「這個嘛……」萌模稜兩可地回應。
園田說：「他們覺得這是必要之惡。」
由於這句話一語中的，萌感覺好像自己遭到指責。
「野村，妳怎麼想？妳也覺得是必要之惡嗎？」
「我……不知道。我覺得圍標是壞事，可是如果沒有圍標，我不知道會變成什麼樣子，而且我猜應該也有很多公司是靠圍標存活下來的……」
「會去圍標，是因為這家公司太弱了。」園田說出意想不到的話。「他們不去努力加強公司競爭力，只想走輕鬆的路。明明是競標，卻在背後操作，確保自己的利益。為什麼有必要做那種事？有實力的話，應該光明正大地憑價格來分勝負吧？」
「可是這樣的話，好像也會有抱定虧損的打算去投標的公司。」
至少萌是這麼聽說的。也因此，即使以正當價格投標，也無法取得工作。更何況抱定虧損打算去搶工作的公司，即使在得標之後也未必能夠完成工作。這一來，不只是政府單位，連社會大眾都會蒙受困擾。也因此才需要圍標來協調——平太是這麼說的。

「企業經營沒有這麼簡單。」園田以有些嚴肅的表情說。「如果一再以虧損價格承包，這家公司會變成什麼樣子？只會一再增加虧損。就算用這種方式承攬一兩次工作，到最後也會被淘汰，也就是破產。圍標是讓原本應該被淘汰的公司生存下去的溫室，所以才無法停止。想要用賠錢價格得標，就讓他們得標吧。就等到虧損企業被淘汰、能夠健全競爭為止。任何一種行業都會有過渡期，只有建設業界畏懼改變，小家子氣地搞圍標，還拿必要之惡這種無聊的理由當藉口。」

「可是如果工程進行到一半，得標的公司就倒閉了，到最後承受困擾的還是一般大眾吧？」

「那根本就是妄想。」園田斷言。「首先，巨大工程的投標企業主要都是大企業，所以不會發生那種事。會擔心破產的公司，主要投標的都是金額比較小的公共事業，譬如管理停車場、收垃圾之類的。像這樣的工作，即使得標企業中途倒閉，也有很多公司可以代替。承攬道路工程的公司即使中途破產，道路也不會消失，馬上就可以指定後續的企業。就算承包單價低廉，工作也會延續下去。也就是說，像那種說法純粹是為了要把圍標正當化的藉口而已。」

萌從平太聽來的說法一一被園田否定。

萌不知該如何判斷。

要相信平太，或者園田說得才是正確的？

「如果妳的男朋友這麼說，也許他已經變成業界的人了。」園田譏諷地說。「不過那家公司會去圍標也不令人意外。業績那麼差，大概也只能做那種事存活下去。如果去競爭，他們不可能贏過大型建設公司。到頭來只能端出必要之惡這種理由，依賴不公正的競爭才能生存。不過啊，像我這種人去批判還不算什麼。」

園田喝了一小口端上桌的日本酒，意有所指地看著萌。

「現在檢調單位正準備認真揭發圍標案件。最近不是因為地方政府涉及圍標，開始逮捕縣長嗎？近期內關東地方或許也會有大案件被揭發。一松組的業績的確很差，但是真正麻煩的，是圍標被揭發的時候。」

「如果被揭發會怎麼樣？」

萌開始擔心。

「要看是哪一類的圍標。不過一松組參與的圍標要是被揭發的話，業務課應該也不會沒事。好一點是解散，更糟糕的話甚至有人會被逮捕。妳的男朋友搞不好也會有危險。不過他既然完全沒有反省的意思，那就根本不值得同情。野村——」

萌原本低著頭，聽到園田呼喚自己便不自覺地抬起頭。

「妳也不是學生了，想法和價值觀應該也已經改變。妳最好再好好考慮一下。應該有更適合妳的對象才對。」

園田沒有說那個人是他。

萌感覺自己內心最痛的地方被刺中了。

在位於地下、安靜的牡蠣吧一角，萌的內心產生劇烈的動搖。

第二章　投標

1

星期一上午八點半多，瀧澤建設公司的和泉打電話給兼松。當時兼松正準備要和尾形常務開會，因此他以手勢對平太和西田示意「你們先去吧」，表情明顯變得陰沉。

兼松晚了五分鐘左右，進入常務的辦公室。

「瀧澤公司的和泉專務為了這次工程的事打電話來，說協調上出現問題。」

「是那家新公司吧？」

尾形大個子的身軀埋在沙發裡，雙臂交叉。他的聲音低沉而有威嚴。所謂的新公司，是指常磐土建這家公司。

「是的。」

雖然沒有很熱，但兼松擦拭了額頭上的汗水。氣色差的老鼠臉越加顯得蒼白。

「瀧澤建設公司請他們配合協調，可是遭到拒絕。這樣的話彼此都沒有好處，所以希望本公司也能去拜託他們配合。」

尾形銳利地啐了一聲，課長便閉上嘴巴。

「西田。」

西田被尾形瞪了一眼，立刻挺直背脊。

「你去跟業務聯絡。關於成本——」

上個星期，西田和平太兩人花了一整個星期去拜託降低成本。尾形拿起根據他們得到的答覆完成的試算表，拋在桌上。

「這樣就行了。做得很好。」

室內的氣氛頓時緩和，西田露出牙齒得意地笑了。不過當尾形指示「立刻去跟常磐土建交涉，告訴我結果」，西田的表情馬上變得嚴肅。

「一定要談成，不要讓那種傢伙說三道四。這是關係到本公司尊嚴的問題。要是為了這種事挫敗，那就太不像話了。」

尾形的語氣之所以格外強硬，是因為一松組嚴峻的財務狀況。

金流如果停滯，公司就無法繼續運作。

不論如何都必須取得工作。為此沒有閒暇去挑選手段。這不是漂亮話，而是為了求生存的戰鬥。不管發生什麼事，都必須以最低標得到這項工程——平太在心中這麼想。

「喂，平太，你也要一起來嗎？」

開會後，西田立即打電話給常磐土建，約在當天下午三點見面。平太來到業務課兩個星期，還在見習階段，當然還沒有工作，而且他對於公司參與圍標的瞬間是什麼樣子也很有興趣。

西田默默地對站起來的平太點頭，然後把公事包斜背在肩上，以毫不顯露緊張的飄然腳步走出辦公室。

「辛苦了，加油。」

理彩鼓舞他們，西田便耍帥地舉起右手說「沒問題」。他走到電梯間，雙手插在口袋裡回頭看平太。

「這裡是勝負關鍵，要鼓起氣勢才行。」

常磐土建的總公司位在澀谷區神宮前。從位於南新宿的一松組前往，搭計程車大約十分鐘左右。附近是矗立著大廈及獨棟住宅、夾雜小型商店的商業區。

混凝土三層樓的小型公司建築一樓兼作倉庫與停車場，辦公室位在二樓。根據事前的調查，這家公司員工人數三十人，不過似乎大多都是工人，目前在辦公室的只有幾個人。當平太等人來訪，四十多歲的女事務員便站起來迎接。

「我是一松組的西田。請找營業部的望田先生。」

女事務員回頭，在她背後辦公桌前的一名將近五十歲的男子剛好站起來。他瞥了西田和平太一眼，用拿著記事本的手默默地指著辦公室後方。那裡是會客室。

「非常感謝您在百忙當中撥空見我們。」

「這倒是沒什麼問題，不過大概幫不上忙。」

望田拿下眼鏡，端詳著西田與平太的名片，劈頭就說出否定的臺詞。望田的頭銜是董事營業部長。根據事前得到的情報，他是一起從大型建設公司真野建設離職的社長的心腹。

「請別這麼說。我們希望能夠至少好好談一次。」

西田堆起業務用的笑容，擺出低姿態請求。

「貴公司也和瀧澤建設是一丘之貉嗎？」

望田的態度很難稱得上友好。

「說一丘之貉太嚴重了。部長，我們不都是建設業嗎？」

西田依舊保持嘻皮笑臉。

「西田先生，不是這樣吧？我們跟貴公司應該是不一樣的。」

望田臉上帶著淺薄的假笑。

「部長，別說得那麼嚴格嘛！」西田擺出傷腦筋的表情。「事實上，我們今天來造訪，是希望貴公司能夠協助確保同業之間利益的方式。」

「如果是指圍標，我們已經拒絕了。」

「絕對不行嗎？」西田皺起眉頭，以偷偷探聽的口吻詢問。「請別這麼說，拜託您了，部長。」他閉上單眼，在面前豎起右手。

「西田先生，你是在要求我們加入圍標嗎？這等於是要求我們加入犯罪行為。」

「部長，話不是這麼說的。」西田抬起頭。「我聽說貴公司目前主要是接民間工程，這是第一次參與公共工程。公共工程並沒有那麼簡單。即使協調之後得標，利潤也很有限。如果變成真正的競爭，連這點利潤都會消失。」

「可是這才是正當的競爭吧？」望田啜飲事務員端來的茶，平靜地說。「那不就行了？本公司是在這樣的競爭當中生存下來的。」

「民間的工作，可以靠業務想辦法提高利潤吧？可是公共工程只能憑投標來決定。在這種時代，也有以虧損為前提想要得標的業者。這樣不能稱作正當競爭吧？」

平太想起尾形曾經說，這家常磐土建或許經營狀況也很困難。

然而這個叫望田的男人卻完全拒人於千里之外，態度格外冷淡，或許是認為如果協助圍標，不知道什麼時候才能輪到自己得標。

如果一定要在很早的階段得到工程，而且有不得不然的情況，那麼參與圍標的可能性或許很低。

果不其然，望田說：「不論是不是虧損，只要能夠得標，那就是正當的結果吧？」這樣的回應可以說是自暴自棄。

「如果公共工程能夠這樣運作，那也符合公共利益，不是嗎？」

「部長，姑且不論公共利益，我們的利益不是也很重要嗎？」

即使到現在，西田仍舊以滑稽的口吻說話，但望田不僅沒有笑容，表情反而越來越嚴肅，終於說「請你們回去吧」。

「部長，拜託，請幫幫忙。」西田依舊死纏不放。「我不認為現在就能得到回應，不過大家待在同一個業界，還是遵循彼此扶持的系統吧。這一來就不用怨恨彼此，也能保持心理健康。」

西田說的話到最後也變得莫名其妙。

「我很忙。」

望田站起來，看西田還想要堅持下去，便怒叱道：

「我說過請回了。難道要我叫警察嗎？」

原本幾乎要抓住對方袖子的西田瞬間好似靈魂被抽走。

他沮喪地垂下頭，深深嘆了一口氣。

「很抱歉打擾了。改天我會再來請求。」

然而望田冷冷地說：

「請你們不要再來了。我不打算再為了這件事接見任何人。可以請你回去告訴你的夥伴嗎？社長的意見也一樣。」

「不，我會再來請求。要不然，大家都會很困擾。」

西田說完站起來，對平太說了聲「喂」示意要離開。

2

離開常磐土建之後，西田向公司報告交涉內容，兼松課長給予的指示是去找和泉先生討論。

如果圍標無法有效運作，利益系統就會崩壞。這一來，不僅一松組一家公司會受到影響，對於過去容許圍標、在這樣的結構中確保利益的所有公司來說，也是很大的問題。

和泉正在開會，不過當他得知兩人來到公司，便中途離席。

「只好改變手段了。」
和泉聽了他們和常磐土建的對話，便這麼說。
「要採取什麼手段？」西田問。
「常磐的社長是真野建設出身吧？聽說他們會接真野建設轉給他們的工程。我認識幾個真野的董事，只能從那裡的管道進行說服了。如果是真野建設的請求，他們應該也不能隨便拒絕。」
原來如此，還有這種方式。
不過另一方面，平太也懷疑事情沒有這麼簡單。
真野建設表面上宣稱要擺脫圍標陋習、提升企業形象；就算是和泉的熟人，那樣的公司、更何況又是董事，會去要求對方協助圍標嗎？而且真野建設是員工人數幾萬人的巨大企業，和泉的熟人未必直接認識常磐土建的社長，這一來就得透過別人來說服。這樣的說服方式真的會有用嗎？
即使如此，西田還是低頭說「請多多幫忙」。
「還有，專務，這種時候提起或許不恰當，不過這次的協調，希望能由本公司得標。我們是抱著這樣的打算行動的。」
「我知道。」和泉不耐煩地在面前揮手。「老實說，更早之前尾形先生也拜託過我。我認輸了。就朝這個方向進行吧。我正打算要聯絡尾形先生。」
「謝謝您。」西田鬆了一口氣，摸摸胸口。
「不過別太早放心。還有常磐公司的問題，而且這次的案子跟過去的情況不同。」

和泉說完這些話，便急忙回到會議。

「這次的案子，你有什麼看法？」

離開瀧澤建設、走向車站的回程，平太詢問西田。

「這個嘛……」西田思索片刻，說：「就算進行協調，或許也有些困難。必須想想辦法才行。」

這個時段的韓式料理餐廳總是擠滿了客人。兩旁矗立著燒肉、烤牛肉等招牌，但西田看也不看一眼，快步向前走。

平太戰戰兢兢地問：「如果沒辦法接到這項工程，會怎麼樣？」

西田瞪他一眼，說：「不准說這種話，平太。」

「可是……」

「如果拿不到這個案子，並不會立刻動搖到本公司的基礎，不過如果這種情況一再發生，不久的將來情況就會變得很糟。」

不是已經很糟了嗎？——平太想這麼說，但是忍住了。

萌說過，一松組的社長天天都去拜訪銀行。

即使想要融資，也愛莫能助。

像這樣的情況，真的不要緊嗎？平太開始感到擔心。他也想要聽聽西田的意見，不過也不希望被問「你怎麼知道那種事」，因此便默不吭聲。

「太困難了。」平太說出心中想到的話。「如果我們接不到工程，就會走投無路，根本沒有能夠依賴的對象。」

「所以才要拚盡全力。」

西田的聲音雖小，聽起來卻像是心中的吶喊。平太切身感受到業務課的嚴峻，彷彿有冷水流到腳邊。

這裡是業務的最前線，不容許任何輕忽。平太等人承擔的責任，就好像為了在嚴峻的大自然中養活孩子而狩獵的母獅子。再怎麼辛苦、再怎麼灰心，都必須自己想辦法。如果自己不努力，公司就會餓死——平太此刻深切體認到這一點。至於西田，大概已經深入骨髓了。

兩人一回到公司，立刻就和尾形開會。

西田首先報告的，當然是協調已經談妥的事。

「很好！」

尾形握緊拳頭，臉上泛起笑容，不過也只維持短暫的片刻。接下來他就得知與常磐土建交涉的經過。

「他的態度非常冷淡，完全沒有討論的餘地——很抱歉。」

西田低頭道歉。課長兼松斜眼看他，但也無從辯護，只能以虛弱的表情交叉雙臂。尾形的態度明顯變得僵硬。

「和泉專務既然那麼說，目前也只能抱著希望等待結果了。」

西田試著打圓場，但尾形保持沉默，沒有回應。

又過了幾天，仍舊沒有得到與常磐土建談妥的消息。

另一方面，在距離投標日只有兩天的星期二，西田與平太為了確認圍標組織的其他協調情況，被叫到瀧澤建設公司。

和泉顯得比平常更為神經質。進入會客區之後，他把一張單子放在桌上，滑到兩人面前。

這是記載參與圍標的各家公司投標價格的清單。平太是第一次看到這種東西。

「為了保險起見，照例寫下直到第三次的投標金額。如果還是不能得標，其他公司要不是放棄，就是用降低二十萬圓左右的價格重新投標。貴公司的投標金額就交給你們自己決定。」

神宮前的工程將在投標價格上限與最低投標價格之間決標。

之所以要決定到第三次的投標價格，是因為第一次、第二次的投標價格有可能超過預算。

這時候就會當場以更低的金額重新投標。

「只能祈禱不要拖到第二次、第三次了。」

西田拿出記事本，開始寫下十四家公司的投標價格。

這時平太注意到，這些公司名稱當中沒有常磐土建的名字。說服常磐土建的工作沒有成功嗎？平太正想要問，和泉就主動觸及這一點。

「問題在於常磐。」

西田停下正在抄寫數字的手。

「不行嗎？」

「原本想要透過真野建設說服他們，可是似乎不是很順利。真野公司也說，關於圍標的事，沒辦法太強硬地勸說。」

西田咬住嘴唇。

「他們會怎麼投標？有沒有什麼情報？」

「沒有。」和泉簡短地回應，額頭上閃爍著油光。這樣的情況可以說是協調失敗。和泉似乎想要平息內心的焦躁，從胸前的口袋拿出香菸點燃。

「還有時間。只能想辦法在投標之前說服他們協助了。」

「S區公所到底在想什麼？」

西田怨恨地點燃香菸，噘起嘴吐出煙。「竟然指名那種沒有實績的公司參與投標。」

和泉說：「這件事大概有內情。」

聽到這句話，西田和平太都啞口無言地盯著和泉。

「就算主張清廉行政，新企業也不可能那麼簡單就獲得指名。常磐公司沒有公共工程的經驗。如果是小工程就算了，可是這次工程總額高達幾十億圓，以道路工程來說相當龐大。幾十億圓已經比常磐的年度營收還要高，一般來說是不可能邀他們參與投標的。」

「也就是說，區公所有人在幕後指使。」

可惡！——西田把香菸按在菸灰缸中撚熄。「什麼清廉行政嘛！」

「重點是錢。」和泉說。「只要知道有沒有動用金錢，就有辦法制伏常磐。」

這時平太忽然想起一件事，抬起頭說：

「西田，你有常磐土建的信用調查表吧？可以讓我看看嗎？」

「喔，好。」

西田露出摸不著頭緒的表情，從放在公事包的檔案夾抽出調查表給他看。

「啊！」平太小聲喊。

他看到往來銀行欄位有白水銀行的名字，而且是新宿分行，正是萌工作的地方。常磐土建的地址是澀谷區神宮前。平太由此猜想白水銀行新宿分行有可能是他們的往來銀行，果然猜對了。

「平太，怎麼了？」

「我有朋友在這家銀行的分行工作。」平太終於回答。「如果有暗地裡的金錢流動，請她調查或許就可以查明了。」

「真的嗎？」西田瞪大眼睛。

「那就去調查吧。」和泉湊向前說。

「要怎麼調查？」

「去拜託那位朋友，看看常磐土建的帳戶有沒有匯款給個人。期間是這三個月內，金額是一百萬到兩百萬圓的大錢。因為不是生意往來，大概不會像消費稅那樣有尾數。這家公司的營收才十億圓左右，應該不難調查。」

「我知道了。」

平太感受到自己肩上的重任，回答時呼吸變得急促。他心想自己或許能夠用意想不到的方式拯救公司。

和泉繼續說：

「要是有這樣的匯款，就去問出對方名字。我們這裡有名簿，如果是S區公所的大人物、或是土木相關的人，立刻就能查明。拜託你了。」

3

「你要談什麼？」

萌打開銀行後門走出來，明顯露出不悅的表情。「可以快點嗎？現在是最忙的時候。」

現在時間是下午三點多。萌穿著制服，頭髮綁在腦後，急躁的口吻顯示出職場的忙碌。

「很抱歉。可以請妳幫一個忙嗎？妳知道常磐土建這家客戶吧？」

萌以困惑的表情看著平太。

「那又怎麼樣？」

「我想請妳調查，這家公司有沒有金錢流向區公所職員。」

平太在瀧澤建設開過會之後，直接來找萌，向她提起先前與和泉談到的話題。

萌默默聆聽，表情越來越嚴肅。

「笨蛋。」萌說。「我怎麼可能做那種事！」

「為什麼不行？妳不是說可以用電腦輕易調查帳戶活動嗎？」

萌曾經說過這種話。當時兩人都是新人，在公司發生的一切都充滿新鮮的驚奇。

「不是那個意思。」萌以銳利的眼神瞪著平太，表情和假日在居酒屋時完全不同。「要調查某家公司匯款到哪裡當然很簡單，可是不能告訴外面的人。銀行有保密義務。」

「這件事關係到公司能不能得到工程訂單。」平太對萌的態度感到生氣。「調查這點小事有什麼關係？我又不是要拿來做壞事。我只是想要請妳確認，幕後是不是真的有金錢流動。」

「喂，平太。」萌又顯得煩躁。「不論有任何理由，也不可能因為你個人的請求，就把客戶的資訊告訴你。那不是你的公司能不能接到工程的問題。」

「即使是不法金錢也一樣嗎？」

「沒錯。」萌果斷地說。

「你們銀行的客戶如果從事不法行為，銀行也會很困擾吧？」

「那當然也是問題，不過那是另一回事。很抱歉，我不能把客戶資訊洩漏給你。就這麼簡單。」

平太只能乾瞪著萌，說不出話來。

「喂，我現在真的面臨困難。我不會造成妳的困擾，能不能想辦法幫我調查？」

萌低下頭，接著抬頭仰望天空。天空中烏雲低垂，好像隨時要下雨。萌的表情看起來也很黯淡。

「不可能的。」萌說。「就算是你的要求，也不能做這種事。對於銀行來說，洩漏客戶資訊是很嚴重的問題。」

平太盯著萌，心中同時湧起憤怒與懊惱，最後開始覺得自己是個非常窩囊的男人。在這個瞬間，如果問「妳要選擇我還是工作」這種二選一的古典問題，萌一定會選擇「工作」。

「算了。」

不久之後，平太失望地說。「看來妳是個了不起的銀行員，就繼續被銀行的規則綁住吧。」

「你為什麼不能了解？我知道你遇到困難，如果可以的話也很想要幫你，可是不能因此從事非法行為。」

「非法？哪有這麼嚴重？我只是想要請妳稍微調查一下——」

「我現在很忙。」

萌打斷他的話，臉上顯露出怒意。「我要回去了。你不想理解就算了，不過我要說清楚，平太，你錯了。真差勁！」

萌轉身拉開沉重的鐵門，頭也不回便重重地關上門。

「什麼銀行嘛！把人當傻瓜一樣！」

平太獨自被留在荒蕪的銀行後門口喃喃自語。他對萌頑固的態度感到生氣，也對銀行這個組織感到生氣。「下層」民眾為了生存而奔走，銀行卻以高高在上的姿態說些冠冕堂皇的大道理，這種態度也讓他無法原諒。就連應該最了解自己心情的萌也遵從銀行的規則，讓他產生近似嫉妒的情感。

只要調查一下，就知道對方有沒有不法行為，進而拯救一松組……常磐土建或許是銀行重要的客戶，可是難道一松組就不是嗎？

平太懷著懊惱的心情，快步離開萌工作的銀行。

「很抱歉。」平太深深鞠躬。

尾形對他說：「沒關係。常磐土建的確很可能像和泉先生說的那樣，暗中從事不法行為，但是不能因為要掌握證據，就請你的朋友做出不法行為。」

「可是只要稍微幫忙調查一下……」

「每個業界都有自己的規則。而且你別忘了，圍標也是不法行為。」

尾形說出意想不到的話。「這不是你個人應該做的事。如果要請銀行調查，最好由社長出面拜託。這樣的話，銀行也比較有可能會幫忙。」

尾形看平太心不甘情不願地點頭之後，又對西田說：「你去跟山本社長約時間。」

「呃，那個——」西田驚訝地瞪大眼睛。「常務要親自過去嗎？要約在什麼時候？」

「今天馬上過去也沒關係。如果不方便，就約明天。」

西田當場打電話給常磐土建公司，然後用手蓋住話筒問：

「明天傍晚社長似乎有空，可以約晚上六點。」

投標日期是後天，時間非常緊迫。

「那就拜託了。」

尾形咬緊牙根，瞪著眼前的虛空。

4

「我沒想過承接一件工程會這麼辛苦。」

當天晚上照例在離公司很近的「屯面」喝酒時，平太這麼說。這天一起喝酒的，除了西田之外還有理彩。理彩從剛剛就偶爾陷入沉思，一副百般無聊的樣子喝著加冰塊的燒酒。

「尾形常務要親自出馬，我也感到很驚訝。雖然說這也是為了要保護業界慣例，但是反過來看，也等於已經被逼到走投無路了。」

西田這麼說，並且向單肘拄在吧檯上的理彩尋求同意。

「根本不用去管常磐什麼的公司。」理彩說。「我們不是也大砍成本提出投標金額嗎？就算不管他們，他們也不是對手。而且假如他們抱著虧損的打算接案，也持續不了多久。」

「重點應該是要避免類似的公司出現吧。」

「可是要做到那個地步才能接案，感覺也很窩囊。今天我聽會計的佳佳說，我們公司的資金周轉情況還是很糟糕。」

佳佳是會計部的職員，也是和理彩一起逛夜店的夥伴。

「基本上，區區幾十億的工程要常務親自出馬，真令人不敢相信。」

理彩直言評論，但西田突然開口說：「我大概知道其中的理由。」

「你要說是為了支付你的獎金吧？」

「不是這樣。」

西田的表情變得認真，壓低聲音說：「事實上，聽說新的地下鐵工程終於要發包了。估計少說也要一千八百億圓。」

理彩把舉到嘴邊的玻璃杯放回杯墊。

「真的？」

「常務真正想要得到的是這項工程。」

平太問：「也就是說，到時候慣例的機制如果不能順利運作，就會很麻煩？」

西田回答：「其中當然也會有和泉先生協調的工程，不過分量最大、利潤最多的部分，不是和泉先生能夠協調的。畢竟是大型公共事業，案子越大，參與的公司也越大。這一來，就會有更大咖的人物出面。」

理彩用自虐的口吻說：「像我們這樣的中堅公司，就算參戰也不可能贏吧？」

「妳在說什麼！我們不是號稱『地下鐵的一松』嗎？」西田說。「本公司雖然不大，但是對地下鐵卻很在行。雖然工程規模確實很大，不過考慮工程實績和技術，就算我們得標也不奇怪。剩下的問題就是要怎麼投標。畢竟一定也會有大型建設公司參與。」

「如果可以接到這樣的工程，公司的情況也會稍微樂觀一點。我也想看到尾形大叔的笑臉。他眉頭老是皺著，好像吃到難吃食物的大佛一樣。」

「他本來就是那樣的長相。」西田一副無趣的樣子繼續說。「總之，只要地下鐵工程開始進行，瑣碎的附帶工程會有幾成由和泉先生來主宰。常務不能讓這個系統在此刻被破壞。和泉先生應該也一樣。他們兩個內心大概很想要把常磐土建的社長掐死吧。」

次日，尾形造訪常磐土建時，因為西田與平太兩人曾經造訪過一次，比較熟悉狀況，因此帶他們同行，一起坐上公務車。

雖然一松組只是中堅公司，不過一家建設公司的常務特地造訪營收十億圓左右的工程業者，可以說是非比尋常的事情。

然而出面接見的山本似乎完全不在意這種事，以平常的態度與尾形對峙。

山本過去在大型建設公司管理土木現場，是個身材矮小、但體格看起來相當結實的男人。他快步走入會客室，面無笑容地交換名片，並詢問：「是上次談過的那件事嗎？」

他的聲音高亢，不過顯示出堅強的意志。

尾形靜靜地盯著對手，然後說：

「瀧澤建設的和泉先生應該也跟您談過，希望貴公司能夠參與協調。我想這樣的做法對貴公司也有好處。」

「那麼可以把這件工程讓給本公司嗎？」山本冷靜地說。「那麼就沒問題。不過應該不行吧？您來到這裡，應該是要我們協助一松組得到這個案子，不是嗎？本公司想要接這個案子，所以沒辦法答應這樣的要求。」

「山本先生，工程不是只有這一件，可以請您看遠一點嗎？」

「我認為這種想法是錯誤的。」

山本明確地說。「您大概認為，透過協調讓大家各分得一點利益比較有利。如果每一件工程都能平均分配，或許是有利的，但是實際上，大工程會被像貴公司這樣的大公司搶走，給我們的都是利潤微薄的小工程，頂多不會餓死而已。這一來公司永遠不會成長，對我來說就失去離開建設公司創業的意義。」

「即便如此，還是能夠讓公司成長。要不然也可以請你們在大工程中承接我們的工作。如果以為在競標中會有利益剩下，那就只是脫離現實的理想論了。貴公司過去似乎主要都在接民間工程，但是在公共工程的情況當中，不想辦法的話，就會演變成寧可虧損的殺價競爭。要是進行無意義的競爭，最後就得降低預算金額，狀況也會越來越惡化。」

「尾形先生，要如何預測未來，應該是經營的根本吧？」山本完全沒有動搖。「那是您的看法，而我也有我的看法。方針和策略不同是理所當然的，您卻要我配合，這點恕我無法贊同。」

平太心想，要改變這個男人的想法，大概比移動富士山還要困難。

尾形直視對手，似乎不是在思考如何反駁，而是想要看穿對方內心深處。

「山本先生，各家公司當然可以有各種經營方針和經營策略。」

不久之後，尾形說。「但是即使想法和做法不同，目標應該只有一個，就是要盡可能提高利益。關於這一點，您和我們應該也是一致的。我充分理解您有自己的看法，可是這世上不能只憑一家公司生存下去。可以請您也考慮到同業之間協調的歷史與重要性嗎？貴公司如果打算長久承接公共工程，請務必傾聽我們的建議。」

「為了避免誤會，我必須聲明，本公司並不打算要挑釁各位。」山本說。「但是我們也必須生存下去。這次的工程我們一定要承攬，就這麼簡單，沒有其他理由。本公司沒有多餘的心力去考慮下一個工程。我要說的就是這樣，可以告辭了嗎？我現在必須外出。」

山本瞥了一眼手錶，結束短暫的面談。

談判破裂了。

在回程的車上，尾形一句話都沒有說。

現在雖然是五月底，但車內的空氣非常寒冷，光是動一下身體，彷彿就會發出冰塊裂開的聲音。

「投標時間是明天幾點？」尾形問。

他的聲音很焦躁，因此西田連忙回答：「十點。」

「我要過去。」

尾形以急迫的口吻說。一松組的投標是業務課長兼松的工作，然而這次尾形卻打算親自參加。

「好的。」

西田低聲回應，不久之後車子就從代代木方面左轉進入明治通，開往總公司大樓。

5

投標的那一天，東京下著雨。

九點二十多分，常務的車開往S區公所，平太也在車上。後座坐著尾形以及這天從早上臉色就特別差的兼松。

平太要跟到投標會場，發生狀況時負責應對；另一方面，西田則被指派為在公司待命的聯絡人員，一有通知就要向社長報告。

「下起大雨了。」

尾形喃喃地說。兼松也說「希望雨可以停」。平淡的對話中，可以感受到緊張氣氛。

平太望著打在前窗玻璃上的雨點被雨刷掃走，腦袋感覺變得麻痺。

不知是因為睡眠不足，或是因為緊張。

他昨晚想起種種事情，直到黎明都睡不著。

與和泉的對話。和泉詢問「你有朋友在銀行嗎」時的眼神。那雙眼睛好似發現很有趣的東西般閃耀，就好像偽造品因為光線的關係，有一瞬間綻放真品般的光芒。在銀行後門擺出臭臉的萌。平太與她的對話。尾形嚴肅的表情，以及與之對峙的山本頑強的態度——

一直到壓低成本的階段都沒有問題，應該進行得很順利；然而由於拒絕圍標的常磐土建的存在，打亂了預定計畫，原本出現在眼前的路徑消失得無影無蹤。

昨晚平太試圖打電話到萌的手機，但是沒有打通。時間是九點多，不知道她是沒有發覺，或是仍舊為了上次的事在生氣而沒有接。

於是這天早上，平太在遲鈍僵直的精神狀態中坐在前座，隔著前窗望著被雨淋溼的街道。

「你知道常務要親自前往，代表什麼意思嗎？」

昨晚回到公司，西田問他。

平太回答：「表示他非常重視這次的投標吧？」

西田說：「不只是這樣。常務是考慮到第二、第三次投標的時候，有可能必須在投標會場決定價格。碰到那種情況，兼松課長沒有權限，不過如果是尾形常務就可以當場決定。也就是說，常務親身前往，是因為預期會出現那種緊急狀態。」

為了因應那樣的情況，此刻平太膝上的公事包裡裝滿了先前降低成本的資料。

當平太看到S區公所老舊建築出現在眼前，他感覺到自己的心臟因為緊張而劇烈跳動。

投標會場已經有十人左右，默默地坐在長桌周圍。

尾形與兼松進入會場時，幾乎所有人都抬起頭對他們打招呼。看來這些人彼此都認識。

尾形直接走向最前方的空位，大剌剌地坐下來。這個座位是三人座，兼松坐在中間，平太坐在最左端。

會場是區公所一間單調乏味的房間，連一張賞心悅目的圖畫也沒有掛。最前方的黑板寫了工程名稱，在那裡只有三張桌子面向他們排成一列。

時間是九點五十分。

常磐土建的山本還沒有出現。

室內的空氣因為緊張而沉重。坐著不動時感覺喉嚨好像被掐緊，因此平太一再把指頭插入領帶的結當中，想要擺脫窒息般的感覺。

到了投標開始的五分鐘前。

進入會場的人都默默地坐在椅子上，安靜地看著投標用紙。平太暗自數了一下參加者人數。

有兩人到場的公司，也有只有一人的公司，總共有十二家。在他觀察的期間又來了一家。到現在還沒有看到常磐土建的山本。又來了一家。只剩下山本沒來。

反方向的門打開，三名招標承辦人員進入室內。時間是三分鐘前。

室內原本停滯的空氣流動起來，出現咳嗽、活動身體的聲音，氣氛變得活絡。尾形緊緊閉上眼睛，交叉雙臂默默沉思。兼松面向前方，但視線似乎無力地游移著。一名女性承辦人員關上背後的門之後，平太也見過的花井道路課長站在會場中央檢視手錶。

還有一分鐘。

山本還沒有到場。

平太心中浮現某種預感——山本也許不會來。

昨天他雖然那麼說，不過到頭來為了避免擾亂業界秩序，這次或許會退出投標。

「差不多準備要開始了。」

花井的聲音非常輕鬆，與現場氣氛格格不入。

還是沒來……

尾形與兼松就像按下暫停按鈕的畫面般，從剛剛就完全沒有動作。

呼……平太鼓起臉頰，然後吐出一口氣。

他沒有想到會有這樣的結局。到頭來只是白擔心……

正當他這麼想，背後傳來門打開的聲音。平太回頭，不禁屏住氣息，理解到自己剛剛的想法太天真了。

山本緩緩走入室內，在最後方的座位坐下。

「首先請提出文件。豐島道路、玉崎建設。」

花井念出名單上的公司，首先有一名三十多歲的男子拿著文件走上前，接著又有一名頭髮斑白的男子跟上。兩名職員開始檢查內容，然後說「沒問題」便收下文件。

在電子投標越來越常見的現在，區公所仍然使用傳統的投標方式，有一說是為了節省電子化的預算。

不論如何，如果在這個場合文件不齊全，就沒辦法參加投標。單單漏掉一個印章，過去累積的刪減成本努力，以及在協調中的勸說工作，全都會付諸東流，因此這裡無疑是最初的重要關卡。

「一松組。」

平太站起來，走向坐在正面桌位的女職員，交出文件。

在建築業工作，不時會和政府單位打交道，而且幾乎都是像這樣進行書面申請，因此平太也不是第一次讓人審查自己提出的文件；不過他總是無法喜歡檢查文件的這段期間忐忑不安的心情。他感到心神不寧。

「沒問題。」

職員冷淡的聲音讓平太鬆了一口氣，以機器人般的僵硬動作回到座位上。接著被點名的是山本。平太祈禱他們因為文件不齊全被退件，但是文件還是通過了。

這一來，所有參加企業的文件都順利通過，終於要開始進行投標。

「那麼就開始進行第一次投標。請各位在投標用紙上填寫公司名字與金額，然後投入前方的箱子。」

平太拿出裝有填寫金額的用紙的信封，交給旁邊的兼松，然後再由兼松交給尾形。

在尾形的大手中，信封顯得特別小。

尾形緩緩站起來，把信封的邊緣插入放置在中央的箱子，停頓片刻之後鬆開手指。信封發出咚的聲音滑落到箱子裡。雖然很輕，卻彷彿是最沉重的聲音。

在越來越沉重的空氣中，山本拿著信封快步走向前方，毫不猶豫地投標之後，又迅速回到座位上。平太知道有幾個人的視線追隨著山本。大家都知道山本拒絕接受協調。

參加投標的十五家公司都結束投標，就開始進行開票程序。

時間大概需要十分鐘左右。

究竟會依照協調目標由一松組得標，或是由常磐土建得標？

在參加者興致盎然的視線之下，花井課長再度站到前方。

「剛剛投標的結果，很遺憾沒有低於得標價格上限的公司。」

室內掀起一陣議論聲。

尾形沒有眨眼，緊閉雙脣，以銳利的目光盯著花井。兼松的喉結上下移動，看得出他吞下口水。

平太因為驚人的事實而抬著頭說不出話來。

這個結果太令人意外了。

他們那麼努力地進行降低成本的交涉，以萬全的準備參與投標，然而區公所的預算卻比那個金額更低——

到底是依據什麼樣的估價來決定預算的？

他很想如此質問，雙眼盯著花井，彷彿要在他臉上穿孔一般。

「接下來要進行第二次投標。」

職員開始分發新的投標用紙。

原本期待在第一次投標時決定，但這下子就變得困難。尤其因為不知道常磐土建的投標金額是多少，更增添難度。

不過上限價格與投標價格也不太可能會差太多。

一松組必須通過的目標有兩點——

首先要低於上限價格，另外就是要低於常磐土建的投標價格。

他們和參加圍標的其他公司已經完成第三次投標為止的劇本，因此不需要考慮這些公司。

實際上等於是和常磐土建單挑。

尾形的表情變得嚴肅。

第一次投標的金額可以給予一松組一定程度的利益，但即使如此，應該也已經很便宜了。然而這個便宜的投標價格卻被斷定為「太貴」。

「常務，該怎麼辦？」

一旁的兼松小聲問。尾形沒有回答。

代替回答的是「平太，計算機」的聲音。

平太從公事包取出計算機與工程試算資料，交給尾形。

尾形盯著數字，在計算機反覆輸入數字又刪除。

他在猶豫。

問題在於要確保多少利益。

然而現在沒有重新檢視成本的時間，也沒有慢慢考慮的時間。

尾形計算完畢之後，拿著鉛筆陷入沉思。他想必正在腦中反覆考慮：現在要寫下的數字真的行得通嗎？

他的手終於動了，寫下投標價格。

看到這個數字，平太不禁屏住氣息，驚愕地看著尾形。

這個金額顯示出尾形無論如何都要得標的決心。

「平太。」尾形低聲說，「拿去放進箱子裡。」

平太默默地接過信封，走到箱子前放進去。

「拜託。」

他把信封放下去時，強烈地在心中祈禱。

其他公司彷彿在等候一松組投標一般，也紛紛跟著投標。山本是最後一個。等到常磐土建的標單進入箱子裡，便開始開票。

「接下來就要發表開票結果。」

花井的口吻照例顯得輕鬆，不過投標會場的所有人面色依舊相當凝重。

「這次的投標，有兩家公司的金額低於本區設定的上限價格。」

尾形交叉雙臂，緊閉雙眼，一動也不動。花井念出金額。「得標價格是二十一億七千萬圓。」

場內議論紛紛。

太便宜了。用這種價格接案，不會虧損嗎？——驚愕的視線開始交錯。在這當中，尾形張開眼睛，以猙獰的表情瞪著眼前的虛空。
這個金額大幅低於尾形再三考慮之後寫下的價格。
「得標的是常磐土建公司。」
室內迴盪著沉重的嘆息。「常磐土建公司請留下來辦理手續，其他人可以先回去了。謝謝各位。」
花井稍稍鞠躬，然後便開始整理眼前的文件，似乎在表明自己的工作已經結束。他的結語乾枯乏味，即使是居民大會的抽籤活動致詞也會更講究一些。室內響起挪動椅子的喀噠喀噠聲，參加者紛紛站起來。此時尾形以燃燒般的眼神瞪著常磐土建的山本社長。
山本不知有沒有察覺到尾形的視線，完全不回頭看他一眼，緩緩站起來之後，就隨著承辦人員到別的房間。
「走吧。」
尾形站起來，臉色仍舊因憤怒而蒼白，快步走出投標會場。平太追在他背後，打電話到在公司待命的西田手機。
鈴聲才響一次，西田便接起電話，用緊繃的聲音問：
「結果怎麼樣？」
「輸了。」
「什麼？」西田發出絕望的叫聲。「為什麼！」
平太告訴他得標金額。

「哪有這種金額！根本就不正常。是常磐那傢伙嗎？」
「是的。可以請你轉告社長嗎？我們現在要回公司了。」
覺得「不正常」的不只是西田。投標會場上的所有人應該都有同樣的想法。
他們已經盡最大的努力壓低成本，尾形也寫下瀕臨極限的金額。即便如此，也無法低於常磐土建的得標價格。
這就是投標嗎？這就是公平競爭嗎？
如果是的話，要在這樣的競爭中生存，會超出想像的艱難。

6

「如果都像今天這樣，到最後工程業者會餓死。承包業者也嚇一大跳，馬克西姆的耕田甚至還把聽筒掉下去。」
西田以自暴自棄的態度說。這裡是熟悉的「屯面」吧檯。平太結束工作，沒有多想就接受西田邀請去喝酒，另外也找了理彩，一起舉辦「惋惜會」。
回到公司之後，平太和西田分頭將結果告知協助降低成本的材料廠商等。馬克西姆公司因為訂單預定金額龐大，因此首先告知這家公司的業務耕田。
驚訝的不只是耕田。幾乎每家公司都是類似的反應，其中似乎也摻雜著對於原本鐵板一塊的圍標被破壞感受到的震驚。每一家業者原本都相信這次一定是一松組得標。

平太感觸良深地說：「難道這就是真正的競標嗎？」

理彩回答：「應該不太一樣吧。」

「怎麼個不一樣？」

「憑那家常磐土建公司的投標金額，應該會造成虧損吧？」

「虧損……」

平太不禁盯著理彩成熟的側臉。他從來沒去想過這個問題，只認定因為是小公司，所以人事費等成本一定也比較少。每一家公司的支出費用當中，人事費都占了很大的比例。也因此，如果展開削減成本的競爭，薪資水準低的公司會比較有利。

「就算人事費不一樣，也不可能差到這麼多。常磐土建或許有不惜虧損也要得到這項工程的理由。比方說，他們重視的是接到這種工程的實績。雖然說投標沒有假貨或真貨，不過如果把至少要得到一點利益的競爭當作真貨，那麼這次的競爭應該不太一樣。」

「這麼說的話，和這種公司競爭實在是太蠢了，根本不會有勝算。」西田瞪著倒入日本酒的玻璃杯說。「太不正常了。」

「沒錯，太不正常了。不過輸了就是輸了。」

理彩直截了當地指出來，西田只能很不甘心地喝下杯中的酒。

「沒有圍標的投標，真的有辦法成立嗎？」

平太內心忽然產生疑問，問了這個問題。

西田問：「什麼意思？」

「如果有二十家左右的公司來投標，至少會有一家業者寧願稍微虧損也想接案吧？」

「像那樣的公司，一定沒辦法長久經營。」

「可是即使一家公司倒閉，難道就不會有新的公司出現嗎？」

西田一時回答不出來。平太繼續說：

「建設業界的公司數量太多了。寧願虧損也要得標的公司就算倒閉，也會有雨後春筍般的新公司參與招標，又會試圖以賠錢價得標。如果這種事持續下去，就會像西田所說的，再正常的公司也會變得有問題。」

「嗯，也許吧。」西田索然無趣地喃喃說。「所以到頭來，還是需要協調。沒有協調就沒辦法繁榮——雖然這種事不能大聲說出來。」

「你的聲音已經夠大了。」

理彩瞪他一眼，西田便縮起肩膀改變話題：

「常務也說過，問題是下一次。」

中午過後召開的緊急會議在異常氣氛中開始。除了尾形之外，還多了一個新的人物。

那就是一松組社長，松田篤。

松田是有半個世紀歷史的一松組創業家族出身。當他得知投標失敗，便青筋暴露怒吼：

「你們在做什麼！連區區一家新公司都沒辦法擺平嗎？到底是怎麼回事，尾形！」

尾形被社長怒視，表情僵硬、臉頰緊繃，只能擠出一句「很抱歉」。

尾形是個熱血漢子，這次投標失敗不可能不感到懊惱；然而此刻他壓抑自己情感、忍受社長斥責的模樣，令人感到很荒謬。尾形畢竟也是個上班族。

平太同樣地感到不甘，課長兼松與西田想必也一樣。

大家為了這天的投標，能做的都已經做了。除此之外還能做什麼？難道要用蠻力阻止常磐土建投標嗎？

富二代社長不會了解，尾形和業務課員付出多大的努力拚命戰鬥。

平太還在工地的時候，社長是宛若雲端的人物，可是來到業務課之後，這個人就出現在眼前，提出不合理的要求。平太咬著嘴唇忍受松田的斥責。在他心中，社長已經從雲端上的人物墮落為凡夫俗子，成為憤怒的對象。

松田痛罵好一陣子之後，撂了一句「下次交通局的案子一定要拿到」，然後就離開會議室。

下次交通局的案子——這是指東京都交通局發包的地下鐵工程。

「過去的事情也沒辦法挽回。」

所有人站起來目送松田之後，尾形以沉重的聲音說。「就如社長說的，現在我們能夠做的，就是全力以赴準備地下鐵工程的投標案。聽好了，這項工程關係到本公司的命運，一定要拿到。知道了嗎？」

這段話彷彿是尾形說給自己聽的。

在此隱約可見關係到經營基礎的問題。對於依然處於不上不下地位的中堅建設公司一松組來說，總額超過兩千億圓的公共工程是無論如何都想要得到的案子，更何況又是擅長的地下鐵工程。

平太問：「這麼大的工程是誰在進行協調？」

西田將舉到嘴邊的魚肉切片放回盤中，表情突然變得認真。

「這方面有專門的協調人，而且是個大人物。」

「是像和泉先生那樣的人嗎？」

西田緩緩地搖頭。

「和泉先生太小了，不夠看。跟那個人比起來只是個小角色。」

「有那麼大的人物？」

「有，那就是『天皇』。」西田斷言。「這個人是山崎組的顧問，關東一帶的大型工程案大多由這位『天皇』處理，算是業界最大牌的協調人。」

「可是既然要調整，就會有順序吧？如果不是輪到我們，不就沒辦法得標了嗎？」

西田回答：「這項工程不會由一家公司得標，應該會和其他建設公司以聯合承攬的形式得標。社長和常務應該也是這麼想的。現在常務腦中大概已經想好要和哪家公司合作。」

平太問：「可是如果要接那樣的工程，我們到底該怎麼做？」

他了解地下鐵工程是大型案件，但是兩千億圓的接案金額，對於頂多只參與過十億圓規模的共同住宅工程的平太而言，堪稱天文數字。

西田回答：「要做的事情都一樣，只能天天去拜訪那位天皇——包括你和我，還有尾形常務。或許就像挑戰風車的唐吉訶德，不過到頭來，也只能靠這種低調的努力。我不知道你為什麼會調到業務課，不過這就是我們的工作。我們就跟雜草一樣。」

「雜草……」

這個說法聽起來有點帥。

不是有名字的花卉，而是雜草。這麼想的瞬間，平太覺得內心關於該如何投入自己的工作、該如何當一名上班族等等令人煩悶的疑問似乎都消散了。

「我才不要當雜草。」理彩有些醉眼朦朧地說。

「別擔心，理彩。」西田泛起笑容。「雜草也會長出小小的花。人生不就是這樣嗎？」

「可是到頭來還是雜草。」

理彩的嘀咕聲被西田氣勢十足的「再來一杯！」的聲音蓋過。

7

同一時間，東京地檢特搜部的內藤肇看到提交上來的報告書，低聲沉吟：「竟然不是一松組……」

他的下屬野村隆伸皺起眉頭，面色蒼白地點頭。報告中彙整的是這天進行的S區道路工程投標資訊。

在特搜部事前進行搜查的過程中，應該是一松組會得標，但此時內藤拿到的報告中，卻出現不曾預期的公司名稱。

「常磐土建……這是怎麼回事？」

「這是一家新參與投標的小公司，我也很意外。」

內藤沒有回答，只是拿著報告靠在椅背上。

「是圍標談判破裂了嗎？」

內藤的口吻似乎不是在詢問特定對象。

「或者也許他們一開始就沒有參加圍標。常磐土建好像是第一次參加招標的公司。」

「第一次？」

內藤仔細端詳報告附帶的常磐土建資料。「這種規模的公司，為什麼會被指名為新參與招標的業者？」

內藤露出詫異的表情，繼續說：「這家公司的企業規模和財務內容都很普通，可是這是一家沒有公共工程經驗的中小企業，為什麼能夠參加招標？要找的話，應該還有很多更適合的公司吧？」

野村盯著內藤手中的報告。

「的確，您說得沒錯。」

內藤啐了一聲，把報告丟到桌上。

「一定是有人居間推薦，要求讓這家業者參加。野村，你知道S區區長的口號嗎？」

下屬檢察官突然被問到這種問題，不知該如何回答。

「『潔白無瑕』。真好笑。」

另一方面，業者也有問題。雖然每一家建設公司都宣稱要告別圍標，但是在過去的歷史當中，不知聽過多少次同樣的話。結果總是過一陣子又會發生圍標。事實上，現在正在發生。

「有沒有可能是因為警戒而傳出假消息？假裝是一松組，實際上卻是為了讓常磐土建得標的圍標……」

年輕的野村進入檢察廳才幾年，說得有些含蓄。內藤站在領導特搜部的立場，具有獨特的嗅覺，與其說是檢察官，更像是刑警。他憑著在廳內備受矚目的實績就任特搜部長，並非虛有其表。

「應該不是。他們大概連自己成為調查對象都不知道。瀧澤建設的和泉太大意了。如果現在採取行動，就能揭發和泉主宰的圍標組織。不過光是這樣還不夠。」

「如果今天是一松組得標，您也不打算強制搜查嗎？」

「這樣太無聊了。」

內藤宛若雕刻般酷酷的表情上，出現意想不到的笑容。「為了一隻老鼠而騷動，反而被真正大尾的目標逃走，那就得不償失了。這是狩獵遊戲。」

「狩獵？」

野村感到這個比喻有些殘酷的意味，臉上的表情似乎想要反駁，但是最後什麼都沒有說。內藤看到了，心中也有些不滿。最近的年輕人太乖巧了。應該更勇敢地反駁上司才對。現在已經沒有那種難纏的下屬了。

「他們會在那件招標案採取行動嗎？」野村忽然問。

「一定會。」

內藤如此斷言，眼神變得強而有力。「到時候就是真正的決鬥。」

8

「什麼事？」

好久沒聽到的萌的聲音很冷淡。

「我想知道妳現在在做什麼，所以就打電話了。」

平太和西田等人暢飲之後，坐上京王線的最後一班電車，總算抵達笹塚站，此刻正在走回宿舍的路上。

他是為了前天的事想要打電話道歉，但是一聽到萌的聲音，就沒有自信能夠好好說出來。

「沒做什麼，我正想要看書之後睡覺。投標結果怎麼了？」

萌興致索然地詢問，感覺不是因為想知道才問，而是出自義務、為了配合平太才問的。

「我們沒有得標。」

萌沉默片刻才回應：

「是嗎？真遺憾。」

「得標的是常磐土建。」

電話另一端好像在沉思般悄然無聲。

「這樣啊……你希望我說對不起嗎？」

「不是，是我不好。」

平太總算說出道歉的話。

「沒關係，你不用在意。」

平太握著手機，仰望沒有星星的天空。不知從什麼時候開始，他和萌之間的關係變得這麼冷淡。

彼此應該都互相尊重對方的工作，但是不知不覺中，各自的心中便溜進不同的情感，使得兩人之間產生疙瘩。

「妳明天有沒有空？要不要找個地方喝一杯？」

「明天……？你媽媽不是要來東京嗎？晚上不用陪她嗎？」

萌記得這件事。

「嗯，的確。」

「你最好去陪她。她難得來東京吧？而且我星期五也很忙。」

「是嗎……」

平太嘆了一口氣，鼓起勇氣再邀她一次。「星期六呢？」

「星期六？」

電話另一端陷入沉默，似乎是在思考。「還沒決定……」

「如果可以的話，要不要跟我媽一起用餐？我打算晚上在新宿吃飯。如果妳來了，她一定會很高興。」

「我最好還是別打擾你們母子相聚吧？」萌的聲音帶著些許困惑。

「沒這回事。我媽比較喜歡熱鬧的場合。而且她不是那種需要特別費心的人。妳有什麼預定計畫嗎？」

「沒有……」

「那就來陪我們吧。只是吃飯而已。」

「我知道了。」

萌在電話另一端的聲音聽起來有些憂鬱，不過平太決定不去多想。只要一起吃飯，他和萌之間變得尷尬的關係應該也能立刻修復——他想得很輕鬆。

平太預約的是鄰接車站的大樓中一家和風餐廳。

「敝姓野村，很高興見到您。」

萌禮貌地打招呼。她今天穿的是印花布面、色彩明亮的洋裝。外出正式打扮的萌看起來和平常不太一樣，顯得很成熟。

「今天真的很感謝妳來陪我們。」平太的母親也深深鞠躬，並且補充：「也謝謝妳平日以來對平太的照顧。」

「沒這回事。」

萌露出笑容，但是她的笑容看起來比平常黯淡。

他們點了套餐料理，不過這裡並不是特別拘謹的餐廳，而是氣氛輕鬆的用餐場所。前菜是卡爾帕喬（Carpaccio），主菜則是荷蘭鍋料理。

他們點了三杯生啤酒乾杯。

平太幾乎沒有看過母親喝啤酒的樣子。當他看到母親變得比平常更多話，就知道她心情很好。

「野村小姐在哪裡工作？」

談到平太的工作時，母親提出這個問題。

「我在白水銀行工作。我工作的地點就在這附近的新宿分行。」

「那裡是一松組的往來銀行。」

平太若無其事地補充，母親便驚訝地說：

「哎呀，那真不得了。如果公司業績變差，馬上就會知道了。」

「沒這回事。」

萌委婉地否定，不過話題朝向有些敏感的方向，讓平太感到坐立不安。

母親幾乎完全不知道一松組的業績。

一松組雖然說是中堅建設公司，不過在長野鄉下人眼中則是大公司。光是從東京的大學畢業、在那樣的公司工作就已經很了不起了，在上市企業當上班族的平太是母親自豪的兒子。鄉下和東京的價值觀就是差這麼多。

「既然是往來銀行，平太也會去銀行嗎？」

「不會，我是業務課的。」

母親什麼都不知道。「就算要去，頂多也只是去領薪水而已。我的戶頭在白水銀行。」

「這樣的話，你就等於是被野村小姐抓緊錢包了。」

萌發出苦笑。

「不會。我並不知道客戶員工的薪水是多少。」

「這個人如果不好好管教，就會亂花錢。所以如果野村小姐能看管他，我會比較放心。」

在平太和萌的關係出現不和諧的時候，談這個話題令人有些難受。萌的笑容變得不自然，視線落在眼前的盤子。

這時母親看到萌這樣的表情，臉上瞬間顯露出詫異的神色，笑容也消失了。母親具有獨特的直覺。

「真抱歉，野村小姐，我說話太任性了。請妳別在意。」

平太趁母親這麼說的機會改變話題，撐過這個場面。

聚餐從晚上七點開始，接近九點時甜點上桌，不久之後三人便走出餐廳。

平太在新宿站的地下驗票口前替萌送行之後，獨自送母親回飯店。

「真是個好女孩。」

他們避開熱鬧的東口廣場、經由地下通道往西口走的時候，母親這麼說。

「嗯。」平太回答。

母親問：「你們交往得還順利嗎？」

平太邊走邊想，然後說：「我也不確定。」

他很難說兩人交往得很順利。

「兩人交往難免會有些波折，不過平太，你得注意。」

母親或許察覺到他和萌之間的關係有些狀況。「明明很親近的人，也可能不知何時就跑到很遙遠的地方。」

平太驚訝地看著母親。母親收起短暫浮現的嚴肅表情，露出笑容說「今晚過得很愉快」。

母親的外出服在新宿的人潮中，看起來有些老氣。母親不知何時變老了。

「我今後偶爾再來東京玩吧。」

「歡迎妳隨時來玩。」平太露出寂寞的笑容。「我下次幫妳買衣服吧。妳很喜歡打扮吧？」

「不用了啦！」母親用誇張的口吻婉拒。「買給媽媽，還不如買給野村小姐。」

「不用幫她買。她的薪水比我還高。」

「真的啊？」

母親說完轉向背後，彷彿是在人潮中尋找萌的身影。「她在銀行應該也會遇到很多困難，只是你沒有注意到而已。」

「妳今天特別打扮過了。」園田說。

萌不知道他眼中的情感是嫉妒還是憤怒。

她和平太用餐的時候，手機接到園田好幾次來電。她已經跟園田說過，平太的母親會來東京，因此有可能被邀去吃飯。這是星期二平太拜託她調查常磐土建的那天晚上、園田邀她用餐時，她不小心說出口的。

當時園田的表情立刻變了，連萌也能明顯看出來。

他的表情變得很可怕，視線游移在虛空中，然後以彷彿想不開、被逼到絕路的眼神看著萌。

也因此，萌猜測今晚他可能會打電話來。她本來擔心如果那時候和平太在一起，會有點麻煩——

我是不是有點期待？

像這樣跟園田見面是第二次。第一次是和平太在新宿站道別之後，在月臺上接到園田的邀請；今天則是在驗票口內的通道接到園田的電話，結果來到和回程反方向的澀谷。

這裡是公園通附近的葡萄酒吧。園田似乎常常來這家店，店員很親暱地介紹當天進貨的葡萄酒名。

澀谷和新宿同樣是年輕人聚集的地方，不過這家只有小吧檯的店氣氛穩重而安靜，並且瀰漫著成熟的氣氛。

園田問：「妳男朋友的母親怎麼樣？」

「你問我怎麼樣，我也……」萌不知道該如何回答。

園田的氣氛跟平常不一樣，感覺他自己也很緊張。理由在他接下來的問題中變得明朗。

「你們是不是談到結婚的話題？」

他的聲音彷彿哽在乾渴的喉嚨、勉強擠出來一般，似乎說明了問這個問題需要一定的勇氣。

「我們見面沒有那種意思……」萌感到不知所措。

「可是他母親應該不這麼想吧？」

「這個……」

萌無法否定。不論冠上什麼理由，兒子帶女朋友見母親，對方當然會這麼想。萌也了解這一點，因此覺得在心意未定的情況下與他們用餐是不對的。

萌忽然想起先前聚餐的事。

吃飯吃到一半時——雖然無法說清楚，但氣氛出現變化。那是在談起萌的工作的時候。平太的母親或許憑女人的直覺，看穿萌內心的搖擺不定。

「我也不知道。不過我們見面真的不是為了談婚事……」

園田緊張的表情消失了，似乎鬆了一口氣。

「園田，你在擔心嗎？」

萌忽然問。她心中懷著對平太的罪惡感。

「有一點。」

只有一點？

萌窺視園田的側臉。不，不是只有一點——

「妳知道為什麼吧？」

被問到這個問題的瞬間，萌硬是把心中浮現的平太的臉壓到內心深處。她感覺到體內某處發出聲音。那是罪惡感的漣漪逐漸逼近的聲音。然而萌此刻強硬地將它封印。

「我之前沒有提過，我也許很快就會被調職。」

「咦？」萌忍不住發出聲音。

「分行長告訴我，大概會在兩、三個月內『調出去』。」

「調去哪裡？」

「大概是國外。」

萌說不出話來，只能盯著園田。

「喂，小萌。」

不是稱呼野村，而是小萌。園田稱呼萌的名字，面對著她，表情與其說是嚴肅，不如說是深刻。「妳願意跟我交往嗎？」

萌避開視線，盯著杯墊上的玻璃杯。

她無法回答。她固執地以側臉對著園田，不久就聽到他用自嘲的聲音說：

「也對。真抱歉，突然提出冒昧的要求。妳已經有男朋友了。」

「不是這樣的。」萌連忙說。「不過請讓我再想一下。我感覺腦中一片混亂。」

高興嗎？不高興？痛苦嗎？已經無所謂了？——萌自己也無法了解。

「我會等妳的回應。」

園田說完，在萌的耳邊低語：「我喜歡妳。」

萌知道自己的內心在動搖，感覺就好像在高空中走繩索。如果不專心，就會一個倒栽蔥跌下去。她緊緊握住拳頭沉默不語，身體變得僵硬。

第三章　地下鐵工程

1

從通勤電車的窗戶，可以看到往天空延伸的巨大起重機吊臂。

建設中的似乎是相當巨大的大樓，不過目前距離大樓的型態還很遙遠，只有架起淡墨色的鋼筋而已。頭戴黃色安全帽的工人排隊在做廣播體操。平太已經開始懷念這幅景象。

支撐大樓巨大結構的鋼筋展現強韌剛健、毫不虛飾之美。另一方面，建設這棟大樓的公司在現實中則是多麼骯髒而疲憊。

然而平太此刻人在這裡。

為了承攬一件工程不擇手段，不論是透過圍標或任何方式，不顧一切都要抓住機會。他此刻正在這樣的最前線工作。

車窗外的風景流逝，不久之後新宿副都心的高樓大廈便出現在平太的視野。

這是S區公所的道路工程被常磐土建得標的次週。

平太覺得胸口好像出現一個空洞。他原本抱持期待，心情緊張、興奮到心臟劇烈跳動，親眼目睹初次經歷的投標；然而在這次投標中，一松組輸了。

這是無論如何掙扎都無法改變的事實。

即使幾十億的工程對一松組來說只是小工程，但他們的確曾經認真去爭取；而正因為認真，結果更加顯得殘酷。

這就是現實。

這就是競爭。

他了解這一點。但是真的只是這樣嗎？

平太心底一直存在著些許疑慮。

常磐土建真的是憑著光明正大的戰鬥得到那項工程嗎？

他們是如何受邀參加招標的？他們會不會得到（即使沒有全部）關於得標價格的情報？

一懷疑起來就無法停止。

只有一件事是確定的，那就是建設業界絕對不是潔白無瑕的業界。不，不只是建設業界，或許世上所有的生意都不是只有潔白無瑕的部分。

基本上，一直反覆進行圍標與拒絕圍標宣言的業界，不可能期待純粹的競爭社會吧？

平太無法坦然承認敗北。他不想要承認。

這樣就行了。平太在心中說服自己。因為——

我們是雜草。

這天傍晚，造訪過政府單位的業務課長兼松以背負極大壓力的悲壯表情、充滿緊張感的氣氛回到公司。

「剛好你們在。西田，平太，可以來開個會嗎？」

他豎起大拇指指著天花板。

不知道發生什麼事，兼松在前往樓上的尾形常務辦公室時臉頰通紅。

「我去公團拜訪，剛好田岡部長也在，從他那裡得到地下鐵工程的消息。」

靠在椅背的尾形表情立刻起了變化，變得更加嚴厲。

「區間是品川站到初臺站的十五公里左右，比原本計畫的區間多了三公里。挖掘現在的山手通下方、直接連結到初臺站的構想不變。工程名稱是『地下鐵山手線工程』，受邀參加招標的業者會在六月五日發表，不過本公司一定會上榜。」

「兼松，你拿到工程概要書了嗎？」

兼松從手中的紙袋拿出厚厚一大疊資料，放在桌上。

尾形以嚴肅的眼神檢視內容，其他人則在一旁觀望。室內瀰漫著令人窒息的緊張感。

「好。」尾形開口。「去估價吧。」

「可是現在還沒有發表受邀業者……」兼松無法隱藏困惑的表情，靦腆地說。

「而且這件工程大致估算應該會在兩千億圓左右。其他公司恐怕會採取聯合承攬的方式，本公司應該怎麼做呢？如果沒有先決定這一點，就無法估價——」

這時尾形彷彿從全身冒出看不見的火焰。平太曾聽說，尾形過去曾經是大型建設公司的業務主管，歷經百戰而經驗豐富，手腕相當幹練。尾形究竟有什麼樣的計畫？

「我們要單獨承攬。」

兼松停止動作，目瞪口呆地注視尾形。尾形又說了一次。

「本公司要單獨承攬。」

平太不禁抬起頭。怎麼可能！一松組只是中堅公司，竟然要單獨承攬兩千億圓的大工程？

不是開玩笑吧？

然而當平太看到尾形的眼睛，便被這個男人的氣勢震懾。

尾形在孤注一擲。

他打算認真挑戰這項工程。

這是我們的工作——從他的姿態可以看出這樣的決心。

面對尾形毅然的態度，以及凝視遠方充滿智慧才略的眼神，平太感覺到宛若從身體底層湧上來的興奮顫抖。他沒有體驗過這樣的感覺。他甚至覺得只要照著尾形的指示去做，一定會有辦法。尾形就是讓他感到如此可靠。

「這樣能贏嗎？」

「課長，我們是『地下鐵的一松』。」

尾形斬釘截鐵地對示弱的兼松說。面對他的熱度，兼松的視線只能像棒子前端受熱融化彎曲般垂下。

「沒什麼好害怕的。」

尾形說話的口吻就好像鼓舞軍隊的指揮官。這裡是戰場。「本公司在地下鐵方面，擁有世界第一的技術知識與實績。聽好了，大家要投注全副精力贏得這項工程。」

聽到這句話，平太感覺到醺醺然的高昂情緒。

投入槍林彈雨的戰場或許就是這樣的感覺。平太陶醉於尾形大膽的戰術，覺得自己要被他身為領導人的強悍與氣勢吞噬。

「對了，平太。」

當他們結束會議、準備要離開辦公室的時候，尾形叫住了他。

「你這個星期日有沒有空？」

「星期日嗎？有空是有空……」

平太目前還沒有計畫。

尾形從沙發回到自己的辦公桌，接著問了出乎意料的問題：「你喜歡賽馬嗎？」

「星期天到東京賽馬場陪我看賽馬。偶爾邊吃飯邊看賽馬也不錯吧？怎樣？」

「是沒有問題……」

平太在不明就裡的狀況下回應，尾形便說「那就說定了」，然後面對桌上的電腦。看來談話到此結束。平太實在無法理解尾形在想什麼。

平太愣住了。

「那我先告辭了。」平太說完，便去追隨早已離開常務辦公室的西田等人。

2

「我們要單獨投標？大佛還滿厲害的嘛！」

理彩眼中閃爍興奮的光芒。

「可是說實在的，他的膽子太大了，或者應該說是太蠢。」

已經喝了很多的西田一副不以為然的樣子，吐出帶有酒臭味的氣息。「他會不會還忘不了自己在清水組那時候的感覺啊？跟常務說話，有時候會很難溝通。他會做一些一松組土生土長的人會覺得自不量力、不敢去做的事情。這次也是一樣。」

「尾形這樣不是很帥嗎？我喜歡這樣的男人。」

「那妳就去當尾形的情婦吧。」

「那也不錯。」

今年三十歲的理彩眼神變得陶醉，露出妖豔的笑容。微醺的理彩具有危險的美貌，散發著女人味。

「他應該已經不缺了。乾脆跟我在一起怎樣？」

「歐吉桑，再來一杯。」

他們坐在平常光顧那家店的吧檯。理彩似乎瞬間恢復清醒般舉起酒杯，完全不理會西田的玩笑話。西田假裝失望地倒下。這時平太問他：

「西田，你覺得會有幾家公司來投標？」

「這個嘛，應該會有十家到十五家公司，以聯合承攬之類的形式聯手投標，所以一般來說大概會有五組左右。只是不知道會不會有其他公司跟我們一樣單獨投標。問題在於要怎麼協調。」

他指的是圍標。

「這件工程真的也會這麼做嗎？宣稱要拒絕圍標的大型建設公司也會受邀吧？」

「會做。」西田格外篤定地說。

「可是能夠靠談判來協調成功嗎？」

「大家都覺得，並不是真正的競標就是理想的。」

「是嗎？」

平太喝了一口杯中的酒。「你上次提到有協調人吧？」

這是被稱作天皇的人物。「他是什麼樣的人？」

「我有提過他是山崎組的顧問吧？」

山崎組是大型建設公司之一。「不過他不是單純的主管階層。也就是說，他不是在一家公司長期努力爬到上位那種小人物。建設公司在這個業界過去也發生過很多事。他是經歷過多次難關、在都心開發和機場建設之類的關鍵時刻發揮本領的大人物。」

「哦，很厲害嘛。」理彩佩服地說。「跟大佛比起來，我還是比較喜歡這一位。」

「他的情婦一定多到不行。」

西田毫無根據地斷定。

「這次也會由這位人物出面嗎？」
「大概吧。」
西田的眼神突然變得認真，又說：「不過也很難說。」
「很難說？」
「沒錯，很難說。這麼重要的人物，又被稱作天皇，只要是大型工程案件一定會依稀出現他的影子，可是卻從來沒有被警察找上門過。我覺得這一點比較厲害。」
「也就是說，他非常謹慎嗎？」
「應該吧。而且腦筋一定很好，好到你跟我無法想像的程度。另外還有政治手腕、平衡感、智力體力暴力、運氣——」
「哪有這種人？」理彩似乎感到傻眼。「難道是超人嗎？」
「是建設公司超人。」
西田大口喝下杯中的酒，因為自己聲音太大而縮起脖子，然後說「反正就是這樣」。
平太不是很了解，不過可以確定的是，這位被稱作天皇的人物似乎是很重要的人物，而且非常厲害。
「西田，我們要去拜訪這位人物進行交涉嗎？」
聽到平太的問題，西田噴出原本要喝下去的酒。
「可以的話，我才不想去見那麼可怕的人。基本上，像我們這樣的新手，根本不可能被認真對待。」

「那要怎麼辦？如果不交涉的話，就沒辦法參與協調了。」

「當然是這樣沒錯。就看我們公司裡有誰能跟這位人物對話。」

「應該是尾形常務吧？」理彩理所當然地說。「獨角仙對鍬形蟲，天皇對大佛。搞不好大佛還比較偉大。」

「這不是誰比較偉大的問題，笨蛋。」

「你說誰是笨蛋？」

西田不理會發脾氣的理彩，又說：「不過我總覺得有不好的預感。」

平太問：「你是擔心我們沒辦法得標嗎？」

西田搖頭。

「總要試試看，才知道能不能得標。尾形常務應該也是因為有勝算，才會提出要單獨投標。不過啊，最近到處都有圍標案被揭發，這個案子一定也被盯上了。」

西田警戒地環顧狹小的店內。他的舉動雖然有些戲劇化，不過表情很認真。

在大約可容納十人左右的短吧檯，只有平太一行三人。背後的餐桌是一群看似學生的年輕人。店內後方有高出地板的座位，一群五十歲左右的上班族從剛剛就熱鬧地在喝酒。

宮崎縣、和歌山縣、大阪枚方市等地方政府首長參與的「官商勾結圍標」接連被揭發，另外在農林水產省的獨立行政法人相關的圍標中，搜查到一半甚至發生農林水產大臣自殺的事件。

「地檢是認真的。他們要徹底消滅圍標。這項工程當然也一定有受到監視。」

「在這種情況下還是要做，真的滿厲害的。」

理彩欽佩的理由很特別。

他們一起走出店，在新宿站附近道別。

西田說要自己去熟悉的店喝酒，理彩則說要打電話給朋友，向平太揮手說「再見」就消失在人潮當中。

時間過了晚上九點，平太試著打電話到萌的手機，但是只聽見鈴聲一直響，卻沒有被接起來。

平太無心回去，也不想去追西田，便在車站附近的大樓找到一家酒吧，坐在吧檯座位。

壁櫥擺滿了酒，但是他沒有特別喜歡的威士忌或雞尾酒。當酒保替他放上溼毛巾，他點的是「生啤酒」。

我一點都沒變——他忽然這麼想。

大學畢業之後雖然踏入社會，但是這段期間自己發生的變化，頂多就是學習工作方式、了解公司是什麼樣的地方。雖然和萌重逢並開始交往，但是他完全感受不到自己在精神上有任何成長。

在進入公司之前，他曾經朦朧地夢想過要當個沉穩成熟的大人、「識貨的男人」之類的，不過那只是幻想而已。

但萌又如何呢？

他們明明一起踏入社會、一直並肩奔跑，但不知何時開始，萌似乎就跑在很遠的地方了。

不僅如此，萌與平太的距離現在似乎也逐漸在遠離。

他從口袋拿出手機，又打了一次。

萌沒有接。

如果是平常的話，這個時間她早就回到家了。平太想到他並不知道萌這個星期的計畫。以前他們會互相告訴對方自己的預定行程，像是什麼時候有飲酒會、或是有某某人的歡送會或歡迎會等等，在有空的夜晚見面。

生啤酒喝完之後，他點了威士忌加冰塊，由酒保選擇品牌。酒保無言地從架上拿了一瓶酒，開始替他準備。

平太自認酒量很好，不過他知道自己已經很醉了。

「您在等人嗎？」

酒保體貼地詢問。

「嗯，對。」

平太這樣回答，接著在吧檯坐了一小時左右，但是手機一次都沒有響。

3

跑外務的業務課課長即將調職，因此當天晚上在新宿的居酒屋舉辦了分行的歡送會。

由業務課年輕課員主辦的歡送會在晚上六點開始，過了兩個小時結束，眾人直接前往第二攤的店。

「妳要參加續攤嗎？」

當萌稍微落後營業課的人走在路上時，園田不知何時來到她旁邊問她。

走在前方的一群人在紀伊國屋書店前的紅綠燈停下來。萌回答「嗯，大概吧」，心跳有些加速。

她猜測園田會邀她。她瞥了一眼園田的臉，態度相當明顯。不過園田只說「這樣啊」，沒有繼續說下去。

不知是否因為上次的事。萌還沒有明確地回覆園田。

「那我先回去了。」

萌聽見園田對融資課的同事這麼說，發現自己感到有些失望。

他要回去了……

「什麼？學長，你竟然要回去了～」

以誇張口吻表達不滿的是萌的同事瑠衣。瑠衣是毫不在意他人眼光的園田粉絲，總是露骨地黏著園田。萌和瑠衣是同梯入行的朋友，但是萌絕對不敢告訴她，園田主動表達希望跟自己交往。如果說出來，萌和瑠衣之間的友誼也將結束。

「抱歉。」

園田說完，對紅燈轉綠燈之後開始過馬路的分行所有人揮手說「再見」。

「該不會是要和誰去約會吧？」

瑠衣開玩笑，萌也不禁看了園田的臉。園田完全沒有看萌一眼，只說「怎麼可能」，然後就轉身離去。

第二攤的店是面對靖國通的大樓中的居酒屋。

參加的有二十人左右，幾乎都是年輕人。大家都已經喝了酒，因此坐下來乾杯之後，就開始大聲嬉鬧。

然而萌坐在這樣的酒席一角，卻不太能融入現場氣氛。因為她心裡惦記著園田。園田在年輕行員中居於領導的地位，在這樣的續攤場合，總是在正中央主控。由於園田不在，場面雖然熱鬧，看起來卻也像失去了方向感。

萌假裝在聽同事的話，但完全沒有聽進內容。她的精神散漫，心思不定。就在這個時候，她不經意地探視皮包內，看到手機在閃爍。

「妳要一直待在那裡嗎？」

是園田打來的。他的聲音很小，在吵雜聲中必須聚精會神才能聽清楚。

「我也不知道。」

「真的好吵。」園田似乎聽見這裡的聲音，以錯愕的口吻說。「我在西口附近的葡萄酒吧，妳要不要過來？」

萌可以聽見自己的心跳。不知道為什麼，她突然感到緊張，但也感到高興。

「我要去。」萌把手放在話筒說。「你可以稍微等一下嗎？」

「好啊。大概要多久？」

萌說：「三十分鐘。」

「我知道了。」

萌結束通話時，瑠衣盯著她。

「萌，怎麼了？是男朋友打來的嗎？」

「嗯，差不多。」

萌勉強擠出笑容。接著她又在那裡待了二十分鐘左右，不過幾乎沒有聽進同事的話。

「抱歉，我要先回去了。」

萌沒有理會紛紛慰留她的同事的聲音，走到店外。當她在人潮中往西口快步前進時，手機再度震動。她因為擔心錯過園田的電話，走出店之後就一直握著手機，但這通電話不是園田打來的。

是平太。

她感到心痛。

手機繼續震動。她停下腳步，看著來電的燈光閃爍。要不要接？不，她不想接，不能接……

不久之後，手機停止震動。她再度快步行走。

當她在剛好三十分鐘後抵達園田等候的店，已經氣喘吁吁，全身流汗。

園田在牆邊的座位靜靜地喝葡萄酒等候萌。他看到萌，若無其事地舉起右手。

「妳要喝什麼？」

萌突然被這麼問，便說「點一樣的」。園田的酒杯中還剩下一半左右的紅酒。酒立刻端上來之後，兩人乾杯。這款酒的風味很輕盈。

「這是摩爾多瓦的酒。很特別吧？」

園田邊說邊照例披露關於葡萄酒的知識。接著他提出今天歡送會的話題，紓解萌為了上次的事有些緊張的心情。

「下一個就是我了。」

萌聽了抬起頭看園田。

「下一個調職的就是我。」

萌不知道該如何回應，臉上露出尷尬的笑容。

「課長對你說什麼了嗎？」

「嗯，多多少少。」

園田把酒杯舉到嘴邊，看到萌杯中的酒變少，問她：「要不要再喝一杯？」萌感到猶豫。這時放在一旁椅子上的包包中，手機再度開始震動。

「電話？」

「嗯。」

是平太打來的。

「不用接嗎？」

「……嗯。」

手機在萌的手中，像是斷氣般停止震動。

「妳要再喝一杯嗎？」園田又問。

「好的。」

萌把手機塞回包包底部。像這樣和園田見面很愉快，她暗中也感到興奮與期待；然而在此同時，她也覺得這樣做是曖昧不明的行為。她覺得自己是狡猾的女人，也覺得抱著這種想法卻放縱自己更加狡猾。

「妳不快樂嗎？」

萌被這麼問，便搖頭說「沒有」。

「剛剛是男朋友打來的吧？」園田已經知道了。

「嗯。」

萌的回答只有這樣。

園田也沒有繼續問下去。酒杯中再度倒入葡萄酒，兩人之間陷入沉默。

「我今天打算睡在附近的飯店。」

萌驚訝地看著園田的臉。園田直視著萌。「妳要不要到我的房間？」

萌的心臟劇烈跳動，酒精急速循環到全身。

怎麼辦？

萌在心中問自己。

她找不到答案。不，答案或許已經出來了。她自己也不知道該怎麼辦。

「萌，妳真可愛。」

園田這麼說的時候，手機又在萌的皮包中開始震動。她感到動搖。

園田看著萌的臉。電話依舊在響。

拜託，快停止吧！

然而手機在包包中持續震動。在萌的心中也持續震動。

4

平太到達位於府中的東京賽馬場，心情有些憂鬱。

他還在念書的時候，朋友中有人喜歡賽馬，他也跟著去過幾次賽馬場，因此並不排斥看賽馬這件事。

然而同行者是尾形常務，又另當別論。

想到整個下午都要保持緊張的心情，他就高興不起來。

他和尾形約在中午到觀眾席旁邊的綜合櫃檯會合。

平太稍微提早到達府中本町的車站，穿過長長的人行道，在人群聚集的賽馬集中區看馬來打發時間。距離約定時間還有二十分鐘左右。平太沒有買馬券。他只是眺望著馬，沒有心情觀察哪一匹馬的狀態比較好、或者有可能贏。他看看馬又看看手錶，一再反覆。

在賽馬集中區繞圈圈的馬出去之後，人群便分開了。平太在這個時候抬起頭，瞇著眼睛看了一下刺眼的藍天，然後走向綜合櫃檯。這時他聽見有人說「辛苦了」。

尾形站在那裡，一隻手插在口袋中。

「你來得真早。」

「是的。」

平太沒有說自己其實二十分鐘前就到了，只是跟著尾形往前走。

他們在簽到處登記名字，前往電梯。到了八樓之後，尾形確認寫著來賓室的門上的號碼，以緩慢的步伐進入室內。

平太原本以為這裡會是很豪華的房間，但室內裝潢出乎意料地簡樸，只擺了一排四人用的餐桌。俯瞰賽馬場側的牆壁是一整面的玻璃。

室內沒有其他客人。

站在正面的玻璃窗前可以俯瞰馬場。尾形在前往桌子之前，先站到窗戶前方。平太也站在他旁邊眺望窗外。

「視野很棒吧？」

「是的。」

鮮豔的綠色草坪在底下形成巨大的橢圓形。

此時閘門剛好打開，十八匹純種馬同時跑出來。擠成一團的馬不久之後就形成細長的馬群展開競速，在主看臺前的彎道往橫向擴散，從後方迅速穿越馬群的馬持續領先抵達終點。

「大概是因為昨天下雨，草地感覺有些沉重。」尾形喃喃地說。

「您常常來嗎？」

「偶爾會來。」

尾形緩緩離開窗邊，從附近的桌子拉了椅子。牆邊的一排螢幕一直播放著賽場、賽馬集中區、暖身的景象。

「來賓室平常都這麼空嗎？」

「大概就像這樣吧。到了東京優駿（註3）的時候就會客滿了。」

東京優駿在五月的東京賽馬場舉行，不過今年的東京優駿已經結束了。

「你要吃東西嗎？」

尾形問平太，然後點了午餐與啤酒。

「今天公司還有誰要來嗎？」

平太隔著桌子端坐在尾形對面詢問。

「沒有其他人。」尾形回答。「對了，你如果要買馬券，外面有來賓用的窗口。」

「不用了。我雖然不討厭賽馬，可是我也不知道該買哪匹馬。」

「說得也是。」

平太心中逐漸產生疑問。

為什麼他會被邀來賽馬場？他完全不知道理由。他甚至懷疑尾形是不是習慣邀調到總部的年輕人到賽馬場。不過他很快就明白尾形沒有這樣的習慣。也因此，尾形應該是基於某種目的邀平太的。

註3　東京優駿：即日本Derby，創立於一九三二年，與皐月賞、菊花賞並列「三冠」大賽，目前在每年五月最後一個星期日舉行。

但是他完全不知道這個目的是什麼。

不久之後，三明治和啤酒端來，平太便與尾形乾杯。

「別客氣，吃吧。」

平太在尾形催促之下伸手拿了三明治，但他一點食慾都沒有，只能用啤酒勉強吞下去。尾形展開不知道從哪裡買來的賽馬報紙。

「今天有您看中的馬要跑嗎？」

「嗯。」

尾形把報紙朝向平太。

「這匹馬——」

他指的是預定在第九場出場的「歌唱天空」。「這是三歲的牝馬，是我和其他馬主共同出資的。另外還有幾匹，只是遲遲沒有出色的表現。」

「真令人期待。」

平太這麼說，尾形便露出不置可否的表情。「因為是自己的馬，所以會買牠的馬券，不過會不會贏就很難說了。你不太常買馬券嗎？」

現在有不少人不買馬券，只為了感受賽馬場的氣氛而來。

「只有學生時代稍微投入了一點錢。」

「輸了吧？」尾形問。

「輸了。」

「本來就是這樣。」尾形以理解的口吻說。「不過慢慢地就會贏。到時候就能賺回以前輸掉的錢，然後不再賭馬。」

「有辦法做到嗎？」

「不可能。」尾形笑了。「然後又會輸，偶爾會贏，就這樣一再反覆。到最後就會忽然發現自己成了馬主。」

平太似乎窺見了尾形和平常開會時不一樣的一面。

「我不知道您這麼喜歡賽馬。」

正當平太說話時，來賓室的門打開了，有新的客人進來。

這是戴著淺色墨鏡、年約五十多歲、晒得黝黑的男人。

他看也不看尾形與平太兩人，站在窗邊俯視賽馬場。比賽已經開始，從平太的位置可以看到螢幕上的馬群在跑。

不久之後，男人喊：「幹得好！」這是毫不忌諱周圍的大聲量。

螢幕上映著配戴黃色號碼牌的馬和騎士。男人賭贏了。

這個男人有個隨行夥伴，年紀還很輕，穿著西裝。

這名年輕男子默默收下遞給他的馬券走出來賓室，不久之後就拿著看似獎金的袋子、酒和佐酒的零食回來。

平太暗自皺起眉頭。這兩個人怎麼看都不像正當職業的人，感覺像是黑道大哥和小弟。

他們坐在平太與尾形隔壁桌的座位。尾形平淡地喝著啤酒。螢幕上的場景轉變，映出賽馬集中區裡接下來要參賽的馬匹。

「要不要我去買馬券？」

平太為了打破尷尬的沉默，便這樣問。

「嗯，拜託你了。這個……還有這個——」

尾形從胸前口袋掏出筆，在賽馬報紙上做記號。接著他從錢包抽出三張一萬圓鈔票遞給平太。平太知道坐在隔壁的男人若無其事地看著他們。被看到收錢的過程，感覺頗不自在。

平太在來賓專用的窗口買了馬券。回來的時候，他聽到尾形的聲音。

「——哦，原來那是您的馬。」

尾形正在和男人說話。

「很棒吧？」

男人點燃香菸，欣喜地說。他看起來就好像自己的孩子受到稱讚般喜悅。雖然不知道是何方神聖，不過看樣子這名男子也相當沉迷賽馬。

「要不要喝一杯？」

尾形勸男人喝桌上的啤酒。「謝謝。」男人接受了。平太感到有些傻眼，心想尾形未免也太輕忽了，怎麼可以和萍水相逢、而且看上去頗為可疑的男人這麼親近？如果發生什麼事，他打算怎麼辦？尾形好歹也是上市企業的董事，應該更小心點才是。

「啊，這是我們公司的年輕人。」

平太走近他們，尾形便以黑道大哥介紹小弟般的口吻說。

「您好。」

平太有些冷淡地打招呼，然後把馬券遞給尾形。

「真不錯，有個喜歡賽馬的下屬。」

尾形聽到男人的話便笑了。

「我自己一個人來也很無趣，想到他的老家在馬的產地，所以才邀他一起來。」

尾形竟然說這種話。

平太原本以為今天邀他來看賽馬有特別的意義，沒想到只是為了這種理由，害他白白浪費了星期天。

如果沒有來這種地方，他或許就可以去修復和萌之間的關係了。

「馬的產地？在哪裡？」

男人的問題是對平太問的。

「長野。」

「長野的哪裡？」

「上田。不過我母親是佐久出身。」

佐久市的確以馬的產地著稱，因此平太補充一句。

男人出乎意料地繼續問他：「佐久的哪裡？」

「一個叫臼田町的地方……您聽過嗎？」

男人凝視著平太。

「我聽過。」

這回輪到平太直視男人。

「我也是來自那裡。我的老家在佐久穗町（註4）務農。」

「真是奇遇。」平太真心感到驚訝。

「令堂的老家還在那裡嗎？」

「是的。是一家名叫濱之屋的茶葉店。」

男人注視平太，彷彿要穿孔般的視線令平太感到很不自在。

「您知道嗎？」

「我知道，是松山家。」

男人說中了平太母親的舊姓。

平太問：「您現在還會返鄉回佐久嗎？」

如果只是長野縣同鄉，平太或許不會覺得有什麼特別，不過一聽是來自佐久，而且還知道母親的老家，就難免會產生親近感與興趣。平太一開始見到這個男人，覺得他很像黑道人物，現在重新檢視，則看得出他有一雙帶些淘氣的眼睛，就好像保留童心直接成為大人一般。

男人說：「我已經將近二十年沒回去了。老家是我哥繼承的，不過他很年輕就過世。有一陣子由我大嫂獨自努力持家，不過現在連屋子都租給別人，所以我已經沒

註4　臼田町、佐久穗町：臼田町與佐久穗町都是長野縣南佐久郡的地名，彼此相鄰。臼田町已於二〇〇五年併入佐久市。

地方回去了。」

聽起來令人感到同情。

「你會回老家嗎？」

「只有盂蘭盆節和年底會回去。不過我母親偶爾也會到這裡來。」

「哦，你要趁來得及的時候好好孝順才行。」男人這麼說，又問：「對了，令堂身體還好嗎？」

「是的，謝謝您的關心。」

「她現在做什麼？」

「我的老家是兼職農家，有自己的農園，所以她都在照顧農園。」

「這樣啊……」

男人顯得很愉快，看著尾形笑了。

「尾形先生，今天真是有趣的日子。」

平太驚訝地看著兩人。原來男人與尾形彼此相識。

「你叫什麼？」男人問。

「敝姓富島。」

「名字呢？」

「平太。」

「在公司裡大家都稱呼他平太。」

尾形這麼說，男人便用開玩笑的口吻說：「是嗎？那我以後也叫你平太吧。」

這個男人究竟是何方神聖？平太看著哈哈大笑的男人，心中無法釋懷。

這時尾形說出意想不到的話：

「他最近調到我們業務課。」

平太訝異地看著尾形，然後又看著男人。

「哦，好好加油吧。」

男人臉上泛起和善的笑容。

「請多多關照。」

尾形低頭鞠躬，眼睛朝向螢幕。第九場的暖身已經開始。他站到窗邊，拿出放在口袋的歌劇望遠鏡窺視。男人背對著尾形，緩緩地喝啤酒。

平太在螢幕上看到參賽的馬擠在一起，繞過第一彎道。

「歌唱天空」的號碼混在馬群中無法辨識。

觀眾席掀起歡呼聲。尾形默默地用歌劇望遠鏡追蹤馬。

接著他再度回到原來的位子。

「看來今天的幸運之神眷顧的是三橋先生。」

三橋應該就是這個男人的姓。

「好運總有一天會降臨到自己身上。」

男人把零食拋入嘴裡說。

「不過世上也有不能光靠運氣的東西。」

尾形細心地折起歌劇望遠鏡，收回外套口袋。「這次的工程就拜託您了。本公司打算單獨投標。」

平太啤酒喝到一半，驚訝地放下杯子，直盯著三橋。男人側臉朝向尾形，依舊面帶笑容。

「尾形先生，你在說什麼？」三橋笑著說，「這個案子沒有我出面的機會。」

他揮了揮手，額頭在日光燈底下泛著油光。

「先別提這個。」三橋轉向平太說，「下次到我家來喝茶吧——喂。」

聽到他的呼喚，在對面待命的男人就從口袋中的名片夾抽出一張名片給平太。

三橋萬造。

名片上沒有頭銜，大概不是工作用的名片。地址是青山。

平太感到慌張。

「很抱歉，我今天沒有帶名片……」

「那種東西不重要。」

三橋的視線轉向映在螢幕上的賽馬集中區。

尾形遞出賽馬報紙說「請參考」，他便說了聲「謝啦」，然後認真閱讀，看起來就只是個直爽的老頭。

平太完全無心去看映在螢幕上的馬。

是這個男人嗎——

這個男人就是西田所說的「天皇」嗎？

三橋萬造，佐久人，但現在卻是協調關東一帶大型工程的大咖協調人。

這個男人……？

「喂，平太，你也要賭嗎？」

這時三橋開口，平太才被拉回現實。

「我要賭。」

「給你。」三橋把報紙遞給他。兩人一起看著版面。

「這匹馬在上次的皐月賞得到第二。牠的母親是——」

三橋一邊披露這些知識，一邊交互檢視螢幕與報紙。

他做出決定。

「喂，你去買吧。」

三橋對同行的男人這麼說，給了他一疊萬圓鈔票，不知道有多少錢。大概有五十萬圓左右吧。

「買藍色凱恩斯，單勝和複勝各一半。」

平太驚訝地抬起頭。

這是目前為止完全不出色的馬，三橋竟然要賭上這麼大筆錢。

「順便也幫忙買平太的份吧。」

「不用了，我自己去買。」

「別客氣，買多少都沒關係。」

「那麼……」

平太說完，從錢包掏出千圓鈔票說：「賭『黑色帝王』單勝。」

男人默默地收下平太遞出的千圓鈔票，走出房間。

三橋愉快地說：「平太，你真謹慎。」

黑色帝王是人氣最高的馬，賠率為兩倍。順帶一提，藍色凱恩斯的人氣很低，賠率超過十倍。

「沒有比賭人氣馬更無聊的賽馬。」三橋邊喝啤酒邊說。「賭博不是這樣賭的。」

不久之後，買馬券的男人回來了。

或許是因為緊張，平太感到自己比平常醉得更快。這時賽馬集中區的馬早已出來了。

「大概快要開始了。」

三橋站起來，隔著玻璃窗俯視賽馬場的草地。平太也來到他旁邊。

當一直抗拒的最後一匹馬也進入起跑閘門內，隨著遙遠而清脆的「喀噠」聲，比賽就開始了。

當擠成一團的馬群分散、形成細長縱線時，平太賭的黑色帝王跟在後方，藍色凱恩斯則跟在更後面，從第一彎道往第二彎道逆時鐘疾馳。

「還不到時候。」

當馬匹繞過第三彎道，三橋這麼說的時候，有一匹馬從馬群中往旁邊跑出去。這是人氣最高的黑色帝王。從腳下傳來觀眾席的歡呼聲。

或許是策略，這匹人氣馬在距離前方三馬身左右的地方定位，然後在即將繞過第四彎道的時候再度緩緩往前追。然而牠無法完全追上。橫向排成一列的馬激烈競爭，奔馳過主看臺前方。

這時一匹馬脫離排成一線的馬群。平太看到牠的號碼，不禁屏住氣息。這匹馬最後衝刺的勁道實在是太厲害了。

平太啞口無言地望著勝利繞場時，三橋拍拍他的肩膀。

「不論是多麼平庸的馬，偶爾也會獲勝。平太，這就是人生——所以才有趣吧？」

三橋說完便走出來賓室。

過了不久，和馬一起拍攝紀念照的馬主有一瞬間出現在螢幕上。是三橋。

「這世上或許的確不是全靠運氣，不過有些人不論在什麼時候，都能夠抓住好運。就像三橋那樣。」

尾形說完，起身說「我們走吧」。

5

在東京賽馬場見到三橋的次日星期一，西田湊近平太，小聲問他：

「喂，昨天怎麼樣？好玩嗎？」

西田嘻皮笑臉，或許期待著「實在是受不了」之類的抱怨，不過平太卻回答：

「很有趣。」

「很有趣？」

西田誇張地表示驚訝，和理彩面面相覷。他們原本大概自作主張地認定，和尾形常務去看賽馬一定會很疲憊。

「你那麼喜歡賽馬？」

西田狐疑地瞇起眼睛。平太回答他「沒這回事」，然後告訴他在賽馬場發生的事，也就是和「天皇」三橋在來賓室同席的整個過程。

「真的假的？」

西田的喉結上下移動，吞嚥口水。「三橋萬造是什麼樣的老頭？」

「怎麼說呢？感覺是個有點土氣、可是又很厲害的人物。大概就像在混黑道的親戚歐吉桑那種感覺吧。」

「你這是什麼話！」西田仰望天花板。「喂，平太，你什麼都不知道。什麼親戚歐吉桑，那是因為你太年輕，位階太低，根本不是威脅，所以才尋你開心。」

「沒這回事。」

平太有些惱怒。「而且我們都是信州人。」

「都是信州人？」

西田這麼說，默默地望著平太。「三橋萬造是長野縣的人嗎？」

「聽說他的老家在離我母親家很近的地方。」

西田盯著平太，似乎在思索什麼，然後說：「像尾形大叔那樣的人，也許一開始就知道三橋會到那裡。」

說來很蠢，平太聽他這麼說，才首度發覺到這個可能性。

「或許是衝著信州同鄉這一點，才會讓你跟他見面。」
「你想太多了吧？」
平太想要否定，但自己也不是很確信。
西田說：「搞不好因為這樣才找你。」
「找我？什麼意思？」
「就是說，因為這樣才找你到業務課。」
理彩問：「吾郎，你想說什麼？」
西田丟下用指尖旋轉的原子筆，靠在椅背上。他把雙手放在腦後交叉，看起來就像頑童直接變成大人的模樣。
「老實說，平太調到我們部門的時候，我感到有些不可思議。基本上，他來這個部門未免太年輕了。如果是從營業部（註5）之類的挖角，那還能夠理解，可是這傢伙是技術領域的人，一直在工地工作，他本人據說也完全沒有意願要過來。照理來說，應該找觀察力更敏銳的中堅業務人員才對。」
「真抱歉，我的觀察不夠敏銳。」
平太的語氣有些自暴自棄，但西田不理會他，繼續說：
「而且指名要平太調到業務課的是尾形大叔，這一點也讓我一直不解。以尾形大叔之尊，為什麼會干涉像這樣的人事？不過如果尾形常務的目的一開始就是這項地

註5　營業部：日文的「營業」即業務人員，「營業部」一般來說相當於業務部門。

下鐵工程，那就多少可以猜到理由。這個案子想必需要進行『協調』，到時候無論如何都得說服三橋萬造才行，可是對方不是那種憑三腳貓技術就能說動的人物。常務的策略大概不是利用應酬之類的，而是找同鄉的年輕小夥子當聯絡人，希望對方能夠多加關照。這個手段不是很刁鑽嗎？」

西田的假說讓平太感到受傷。

他是因為與工作表現或能力無關的理由，從工地被調到業務課。他不過是組織的棋子而已——這樣的事實在他心中擴散，使他感到不快。

「我生長在東京，所以不是很清楚。」理彩問，「信州人之間的向心力那麼強嗎？」

平太說：「沒這回事吧。」

他感覺來到業務課之後心中不斷膨脹的氣球急遽萎縮。

「即使是同鄉，當然也不見得就合得來。」西田也說。「不過如果是同鄉，又是中意的年輕人，想要多加關照也是人之常情。混黑道的親戚這個感想不錯。即使外人感到畏懼，在親戚面前也是普通的歐吉桑吧？對三橋來說，你應該比較像自己人，而不是外人。」

是這樣嗎？

老實說，昨天平太並沒有多餘的心力去討三橋喜歡。態度從容的只有三橋，而平太等於是接受對方伸出來的手。

「他的確對我滿親切的，不過也只有這樣。畢竟對方是被稱作天皇的人。」

「是嗎？三橋先生應該也很高興吧？」

西田說到這裡，忽然問：「對了，有沒有約定下次見面的時間？」

「約定？沒有——」

平太完全沒有想到這一點。「真可惜。」西田仰望天花板。「你既然來到業務課，就應該抓住這樣的機會才行。」

「很抱歉。」平太道歉後，又說：「不過他對我說，下次可以到他家去喝茶。」

「真的假的？」西田褐色的臉上亮起驚嘆號。「那你馬上去吧，平太。」

「可是——」平太感到困惑。「這種話一定只是客套話而已。如果當真，一定會被覺得莫名其妙吧。」

西田一副受不了的樣子，說：

「即使知道是客套話，身為業務也要抓住這句話去接近對方。三橋先生當然也很清楚這一點。他要你去玩，就表示希望你跟他聯絡去談業務。如果錯過機會，他一定會懷疑你這傢伙有沒有幹勁。」

「別想說事不關己就說得這麼輕鬆！你自己還不是說過，不想去見那麼可怕的人。」

星期五晚上，西田的確說過這種話。

「那是因為我覺得，他不可能會認真對待像我們這種一般職員。可是現在不一樣，畢竟他已經跟你交談過了。」

「那你跟我一起去吧。」

平太這麼說，但西田以認真的表情一口拒絕：

「那可不行。同鄉的你自己一個人去造訪才有意義吧？對三橋先生來說，我只是一介業務。我跟你被接納的方式不同。」

平太不知道因為同鄉之緣而對他親切的三橋邀約的態度有多認真。

「是這樣嗎？」

平太說到這裡，兼松課長便蒼白著臉來到公司。

「平太，去看賽馬辛苦你了。」

他只說了這麼一句話，沒時間聽平太報告，立即捧著資料走出辦公室去開會。兼松一大早就摸著胃部、緊繃著臉頰走過他們旁邊，渾身散發著上班族的濃厚悲哀。

這是因為今天有每個月舉辦一次的部課長會議。

在這個會議中，社長松田會激勵士氣，並且集中攻擊業績沒有達到目標的部門長官。在這裡的評價會影響到人事考核，因此出席者必然會變得神經質。

兼松的臉色之所以不佳，純粹是因為業務課的成績不理想。

除了本來就不振的成績，原本期待能夠成為業績的S區公所道路工程也無法得標，對兼松來說，這場會議勢必如坐針氈。

「光是看他那樣，連我都要胃痛了。」

西田目送兼松的背影，深深嘆了一口氣。

6

兼松結束上午八點半開始的部課長會議回到業務課，已經接近中午。

「西田，平太，可以跟我一起到常務室嗎？」

西田被兼松點名，轉向平太擺出愁眉苦臉的表情。看來光是在會議中怒叱課長還不夠，連下屬都要教訓一頓。然而——

當平太等人神情緊張地坐在沙發上，尾形以比平常更嚴肅的表情說：

「為了承攬這次的地下鐵工程，本公司決定要成立包含營業部、土木技術部、採購部的專案小組。」

西田動了一下身體。他的側臉顯示，成立專案小組這件事本身就是特例。

「業務課目前負責擔任這個專案的旗手。這陣子希望你們專注在這件地下鐵工程，不需要只為了填滿目標、就去找一些瑣碎的工作；不過為了承攬地下鐵工程案，你們必須盡全力才行。」

業務課實績的話題完全沒有被提起的跡象。尾形以嚴厲的眼神看著他們。「這是賭上本公司存亡的戰鬥，絕對不能輸，一定要得標——課長。」

兼松被點到名，開始平淡地向眾人說明部課長會議決定的專案小組角色分配。

為了爭取一件工程組成的這個小組，人數出乎預期地多，再加上課長提到公司保證會全面支援，足以窺見松田社長與尾形的認真度。

「呃，那個……抱歉，課長。」西田戰戰兢兢地發言。「這次的對手是大型建設公司，不可能使用以往的做法。請問會跟其他公司進行協調嗎？」

兼松說：「這一點目前無可奉告。」

標榜告別圍標的建設公司不可能輕易參與圍標，尋求透過協調解決。這並不像承攬以圍標為前提的小型公共事業。

「前提當然是要贏得競標。假使要調整，就有可能考慮到最後手段。」

雖然說是最後手段，不過尾形當然也已經考量到這樣的手段。

尾形的視線移到平太身上。

「平太，到時候由你來輔佐。」

平太想問自己是不是只為了這個理由被調到業務課，但尾形的話題很快就轉回實務。

「業務課負責推動、管理專案。首先要打破降低成本的牆壁。不論是外包或是建材，都要盡量降低原價。關於下包和建材的費用交涉，去和採購部合作，不可以出任何紕漏。一定要降到極限。如果在成本方面輸給其他公司，不用協調就輸了。」

「到底需要多少家承包公司？」

和尾形的會議結束之後，回到業務課辦公室，西田嘆著氣說。

這份工程概要書看上去就非常厚重，參與這項工程的公司恐怕不只一、兩百家。要在一無所有的地方挖洞、打地基、建造水泥隧道。

鋪設鐵軌、建立車站，讓地下鐵實際運行——在完成之前，不知道要經過多少工程。想到這裡，的確會感到一陣暈眩。

西田帶著招牌的嘻皮笑臉喃喃地說。這句話觸動平太的心弦。

「感覺好像要建造巴別塔（註6）一樣。」

巴別塔——的確如此。

他們要建造的當然不是高塔，而是地下鐵；不過面對規模龐大到令人難以想像的工程，此刻這句話感覺格外貼切，讓平太一下子就接受了。

西田坐在桌上，一手拿著記事本，開始瀏覽工程概要書。

「那麼就來想想要怎麼管理所謂的專案小組吧。首先是時間表。平太，你看了之後如果想到什麼，就說出來吧。」

西田把大致的工作階段寫在報告用紙上——從投標、接受委託、工程開始到工期——接著寫下在這期間需要做的事項。清單轉眼間就往下延伸。西田的腦袋不知道在哪裡塞了這麼多知識。

「大概就像這樣吧。」西田花了將近一小時完成清單之後說。「每一個步驟需要設定期限，註明要在什麼時候完成。」

投標日期是一個月後。地下鐵開通預定路線的地質調查與測量、潛盾機等必

註6　巴別塔：聖經中人類想要蓋的通天高塔。據說當時人類只有一種語言，上帝看到高塔，為了不讓人類能夠合力做任何事，因而打亂他們的語言，使之分散各地。

要機器的籌備、必要工程的分類、工程所需人員與總計日數、聯絡承包公司、確定必要建材並交涉調度事宜、估算金額——每個工作都設定日期，分配負責部門、人員，以及大致的預算。

平太盯著概要書，想要說出自己注意到的事情，但完全想不到任何點子。西田的工作能力不是現在的平太能夠對抗的。

穿著皺巴巴的襯衫、平常總是喝得酩酊大醉的西田，怎麼看都是不起眼的上班族，可是此刻的他卻像換了一個人，淡淡地進行如此困難的作業，而且做得非常縝密。如果要平太做同樣的事，即使思考一整天大概也做不出來。

這時西田突然看著平太。

「你在發什麼呆？」

「沒有……我只是覺得你很厲害……」

「什麼？」西田照例以輕浮的口吻表示驚訝。「你以為我在建設業界待多久了？」

不對——平太心想。即使長年待在建設業界，也沒有多少人這麼能幹。平太工作到第四年，好歹也了解這一點。

業務課或許在背後被批評為圍標課，但是專門負責承攬公家單位大型工程的這個課，可以說是一松組的生命線。西田外表雖然邋遢，實力卻是頂尖的。

所以他才會在這裡。

平太以欽佩的心情看著公司的學長，體認到這一點；不過在此同時，他心中也產生完全相反的疑問。

那麼我為什麼會在這裡？

7

「聽說常磐土建的山本社長頻繁出入城山和彥的事務所。」

城山和彥是當選過八次、勢力龐大的道路族大咖議員，也是內藤率領的特搜部長年追蹤的政治人物。他曾擔任執政黨國會對策委員長，是黨內重要人物，另一方面卻不斷傳出政治資金方面的負面傳聞。

檢方過去不知嘗試過多少次要舉發他，但每一次嘗到苦果的都是檢方。基本上，內藤之所以祕密調查S區道路工程的圍標，也是因為認為只要舉發關東地方的圍標組織，一定能進而追查到與城山的關係。

「山本？」內藤挑起眉毛，問：「就是那個道路工程得標的公司社長嗎？」

對於東京地檢特搜部的內藤而言，這是頗重要的情報，可以說是有些意外卻又很有趣的情報。帶來情報的基層檢察官北原慎司發揮執著的個性，在投標之後也繼續調查S區公所道路工程的圍標案。

「也就是說，常磐的靠山是城山嗎？」

「應該不無可能吧？」

北原反過來問。內藤沉默不語，北原又繼續說：「城山那種人不會無端幫忙不相干的外人。一定是因為有相當的回報，他才會幫忙。」

「很有趣。」

內藤這麼說，北原便露出得意的笑容。

「關於S區道路工程怎麼把錢送到城山那裡，可以讓我來調查嗎？」

內藤憑經驗知道，意外的真相往往會從不曾預期的地方揭露。更何況對手是城山，要是沒有這樣的偶然，大概就沒辦法抓住他的尾巴了。

「我知道了。你和嶋野兩個一起去調查吧。」

北原默默鞠躬，然後向內藤告辭。

8

「平太，喂，平太——」

平太在意識的某個角落聽到有人叫自己，但一顆心已經飛到別的地方了。

當他回到現實，看到眼前是被分配給自己、卻遲遲無法完成的工作。西田在工作桌對面，以無奈的眼神看著他。

這是專案小組開始運作的當晚。

晚上十點多，為了檢討第一次開會提出的各種事項並提出回饋意見，龐大的工作量在平太面前堆起看不見的山。

「你在發什麼呆？現在累倒就沒戲唱了。今後還有很長的路要走。」

「呃，西田。」平太開口。「我被調到業務課的理由，真的只是為了三橋萬造嗎？」

西田嘆了一口氣，似乎不敢相信平太還在想這種事情。

「這種事我也不知道。下次見到尾形大叔的時候，你自己去問他吧。」

「我不像你這麼能幹，大學也是理科的，只懂工地現場……完全沒有被分配到這麼厲害的部門的理由。」

這時西田把手中的筆丟到資料上。

「你在工地做了幾年？」

「三年。」

平太無法理解這個問題的用意，不過還是回答。

「沒錯吧？你在大學念了四年，在工地做了三年。然後你打算在這家公司待幾年？」

「原則上，我希望可以一直待下去……」

平太不明白西田的意圖，支吾地說。

「等到你要離開公司的時候，退休年齡應該已經延長到六十五歲了。這一來，你還會在這家公司待將近四十年。不管你在大學念什麼，或是一開始短短三年內做什麼，都不是重點。重要的是今後的時間要做什麼才對。」

他說得或許沒錯。

「老實說，我在得到人事命令之前，並不是很清楚業務課是做什麼的地方；可是實際來到這裡之後，我了解到這裡不是憑半吊子的實力能夠適用的地方。西田，你是因為實力和業務能力受到肯定，才會在這裡吧？至於課長，我也聽說他過去在其他部門得到很高的成績。」

平太在「屯面」喝酒的時候，聽理彩說兼松曾經是營業部的王牌。

「可是我卻不一樣。如果只是為了親近三橋萬造才被找來，我會覺得有點空虛……」

「你太小看業務課了吧？」

西田以鄭重的口吻說。「即使是在營業部威風八面的傢伙，也跟你這個第四年的員工一樣，沒辦法好好完成這裡的工作。要和政府單位的人、或是像瀧澤建設的和泉那樣的人物來往，並且在投標機制中設法得到好看的數字，不是光靠單純努力就能得到成果的。」

西田繼續說：「不論是什麼樣的理由都不重要。我再說一次，理由不重要。你來到這裡，這麼年輕就從事業務課的工作；現在完全不懂工作內容不是因為實力，而是因為缺乏經驗。如果有空談論『自己為什麼在這裡』這種青澀的存在理論，不如想想該如何善用這個機會。這個案子對你來說，一定會是很好的學習機會。你會遇到在工地待上十年都不會經歷到的事。你的運氣很好。機運滾到眼前還去想自己有沒有資格抓住它的那種人，到頭來做什麼都不會成功。摩西不是也說過嗎？汝不可在抓住機會時猶豫。」

最後西田以他慣例的搞笑風格結尾，不過他的這番話深深打入平太的心中。

9

「你知道我是誰嗎？」

這通電話在次日早上八點整，打到平太的手機。

昨晚直到將近十二點，他都一直待在辦公桌前進行整理工作。之後他陪西田到位於西新宿的居酒屋吃飯喝酒，回到家已經是凌晨兩點多。

在短短幾個小時的睡眠之後，大約五分鐘前，平太才在睡眠不足的狀態下來到公司。西田還沒有到公司。

平太突然緊繃起身體。

電話中的聲音低沉粗壯，語調聽起來有點像在嘲弄人。他的睡意一下子就消散，感覺肚子底部好像結起堅硬的冰一般緊張。

「上次非常感謝您的關照。」

平太拿著手機鞠躬，自己也覺得很蠢。

「別這麼說，我感到很開心。」

三橋心情似乎很好，繼續說：「後天我要在家裡召開茶會，你要不要也一起來？」

「茶會？」

平太有一瞬間腦中幾乎陷入驚恐狀態，回答：「呃，我沒有出席過那樣的場合。」

「不用在意那種事。怎樣，你要來嗎？」
「這……因為是平日，我沒有辦法自行決定。可以讓我先請示上司，再跟您聯絡嗎？」
三橋話語中似乎摻雜了對於平太沒有立即回答的失望。
「一松組還真嚴格。」
「很抱歉。」平太道歉。
也許他應該要說，無論如何一定會去。他對於無法說出口的自己感到生氣。在經驗很淺的職場，他不太清楚該如何在工作時「超出規範」。
「好吧。時間是中午開始，我會準備午餐，可以在今天之內回覆嗎？如果我不在，跟我家裡的人說就好了。我會等你。」
電話掛斷了。
平太沒有想到三橋會主動邀他。不僅出乎意料，更是超越想像的狀況。
話說回來，沒想到是參加茶會……
平太當然也想去拜訪三橋，但這一點讓他有些猶豫。即使三橋說不用在意，他也不可能不在意。畢竟他對於茶道規則的知識，只知道要轉茶碗而已（註7），很難想像自己能夠勝任茶會的賓客。然而——
「那很好，你就去吧。」

註7　轉茶碗：茶道禮儀中，喝茶時為了避開茶碗的正面，會先轉動茶碗，喝完放下後再轉回正面。

平太找尾形商量，得到非常簡單的回答。

「可是……我從來沒有參加過茶會，也完全不懂茶道規則。」平太內心感到慌張。「常務可以跟我一起去嗎？」

尾形搖頭說：「三橋先生是打電話給你。他想要邀請的應該不是我，而是你才對。」

「可是──」

「茶道的規則只有一個，就是直率地接受對方款待。像是轉茶碗、放哪裡之類的半吊子知識，不要知道比較好。」

「我聽人說過，只要模仿前一個人的做法就行了。」

站在一旁的兼松課長插嘴。這個人會蒼白著臉突如其來地耍天然呆，令人無法輕忽。

那不是落語（註8）的故事嗎──平太很想這麼說，但還是忍下來，繼續說：「如果有什麼疏忽，冒犯到三橋先生，也許會造成無法收拾的後果。」

「你放心，不會發生那種事。」

尾形泰然自若地說。平太正要問「你怎麼知道」，就被他打斷。

「總之，你回覆他說要去。如果他問尾形也可以一起來嗎，那麼我也會同行。」

註8　落語：落語是日本傳統表演藝術，由一位落語家在舞臺上敘說（多為滑稽的）故事。此處提到的應為古典落語《荒大名の茶の湯》的劇情。

談話到此結束。

「那麼我會讓他赴約。」

兼松對尾形鞠躬，然後拍了一下平太的肩膀。

「課長，不要緊嗎？」

平太邊走下業務課的階梯邊問。

「總之，常務既然說沒問題，應該就沒問題吧。而且沒有人會期待你懂茶道規則。如果真的期待，那才有問題。」

平太無法判斷兼松是想要讓他安心，或是把他當傻瓜。

他回到自己的座位，打電話到三橋名片上的號碼。接電話的是聽起來頗年長的女性。

「我是一松組的富島。我是為了回覆星期四茶會的事打電話——」

「哦，我先生跟我提過。」對方如此回答，看樣子應該是三橋的太太。

「請問你要來嗎？」

「是的，我會拜訪府上。」接著平太又說了一次：「不過我真的不懂茶道規則，所以有點擔心。」

「你不需要為這種事擔心。只要放鬆心情就行了。我先生一定也這麼想。」

夫人這麼說。平太掛斷電話後，過了片刻，寄給平太的邀請函就以傳真送達。

看到邀請函，平太更加感受到肩上的重擔。

雖然說是茶會，不過看樣子是先招待懷石料理的正式場合。對平太來說，一切都是第一次的經驗，光是看到邀請函就覺得呼吸困難。

「你怎麼一副很嚴肅的表情？」

理彩探頭看傳真。

「理彩，妳有沒有茶道的經驗？如果妳知道相關規則，可以簡單教我嗎？」

理彩說：「以前我朋友邀我去上過茶道教室，不過我去了三次就放棄了。」

「不過既然上過三次課，應該知道簡單的規則吧？可以告訴我嗎？我什麼都不知道。」

「別在意這種事。」理彩在臉的前面揮揮手。「那種東西只要模仿旁邊的人，這樣就夠了。」

理彩說得跟兼松一樣。

10

「歡迎光臨，謝謝你平常對三橋的照顧。今天就放輕鬆，當作在家裡一樣吧。請往這裡走。」

三橋萬造的妻子是五十多歲的嬌小女性。外表雖然不華麗，但具有清秀的美貌。她的身段和說話方式則高貴凜然而爽直。

這裡是從乃木坂站步行幾分鐘距離的高級住宅區中的獨棟房屋。主屋是日西融合的典雅平房。豪宅的氣派令人讚嘆不愧是山崎組顧問的家。

平太被帶入的主屋和室裡，已經有先到的客人。

這兩名男子年約五十歲左右，看似某家公司的重要人物。當平太進入室內，原本在談論某事的聲音就突然停下來，兩人打量般的視線朝向平太。

哪來的年輕小夥子，厚著臉皮跑來不該來的地方——

他們雖然沒有說話，但可以推測內心是這麼想的。

平太忍耐尷尬的心情，說：

「我是一松組業務課的富島。今天請多多指教。」

平太以正坐的姿勢向兩人鞠躬。

「哦，是一松組啊？來了這麼年輕的人，我還以為是哪家公司呢！」

這句話中果然帶有輕蔑的意味。

「話說回來，這麼年輕就來參加這樣的茶會，膽子還真大。你有茶道的證照嗎？」

「沒有。」

平太緊張地回答。「我對茶道一竅不通，甚至連茶會也是第一次參加。」

「那還真厲害。」

說話的人誇張地表示驚訝，然後和另一個出席者對看一眼，露出嘲諷的笑容。兩人都不打算自我介紹，只說「畢竟一松組好像也很辛苦」，然後話題就從平太轉移到業界消息。平太獨自正坐，無法加入對話，感覺好像被拋在一旁。

接著又有新的客人進來。

「嗨，你們來得真早。今天請多多指教。」

這個人年紀和先前兩人相仿，似乎也是某家建設公司的董事級人物，身穿華麗的西裝，戴著高級手錶，毫不客氣地加入兩人的話題。這名客人瞥了一眼平太，但只是露出詫異的表情，沒有對他說話。三人不理會失去自我介紹機會的平太，開始熱絡地聊天。

不久之後又來了一人，接著又有一人，包含平太在內，總共變成六人。其他人似乎都彼此認識，每增加一個人就開始新的話題，場面越來越熱鬧。

正當平太猜想著受邀的客人有多少人時，三橋的妻子出現了。

「久等了，各位。請跟我來。」

平太跟在默默無言起身的出席者最尾端。

他們從等候用的那間房間被引導到更大的和室，室內已經按人數準備了午餐。出席者開始彼此讓座。

「今天應該是長岡先生當主賓。」

「不，應該是岸原先生，請坐。這裡就依照年齡順序——」

歐吉桑之間愚蠢的對話，讓平太心中忽然湧起原本壓抑的對這個場合的厭惡。

不久之後，被稱為長岡的男人坐到上座，其他座位也紛紛坐了人，大家彷彿事先說好一般，空出最邊邊的位置。看來那裡就是平太的座位。他默默地在那個座位坐下。在此同時，似乎看準時機一般，襖門（註9）被打開，穿著和服的三橋出現。

三橋一現身，現場的空氣就變得緊繃。長岡輕浮的表情變得嚴肅。

三橋在入口處的榻榻米正坐。

「歡迎光臨。今天是為了感謝各位平日以來的關照，所以請大家放輕鬆，不用太拘束。」

「您太客氣了。今天非常謝謝您邀請我們。我們非常期待今天的茶宴。」長岡離開坐墊低頭這麼說。

「那很好。今天的料理是由日本橋『花水木』餐廳的主廚負責的。請各位開始用餐吧。」三橋說完就離席，過了不久第一道料理端上來。

餐盤旁邊放置的菜單上，寫著懷石料理。

平太從來沒有吃過懷石料理，不過他感覺到以三菜一湯為中心的料理雖然乍看之下質樸，但每一道菜卻都展現令人驚豔的技藝。不愧是三橋的款待，料理非常出色。平太沒聽過「花水木」這家店，不過當其他人聽到店名，都發出「哦哦」的驚嘆聲，而他此刻也能理解原因。這家店想必非常有名。

他現在才知道茶會中有時也會用餐。除了飯菜之外，也有充裕的酒，減輕場面的緊張，其他客人也變得多話。

在長岡的呼喚之下，原本離席的三橋也陪他們用餐，使得場面越來越熱鬧，宛

註9　襖門：日式拉門的一種，兩側貼紙或布，做為和室隔間用。

若小型的酒宴一般。在這當中，三橋不愧是大人物，充分展現存在感，一舉一動都很有威嚴。三橋在喝酒的同時，也隨時注意酒是否足夠、用餐進度如何，感覺很有舉辦這種茶會的才能。

在此同時，看到作客的長岡等人熟練的舉動，平太便猜測三橋大概不時會舉辦同樣的茶會；否則即使是建設公司的高層，應該也很少有人會精通這種茶會才對。

在談話中，平太也開始明白長岡等人的身分。

長岡是大型建設公司「真野建設」的營業部長，在他旁邊被稱為「岸原常務」的男人，則是同屬於大公司的「村田組」董事。其他三人是中堅建設公司的董事。了解各自所屬的公司之後，平太忽然理解到這場茶會的用意，酒醉的腦袋也開始緊張起來。

在座的人都隸屬於地下鐵工程主要的投標公司。

以真野建設為主幹事的兩家中堅建設公司，預期會採取聯合承攬的方式投標；村田組會和另外兩家公司合作；一松組打算單獨投標；三橋擔任顧問的大型建設公司山崎組，據說也打算以聯合承攬的方式投標。

料理以三橋的一句「各位是否滿意」結束，眾人回到先前等候的房間。

依照程序，飯後應該就是喝茶的時間。平太正等著看如何安排，就聽到庭院傳來木鐸（註10）的聲音。眾人聽到了便起身，前往搭建在後院的簡樸茶室。

註10　木鐸：以木為舌的銅鈴。

茶會終於要開始了。

平太握緊先前放在胸前外套內側口袋的扇子，跟在出席者的後方走出房間。這把扇子是理彩借他的。理彩告訴他：「你不需要懂任何知識，不過為了保險起見，至少帶這個去吧。」

這是一個有些脫離現實的空間。

明明位在青山附近的大都會中心，茶室內卻寂靜無聲。從躙口（註11）爬進去的小小空間看似質樸，不過從床之間（註12）的掛軸和放在前方的一輪插，平太也能夠感受到特別的旨趣。

三橋此刻在茶釜前正坐，替所有人點茶（註13）。

平太好似被蠱惑般，注視著三橋美妙的技藝。

他很難想像這個男人就是當時在賽馬場熱中賭馬的男人。落差實在太大了。

平太的腳開始發麻。

正當他感到尷尬的時候，三橋側臉朝著他說：「平太，坐輕鬆吧。不需要正坐也沒關係。」

註11　躙口：茶室狹小的入口，必須屈身進入。

註12　床之間：日式住宅中設於和室一角的小空間，通常會擺放掛軸、插花等裝飾。一輪插為只插一朵花的小花瓶。

註13　點茶：抹茶以茶筅攪拌茶粉與熱水的過程，稱作點茶。

「很抱歉，那我就不客氣了。」

然而另外五人仍舊保持正坐。不僅如此，長岡還說：「話說回來，從一松組身上感覺不到任何幹勁。至少也應該由尾形先生出面，跟我們促膝長談吧？」

他暗中批評平太的態度。

「這跟幹勁沒關係吧？」

三橋笑著說，把一個茶碗放在旁邊。這時原本在後方的三橋太太出面，將這個茶碗放在長岡面前。

平太偷看長岡的做法。長岡敬禮之後，把茶碗拉到面前，轉動茶碗。

「真是一碗好茶。」

三橋稍稍點頭，然後繼續花時間仔細點茶。中途端上茶點的時候，有人說：

「真難得。」

說這句話的是被稱作木村的男人。他是和真野建設聯合承攬的青島建設董事。

「我以為這個季節顧問比較喜歡春風堂的羊羹。」

「哦，那個啊。」三橋輕描淡寫地說。「每次都一樣太無趣了，而且我也有些看膩你們這幾張臉了。」

「顧問，請別開這種玩笑。」長岡臉部微微抽搐，堆起假笑。「就算看膩了，找這種年輕人來也沒辦法談正事。」

他以嘲諷的表情看著平太。

三橋沒有說話，繼續點茶，最後端出平太的份之後，就拿著用具離席。

平太默默無言地啜飲三橋替他點的茶。這時長岡又說：

「這次的投標，沒想到會派你這種人來，可以看成一松組已經放棄了嗎？之前詢問合作計畫也被拒絕。」

長岡或許不知道一松組打算單獨投標，那麼平太也沒有必要特地在這裡告訴他。

「不，那是另一回事。」

仔細想想，這是平太第一次和在場的人正常對話。一旦開口，原本壓抑的疏離感便湧上心頭。

「那麼尾形先生為什麼沒有來？這樣不是對顧問很失禮嗎？」

「因為受到邀請的是我。」

「是你？」長岡啞然失笑。「真的嗎？」

他朝著村田組的岸原笑，岸原也嘲笑平太：

「你想要裝大人也沒關係，不過應該顧慮到場所吧？」

「我做了什麼失禮的行為嗎？」

平太出乎意料地反問，讓長岡臉上的冷笑消失。他露出面對無禮下屬時的憤怒表情。

「我只是說你應該顧慮到場所。這裡不是你這種人來的地方。」

「我沒有理由被稱為『你這種人』。」平太直視長岡說。「我不是你的下屬或什麼人。而且我是代表一松組來的。」

室內的人發出笑聲。

「一松組也真是沒落了。」

岸原以憋笑的表情摸著肚子。「就算只是中堅建設公司，也有五千名員工，卻只能找到這種人來當代表！」

「這家公司快要不行的傳言或許是真的。」青島建設的木村說。「像這麼重要的茶會，竟然毫不在乎地派一個年輕小夥子到場。」

正當平太咬住嘴脣時，襖門打開，三橋出現了。木村閉上嘴巴，所有人也都收起臉上嘲諷的笑容。

「今天很感謝您盛情款待。」

長岡若無其事地這麼說，其他四人也配合他鞠躬。

可惡！

原本把腳鬆開的平太也重新正坐，雙手放在榻榻米上深深鞠躬。茶會就這樣結束了。

平太原本以為茶會結束後還有活動，沒想到卻什麼都沒有。看來這就是三橋的作風。

「平太，怎麼樣？」

當平太滿腔憤怒準備離去時，出來送行的三橋問他。

先起身的其他受邀賓客正走向住宅區道路的對面。那裡有公司的公務車在等候他們，平太看到長岡首先坐上車。

「謝謝您的招待。不過老實說，我感覺到自己實力不足。」

接著他以有些怨恨的眼神看著三橋。「我很高興您邀請我，可是我跟那些人差太多了。」

「你覺得那群人怎樣？」

三橋望著離開三橋家的那些人背影，用平淡的口吻問。

「老實說，他們給我的印象很差，而且還把我當傻瓜看。」

「一般人在面對長輩的時候，都會隱藏性格；不過在面對像你這樣的年輕人時，往往就會露出本性。這就是他們的本性。你有辦法在這樣的世界繼續做下去嗎？」

「我沒有自信。」平太老實回答。「不過我感到很不甘心。我想要給那些人好看。」

「這樣就行了。」三橋朝著平太露出笑容。「不過你別變得跟他們一樣。」

「請問這是什麼意思？」

「就是字面上的意思。」三橋說。「不要變成像他們那樣的人，也不要變成那樣的建設業者。」

「三橋先生——」

平太終於說出一直壓抑著沒問的問題。「有一件事我想要請教您，今天的茶會究竟有什麼用意？我原本以為會跟這次的地下鐵工程有關。」

三橋沒有直接回答這個問題。

「喝茶就是喝茶。一期一會（註14）的聚會，需要什麼目的？只要吃好吃的東西、放鬆心情好好享受就行了。就只有這樣。這就是所謂的款待。」

「三橋先生也是因為看我位階太低，所以才說這種話吧？」

三橋銳利的視線朝向平太。平太以為三橋會生氣，不過他卻出乎意料地高聲大笑。

「請問有什麼好笑？」

「看來你非常生氣。不過平太，有一件事你誤會了。」

三橋說出意想不到的話。「我不知道大家是怎麼說我的，不過我只不過是山崎組這家公司的一個顧問，算是半隱居的身分。如果沒有人需要我，我也不會出面。」

「如果沒有人需要？」平太對這句話感到在意，不禁反問。

「沒錯。我絕對不會主動出面。動不動就協調、圍標的時代，也應該畫上句點了。」

「可是我聽說三橋先生被稱為天皇。這次的地下鐵工程，三橋先生不是也會出面協調嗎？而且我感到很疑惑，三橋先生為什麼擁有那麼大的權力？」

三橋笑了一下，一副興致盎然的神情看著平太。

「平太，你想太多了。」三橋回答。「長岡的真野建設和岸原的村田組，都已經提

註14　一期一會：源於茶道的日本成語，指每一次參與茶會（日後引申為任何相逢）都是一生僅此一次的緣分。

出拒絕圍標宣言，發誓要潔身自愛。而且我沒什麼權力，只是因為時勢所趨，有一段時期做過這樣的工作。就只是這樣而已。」

「可是如果有需要的話，您還會出來協調嗎？」

三橋看著平太的眼神好像在遙望遠方。

「很難說。到時候再看看吧。不過如果一直搞圍標，這個國家不會變好。」

「但是圍標不會消失。」

「是因為制度有問題。」三橋說。「雖然說是自由競爭，可是實際上等於是要企業之間削價競爭。不論哪一家公司來做，如果技術能力相同，能夠削減的成本也會差不多，剩下的就看要削減多少利潤。不過這樣做的話，就無法滿足股東對收益的期待。實在很矛盾。」

三橋說完，又邀平太：「怎樣，要不要再喝一杯茶？」

11

「喂喂喂，麻煩的傢伙來了。」

萌正在處理匯款單，聽到加藤小組長輕聲對水元紗江子說。水元是資深女行員，相當於組員當中的領導者。

「麻煩的傢伙是指誰？」

「聽說是檢察官。妳看這個，他們要求全數交出這些資料。現在他們占領了三樓會議室。喂，野村。」
萌停下手邊的工作回頭。
「不好意思，妳也來幫忙吧。」
加藤說完，將被要求提出的資料之一寫在便條紙上交給萌。
過去三年份的匯款單——
「要三年份？」萌瞪大眼睛，用櫃檯以外聽不見的聲音問。「他們在調查哪裡？」
「我也不知道。」加藤壓低聲音。
銀行有時會成為各種政府機關的搜查對象，包括稅務署與國稅廳、警察。他們不會說出調查對象是誰。為了不讓銀行員察覺到調查對象，即使真正需要的資料只有幾張單據，也往往會要求提出其他不必要的資料。
「可是組長，檢察官會來銀行也滿稀奇的。稅務署倒是常常來。」
水元這麼說，加藤也一本正經地點頭。
「對象應該很大咖。光是檢察官獨自搜查這一點就很特別了。該不會是特搜吧？希望我們不要被牽累到。如果被發現這裡是重大經濟犯罪的舞臺，信用就全毀了。」
白水銀行新宿分行的客戶包含上市公司等大企業、中堅公司等。加藤擔心的是貸款給這些公司的錢會流向不法用途。
「總之，希望妳能迅速提出資料。抱歉麻煩妳了，野村。」
萌輕聲說「別客氣」，然後一起前往地下書庫。
她和加藤、水元三人光是收集資料、搬運到三樓會議廳，就花了四十分鐘左右。

「辛苦了。很抱歉，在這麼忙碌的時期打擾你們。可以放在這裡嗎？」

占據會議廳的檢察官之一這麼說，他們便迅速離開房間。

穿著深色西裝的五個男人分散坐在平常召開營業會議的桌前，眼睛盯著文件，形成有些奇特的景象。雖然同樣都是穿西裝，但他們緊繃的氣氛就是和銀行員不同。

用臺車載來的資料多達十幾箱雙手環抱的大紙箱。

「今天可以結束嗎？」

加藤忽然提出這個問題，也是可以理解的。

明天如果也持續進行，就等於要他們停止手邊工作提出搜查資料。在忙碌的時期，大家都不想要被這種事情占用時間。

不過加藤的擔憂最後只是多慮了。當天晚上十點多，三樓會議室打電話來，告知搜查已經結束。

「要整理文件了。大家來幫忙。」

被留在銀行的萌和夥伴一起上了三樓，把排列在桌上的資料放入紙箱。就在這個時候，她發現到一張便利貼仍舊黏在裝釘成側的文件上。

這是……

這本資料是今年三月中旬的匯款單。

萌打開來，看到上面的公司名稱，不禁瞪大眼睛。

匯款人欄蓋的公司章是「常磐土建株式會社」。

「常磐土建……」

萌喃喃自語，腦中回憶起和平太之間的對話。

當時平太正是來拜託萌調查常磐土建的帳戶。

「怎麼了，野村？」

萌抬起頭。

園田不知何時來到她身後，探頭看她手中的資料。男行員也被召集到會議室整理，因此園田一隻手上也拿著厚厚一疊單據。

「這裡──」萌給他看手中的匯款單。「黏著便利貼。」

「會不會是銀行裡的人貼的？」

園田伸出空著的手撕下便利貼，留下黏膠部分的痕跡。

萌心想，這不是銀行的人貼的。紅色線條的便利貼在白水銀行是檢查部專用，不會在一般業務使用。

黏上這張便利貼的一定是某個檢察官。

園田或許發現到這一點，把手中的單據放在桌上，對萌說「給我看」，接過她剛剛在看的資料冊。

「常磐土建是本行的客戶。匯款對象是城南建機。」

金額是一百五十萬圓左右。單據上記錄著收款人帳號，以及帳戶所在的東京中央銀行五反田分行名字。

萌問：「他們會不會在調查這個？」

「也許吧。」

園田把資料冊還給萌，一副漠不關心的態度回答，接著低聲說「我會傳簡訊給妳」就離開了。

園田的簡訊很快就傳來了。

——要不要在西口見面？平常那家店，時間可以配合妳。

萌猶豫片刻，輸入「十一點」回覆給他。

她是否應該把平太對她說的話告訴園田？

當時平太說過，希望她調查常磐土建是否匯錢給S區公所的人。

根據平太的說法，如果發現非法金錢流動，一松組就能在投標中獲勝。

萌拒絕的理由，除了因為即使對方是平太也不能透露顧客資訊，同時也因為她對於平太動輒懷疑有非法金錢流動的單純想法感到生氣。

不過如果檢察官在調查常磐土建的金錢流動，這意味著什麼？

「怎麼可能會有那種事。」

在新宿西口的葡萄酒吧等候的園田對萌的疑問一笑置之。

「常磐土建是很小的公司，檢察官不可能會為那麼小的公司採取行動。區公所職員有沒有拿錢這種瑣碎的收賄案，也不可能會由檢察官親自出馬調查。他們只會針對巨大罪行調查。」

園田說得或許沒錯，但萌不是很確信。

園田又說：「不過如果是匯款對象的城南建機這家公司，那就很難說了。那家公司是製造建設機械的上市企業。如果是那種規模的公司，就有可能讓檢察官出動。不過這一來就跟本行無關了。我們跟那家公司沒有來往。」

「這樣啊……」

園田問：「妳很在意男朋友的事情嗎？」

「不是這樣的。」萌支吾地回答。「只是覺得——真的會有這樣的偶然嗎？」

「妳的男朋友參與的是S區公所的案子吧？常磐土建被指定為投標業者這件事，或許真的有什麼內幕，可是如果把它跟檢察官的搜查連結在一起，未免太跳躍了。當然我也可以理解，妳想要把任何事都跟男朋友連結在一起。」

「不是這樣的。」

園田盯著萌，似乎在質問她否定的真實心意。

萌感到有些憂鬱。

她猜想園田大概想問她，打算如何處理和平太之間的關係。

她不討厭園田。不，應該說喜歡他才對。不過她還沒有做好跟平太好好談的心理準備。

彼此的職場及在職場的境遇差異、源自這些差異的小誤解，還有分歧——像這些瑣碎的事成為爭執的原因，並造成想法上的鴻溝。

萌在學生時期，以為自己即使踏入社會也不會改變，甚至堅持不想改變；可是現在她卻清楚地自覺到，自己已經習於銀行這個組織的想法。

而當她以銀行員的角度來看平太，就會感到焦躁。涉入圍標而無法拒絕的懦弱個性，以及不去了解萌的立場、要求她調查客戶的缺乏同理心態度，都讓她感到煩躁不耐，忍不住說出內心的憤怒——

然而另一方面，要平太理解萌所在的銀行內部情況及思考方式，或許也是不可能的。

「你們生活的世界已經不一樣了。」園田忽然這麼說。「妳和妳的男朋友。」

萌感到有些悲傷。

他們原本應該是生活在同樣的世界，然而不知何時開始，在無意識中就分道揚鑣。

「話說回來，檢察單位還真是麻煩。」

萌原本以為園田要確認她的心意，但園田忽然轉變話題。即使不確認，園田或許也已經了解萌對自己的心意了。

「只有那張單據嗎？」

園田意想不到的這句話，讓萌抬起頭。

「什麼意思？」

「我是說——」

園田把葡萄酒杯放在桌上，將充分展現教養的臉孔朝向萌。「妳發現的是匯款給城南建機的匯款單，不過或許也有其他公司匯給城南建機的匯款單。」

或者——

萌心想，檢察官在尋找的，或許不是匯給城南建機的匯款單，而是常磐土建匯款給第三方的匯款單。

「萌，我們回去吧！」

次日下午六點多，工作結束之後，萌的同事南方步美招呼她。

「對不起，我還有一些事情要調查。」萌回答。

「這樣啊？要不要我來幫忙？」

步美是很親切的夥伴。萌很感謝她的提議，不過這件事不能讓她來幫忙。因為這是萌自己的問題。

「不用了，沒關係。應該很快就會結束，妳先回去吧。」

步美似乎是想要找她去喝茶。萌內心感到過意不去，目送她離開辦公室。

她首先做的，是利用連線終端機調查常磐土建的匯款明細。

我想要請妳調查，有沒有錢流向個人帳戶——

平太應該是這麼說的。

他要查的是黑錢。

萌迅速檢視畫面顯示的三個月份匯款明細，看到幾乎沒什麼奇怪的匯款，不禁產生既不是安心也不是失望的半吊子心情。

「看吧，根本沒有那種事。」

果然是平太想太多了。可是——

萌的視線滑過某條明細上方，忽然像緊急煞車一般停下來。

四月時，有一筆三百萬圓的現金匯入三島企劃這家公司。

吸引萌注意的是金額。三百萬圓的金額完全沒有尾數。一般來說，如果是生意上的匯款，應該會加上消費稅，可是這裡卻沒有。

萌正覺得奇怪，又發現更可疑的地方。

那就是日期。匯款日期是四月八日。常磐土建的支付日是每個月二十五號，生意上的款項一定都是在這一天支付。

雖然不清楚詳細情況，不過支付給三島企劃的這三百萬圓，或許不是生意上的款項。

萌記下日期與金額，前往地下書庫，找出當天的匯款單資料冊。

四月八日對於其他公司來說也不是結帳日，因此單據張數沒有很多。

萌在日光燈下仔細檢視找到的單據。

右邊有撕下便利貼般的痕跡。

她立刻想到這是檢察官的便利貼。

被調查的果然不是城南建機。檢察官的調查對象一定是常磐土建。他們要求交出幾年內的匯款單，一定是要從中調查常磐土建匯款多少給什麼樣的公司。

她不知道檢察官為什麼會盯上常磐土建。

不過如果是跟圍標有關，一松組會不會也有危險？

她感覺到心跳加速。

她必須通知平太。但就在這時——

「這麼晚了，妳在做什麼？」

這時突然有人從背後叫她，讓萌嚇了一跳回頭。

是園田。他似乎在調查某樣東西，一隻手拿著單據進入書庫，走到因為事發突然而說不出話的萌面前，探頭看她手中的匯款單。

「妳還在擔心檢察官的事嗎？」園田以帶著些許失望的眼神看著萌。「我不是說過，跟那種公司沒關係嗎？」

「可是請你看這個。」

萌讓園田看便利貼的痕跡。「檢察官調查的一定是常磐土建。」

園田盯著萌的臉。萌朝著他的這雙眼睛說：

「我覺得還是應該要告訴他比較好。」

這時園田伸出手，強硬地把萌拉近自己。

「別說了。」

園田緊緊抱住萌，在她的耳邊低語：「忘記這件事吧，萌——就算檢察官真的在調查常磐土建、舉發一松組也參與的圍標，那也跟妳無關。可是如果被發現妳把這件事告訴一松組，到時候連妳也可能會被捲入麻煩。這樣也沒關係嗎？」

園田把臉埋在萌的頭髮。他的聲音雖然細微，卻很嚴厲。萌無法回答。她停止思考。明明必須去想些什麼，可是她的腦子因為過度驚訝而當機。

「別管這種事，萌。」

兩人不知維持多久同樣的姿勢。當他們的身體分開，園田盯著萌的眼睛說：「我不希望妳遇到危險。妳的男朋友是憑自己的意志參與圍標的，那就由他去吧。妳是銀行員，而且——而且妳對我來說是很重要的人。別再做這種事了。住手吧。」

萌不知道自己感到高興還是悲傷。在園田的注視之下，她心中充滿甜蜜與苦澀混合在一起的情感。

第四章　海藍寶石

1

載著北原慎司的車行駛在六月的國道上。

這是一個晴朗的早晨。從前座車窗看到的大海閃耀著刺眼的光芒，右手邊從剛剛就能看到清晰的富士山頂輪廓，不過對於此刻坐在車上的檢察官們來說，車窗的風景跟路邊的石頭沒什麼兩樣。

以緊張神情握著黑色廂型車方向盤的，是新手檢察官嶋野一郎。坐在前座的北原把右手手掌貼在臉頰上，沉默不語。

兩人的目的地是三島市信用金庫。他們已經掌握到常磐土建在四月八日，從往來銀行白水銀行新宿分行的帳戶，匯款三百萬圓到三島企劃公司在三島中央信用金庫總行的帳戶。

北原正在調查大咖議員城山和彥與常磐土建的關係，推測這筆三百萬圓是以某種形式送給城山的賄賂。

他們要調查這筆錢在匯給三島企劃公司之後，究竟流向何方。這就是本次他和嶋野兩人調查的目的。儀表板上的電子鐘顯示九點四十二分。北原的視線從時鐘抬起，看到三島市區的導覽牌。

「就是這個……」

北原和嶋野一起瀏覽這份文件。

這是記錄今年四月到今天、三島企劃存款所有變動的文件。

「四月八日，常磐土建——」

北原指著這一行。這一天，三島企劃的活期存款帳戶出現東京常磐土建匯入的三百萬圓現金。到此為止早已在預料中。

當時該公司存款結餘加上這三百萬圓，共計兩千一百五十萬圓。之後三島企劃的存款結餘又加入看似營收的金額，最多增加到將近一億圓，然後在月底之前出現一百多件支出。存款金額反覆增減變化。

他們已經調查過三島企劃這家公司。

這是一家設計市區招牌、店鋪的中堅公司。公司成立十五年，社長是從東京的設計事務所獨立、回到當地創業的六十歲男子，江島弘泰。他住在公司附近的獨棟房屋，兩個孩子已經獨立，現在他和妻子兩人同住，並經營公司。

他們調查過江島之後，沒有發現和城山的直接關係——不，他們不可能沒有關聯，因此或許應該說「調查過後仍舊無法掌握兩人關係」比較正確。

「唉呀！」嶋野發出聲音。「這一來真正的營收和採購金額也混在一起，就分辨不出來了。」

北原說：「也許這就是他們的用意。」

「可是三島企劃是營收接近四十億圓的正派公司，像這樣的公司會協助城山收取黑錢嗎？」

「會。」北原斷言。

這幾年來，三島企劃經手高速公路看板、休息站店鋪等眾多案子，接案數量遠超過同業其他公司。城山是道路族議員。三島企劃也許是透過城山得到情報，或是由他說項，才能得到這麼好的業績。對於三島企劃來說，和城山之間的管道應該會直通利益。為此幫忙他收取黑錢，也完全不足為奇。

「只要是稍微機靈一點的人，洗錢的時候絕對不會利用沒有實體的公司。如果用了那樣的公司，資金流向立刻就會被發現。就因為是這樣的公司，才有利用價值。」

「原來如此。」

嶋野的表情仍舊顯得納悶，望著分為好幾張的文件，似乎不知道該著眼何處。這也是難免的。過去城山曾經被懷疑過無數次，但正是因為有辦法欺瞞搜查當局的眼睛，才能在執政黨當中建立重要的地位。他當然不是容易對付的對象。

接下來的幾小時，兩人在信用金庫會議室瀏覽文件，或是一邊影印、一邊檢視銀行提交的文件。

「至少在這些文件當中，並沒有跡象顯示三島企劃的錢流向與城山有關的個人或公司。而且常磐土建匯款的三百萬，也沒有支付給其他地方的痕跡。或許是在實際營收灌水之類的，藉由巧妙的手法流出金錢。」

三島企劃或許不是直接與城山相通，很可能在中間隔了幾家公司或個人。

「所以只能先一一調查三島企劃的客戶了。」

數量有一百多家。想到城山就在這些公司後方，工作意志也會油然興起。

當天晚上，北原等人回到特搜部，開始進行三島企劃所有往來公司的信用調查。他們仔細審視從帝國資訊傳來的各家公司調查資料，尋找與城山的關聯。

一定可以找到線索——要不是如此確信，很難忍受這麼單調的工作。但是——什麼都沒有找到。

即使查遍三島企劃的所有客戶，也找不到任何與城山連結的線索。

「怎麼辦，北原？」

嶋野從堆積如山的文件後方詢問。今年二十七歲的嶋野當上檢察官第三年，在大學畢業的同時就考上司法考試，是很優秀的人才，不過卻有些缺乏調查所需要的毅力。

「怎麼辦？當然是要繼續下去。」

聽到北原的回答，嶋野的頭從文件另一邊探出來。

「還要繼續調查這個管道嗎？」

「當然了。」

北原把手邊的資料拍在桌上，瞪著檢察官同事。

「如果真的是『信仰者得永生』就好了。」

嶋野邊嘆氣邊說出充滿徒勞感的話。「昨天在新宿站，有人在宣傳聖經裡的這句話。我乾脆也去改宗教好了。」

2

「那真是太悲慘了。」

平太談及三橋家茶會發生的事，西田一副興致盎然的模樣聽他說完，拍了他的肩膀哈哈大笑。

「這不是笑話。當時真的很難受。」

「別這麼生氣。年輕時多吃點苦，對你絕對有好處。」

西田以得意的神情這麼說。「這樣的經驗在你將來爬上高位之後，應該會派上用場吧。這麼年輕就受邀到『宮中』，一般來說是不可能的。話說回來，真野建設和村田組那些傢伙真可惡。只不過自己的公司稍微大一點，憑什麼說別人沒有幹勁！」

「不過啊，在茶室大剌剌地談這種話題，真的很沒神經。」

在一旁聽他們說話的理彩照例以不太在乎的口吻說。「基本上，茶席應該是脫離世俗的幽玄空間，聽著松風——」

「松風是什麼？」西田插嘴問。

「就是茶釜的熱水沸騰之後發出的『咻～』的聲音。這就叫松風。聆聽這個聲音，風雅地為彼此相逢而喜悅，這才是茶的世界。那群噁心的歐吉桑實在很過分，千利休聽到都要哭了。」

「應該要切腹才行。」

西田說完，又問：「不過姑且不論那些無聊的事情，現場都沒有談到圍標的話題嗎？」

「沒有。」

「該不會是等小朋友回去之後，剩下的大人關起門來密談？」

「沒這回事。」平太說，「我目送長岡部長、岸原常務那些人坐上公務車回去之後，三橋先生又邀我喝了一杯茶，我才回去的。」

「這樣啊。」

西田似乎感到有些失望，喃喃地說「真奇怪」。

就算不是西田，也理所當然會感到奇怪。綽號天皇等級的協調人招待的茶會上，竟然完全沒有出現關鍵的工作話題。

除此之外，平太感到在意的是三橋的話。

——如果沒有人需要我，我也不會出面。

「如果沒有人需要……如果沒有人需要……」

西田意有所指地反覆。「也就是說，現在他不被需要嗎？該不會是指拒絕圍標的趨勢？」

「三橋先生說，這樣比較好。」

聽平太這麼說，理彩便批評：「他還真好意思說。」不過西田卻難得露出正經的表情說：

「也許他真的這麼想。不論喜不喜歡，被迫擔任協調人的角色都是悲劇。我原本以為三橋是個貪錢的人物，不過也許他其實是個滿有意思的人。」

「吾郎，你又來了。你馬上就相信別人說的話。就算嘴巴上這麼說，背地裡搞不好也像古代貪官一樣，要求『你們公司要繳出多少錢』之類的。」

「三橋先生不是那種人。」平太有些生氣地否定。「他是個感覺更有包容力的人。至少和在場那些建設公司董事完全不一樣。」

「人只要爬到頂點，就會變得從容。」理彩一副世故的口吻說，並且叮嚀：「平太，你不能輕忽大意。」

「我沒有輕忽大意……我在賽馬場遇到他的時候，覺得他像混黑道的親戚，不過現在覺得比較像鄰居大叔。」

「這就叫輕忽大意。」西田不以為然地說。

「實際見到三橋先生之後，我覺得他真的是很親切的大叔。所以我很難理解，他怎麼會成為被尊奉為天皇的協調人……」

西田以憐憫的眼神看著平太問：「你該不會什麼都不知道吧？」

「什麼意思？」

「你還問『什麼意思』！」西田不耐地啐了一聲，仰望天花板。「你既然在建設業界工作，就應該多了解這種所謂『半宏觀』的業界情報才行。我告訴你，三橋成為被稱作天皇的大咖協調人，不是沒有理由的。」

「有什麼理由？」平太問。

「你知道民政黨的城山和彥吧？」西田提出意想不到的名字。

這是常常出現在媒體的大咖政治人物。

「我知道。他跟三橋先生有什麼關係嗎？」

「事實上，三橋的太太是城山和彥的妹妹。也就是說，城山是三橋的大舅子。」

平太想起在那場茶會中出來迎接的嬌小女性。她雖然不華麗，但卻具有凜然的特質，是位高雅的婦人。

「那位太太……」

「要知道，城山和彥過去是被稱為舊建設省（註15）首領的官僚，後來轉換跑道成為政治人物，算是道路族的大咖。執政黨的城山和彥可以掌握到各種利權與情報。除了他專精的道路相關情報之外，舉凡公共建設相關的事前情報，可以說幾乎沒有他不知道的。這些是建設業者垂涎欲滴的情報。據說城山會零星洩漏這些情報來收集選舉資金，大飽私囊。對於建設業者來說，城山是相當受到敬畏的人物，而他指名為協調人的，就是妹夫三橋萬造。」

平太盯著西田，說不出話來。

「原來是這樣……」

「城山是個大人物。他不只是大飽私囊，也是為業界開方便之門的重要人才。城

註15 舊建設省：建設省為日本過去的政府機關，於二〇〇一年與運輸省、北海道開發廳、國土廳併為國土交通省。

山的情報可以替業界帶來利益。大家不是在拜三橋，而是在拜城山。如果說三橋是天皇，那麼城山就是太上皇了。」

西田最後以平時的風格開玩笑，但平太卻不知為何笑不出來。

當時三橋對他說的話，以及表情底下若隱若現的氣質，讓他感覺到某種懷念的溫度。

既然已經宣誓要拒絕圍標，就應該先按照規則試試看吧？——當天的三橋應該是想要這樣告訴參加茶會的那些大型建設公司董事。

然而另一方面，三橋也沒有完全肯定現行的招標制度。他深知這個制度的缺點。即便如此，他仍舊主張圍標應該要消失，或許是因為他認為在批評招標制度之前，參與公共事業的人沒有盡最大努力追求公正，才是最大的問題。

明明是為了求生存的圍標，在轉變為追求利益的圍標時，就會成為真正的犯罪。如果實際進行沒有圍標的自由競爭，沒有人知道整個建設業界會受到多大的傷害、或者不會受傷；然而在那之前，建設業界已經養成經常性追求輕鬆途徑的體質。三橋或許是想要質疑，不論是招標或圍標，現在這樣不是很奇怪嗎？但是——

把視線轉到一松組，專案的進展遲遲無法達成理想狀況。成本交涉陷入僵局，包含外包公司的選定在內，整體工程的藍圖尚未畫出來。

不用說圍標，光是為了單獨承攬建立成本體系的這部分，他們就已經遇到瓶頸。動輒趨向停滯的公司內部計畫，藉由尾形的激勵，才能勉強踩下油門，很緩慢地前進。

——話說回來，從一松組身上真是感覺不到幹勁。

——這裡不是你這種人來的地方。

真野建設公司的長岡侮辱的話語，自茶會以來就一直縈繞在平太腦中。

我不想要輸給那些傢伙。

平太聯絡自己負責的採購業者，然後衝出公司。

3

「星期六有沒有空？」

平太在當天晚上打電話到萌的手機。

時間已經過了晚上十點，不過在萌的背後可以聽見喧囂聲。平太從這一點得知她在某家店裡。

「妳在參加飲酒會？」

「嗯。」

那裡的喧囂聲在寂靜的安全梯聽起來格外大聲，感覺無比空虛。平太心中湧起疏離感。

「我還在公司。」

「這樣啊。」

萌的回應很冷淡。對話很冷淡。自己則無能為力——

「很抱歉，這陣子比較忙。」

平太為自己一直沒有聯絡而道歉。不，其實他或許根本沒必要道歉。他曾經好幾次打電話到萌的手機，但是萌不僅沒接，甚至也沒有回電。

「我打了幾次電話到妳的手機。」

「我知道。」

平太屏住氣息。不知道為什麼，他突然感到胸口好似被急遽湧起的焦慮勒緊。有什麼好焦慮的——

他試著這樣想，然而事實上，正是因為他大概猜得到自己焦慮的理由，因此這樣的心情無法輕易解除。

「那個……我覺得我們好像在哪裡搞錯了，或者應該說彼此好像有誤會。」

這是在打這通電話之前，平太事先想好的道歉之詞。「事實上我們應該很瞭解彼此才對。但是因為我的工作、或者是妳的工作，感覺在和我們本身不太有關的地方產生了歧異。不過我覺得，這種問題只要稍微對話溝通，應該就能解決才對。」

「萌——」

他沒有得到期待的回答。

平太才剛開口，就被萌的聲音打斷。

「星期六吧？我有空。」

平太從喉嚨裡鬆了一口氣。過去萌和自己乘坐的翹翹板明明是平衡的，但是不知何時開始，均衡的局勢崩潰，平太無法解讀萌的心情。

「要約幾點？」

「晚上怎麼樣？我現在工作很忙，星期六和星期日都得到公司。晚上就沒問題了。」

「那就約七點？」

「好。妳要吃什麼？」

他很久沒有問這些問題了。每次都是自己決定時間，到時候再隨意選一家店，不過這次他覺得這樣似乎不太對。

「要不要偶爾去吃法國料理？像是有米其林星星的餐廳之類的。」

「那種地方在週末一定都被訂光了。」

萌發出有些寂寞的笑聲，聽起來也像是感到失望。

「哪裡都可以。既然你要到公司，就選新宿的餐廳吧？」

她是不是有些不在乎了？萌的心情再度從平太的指尖溜走。

「那就約七點在新宿站西口地下警察局。我——很期待。」

他又說出和平常不一樣的臺詞，隨著僵硬的笑聲結束通話。

4

「喂，平太，今天早點回去吧。」

星期五，西田以疲憊不堪的表情說。時間已經過了下午五點。這一個星期，他們從早上一直工作到接近最後一班電車的時間。這個星期當中，西田難得都沒有去喝酒，認真工作。

「說得也是。」

平太抬起頭，從業務課的窗戶看到因為煙霧而黯淡的摩天大樓區。

「偶爾去喝一杯吧。理彩，妳說好不好？」

「如果要去『屯面』就算了。那裡的老闆都對我眉目傳情。」

「妳在說什麼！有人對妳眉目傳情，應該值得慶幸才對。」

「我本來想去買東西，不過算了，還是陪你去吧。」理彩已經在整理桌上的東西。

「平太，我們先去吧。」

「啊，我今天有事。」

「有事？」西田挑起一邊的眉毛。「要去約會嗎？」

「不是這樣，只是有點事情。」

「什麼嘛，真無聊。」西田沒有深入追問下去。

「很抱歉。」

平太道歉之後，整理剩下的工作，在晚上六點多獨自離開公司。

他要去的是新宿的百貨公司。他進入距離公司最近的高島屋，在二樓珠寶飾品賣場的櫥窗之間走動。

他沒有自己一個人逛過這樣的賣場，因此不知該如何挑起，不過在逛第二圈的時候，他找到陳列自己中意的商品的賣場。

「要送人嗎？」店員問他。
「嗯，對。」
「您要找戒指嗎？」
「沒錯。」
「您想要找什麼樣的商品？」
平太不知該如何回答。被問到要找什麼樣的商品，他也不太好意思回答「請給我結婚戒指」。他甚至不知道明天跟萌會不會談到婚約的話題。
「這樣的話，要不要找附誕生石的戒指？對方是幾月出生？」
三月出生。
「那就是海藍寶石了。」
店員從櫥窗拿出附兩克拉海藍寶石的戒指。在明亮的燈光下，寶石綻放鮮豔的藍色光澤。平太過去沒有仔細端詳過戒指。這只戒指具備不會看膩的美麗。他順便也看到了價格。上面陳列的是平常會感到猶豫的數字，不過他並非買不起，而且這一定會成為具有價值的禮物。
「那個——」平太開口。「有沒有同樣的寶石、不過指環更可愛一點的？」
「這一只如何？感覺比較活潑，很受到您這個年齡層的女性喜歡。」
店員拿出來的指環非常棒，感覺很適合，不過價格高出許多。
「這只戒指的指環是白金材質。白金即使過了很久的時間也不會變色，一直保持同樣的色澤，所以特別推薦做為訂婚或結婚戒指。」

平太盯著戒指好一陣子，然後說：「那就選這只吧。」

他用信用卡付款，請店員包裝。月薪的一半不久之後就被裝入小小的手提袋遞給他。

當平太走出百貨公司，時間剛過晚上七點半。他是在六點半左右到達百貨公司，因此等於是花了一小時左右四處挑選。

他想到萌應該也快要結束工作了，便試著打電話到她的手機。

萌沒有接電話。平太想要等等看，便進入往車站途中的咖啡廳打發時間。過了十分鐘左右，他又打了一次電話，萌仍舊沒有接。接下來的一小時左右，他反覆同樣的過程，到了將近九點終於放棄，走出咖啡廳。

直接回宿舍也沒事做，因此他便打給西田。

「嗨，平太！你現在在哪裡？」

西田已經喝醉，興致非常高昂。

「我在新宿。我要做的事情已經處理完了。」

「那就過來吧！」西田以非常旺盛的氣勢說。「課長和理彩都在等你。對不對，課長！今天課長說要請客，可以喝免費的酒！」

「我現在就過去。」

平太發出苦笑，把剛剛買的戒指小心翼翼地放入公事包裡，然後開始往前走。

簡訊內容是「今晚如果有空，就約八點」。地點是跟平常一樣的那家店。

星期五晚上八點——他真的有辦法在這樣的時間赴約嗎？融資課的下班時間通常是在晚上八點。萌心想，他是為了我在勉強自己。

萌來到西口的葡萄酒吧，已經認識她的店員把她帶到後方的座位。訂位的牌子被拿走了。園田這天晚上已經訂位。他訂的是不會被任何人打擾、店裡最安靜的桌位。

「請問您要喝飲料等候嗎？」店員詢問。

「不用了。」萌看了看手錶。距離晚上八點還差五分鐘。「我想他應該很快就會來了。」

店員點頭示意，然後就離開了。

變成一個人之後，萌開始感到坐立不安。她應該有必須思考的事情。

她思考著該思考什麼。她沒辦法好好思考任何事情。她試著尋找無法思考的理由。在這樣反覆當中，時間一分一秒地過去，當她再度看手錶時，已經是晚上八點十分。

接著又過了十分鐘。

當她想到要拿出手機傳簡訊的時候，才發覺到平太打來的未接電話。

平太常常打電話給她。上次飲酒會的時候，他們也約好在星期六見面。此刻當她看到未接電話的紀錄，彷彿心臟某個部位縮緊了一下，不過她並沒有回電。萌把未接電話的圖案和平太的事從心中逐出，然後開始輸入傳給園田的簡訊。

——不用趕時間，請慢慢把工作做完。

傳送——加了表情符號、帶點淘氣的簡訊從畫面中消失。在此同時，本人的身影映入萌的眼簾。

園田在快步走近的途中，向店員指示了葡萄酒名，然後辯解說：「抱歉，我花了一些時間才擺脫課長。」

「沒辦法，今天是星期五。」萌發現自己不知何時開始，就對園田使用親暱的語言。「我剛剛傳簡訊給你。」

園田看了一下手機，然後說：

「不是這樣的。」

葡萄酒端上來，園田省略了試喝的步驟，兩人先乾杯。

「我要被調走了。」

萌放下正要接近嘴脣的葡萄酒杯。

「這個月底就會發布人事命令。」

該說「恭喜」，還是「太好了」？然而萌只能盯著對方。她說不出話，而且不知道為什麼，眼眶中泛起淚光。

不是因為園田要離開了。她知道不是為了這麼單純的理由，而是因為預知到即將發生更大的變化。她知道自己即將面臨痛苦的抉擇。

「……調到哪裡？」

「要等人事命令發布之後才知道。如果是紐約就好了，不過也可能是倫敦。」

不論是哪一個結果，都是能夠讓園田大顯身手的金融最前線。「可是我已經——」

園田注視著萌。

「我已經沒有時間了。」

5

星期六晚上七點，平太在五分鐘前就來到約定地點的警察局，萌則相反地遲到了五分鐘。她穿著適合六月的淺藍色連身裙，搭配麻材質的薄外套，看起來比平太認識的萌更成熟。

從位於高樓層的餐廳窗邊座位，可以看到夕陽殘照中、即將有無數光芒閃爍的都心。

萌坐在桌前，以憂鬱的眼神默默地看著這幅景色。平太對於尷尬的靜默感到困惑，不過還是舉起端來的酒杯。

「我們最近好像老是發生分歧。」

「對呀。」萌的回答很冷淡。不只是回答，就連已經飄到遠方的內心，都暴露在平太面前。

心靈變得疏遠，大概就像這樣吧。不過平太勉強把這樣的想法壓到心底，打開菜單。

「妳要點什麼？點什麼都可以，我來請客。」

「不用了，你不用勉強。」

萌的回應中暗藏著些許焦躁，不過平太刻意不去理會。

「要點肉還是魚？」

「應該會點魚吧。我自己來選，別擔心。」

表面上聽起來，好像跟兩人過去關係平穩時的對話沒有兩樣，然而氣氛卻完全不同。平太無法理解原本熟悉的萌的心情。原本建立在信賴與彼此愛情上的關係，正脆弱地崩解。

我是不是被排拒了？

萌雖然沒有說出口，但是從她的態度傳送的訊息，感覺全都是在拒絕平太。

那為什麼還要跟我見面？

平太心想，對於萌來說，自己仍舊是「男朋友」，是特別的人，所以她才會像這樣隔著餐桌面對自己。之前打電話或傳簡訊沒有回覆，單純只是因為太忙了。只要稍微溝通一下，兩人一定能夠恢復以往的關係——

等到開始用餐、喝酒，有些醉意之後，兩人之間僵硬的氣氛稍微緩解。

「我現在被加入滿大的工程專案小組，所以變得很忙。」

「這樣啊。」

以往萌一定至少會問「是什麼樣的工作？」，但是現在的她則沒有表示興趣。

即使如此，平太還是努力述說新的地下鐵工程概要、受到三橋邀請參加茶會等事情。萌有時會做出好像有些興趣的反應，不過大多數時間都顯得心不在焉，沒有認真聽他說話。
「萌，妳最近怎麼樣？」平太說完自己的話題，便詢問萌。「妳好像很忙。」
「嗯，說忙應該算忙吧。不過銀行一年到頭都很忙，所以這樣應該還算正常。」
「妳還是在做跟之前一樣的工作吧？是匯兌嗎？」
「對。」
這時萌好像想說什麼——平太看到她的表情中出現些許變化。
「怎麼了？」
「沒什麼——要不要喝葡萄酒？」
萌說完，向服務生要了酒單。
品酒師把酒單拿來，遞給平太。他感到困惑，說：
「我不是很懂。」
品酒師問：「您喜歡紅酒還是白酒？」
「紅酒。」回答的是萌。
「您喜歡口感比較輕盈、還是比較厚重的酒？」這次的問題明顯是朝著萌問的。
「我想要點厚重的酒。我喜歡酒體紮實的酒。」
「您意下如何？」
這次是問平太。平太因為不了解，只能回答：「麻煩幫我選吧。」
「這一款如何？」
這款酒的標價是八千圓。對平太來說是相當大的花費。他沒有喝過葡萄酒，也不知道價格，不過他依照自己樂觀的想法，覺得「既然萌喜歡，那就沒關係」，於是對服務生說：「那就點這款吧」。

「妳最近在喝葡萄酒嗎？」

品酒師離開之後，平太問萌。

「嗯，對呀。」

「妳以前都喝燒酒，看來喜好已經變了。」

平太只是在開玩笑，但萌的表情卻變得嚴厲。

「總比永遠都沒有成長來得好吧？而且了解葡萄酒的種類，可以增添更多樂趣。」

「那也要到這種餐廳來才行。這種餐廳不是可以常常來的地方。」

「所以你希望我感謝你嗎？我才不想被不懂葡萄酒樂趣的人這麼說。」

葡萄酒的樂趣嗎……

平太覺得自己和萌之間的距離比一張小餐桌更遙遠。

平太垂下視線。這時先前的品酒師送來放在推車裡的葡萄酒。

平太被指派試喝的職責，不過他不知道該如何表達。順帶一提，他也不知道好不好喝。

「不錯。」

平太勉強擠出這樣的感想。萌與其說是失望、不如說是鄙視的視線刺痛了他。

你明明就不懂——她大概想這麼說吧。平太不知道為什麼萌如此焦躁，為了瑣碎的事就要挑釁，不過他雖然在意理由，卻不想在這種地方吵架。今晚原本應該是特別的夜晚，是值得紀念的夜晚。

這時萌稍稍舉起葡萄酒杯。平太錯過時機。當他連忙舉起杯子時，萌已經開始喝了。平太覺得她好像在跟某個看不見的對象乾杯，會不會是自己太多心呢？

他沒時間確認這一點，主菜的魚料理就端上桌。現在的平太沒有享受料理的心情。他只是把食物切成小塊放入嘴裡，然後以品酒師來不及過來倒酒的速度喝光葡萄酒。對話變得斷斷續續。

不久之後，推車盛放著幾乎滿出來的點心出現。平太看著萌獨自愉快地挑選點心。她挑了義式冰淇淋為主的三種點心。平太看到點心盛放在盤中、放在餐桌上，自己也點了同樣的點心。他知道自己的心臟發出撲通撲通的聲音。餐後酒是蘋果白蘭地。萌點的是君度橙酒。

「對了，萌，我想談談我們兩人的事。」

萌放下喝到一半的酒杯，視線落在餐桌上。她的臉頰附近顯得緊張。她理解到平太終於要提出今天的正題了。

「我覺得我們最近常常發生分歧，不過也許可以再想想辦法。」

「你說想辦法是什麼意思？」

「比方說，可以去多了解對方的工作，還有雖然應該很忙，不過還是要多見面、找時間聊天，另外也可以增加一些活動。之前變得有些一成不變，老是去居酒屋或看電影。不妨做些改變，像是去旅行——不需要占去星期六、日所有時間，即使當日來回也可以。我希望可以多一點在一起的時間。」

「如果待在一起，我們又能回復到以前那樣嗎？」

萌抬起視線，注視平太的眼睛。她並不是在反問，而是對平太的意見提出質疑。然而這句話同時也述說了平太和萌的關係。兩人的關係已經來到必須要設法回復的地步。

「我相信可以回復。我們一起努力回復吧。應該不會很難。我想了很多，覺得自己還是需要妳。」

萌彷彿被射中一般，露出驚愕的表情。

平太小心翼翼地拿出放在外套內側口袋的小盒子。

「妳願意收下這個嗎？」

他隔著餐桌，把裝有戒指的淺藍色盒子隔著餐桌遞給萌。

「打開來看看。」

萌以專注的表情接過盒子，拉開緞帶打的結。在打開盒蓋的瞬間，緞帶飄落，萌停止動作。

「萌，我希望妳可以一直在我身邊。」

不知道經過多少時間。

萌的手指輕輕蓋上蓋子。萌手掌中的戒指盒看起來格外大。她以另一隻手包住盒子，臉頰上閃著一道淚光。

「對不起，我沒有辦法收下這個——對不起。」

平太說不出話來。

萌咬住嘴脣，但臉頰仍舊在顫抖，無法抑止眼淚湧出。平太面對這樣的她，不知該說什麼。此刻的平太完全無法思考，就像在海上漫無目的漂流的航海者。

「這樣啊……」

平太笑了。他其實很想哭，因此只能笑出來。

「對不起，萌。我好像說了些太突然的話。」

他不敢問萌流淚的理由。

「我要回去了。」

當他們搭電梯下摩天大樓時，萌這麼說。

「可以再見面嗎？」

「咦？」萌只回覆一聲就垂下視線。平太直立不動地看著她，無能為力地盯著不知何時已經變得不一樣的情人，心中湧起苦澀的情感。

萌沒有回答。

平太送她到新宿站，然後在那裡道別。

他只是舉起右手簡單地說聲「拜」，但有可能會成為最後的道別。平太宛若靈魂出竅一般。當他再度回到現實的時候，正獨自茫然走在笹塚的商店街。他的手機在口袋內震動。

「平太。」

打來的是父親。

「你媽媽……被送到醫院了。」

父親的話淹沒平太的腦袋，一下子就讓他的思考能力當機。

6

母親在睡覺。她躺在位於上田的U紀念醫院無菌處理病房的床上。房裡還有其他病人，從拉起的簾幕後方傳來輕微的睡眠呼吸聲。

這天平太一大早就搭乘新幹線來到上田，從車站直接前往醫院。父親想必是熬夜陪在旁邊，一副疲憊不堪的面容迎接他。

母親是在星期五白天因為頭痛而躺到床上。

「我今天要稍微休息一下。」

她躺在床上，對工作結束回到家的父親這麼說。一開始以為是宿疾的頭痛，因此延誤送醫。母親睡了一晚，情況依舊沒有好轉；父親感覺到她的狀況非比尋常，送她到U紀念醫院掛急診，已經是星期六晚上六點多。

「也許是太疲勞了。」

醫生一開始這麼說，但為了「保險起見」進行CT檢查之後臉色突然變了。原本勉強可以走動的母親被下達禁止步行命令，被迫坐上輪椅，立即辦理住院。

頭痛的原因是蜘蛛膜下腔出血。

昨晚平太得到父親通知時，有一瞬間他自己的意識也消失了。現在在醫院……

發現得太晚……也許沒辦法動手術……機率是一半一半——

父親的話飄落並堆積在空白的意識底層，等到掛斷電話之後，這些句子就像散發光暈的光線般，在他腦中飛來飛去。這天晚上他幾乎無法成眠。

「她現在吃藥睡著了。」

眼睛底下出現黑眼圈的父親小聲告訴平太，然後把他帶到病房外的走廊。

「聽說還是沒辦法動手術。」父親勉強擠出聲音。「醫生說，如果是二十四小時以內還來得及，可是超過之後就沒辦法了……接下來就只能聽天由命。」

「怎麼會——」平太在絕望中屏住呼吸。

「我昨天也說過，機率是一半一半。這三天據說就是危險期。不過即使活下來，也可能在身體某個部位留下障礙。醫生說，要有心理準備。」

父親以茫然若失的表情說完，把額頭貼在走廊的窗戶，緊緊閉上眼睛。

一半一半……

以一個人生存或死亡的機率而言，這個數字未免太殘酷了。

「媽媽有意識嗎？」

「有是有，可是有時候好像很模糊。雖然可能也是因為藥效的關係，不過她已經不是平常的樣子了。」

父親看了處置室旁邊的護理站。母親的病房和護理站之間也有門相通，似乎證明了她此刻是重病患者。父親瞥了一眼護理師忙碌地進進出出的房間牆上時鐘，然後回到平太身邊。

「她應該快要醒了。如果她知道你來了，一定會很高興。」

「爸，你應該很累了吧？你先回家睡一覺吧。我會在這裡陪媽媽。你是開車來的嗎？我送你回去。」

父親幾乎沒有任何行李，只有身上穿的衣服。平太送父親回到開車三十分鐘左右的家裡，替他放洗澡水並鋪了棉被。

前一晚對父親來說，不論是在體力上或精神上，應該都消耗很大。

「多虧你回來。謝謝你。」

父親一再這麼說，看起來不知何時變得蒼老而瘦小。

「總之，你先好好休息吧。如果連爸爸都病倒了，媽媽也會很困擾。」

平太在家裡吃了簡單的一餐，再度回到醫院時，已經稍微過了中午。

他進入病房時，母親已經張開眼睛，直視天花板。嶄新病房的天花板非常潔白。

「我還以為是醫生。」

母親笑了。平太流下眼淚。無菌處置室前備有白衣。平太身上穿著那件白衣。

他內心不禁想到，如果自己真的是醫生就好了。

「媽，妳覺得怎樣？認得出我嗎？」

「當然了。你是我兒子。」

母親用沙啞的聲音說。她的嘴唇很乾，沒有血色。「真抱歉嚇到你了。你很忙吧？今天是跟公司請假過來的嗎？」

現在的母親似乎已經忘記今天是星期幾了。

「媽，妳在說什麼？今天是星期日。」
「星期日……」
母親的眼睛看起來似乎失去焦點。
「媽……？」
「你工作很忙嗎？」
母親問。她關心的總是平太，而不是問自己的事。平太感到胸口湧起熱熱的感覺。他說不出話來。
「沒關係，我會待一陣子，妳好好休息吧。」
平太心想，明天跟課長說明情況，請兩、三天的假吧。
一半一半。這三天是危險期……父親的話在平太腦中，像是被釘上釘子的詛咒般，無法消失。
「你爸爸呢？」
母親問。
「我剛剛送他回家。他昨晚一直待在這裡，好像已經很累了。」
「有沒有吃的東西？」
「妳不用擔心我們。」
平太抓著被單的指尖變白。母親到這種時候還只想著家人，讓他內心感到憐愛。
「談談你的工作吧。」
平太抬起頭。

「你總是不肯好好說，至少在這種時候讓我高興一下吧。」

對母親而言，平太是自豪的兒子。這個事實刺痛平太的心。平太從東京的大學畢業，進入大型建設公司，對於在貧困中一直設法支援教育費的雙親而言，是代替他們實現夢想、無可取代的替角。

平太雖然一直抗拒，但只有在這個時候，他深切感受到這一點，也不得不承認。我是媽媽的兒子。他在心中反覆好幾次這句話。雖然因為害羞而說不出口，但母親一定會了解。因為母親就是母親。

「我們正在爭取地下鐵的工程。這是幾千億圓的大工程。」

仰望天花板的母親表情呆滯，沒有動彈。

「可是要接這個工程會有競爭對手，每一家都是大型建設公司，必須要在競標當中贏過他們，我們公司才能承攬這項工程。我也在這個專案小組當中，不過因為對手很強，所以非常困難。」

他坐在病房的折疊椅。母親閉著眼睛。平太痛心地看著她的表情，像是在自言自語般談著工作的事。

「媽，你累了嗎？」

平太以為她已經睡了。

「你真了不起。」母親喃喃地說。「平太，加油。」

妳在說什麼？現在應該要加油的是妳吧？不要管我，擔心自己的身體吧！拜託——

「我上次遇到故鄉在這裡的人。」平太繼續說。他想要盡量找母親聽了會開心的話題。「這個人叫作三橋萬造，聽說是佐久穗的人。他雖然地位很高，不過很有人情味，感覺是個很有趣的人。我告訴他自己的老家在上田，光是因為這個理由，他就邀我參加茶會，很照顧我。東京明明有很多這裡出身的人，他卻特別照顧我，讓我感到很高興。」

看起來像是半睡半醒的母親這時張開眼睛。

「萬造……」母親喃喃地說。

母親有好一陣子沒有回答。

「媽，妳認識她？」

「萬造過得還好嗎？」

「嗯，他過得很好。他住在青山一棟大屋子，被稱作建設業界的天皇。」

「這樣啊……」

從母親眼中湧出的一道淚水滑落到側臉。「太好了，萬造。你變得那麼了不起，真是太好了……」

平太呆呆地望著母親。三橋沒有說過他認識母親，然而平太腦中此刻浮現第一次在賽馬場遇見三橋時發生的事。

——令堂身體還好嗎？

三橋的確這麼問。

母親來自貧苦的村落。在窮人彼此扶持、同心協力生活的那座村莊，鄰居之間的關係就如親人一般密切。三橋和母親從小生長在那座貧窮的村莊，或許也曾經有過互相扶持的時代。

「三橋先生好像也很辛苦。地位變高之後，就會多出我們沒有的煩惱，有時候他也無能為力。」

平太替母親擦拭眼淚，就如小時候平太哭泣時，母親替他擦拭眼淚。他不記得有多久沒有碰觸母親的臉了。

「蘋果……」母親忽然用細微的聲音說。「你幫我把外婆家後面、果園裡的蘋果樹苗送去給萬造。」

「蘋果？」

「那裡最早是從萬造家拿的樹苗開始種的。」

外婆家的蘋果園相當壯觀，小時候平太不知有多期待在那裡摘蘋果吃。然而他直到此時才知道，那是從三橋家分來的。現在那座果園由年屆九十的外婆和舅舅夫妻一起照顧。

「我知道了。我一定會把樹苗送去。」

母親露出滿足的表情，然後閉上眼睛。

護理師進入病房，小聲地說「稍微休息一下吧」。護理師替母親量了體溫與血壓，記錄在表單上，然後探頭看母親的臉。

母親的血壓比較高的數字接近兩百。平太看了，覺得好似心臟被掐住般難以呼吸。這個數字述說著母親現在的情況有多嚴重。然而平太能做的，就只有像這樣陪在旁邊。

拜託，撐過去吧。媽媽，加油。我會在這裡。我會一直在這裡。

平太坐在折疊椅上，內心吶喊，雙手遮住臉。

這三天，平太幾乎都在醫院度過。

「你這樣很辛苦，要不要回家休息？」

平太從星期天就晝夜陪伴在病床旁邊，到了星期一，護理師這樣對他說，並且告訴他如果病情出現變化就會通知他。

事實上，父親似乎也得到同樣的建議。

「電話打來的時候，就表示要有心理準備了。」

平太聽父親這麼說過。

太可怕了。母親是生是死，竟然維繫在一通電話。平太實在無法和父親一起待在沒有母親的靜悄悄的家中，每次聽到電話鈴響起就膽顫心驚。與其那樣，即使環境有多麼不舒服、身體有多累，他都寧願留在醫院陪在母親身邊。他在星期一一大早就打電話到公司說明狀況，請假請到星期三。他掛斷打給課長的電話後，西田立刻打電話到他的手機。

「我只是想要告訴你，好好照顧你媽媽，不要擔心這裡的事。」

平太感到很高興。西田雖然平常看起來像懶散的酒鬼，但是個性卻很溫暖。

母親的狀況時好時壞。

她有時候意識清醒、可以談話，但說著就會說出完全無關的事情。有時候她也會一直沉睡，或許是因為頭痛，偶爾還會皺起眉頭發出呻吟聲。

「好像還有點高。」

星期二，來診察的醫生量了血壓，探頭檢視母親的臉。破裂的腦血管很細，如果出血部位擴散到其他地方，母親就會送命。根據精密檢查的結果，其他地方也發現有血管堵塞的情形，不過可以依靠藥物治療設法溶解。

既然不能動手術，母親能夠依賴的就只有藥物和運氣了。

星期三傍晚，平太待在病床旁邊，俯視病情沒有變化的母親的臉。

母親似乎正在做愉快的夢，表情安詳而溫柔。接著她靜靜地張開雙眼。

「我差不多該回東京了。」

「謝謝你來看我。」

「別在意。還有，我昨天去外婆家，拿了蘋果樹苗。」

「樹苗……」

奇妙的是，母親似乎不記得這件事。當時的母親看似處在正常意識狀態下，但或許其實是在夢中徘徊。

母親的手動了，伸出來摸平太的臉頰。

「你要多保重，注意身體健康。」

「媽，妳在說什麼？這句話應該對妳說才對。妳要好好保重自己的身體。」

平太試著想要擺出笑容，聲音卻有些哽咽。

不論發生什麼事，妳一定要好好活著。媽，妳不可以死。

「那我要走了。」

「好好加油吧。平太，謝謝你過來。」

平太握著母親的手，俯視她的眼睛。母親眼中湧出的淚水滑落下來。平太用指尖替她擦拭眼淚。

「我會再過來。」

父親開車送平太到車站，當天晚上他便回到東京。

7

平太在晚上抵達東京站，首先前往的是位於青山的三橋家。

他捧著從舅舅家拿的蘋果樹苗，按下對講機門鈴，沒想到三橋本人竟然來到大門迎接他。

「你吃過飯了嗎？」

三橋一看到平太提著波士頓包與裝有樹苗的紙袋，便這麼問。

「沒有。」

時間已經過了晚上八點，但平太腦中完全忘了用餐的事，連自己肚子餓不餓都沒有想到。在回程的車上，平太一直想著母親的病情，擔心到根本沒心情去想用餐。然而不論他怎麼思索，都只是沒有結論的空轉而已。

「在這裡吃吧。」
「可是……」
「年輕人不要客氣。」三橋說。
「那我就不客氣了。還有，這個——」
平太把樹苗遞給三橋，三橋便縮起下巴注視它。
「這是我剛剛在電話中提到、母親要我帶來的——」
平太先前只告知三橋，母親有東西要給他。
「這個要給我？」
「是的。母親要我務必交給三橋先生。這是蘋果樹苗。如果方便的話，請種在院子裡。」
三橋似乎感到很驚訝，注視著樹苗。「辛苦你了，謝謝。」他說完慎重地連袋子一起收下樹苗。
「你對令堂提到過我的事了嗎？」
「是的。因為我受到您的關照，而且我聽說您認識她。」
「這樣啊。」三橋瞇起眼睛，接著問：「令堂身體還好嗎？」
「事實上，她上週末病倒了。」
「病倒了？」三橋的笑容消失，臉頰抽搐。「她怎麼了？」
「蜘蛛膜下腔出血……所以我才回上田一趟。」
「蜘蛛膜下腔……」三橋宛若念咒語般說出這個病名。「狀況怎麼樣？」

「很難說。不過她還有意識，也能說話。母親記得三橋先生，所以很高興。她希望我把這棵樹苗帶給您。」

三橋啞口無言，然後仔細端詳樹苗。

「不過她的狀況已經穩定下來了……」

平太並沒有因此認為已經沒問題，不過因為三橋超出預期的驚訝，所以他想要讓三橋稍微放心一點。

「這樣啊。真抱歉讓你特地送來。她住進哪一家醫院？」

「U紀念醫院。」

這是一家開了很久的醫院，因此三橋光是聽到名字，似乎就知道是哪一家了。他短暫地閉上嘴脣，露出思慮的表情，接著忽然抬起頭對平太說「先進來吧」，引他進入室內。

「唉呀，歡迎光臨。」

平太想起西田說過，三橋的太太是舊建設省出身的大咖議員城山的妹妹，不過眼前的這位女性氣質爽朗，展露令人愉快的笑容，招呼平太坐到椅子上。

「很抱歉，突然來打擾。」

「別客氣。歡迎光臨，富島先生。」三橋太太對他微笑。「這個家裡只有我們兩個人，太安靜了，所以像你這麼年輕的客人來訪，我先生和我都會很高興。今天我先生公司的人去釣魚，把魚送來，所以你來得正好。那個人每次都送來吃不完的分量。」

料理有紅燒鯛魚、擺盤很美的生魚片、橄欖油炒青菜與沙拉，再加上水果。

「富島先生，白飯和味噌湯要一起上嗎？我們都是在喝酒之後才用餐。」

到這個地步平太也不方便推辭，再加上三橋勸他「會喝酒的話就別客氣」，因此他便說：「那麼我也一起喝酒吧。」

兩人轉眼間就喝完大瓶啤酒。

「喝完了。喂，今天沒關係吧？」三橋問妻子。

三橋太太笑咪咪地說：「今天特別破例。」

「醫生要我少喝酒。我的健康是交給太太管理的。」

「你實在是喝太多了。以前真的很誇張。」三橋太太瞪大眼睛說。「他甚至還問賣酒的老闆，有沒有賣桶裝啤酒而不是瓶裝的。不過年紀大了之後，酒量果然還是會變小。現在如果不多注意各種細節，健康檢查的時候就會被醫生罵。」

「在意太多也不好——你要喝葡萄酒、日本酒，還是燒酒？」

「三橋先生要喝什麼？我喝一樣的就行了。」

「最近大概都喝燒酒。」

三橋離開座位，進入與餐廳相通的房間。「芋燒酒、麥燒酒和黑糖燒酒……你要喝哪一種？」三橋的聲音傳來。

「黑糖燒酒。」

「好。」

三橋拎了全新的一公升酒瓶過來，三橋太太便體貼地問：「富島先生，你要加冰塊，還是用熱水或冰水稀釋？」

「請幫我加冰塊。」

「那我也一樣。」

「親愛的，你不要緊嗎？」

三橋太太立刻準備了加冰塊的兩個杯子，三橋便把酒斟滿。

接著三橋說：

「祝令堂早日康復。」

然後兩人第二次乾杯。

這款酒質地濃稠，與其說是黑糖燒酒，風味更接近蘭姆酒。這是平太過去沒有喝過的口感。

他們以生魚片和紅燒魚當下酒菜，喝了將近一小時，三橋太太說「你們還要再喝一陣子吧？我先去一下茶室，待會再回來」，然後就離開座位。

「她明天要主辦一場茶會，大概還有東西要準備吧。茶會的款待要注意很多事情。」

「這樣啊。很抱歉在忙碌的時候打擾。」

平太感到過意不去，但三橋卻露出愉快的笑容。

「別在意。如果你沒來，她就得在這裡陪我，所以她一定覺得你來得正好。」

三橋以淘氣的表情笑著這麼說，然而笑容立刻消失。「話說回來，你一定為令堂的事感到驚訝吧？」

「是的。不過就算擔心也無能為力，剩下的就只能聽天由命。我只能相信母親天生的運氣了。」

三橋家的餐廳很寬敞，從餐桌可以眺望後院。燈光下的後院是和風庭園，平太上次受邀的茶室此刻亮起了燈。

「三橋先生，請問您和家母從小就認識嗎？」平太問。「母親稱呼您為萬造。據說母親娘家的蘋果樹，原本是從三橋家拿的。」

「那已經是很久以前的事了。」

三橋把臉朝向庭院，瞇起眼睛。室內雖然開著空調，不過窗戶卻稍微打開，使六月帶有溼氣的空氣從腳邊流進來，融合為恰到好處的空氣，讓酒醉的身體感覺很舒適。

「三橋先生小時候，那一帶是什麼樣子？」

「那裡是真正的鄉下。這一點到現在大概也一樣，不過當時不論是哪裡都很窮。」三橋這麼說。「不過卻很幸福。」

三橋嘴上突然泛起笑容。他的視線雖然朝向點亮常夜燈的庭院，但意識彷彿飛越五十年的時間回到過去。

「您會希望再回到那個時代嗎？」

平太會問這個問題，大概就表示他已經很醉了。雖然只是不經意的問題，然而此時三橋的表情卻變得很認真。

「我不會想要回去。」

三橋的口吻彷彿是在說服自己。平太不禁注視三橋。三橋的側臉似乎展現堅定的決心。在此同時，平太也覺得這是向某樣東西訣別的表情。他知道三橋訣別的對象是什麼。是故鄉。三橋離開故鄉，在建設業界爬到被稱為天皇的地位。此刻和平太一起喝酒的他雖然流露出深遠的情感，但平太可以輕易想像到，三橋走到這裡的人生絕對不是一帆風順。

三橋說：「我總是讓自己相信，現在是最好的時候。」

「現在是最好的時候……」平太重複他說的話。

「沒錯。」三橋說。「現在是最好的時候。這樣的想法是很重要的。懷念過去也沒關係，可是絕對不能羨慕過去。」

對這個男人而言，「過去」究竟具有什麼樣的分量？對於曾經主持一次次的大型圍標、以超級協調人之姿稱霸業界的男人而言，這樣的「過去」究竟具有什麼意義？相較於他曾經活躍過的輝煌歲月，似乎已不再擔任第一線協調人的現在真的更好嗎？或者三橋只是藉由相信現在是最好的時候，才能得到心靈上的平衡？

種種想法縈繞在平太心中，不久之後形成一個問題。

「三橋先生，您已經不再出面『協調』了嗎？」

經過很長的一段沉默，三橋才回答：

「我之前也說過，如果沒有人需要我，我也不會出面。」

三橋的口吻很平靜。平太心想，那麼他是在等待有人需要他的時候嗎？不過平太無法猜到三橋的內心。

「這次的地下鐵工程呢?」平太問。「或許會有需要三橋先生的場面。」

「是嗎?」

三橋靜靜地喝下杯中的燒酒。「這不是我能決定的。而且就算有那樣的需要,也未必會由我出面。你看到那些傢伙了吧?」

平太立刻理解,「那些傢伙」指的是在茶會同席的建設公司董事。

「那些傢伙為了自己的利益,什麼都做得出來,不管是圍標或其他手段都一樣。而且他們隨時都在尋找達成目標的最好、最短途徑。對他們來說,我絕對不是個好操控的人。從他們的想法立場來看,甚至有可能把我視為麻煩人物。」

平太說:「可是我認為沒有人能夠取代三橋先生。」

「你果然是個上班族。」

三橋哈哈大笑,讓平太感到驚訝。「上班族往往會認為,沒有自己在公司就無法運作。你的思考模式也一樣。這只是自己的生活範圍很小的人懷抱的錯覺。事實上,在組織當中有很多人可以取代自己。那麼為什麼他們不出來?答案很簡單,因為自己還在這個位子上。如果這個位子空出來,馬上會出現替代自己的人,而且其實更優秀。這一點不論是在公司或一般社會都一樣。世界就是這樣的地方,所以才能運作下去。」

平太問:「上班族就像是隨時可以替代的零件嗎?」

他心中懷著疑問,不知自己是否也是同樣的零件。

「正是零件。」三橋回答。「我也是零件,你也是。可是我們不只是零件。可以稱為零件的，只限於在工作這個目的上。在此同時，我們也是人。人類這個身分比上班族的身分更基本。這是很重要的，平太。」

平太專注地聽三橋的這段話，好似被蠱惑一般。他陶醉地看著三橋，面對這名男人無窮的魅力，感官逐漸痲痺。

「忘記自己是個人的上班族，就會成為無聊的零件。如果無法從零件恢復為人，人生就只是一片荒蕪的瓦礫。這樣的零件往往會腐蝕。想像一下螺絲就知道了。巨大的鐵橋是以螺絲這樣的零件支撐的。如果螺絲腐蝕，會發生什麼事？事實上，在這世上要持續當一個合乎規格的零件，出乎意料地難。無法滿足規格的零件會脫落；另一方面，誤解自己規格的零件就無法達成原本的功能。話說回來，我扮演的是設計圖上沒有的零件，所以也沒資格說這些。」

設計圖上沒有的零件——

三橋如此稱呼自己。然而專修建築的平太明白，建築的設計圖不可能預期到一切。依照設計圖施工卻不順利，在工地是常常發生的事。要如何處理設計圖沒有的部分、空白的部分，對於完成後的建築物會有極大的影響。而三橋補足的就是這個空白部分。

平太問：「什麼樣的場合會需要三橋先生呢？」

這個問題太過直接，感覺有些青澀，不過他還是趁著酒醉的氣勢詢問。如果處於清醒狀態，要當面問三橋這種問題，需要相當大的勇氣。

三橋回答：「競爭的底線被打破的時候。」

「底線被打破？」平太問。「這是什麼意思？」

「為了承接那項地下鐵工程，你們公司現在正在做什麼？」

「大概就是和材料廠商和承包公司交涉，希望能降低成本。」

「可是這些做法有一定的限度。」三橋說。「成本降低到最後，就是競相削減利益，但是能夠削減的利益有一定的極限。企業有不能退讓的最終底線，然而像這樣的競爭，往往會威脅到這個最終底線。」

「也就是所謂的『底線被打破』嗎？」

「沒錯。」三橋說。「根本不用去想什麼時候會被需要。當競爭需要協調人的時候，就已經形成必然性的狀況。我不知道那是什麼樣的狀況，不過協調人是受到期待而產生的。事情就是這樣。至於這個人會是誰，當然還不知道。有可能是我，也可能是別人。」

「也就是說，現在還沒有這個必然性嗎？」

「你們還沒有捨棄降低成本的可能性吧？」三橋問。「如果在降低成本、憑正當競爭獲勝之後，仍舊能夠得到利益，那就根本不需要協調，照現在的做法就行了。應該憑這樣的做法做到不行為止。如果能夠照這樣在競爭中獲勝，那就沒有更好的結果了。不是嗎？」

三橋問話時，有些慵懶地靠在椅背上，表情輕鬆而溫和。從這副姿態很難想像他就是被稱為天皇的人物。他身上絲毫沒有架子，看起來單純只是和平太對飲、醉醺醺地享受時光的老人。

「時代隨時都在變化。」三橋說。「不可能只有建設業不變。像我這樣的人要是一直都在活躍，這個業界就沒有光明的未來。」

「可是我聽說，如果不調整的話，利益就會消失……」

「這一來，即使是大公司也有可能會被淘汰。不過啊，平太，讓那些公司倒一次也不錯。」

三橋竟然這麼說。

「可是只要一家建設公司破產，底下幾千家承包商也會流落街頭。」

所以才需要協調，也就是圍標——這是平太正當化的理由。

「也許吧。不過現在或許已經到了必須經歷這個過程的時候。大型建設公司因此倒閉、旗下與承包公司的員工開始失業時，對社會造成的打擊會很強烈。在那之後，才有可能進行真正的制度改革。日本這個國家必須嘗到一次苦頭才會懂。」

「聽起來好像很極端，感覺是很宏觀的視角。」平太嘆了一口氣。「我現在做的工作並不是那樣的，可以說很狹隘。如果公司倒閉，我也會很困擾，所以為了接案，只能盡最大的努力。真的會有『被淘汰比較好』這種事嗎……」

三橋說：「這是時間軸的問題。你的時間軸頂多是半年到一年，會想要追求利益也是很正常的。公司本來就是為了這個目的存在。可是眼前的利益未必會直接成為將來的利益。有時可能會因為追求短期的利益，就長期來看反而蒙受巨大的損失。」

「應該也可以透過針砭招標制度的缺失來改進吧？」平太試圖反駁。「如果問題真的那麼大，不是應該現在就改變嗎？」

「從以前就有人批評招標制度的問題，可是卻一直沒有改變。你知道為什麼嗎？因為歸根究柢，即使照現在的制度，國民和政治人物也不會有任何困擾。不論是橋梁或道路，只要能夠便宜完成就行了。這樣的想法繼續存在，招標制度就無法改革。」

「只有我們在這樣的制度當中掙扎嗎？」平太詢問怡然自得地望著庭院的男人。「這項地下鐵工程有可能會由三橋先生出面調整嗎？」

「我也不知道。不過至少不是現在。你感到很失望嗎？」

三橋泛起從容的微笑，然後抬頭看了一眼過了晚上十一點的時鐘。「怎樣，要不要再喝一杯？」

8

「你媽媽情況怎樣？」

次日平太提前在早上七點多上班，驚訝地發現西田已經到公司了。

「還很難說……不過我待在那裡也沒用。很抱歉造成困擾。」

昨晚他離開三橋家時，已經過了半夜十二點。母親的事、工作的事，還有三橋說的話——這些全都是必須更深入思考的事情，但是他卻不知道該從何思考、從何著手。或許是因為喝醉，或者因為被不斷繞圈圈的思緒占去注意力，他明明是從三橋家轉乘電車回到宿舍，卻沒有這段時間的記憶。即使睡過覺，疲勞仍像洗不掉的汙漬般黏附在腦中。

「你要趁爸媽還在的時候盡孝道才行——給你。」

西田說完，把攤開在桌上的資料疊在一起，隔著辦公桌送給平太。

這是地下鐵專案中，平太負責的材料業者一覽表和估價單。他檢視對方提出來的估價單，和其他競爭公司比較。並不是單純看便宜就挑哪一家，而是要告訴廠商，「如果依照現在的價格，就要找其他公司；如果可以再降價，就願意考慮」，藉由這種手法將單價壓到更低。這種「貪得無厭」的做法，就是平太現在的工作。

由於訂購金額很龐大，像這樣的交涉通常會呈現削價競爭的局勢，不過大型材料廠商會受到公司本身的收益目標束縛，不太能夠提出我方希望的價格。要度過這樣的纏鬥、壓低到計畫中的成本金額，並不是簡單的事。

平太看著幾家公司寄來的估價單，深深嘆氣。

「根本不行吧？」

在座位上面對電腦的西田說。西田已經把這上面的估價金額輸入到試算軟體，掌握預估成本。

估價單上的數字和平太先前提出的希望價格差了一大截。明明請對方重新考慮一下，卻也有業者默默地提出同樣的價格。

平太喃喃地說：「他們把我看扁了嗎？」

西田回答：「也許吧。你大概被他們看扁了。」

「西田，你那邊談得怎麼樣？」

「我也被看扁了。」

這時牆邊的印表機發出嗡嗡聲，印出幾十張資料。西田把資料拿給平太看。這是針對工程成本目標、分別列出各負責人員進展狀況的資料。平太休息的這三天，西田被迫進行兩人份的工作，因此成果當然不理想。

平太抬起頭，看到西田靠在椅背，雙手交叉在頭部後方。這一來可以明顯看出他圓滾滾的肚子往外凸。

「老實說，情況非常艱難。在你休息的期間召開的專案會議上，甚至有人質疑這樣的目標設定是否真的可行。」

降低成本的目標由尾形和業務主管設定，可以說是「必勝方案」；然而這樣的數字並沒有明確的根據，只是憑業界人的直覺，推測大概是這樣的數字。

「昨天的會議上，也被質問到其他公司的狀況，還被指責不去調查競爭對手、光是壓迫自己人有什麼用。說得的確很有道理。」

西田以自嘲的眼神仰望天花板，無力地笑著。

「其他公司怎麼樣？」

「誰知道？如果知道的話，就不用這麼辛苦了。」

對手都是大型建設公司。其他公司的成本結構很有可能比一松組更有優勢。

桌墊夾了好幾張電話留言。平太等到上午九點，然後一家家回電。來電用意都是為了回覆估價委託，一如預料，沒有任何一家公司提出他們希望的數字。老實說，尾形主導擬定的成本計畫太嚴苛了。雖然說要是實現的話，或許就能憑正當競爭得標，可是未免太過脫離現實。

事實上，平太自己在向對方提出這個金額時都覺得理虧，心想「根本不可能」。

「請你們客氣一點好嗎？」

到最後發脾氣說這句話的，是馬克西姆建材公司的耕田。平常態度謙恭的耕田突然發飆，讓平太不禁屏息。

他已經請耕田提出第二次、第三次估價單。

耕田第一次提出的是「根本不用談」的價格，因此他或許也大概預期到平太會退回。第二次是「和別家公司比起來太貴」的價格。當平太拒絕時，耕田臉上明顯表露出失敗感，平太才知道那就是耕田的決勝球。然後今天拿到的是第三次估價單。

過了中午，傳真送來「這次一定能讓你滿意」的估價單，而平太發出的感想是「我還以為會變得很便宜，沒想到只降這麼一點」，結果招致耕田剛剛那句抗議。

「怎麼可以說『只降這麼一點』？」

耕田的聲音因為憤怒而顫抖。「你不知道這個下降幅度有多大。貴公司當然很輕鬆，只要打壓材料廠商，就可以得到相對的利益。可是恕我直言，不懂這個下降幅度代表什麼意義的人，沒資格說這種話。」

「很抱歉。」平太低聲道歉。「可是這個數字我沒辦法接受。」

隧道內牆的水泥，以及做為骨架的拱形補強鋼材因為分量很多，因此降低成本的效果相當大，他絕對無法妥協。

「這樣太亂來了。」

電話另一端的耕田發出嘆息。「很抱歉，我們不可能再降價。可以請貴公司內部先討論一下這個數字嗎？如果要再降價，我們就只能放棄了。」

「還有其他競爭公司，沒關係嗎？」

平太這麼問，電話另一端便沉默下來。

「其他公司究竟提出什麼樣的價格？為了參考起見，請你告訴我。」

耕田或許在懷疑，所謂的競爭對手只是為了讓交涉更有利的謊言。

「請等一下。」

平太按著話筒詢問西田：「圓拱形補強鋼材的估價，有哪一家公司已經送來了嗎？應該有比馬克西姆便宜的公司吧？」

「喔，你等一下。」

西田說完，念出儲存在電腦的金額。

「總金額比貴公司便宜幾百萬圓，不過具體金額無法奉告。」

這是總金額十億圓的訂單當中的幾百萬圓。電話另一端變得沉默。

「如果不能降價的話，我們就會向這家公司下訂單。」

「請等一下。」

平太聽到深深的嘆息。「富島先生，你該不會以為只要讓彼此競爭，價格就會無限下降吧？老實說，那家提出便宜幾百萬圓估價單的公司，一定會虧損。本公司規定不能做賠本生意。如果會虧損的話，那還不如不要做。」

過去的耕田或許會提出更低的價格，不過他此刻沒有提出來，或許證明了耕田的估價已經是最低價了。

「事情就是這樣，本公司這次就不做這筆生意了，很抱歉。下次再進行一般的交易吧。再見。」

電話掛斷了。

「馬克西姆建材放棄了。」平太對窺探他們通話的西田說。「這樣沒關係嗎？這家是很親密的生意對象吧？」

「沒關係。這也是沒辦法的事。」西田以無情的口吻說。「不論之前往來有多熱絡、多親密，如果在意那種事的話，就沒辦法降低成本了。這次一定要挑選提出最低價的廠商來交易。這樣就行了，不需要講人情。」

「這樣啊……」

平太從西田的口吻中感受到異乎尋常的決心，因此只能喃喃地這麼說。

像這樣的降低成本交涉，有可能踐踏與生意對象之間的信賴關係，甚至讓人覺得過去的關係只是表面工夫而已。然而為了在預期的競爭中獲勝，也不得不這麼做。

「調度能力的差異，就會造成總成本的差異。」西田以嚴肅的表情說。「也就是說，規模越大的公司越有利。馬克西姆公司對真野建設和村田組，想必會提出價格更便宜的估價單。即使這項工程收入壓低，只要在其他工程請他們用較高的費用購買，就能從那裡賺回來了。」

「這一來，我們公司不是絕對處於不利狀態嗎？」

平太這麼問，西田便回答：

「當然了。不論是哪一種業界，都有最大的公司和中堅公司，只能在自己既有的狀況當中努力。我們要取得這項工程，必須比真野建設努力好幾倍才行。更何況他們還採取聯合承攬的方式。我們公司是單獨投標，所以處境更艱辛。真是的，不知道大佛在想什麼。」

和單獨投標相較，幾家公司聯合承攬更加有利。在這種情況下刻意單獨挑戰，大概是覬覦單獨接案的龐大利益，但是這樣真的好嗎？

「真的有辦法贏嗎？」

平太茫然地望著電腦螢幕上列出的材料採購對象清單，以及上面記載的金額。

這時——

「平太，不要再去做不可能的交涉了。」

西田從對面的座位說出意想不到的話。

「不要再做？可是——」

平太不明白他是什麼意思，連忙反問，但西田沉著地低語：

「我有想法。」

9

當天下午五點開始的會議，宛若被沉到鉛液底部一般沉重而鬱悶。

所有人都理解降低成本對於爭取這項地下鐵工程的重要性，然而這項關鍵工作的達成率卻相當低，遭遇到挫折。這樣的沉重壓力幾乎要壓垮整間會議室。即使想要把成本壓得比其他公司便宜一塊錢也好，但是在大型建設公司激烈競爭當中，要占得優勢非常困難。

「業務課在做什麼！」

在會議席上，向平太等業務課員毫不客氣提出嚴厲指責的，是營業部長金本政志。金本一直從事業務工作，雙排釦的條紋西裝和墨鏡是他的註冊商標，在公司內是個名人。他此刻把墨鏡折起來放在桌上，一張晒黑的臉朝著平太等人，用粗壯的手指指著資料上的數字。

地下鐵工程相關成本計畫是由金本擬定草案，得到尾形的核可。提案人金本對於成本降低計畫無法順利進行，感到頗為焦躁。他的矛頭之所以特別對準業務課，或許有部分原因是基於營業部對業務課的競爭心態。業務課在尾形常務負責管理的業務部內。一松組的營業部門與業務部門並列，形成扭曲的結構。

「你們不了解承包商的收支情況吧？」金本說。「壓低這麼一點價格，他們根本不會虧損。聽好了，這項計畫當中列舉的成本並不是無憑無據。每一個金額在過去都曾經適用過一次，或者都是接近的數字，不可能辦不到。」

「哼，以前跟現在的環境完全不同。平太，你說對不對？」

西田被金本直接怒罵，便對坐在旁邊的平太說。他的聲音太大，因此平太提醒他「西田，小聲點」，但是已經太晚了。

「西田，你要對自己的工作更負責才行。」

金本怒瞪他，但西田卻似乎聳了聳肩。「你那是什麼態度？」金本收起臉上的表情。

然而西田冷靜地反駁：「即使過去曾經出現過這樣的價錢，也不能稱為合理的根據吧？」

「喂——」

西田旁邊的兼松臉色變得蒼白。「西田，別說了。」

但西田沒有停止。

「恕我直言，材料採購費和人事費已經幾乎沒有下降的空間了。即使能夠下降也很有限，不可能達成成本降低計畫指示的採購金額。基本上，這個計畫的數字太脫離現實了。」

「你也不想想看自己的成本降低目標連三分之二都沒達成，竟然反過來批評計畫！」金本慷慨激昂地怒叱。

「因為有問題，所以我才說它有問題。」

西田以毅然的態度回應。「比方說——」他從管理表念出其中一個料號（每種材料被分配到的整理號碼）。「這個特殊鋼是由我負責的，在詢問將近十家廠商之後，最便宜的也是一平方公尺四千五十圓。價格高昂的背景是中國建設潮導致粗鋼架格上漲，可是計畫中三千兩百六十圓的價格完全沒有考量像這樣的商業環境變化。現在是鋼鐵價格高昂的時代，跟以前不一樣。過去以同樣的價格買過，根本不能成為任何憑據。如果說現在可以用一般流通價格的八折左右買到這個料號，請告訴我根據。不能說因為是目標、是計畫，未達成就不可原諒。這份計畫就整體流向來說還算可以，但是細節的地方太粗糙了。」

金本用右手拍桌怒吼。

「你如果這麼說，計畫根本沒辦法推動！」

「我不想聽精神論。」

西田老實不客氣地說。這不是平常扮演丑角的西田。他當面反抗公司內實力派人物的姿態，看起來相當堅毅。

「別開玩笑，西田！」

「有人認為我的發言是在開玩笑嗎？請舉手。」

西田環顧圓桌周圍將近三十人，以平常的滑稽態度詢問。

大家都屏息看著西田和金本的對話。沒有人舉手。在背對白板的中央座位，尾形閉上眼睛，交叉雙臂。

「現在還有時間，可以重新檢視計畫上的數字嗎？」

「你說什麼？」

金本瞪著西田。「在營業部，被指派的數字就是一切，絕對不容許懷疑這個數字！你們業務課沒有真心想要得到這項工程嗎？」

「就是因為真心想要得標，才要請求重新檢視計畫。這項計畫的細節太天真了。就算照著它努力，也無法得到期待的效果。」

西田絲毫不肯退讓。

封印滑稽角色的西田，展露的是偶爾會顯現的幹練男人真面目。

「那麼你認為應該怎麼樣？光是批判，什麼話都說得出來。」

「是嗎？既然您這麼問，我就來發表自己整理的想法吧。」

事情出現意外的發展。

「不是只有殺價才能降低成本。喂，仁王。」

圍繞著圓桌的出席者當中傳來「喔」的回應聲。

「那個拜託你了。」

在西田輕鬆口吻的呼喚下站起來的，是個名副其實令人聯想到金剛力士（註16）的高大男子。平太翻開手邊資料當中的參加者名單，找到仁王龍彥這個名字。

他是生產總部土木技術部特殊工法小組長，也是隧道工程的專家。西田和仁王因為同樣是小組長，因此關係似乎特別親近。

仁王站起來，搬出放在室內角落的投影機，連接到自己的電腦。在室內燈光變暗的同時映出來的，是大型潛盾機的照片。

潛盾機是挖掘地下鐵等隧道的機械，形狀很像橫倒的圓筒，前端裝有鋼鐵刀頭，可以切削岩盤，形成可通行電車的隧道。

不過這臺潛盾機是怎麼回事？

註16　金剛力士：佛教護法神，手持金剛杵，其雕像常以張口（阿形）與閉口（吽形）的一對立於寺門左右兩側，在日本通常稱為仁王像。

此刻螢幕上映出的是電腦繪圖的潛盾機，而且和平太所知的既有機型不太一樣。

西田站起來，走過去站在螢幕前方。從他的態度可以看出，他似乎早已預期事情會演變成這樣。西田因為成本降低計畫行不通而頭大，因此暗中研擬對策。他大概早就預定要在這天的會議提出新的對策。

這時平太偷偷窺探從剛剛就一動也不動的尾形。他擔心尾形隨時會暴怒，不過看樣子是多慮了。另外，先前在西田與金本一觸即發時臉色蒼白的兼松，此刻也默默地允許西田發言，由此看來西田此刻的提案應該已經事先經過課長同意。

「業務課和土木技術部的志願人員重新檢討過專案推動計畫。就如先前提及的，計畫中到處都有令人懷疑實現可能性的內容。為了戰勝其他競爭公司，接下來我想要提出根本性的解決方案。」

畫面出現變化。

螢幕上出現成本降低清單，其中有幾項上面做了記號。這些是需要重新檢討的項目。看到料號當中有將近一半都做了記號，會議室內出現議論紛紛的聲音。這時一疊厚厚的資料發到平太面前。

這是西田與仁王兩人聯名製作的新計畫案。工作明明已經很繁重了，他們到底是在什麼時候製作這種東西的？

「首先要來說明目前進行中的計畫必須重新檢討的部分。」

西田繼續說。「最大的問題點，在於太過依賴刪減材料調度費及人事費來降低成本。我並不是說針對這兩者努力降低成本是錯誤的，不過先前也說過，為了達到目標中的工程價格，光靠壓低材料價格的做法有一定的限度。依照金本部長所說的，向承包業者、材料廠商等相關公司殺價，或許可以降低部分成本；不過各位應該已經痛切感受到現實屏障：光靠這些已經行不通了。」

投影機的光線照亮出席者的側臉。眾人興致盎然的視線都集中在西田身上。在這些人當中，尾形依舊閉著眼睛，被指名批評的金本則臭著一張臉怒視西田。

在這樣的情況下，西田針對有問題的目標價格，說明與現實數字之間的差異及不可能實現的根據。他的語調簡直就像換了一個人般毫無停滯。

西田的成本降低案，從重新審定各料號的價格開始。

相對於金本提案，修正案更著眼於現實，一言以蔽之就是更加精緻。和金本主導製作的計畫相較，並不是所有成本都提高，其中也有大幅低於目標價格的設定。

「說到底，就是希望能夠提高整體成本吧？」

金本趁西田的話告一段落，譏諷地說。

「不是的。個別成本的細微努力有一定的極限。我想要提議的方式是轉換成本結構。為了達到這個目的——」

在西田以冷靜的聲音說明的同時，仁王切換畫面。螢幕上映出的是先前的大型潛盾機。

「要跳脫矩形潛盾工法。」

會議室中掀起明顯驚愕的聲音。一般潛盾機是圓筒形，不過一松組擅長的潛盾機是矩形，也就是斷面為長方形、接近立方體的機具。而此刻西田提議的，就是放棄採用這種工法。

「喂喂喂，這不是這項工程的基礎部分嗎？」金本周遭的營業部員提出異議。

「如果變更本公司最擅長的工法，就會失去優勢！」

「不，不會失去優勢。」西田斷言。「技術方面的細節，就請仁王小組長來說明。」

「接下來就由我來說明新的削掘工法。」

代替西田站起來的仁王粗壯的聲音響徹會議室。「在這次的工程中，土木技術部將會提議新的潛盾工法，代替過去擅長的矩形潛盾工法——那就是這個橢圓形潛盾工法。」

會議室出現屏住氣息的氣氛，所有人都在等候仁王繼續說下去。

「這種工法不只是削掘斷面形狀改變，而且可以在比以往更淺的地底挖掘隧道。請看這個。」

螢幕上出現的是隧道斷面圖。「這是用以往的矩形潛盾機打造的隧道。另一方面，如果採用新工法，隧道的位置就會在這裡。」

在比以往的隧道更接近地面的部分，出現了新的隧道。

「仁王，這個和成本有什麼關係？」

大概是認識仁王的某個人提出疑問。

「隧道位置越接近地面，成本就越低。經過模擬，這次的品川、初臺間的地下鐵工程如果採用這個工法，可以減去總成本的大約百分之二十。」

平太不禁懷疑自己的耳朵。

百分之二十——！

不用說，會議室裡處處傳來驚訝的聲音。

「喂，如果有這種工法，為什麼不一開始就提出來？」

狼狽的金本說的話，聽起來像是在辯解。

「因為有技術上的問題。」西田代替仁王回答。

「請看這個。」

仁王說完，以投影機映出東京的地形圖。從品川往澀谷方面畫的紅線，大概是地下鐵的預定路徑。

「品川位於武藏野臺地東側，西側是臺地的地形。這次的預定路線會經過目黑川等河川流過、被稱為谷底低地的地區。這一點在澀谷區也一樣。像這樣的地質是由有機土和堆積土形成的。也就是說，這裡是不適合隧道工程的軟弱地盤。像這樣的地形，為了保持隧道強度，一定會認為必須要有一定的深度。其他公司想必也是這麼認為。」

地質——對於專修建築的平太來說，兩人討論的事很新鮮。依地質而改變工法這樣的點子，是忙於降低成本的平太完全沒有想過的。仁王繼續說：

「然而在這次的投標，為了實現比其他競爭公司更低的成本，以矩形潛盾工法為前提的話，降低成本的幅度會很有限。為了採用隧道深度較淺的橢圓形潛盾工法，必須要克服這種獨特的地質。要如何解決這樣的課題？我們找到的解答，就是 Turn

Soil。」

「Turn Soil？」在場的某個人低聲問：「那是什麼？」平太也是第一次聽到這個名詞。

「Turn Soil是特殊工法小組開發的技術通稱。以往的隧道工法產生的黏土、泥土、泥水等等，被認為是最難處理的。如果用橢圓形潛盾工法進行該項地下鐵工程，也會是同樣的情況。不過如果用這種Turn Soil方式處理，就可以適當處理在澀谷區內應該會產生的難以處理的泥土，並且可以回收利用。」

「哦……」室內處處傳來欽佩的嘆息聲。「這可以說是長年從事隧道工程的經驗技術開發出的創新手法，目前當然已經在申請專利。利用這個Turn Soil處理泥土，軟弱的地盤就可以用本公司在技術上占有優勢的隧道內壁固定框作業來補強。」

西田接著說：「利用這樣的概念重新試算總經費，就是這樣——」

看到螢幕上映出的數字，會議室內頓時鴉雀無聲，接著開始議論紛紛。

平太也同樣發出驚訝的聲音。接著他赫然發現尾形不知何時已經張開雙眼。那雙眼睛宛若注視著前所未見的隧道工程般炯炯有神。

「只要實行這項修正計畫，包含變更工法以外的成本削減效果，可以從現在的目標值再砍三成。」

西田以強而有力的聲音斷言。「這一來就能奪得最低標了！」

10

「很抱歉。」

平太在會議結束後，向西田鞠躬道歉。

西田愣住了，問他：「你在道什麼歉？」

「關於你們提出的新計畫——在你們進行這麼重要的工作的時候，我卻請假沒辦法幫忙。製作那項計畫應該很辛苦吧？」

「你不用在意。」西田拍拍平太的肩膀，拖著有些疲憊的步伐回到業務課。「本來就沒什麼可以讓你幫忙的地方。」

「你這麼說，我會感到很受傷。」

「你這是什麼話！」西田哈哈大笑。「這是當然的。你現在還不可能幫上忙。」

「為什麼？」

平太並不感到生氣。他現在對於西田已經萌生類似敬畏的心情。就連吊兒郎當的態度也像是掩人耳目的偽裝，感覺不壞；不過平太並不打算模仿。

「怎麼說呢？你現在還沒辦法評價吧。」西田這麼說。

「評價？」

西田回到自己的座位，把資料疊在一起，在桌面上「咚咚」地敲幾下對齊。

「你並不知道一開始的計畫究竟是什麼程度的內容。做任何工作都一樣，當你不顧一切地努力交涉，卻還追不上目標，這時該懷疑的就是兩件事：一個是自己的交涉能力，另一個就是——計畫本身。」

原來如此。的確是這樣沒錯。

「不過我這個人不擅長反省，所以交涉不順利的時候，我通常都會當作是計畫有問題。當醫生阻止我喝酒的時候，我的做法就是換一個醫生。」

西田以他慣有的風格大言不慚地說。「而且啊，如果不重新檢視成本降低計畫，憑目前的成績，一定會變成是業務課的問題。這可不是開玩笑的。」

所以他才提出大膽的新計畫案，讓尾形與金本兩人接受。不僅如此，西田和仁王的提案也同時——

拯救了這個專案。

平太本身因為交涉遲遲沒有進展而疲累。這樣的疲勞感不只是平太，對於整個專案也投射很深的陰影。雖然有人在暗地裡說是計畫有問題，但卻沒有人提出實際的替代方案。辦到的只有西田和仁王兩人。因為這個計畫的出現，使得大家從沉重的停滯感解脫。在通過之後，會議室的氣氛明顯變得開朗。順帶一提，平太覺得西田的「演說」也非常不錯。

「話說回來，那個計畫真的很厲害。」平太由衷地說。

「那當然。」

西田叼了一根菸，得意地笑著點燃。「跟金本大叔比起來，我們還比較有用一點。權力是對方比較大，可是點子是我們比較多。常務也真是的，怎麼會核可那種計畫！希望他能反省這次的事。」

「尾形常務大概一開始就知道那個計畫的程度。」

兼松從旁插嘴。「在部課長的推進會議上，常務也提到那項計畫不可能達成；不過因為金本部長堅持要讓他試試看，所以才勉強答應。金本部長大概也想藉由實現常務質疑的成本降低目標，提升自己的聲望吧。」

「我不認為常務會器重金本部長。也許這就是常務答應的理由。」西田的分析很銳利。「常務預期到在這項重要的專案當中，金本部長的提案會在很早的階段遭遇挫折。也許是我想太多，不過常務或許想要藉由讓計畫失敗，讓金本部長領悟到某件事吧。」

「領悟到什麼？」聽他們對話的理彩問。

「金本的實力。常務也許想要告訴他，你的實力就只有這樣。那項計畫明顯是不懂數字的傢伙擬定的。我一開始就覺得常務會核可那種計畫很奇怪。」

西田似乎非常討厭金本，如此詆毀他。

「別這麼說。就因為這樣，我們才會得到指示要檢討修正案。」

平太這才領悟過來。原來如此，西田和仁王以個人名義提出的案子，其實是尾形指示他們提出來的。

兼松說：「要管理公司內部並不簡單，會有各式各樣的想法糾結在一起。」

「那真是辛苦了。害我們連續三天都熬夜。」

西田以筋疲力竭的表情虛弱地笑了。

「只要依照這個修正案進行，這次真的就不需要協調了吧？」

平太不經意地這麼說，西田原本眼角下垂的表情頓時恢復嚴肅。

「平太，你真的這麼想嗎？」

「你不是自己說過，一定可以獲得最低標？」

那是很帥氣的關鍵臺詞。

「本公司的成本水準即使只是大概的數字，也會洩漏給其他公司吧。就如同本公司也多少能夠察覺其他公司的動向。」

「不論如何，依照先前的計畫是不可能贏的。」兼松說。「所以才有必要改變。這就是常務跟我一致的想法。」

「其他公司的成本水準是怎麼掌握到的？」

平太詢問心中浮現的問題。

「這就是同類相知。」課長說出含意深遠的話。「在業務課這種地方，本來就必須『眼觀四面』，在其他公司有很多認識的人。雖然不至於明確告知成本，不過觀察材料廠商和承包商等等的動作，大概就可以推測到工程價格會落在什麼樣的範圍內。」

如果說這就是業務課長必須具備的技能，那麼有辦法做到的人應該並不多。

「這麼說，這次本公司藉由新工法大幅降低成本的消息，也會傳到對方的耳中嗎？」

西田說：「因為必須要調度潛盾機。和重機具廠商打交道的其他公司的人一定會得到消息。Turn Soil 也才剛剛提出專利申請。兩者放在一起看，其他公司也會猜到大概的工程價格。」

兼松也點頭。

「實際上，只要其他公司不抱著賠錢也沒關係的心態來搶，我們就是最有可能得標的。可是對手不會這麼輕易就撤退，不知道他們會有什麼動作，接下來就是情報戰。掌握情報的人，就能在投標中獲勝。」

平太來到這個部門的那天，被告知業務課就是圍標課。事實上，S區公所委託的工程雖然因為圍標被破壞而沒有得標，但平太也經歷了透過協調的投標。

不過這次在進行大型公共事業投標的時候，平太覺得自己看到了業務課的真正實力。業務課的確是參與協調的部門，但在此同時，或許也是唯一能夠不仰賴協調、追求真正競標的部門。在這裡有必要的智慧與情報網。

另一方面，不用協調就能解決，或許也符合三橋認為最理想的做法。憑著智慧與巧思解決困難，在正當競爭中獲得最有利標——這才是投標原本的樣子。

希望一切順利，依照西田所宣稱的，由一松組贏得最低標。

平太心中如此祈禱。

11

「我現在來到附近，可以打擾一下嗎？」

真野建設營業部長長岡在這天中午過後打電話來。

三橋在位於丸之內的山崎組顧問室，拿起祕書轉來的電話，聽到這個藉口便發出笑聲。

「貴公司和本公司隔著東京車站彼此相對。你說的附近是哪裡附近？」

「很抱歉。」長岡在電話中道歉，然後問：「請問您有時間嗎？」

三橋望著擺在桌上的電子鐘，向祕書確認時間表之後，告訴長岡「三點四十分起，有三十分鐘的空檔」，長岡便說「我知道了」，然後掛斷電話。

長岡在約定時間準時造訪，經過簡單的寒暄之後，切入正題：「請問您聽說其他公司的狀況了嗎？」

「又是長崎蛋糕啊。」三橋沒有回應，把長岡帶來的長崎蛋糕放入嘴裡。因為這是每次的慣例，因此熟悉狀況的祕書立刻切開蛋糕端上來。「你還真喜歡長崎蛋糕。」

「啊，很抱歉，下次我會帶羊羹來。」

「你上次也這麼說。」

「非常抱歉。」長岡拿出手帕擦拭額頭上的汗水，然後拉回話題：「關於剛剛的事──」

「你到底在說哪件事？」

「就是那件地下鐵工程，顧問。」

「我沒聽說。」

三橋回答之後，又把一塊長崎蛋糕放入嘴裡，然後啜飲茶。長岡以凝重的視線看著他。

「一松組似乎打算採用新工法，讓局面處於混戰狀態。」
「哦。」三橋不感興趣地回應。
「貴公司的業務人員應該也得知了。」
「我告訴過他們，不要提出無聊的報告。」
長岡忿忿地用鼻子吐氣，從沙發探出上半身。
「顧問，現在不是悠閒地說這種話的時候。我從帝國重工的重機具承辦人那裡得到消息，一松組似乎要求提出橢圓形潛盾機的估價單。」
三橋正伸出手要拿長崎蛋糕，聽到這裡總算停下來。「橢圓形？那是什麼？一松組擅長的，不是矩形潛盾機嗎？」
「不是的。他們似乎打算減少隧道深度，大幅降低工程價格。」
「原來如此，他們打算採用創新的工法。跟專利有關嗎？這一來，就得考慮大幅度的成本降低，才能與之對抗。」三橋一本正經地說。
「大概會比以往的成本再低兩三成。有沒有什麼辦法可以對抗他們？」
長岡以訴求的眼神看著三橋，三橋也直視他。
「這就是競爭。」
「顧問，您真的這麼想嗎？」
長岡以銳利的眼神湊向前。

第五章　特搜

1

在銀行這樣的職場，調動職場的人事命令是家常便飯。

待了兩、三年的人隨時都有可能會被調職。不過當同事瑠衣在萌的耳邊低語「白信封寄來了」，萌還是不免心跳加速。這是星期三早晨發生的事。

人事部的人事命令是由縱長的白色大信封寄來。

也因此，白水銀行內說起「白信封寄來」，就代表當天分行中的某個人會接到調職的人事命令。

會不會是園田？

萌放下手邊的工作回頭，看到打工的廣瀨佐智子將行內郵件拿到二樓。

究竟是誰會被調職，必須打開信封才能知道。

萌看了時鐘。

現在時間是早上八點四十分。

朝會結束時，一定會有人被叫到分行長室，接到調職命令。

如果是園田怎麼辦？

萌明明已經做好心理準備，可是卻發現自己突然緊張起來。

——我會被調職。

萌再度想起園田對自己告白時的情景。園田離開分行後，兩人的關係當然不會改變，而且這項人事命令應該是園田期待的。即使知道這樣的情況，想到園田即將離開同樣的分行，萌就不得不感到寂寞。

在人事命令發布的將近一小時當中，萌完全無心工作。

「聽說融資課的諸橋要到池袋當課長代理。這樣算升官吧。」

早上九點半過後，有人小聲告訴萌這樣的情報，讓她鬆了一口氣。

不是園田……

諸橋是今年入行第七年的行員。由於是升格為課長代理的調職，因此算是升遷。個性文靜、感覺有些軟弱的諸橋是否能夠勝任管理職——萌心中也浮現這種不相干的感想，不過她更慶幸被調職的不是園田。

「今天晚上融資課就要去喝酒。倉田課長說，希望匯兌人員也能參加。萌，妳要去嗎？」

這天晚上萌並沒有特別的計畫，而且既然是融資課的飲酒會，園田一定也會參加。不論如何，只要能和園田在一起，她就想要去。

「瑠衣，妳要去嗎？」

「當然要去。」瑠衣說。「園田也會去。妳該不會想追園田吧？」

萌被瑠衣瞪了一眼，只能笑著蒙混過去。不過這樣的質問對於現在的萌來說，感覺格外爽快。

這天的飲酒會在分行附近的居酒屋舉行。到了晚上九點，場面越來越混亂。他們已經喝了將近兩個小時。與會的融資課員和匯兌人員等營業課女行員離開原本的座位，拿著自己的酒杯隨意到其他桌嬉鬧。

「妳要去第二攤嗎？」

園田趁亂來到萌旁邊的空位，低聲問她。

「你呢？」

「我不去。大概還是會喝葡萄酒吧。」

即使有人在聽他們對話，大概也聽不懂，不過萌卻明白。

「怎麼樣？」

園田問萌，她便回答：

「我要去。」

光是這樣的對話，彼此就能理解。園田拿著啤酒瓶再度站起來，開始替各桌的年輕行員倒酒。

「上次怎麼樣？」

萌與前往第二攤的瑠衣等同事道別之後來到店裡，園田已經先到在等她。

兩人坐在已經成為他們指定席的角落座位。萌點了園田正在喝的單杯葡萄酒。

他們聊了飲酒會的話題、工作的話題之後，園田若無其事地問。
星期六是萌與平太見面的日子。
園田很在意這件事。
萌想到那一天和平太道別之後，園田也有打電話來。當時她剛好通過離家最近的車站驗票閘門。當園田知道她正要回家，似乎鬆了一口氣，說了些不著邊際的話，就道了聲「晚安」並掛斷電話。
園田問她要不要在星期天見面，但是當天萌要參加家裡的活動。進入這個星期之後，園田比較忙，因此他們很久沒有像這樣彼此坐下來慢慢談了。
「他說想要重新再來。」
萌注視著手中的杯子說。
園田沒有回應。萌抬起頭，看到他以認真的眼神看著自己。
「妳要跟他重新再來嗎？」
萌靜靜地搖頭。
她聽到園田深深地吁了一口氣，把湊向餐桌的身體靠回椅背。
「你們吃什麼？」
園田忽然這麼問。這個問題展現他美食通的個性。他或許擔心平太比自己更懂美食。這是完全猜測錯誤的不安，不過園田並不認識平太。
「義大利料理。」
「哦。」

園田似乎產生興趣，又問：「哪一家？」
萌說了新宿西口的摩天大樓與大樓內的餐廳名稱。
「哦。」
園田發出不太起勁的回應。從他的態度看得出他對這間餐廳評價不是很高。
「葡萄酒好喝嗎？」
「我喝不出什麼味道。」萌老實回答。「因為有太多事情。」
「……這樣啊。妳的男朋友偏好什麼樣的葡萄酒？」
「他沒有特別的偏好。如果是燒酒，或許就有特別的偏好了。」
萌稍稍垂下視線回答。不是「或許」，平太偏好的是黑糖燒酒。
她知道園田正在看她。妳跟那種男人交往？——當她感覺到園田好像在如此質問的瞬間，不禁再度認知到園田和自己屬於不同的世界。這是萌感到最不安的瞬間。
「燒酒啊？雖然說我也很喜歡——」
園田說著就笑了。他的笑聲帶著嘲諷。不過萌想到——沒錯，我也喜歡燒酒。
萌驀然凝視昏暗的酒吧虛空。
平太真傻。他太勉強自己了，所以才顯得沒用。
他沒有必要去裝成熟，而且即使裝成熟，也一點都不帥。
萌所知道的平太是在便宜的居酒屋喝啤酒、喝燒酒、說蠢話……那樣很快樂，而毫無顧慮的單純個性也是他的魅力。另外還有純粹的特質。
可是現在萌覺得這樣有些不足。

這時她心中忽然自問：那麼妳自己又如何？
妳不是也在裝成熟嗎？妳不是也覺得在便宜居酒屋喝燒酒很快樂嗎？可是現在卻裝得好像很懂葡萄酒，妳有資格嘲笑平太嗎？

「他沒有送妳戒指嗎？」

園田突然問這個問題，讓萌瞪大眼睛。

「咦？」

「果然沒錯。」

園田泛起有些寂寞的笑容。「交往很久的情人要離開自己的時候，男人都會想要追回來，女人或許也一樣吧。他們會想盡辦法，希望對方能待在自己身邊，所以才會想到透過求婚來束縛對方，也會贈送戒指。當平常只去居酒屋的男人邀妳到高級餐廳，就一定會發生某件事。」

「是嗎……」

萌不是很確定。不過平太想要設法挽回和萌之間的關係是事實。而且那只戒指的確也代表了想要和萌結婚的心意。

但是萌卻拒絕了。

「我沒辦法收下那只戒指……」

萌看著手中的葡萄酒杯，以喃喃自語的口吻說。

園田注視著萌，拿起葡萄酒杯喝了口酒。

「為什麼？」不久之後，園田問她。

「那是因為——」萌不禁有些支支吾吾。「那個人做的每件事，都讓我感到焦躁不耐煩……我覺得我好像已經不是以前的自己了。我完全不覺得有辦法跟他在一起。」

「妳的回答還真是繞圈子。」園田的聲音中摻雜著些許挑釁的意味。「是因為我吧？妳選擇了我，而不是那位男朋友。人總是會挑選在一起感到舒服的對象。這不是很正常嗎？我也一樣，所以才會和妳在一起。而且踏入社會之後，學生時代能夠容忍的事情也會變得沒辦法容忍，滿足的事情也會變得沒辦法滿足。誰都一樣。我也是這樣。雖然感覺好像變得毫無頭緒、被拋棄在黑暗當中，可是在經過掙扎之後，就會找到唯一真實的對象。對我來說，這個真實對象就是妳。」

園田異於平常的語調，緊緊抓住萌的心。

唯一真實的對象。

萌覺得在這個狀況中，這句話正是彰顯園田俊一這個男人的句子。

家世良好的菁英分子、某某大學畢業等等，都無關緊要。

園田帶領萌進入她所不知道的世界，而且總是體貼她、守護她，今後一定也是如此。只要跟著這個人，萌的世界一定會越來越廣闊，而她也可以在一旁陪伴園田本人的成長。

「不過感覺好像只有表面。」

園田忽然蹦出這句話，讓萌感到無所適從。

「表面？」

「沒錯。」園田喝完杯中的酒，又點了同樣的酒。「我們在交往，可是卻沒有更深入的關係，就只有隔著餐桌的關係。如果妳不介意的話，差不多可以改善關係了嗎？」

說到最後轉變為稍微輕鬆的口吻，正是園田的風格。正經與玩笑同時存在。

「對不起。」萌老實道歉。

她知道園田想說什麼。

我今晚會跟他上床嗎……

奇妙的是，她可以輕易想像自己和平太做愛，卻完全無法想像自己被園田擁抱。

「要不要再喝一杯葡萄酒？」

萌搖頭。

「我好像喝太多了。」

園田以擔心的眼神看著萌，請店員替她倒了一杯水。

「喝完這杯水就走吧。」

過了不久，他們來到餐廳外。

園田伸手摟住萌的肩膀。萌沒有拒絕。她感受到園田的體溫與力量。

園田朝著和新宿車站相反的方向走。萌發覺到了，但仍舊跟隨著他。

「我剛剛訂了飯店的房間。要不要到那裡喝葡萄酒？」

「嗯。」

萌只有小聲回應。

以東京的天空來說，今晚的星星格外美麗。大概是因為下午一直在下雨。

萌心想，這片天空就跟現在的自己一樣。

她的心也一直烏雲密布、下著雨，不過現在已經放晴了。

唯一真實的對象——

兩人默默走在路上時，萌在內心重複這句話。

我現在正和這個真實的對象在一起。希望今後也能一直在一起。

2

「真野建設的營業部長？」

內藤聽了下屬檢察官柳井隆一的報告，抬起了頭。這裡是位於霞之關的東京地方檢察廳特搜部內。

「前天他和村田組的岸原常務聚餐，在場的還有青島建設的木村專務。昨天他去拜訪了山崎組。」

「山崎組……」

「依照合理推斷，他會不會是去見三橋了？」

聽了柳井的報告，內藤沉思片刻。

「宣誓拒絕圍標的建設公司出現異常的動作。這是為什麼？不，重點是建設公司當初為什麼要宣誓拒絕圍標。柳井，你知道嗎？」

內藤這種認清立足點的問題，有時甚至像禪問答。柳井只說了一聲「呃」，沒有回答。

「那是因為他們認為不需要圍標，透過公正的招標也能獲勝。」

「哦。」

「建設公司有企業體質，也有材料調度能力和資金力量。他們有豐富的人才和技術。但是如果建設公司彼此競爭，優勢就會降低，確實獲勝的希望也會變少。在這樣的情況下公平競爭，有可能會導致降低利潤估算的公司獲勝。要是和這樣的公司對抗，持續降低利潤，寶山的鍍金就會剝落，變成沒有用的垃圾山。」

特搜部長內藤說完，默默思考好一陣子，然後改變話題：

「真野建設拚命要取得這項工程的理由是什麼？」

「應該還是為了業績。」柳井回答。「該公司在第一季時，因為美國當地子公司設計疏忽，被索取巨額賠償金，造成虧損。今年度的業績預測雖然是盈餘，不過第二季的業績預期也不理想，要保持年度盈餘或許會有困難。」

「也就是說，他們無論如何都想要取得這項地下鐵工程。」

話說回來，即使是大型企業，也沒有任何一家公司處於輕鬆的狀態。其他競爭公司也有各自的經濟狀況。在這樣的情況下，各家公司應該都想要避免以得標為唯一目標的低價競爭。

所以才會出現圍標。

然而既然要圍標，就要有規則與強制力。制定規則的是三橋萬造，而具有強制力的就是城山和彥議員——這是內藤的理解。

「我打聽到，在地下鐵工程方面，一松組開發了革命性的工法，取得成本優勢。」

「哦。」

內藤產生興趣，柳井便說明一松組提出專利申請的「Turn Soil」等工法。

「依照一松組的工法，可以在較淺的地方挖掘地下隧道。光是這樣就能大幅降低成本，而且他們還能藉由回收黏土、泥土等廢棄物，降低更多成本。」

「問題是真野建設和其他競爭公司有沒有能夠與之對抗的方案吧。」

如果有那樣的方案，真野建設的營業部長當然就不用到處奔波了。

不過現下的問題是，像這樣處於準備狀態的圍標案是否真的會執行，而如果執行了，檢方能不能收集到足以證明的證據。

老實說，現在特搜部拿到的牌還很弱。

內藤這麼說，柳井便以嚴肅的表情回應：

「您說得沒錯。依照現況，即使他們進行圍標，也未必能夠起訴。從狀況來看，應該已經進行到妨害競標的地步，不過要滿足起訴條件，證據還太薄弱了。」

各家建設公司的情報管理已漸趨嚴格。面對徹底抑止情報外流的管理，這樣的祕密偵查有一定的極限。

也因此，特搜部努力要確保情報來源，但進行得並不順利。

「辛苦了。」

內藤勉勵柳井之後，獨自交叉雙臂陷入沉思。

正面對決之後如果證據不足，不僅沒辦法根除圍標，還會成為笑柄。
即使揭發圍標，要是沒辦法在法院勝訴，也沒有意義。
真野建設和村田組這些建設公司，想必正針對調查機關研擬綿密的應對方案，透過正面突破式的搜索不能保證能夠找到圍標證據。檢察官的自尊心沒有低到明知會失敗、還要挺身去揭發。
要做的話，就必須有辦法確實定罪。
這是關係到檢察官威信的問題。
而且光是起訴各家建設公司圍標，對內藤來說還不夠；必須要證明城山參與其中，以「官商勾結圍標」案件將組織一網打盡。讓對方斷尾求生，並不是根本的解決方案。
那麼要採取什麼手段，才能實現這樣的目標？
接下來就是動腦的戰爭了。
為了尋找應該在某個地方的解決方案，內藤的思緒再度徘徊。
在此同時，特搜部的北原和嶋野兩人在檢察廳的另一間房間，依舊埋沒在向信用調查公司索取的堆積如山的調查資料中。
只要參與過疑似與城山有關的圍標事件，就把這些公司的往來對象全部列出來，製作成資料庫吧——
這就是北原提出的新切入點。

「那到底有幾萬間公司？」

嶋野一聽就露出哀號般的表情。不只是嶋野，負責替兩人工作的事務官也露出為難的表情。

「不知道。不管是一萬間或十萬間都要做。只有這個方式了。」

嶋野問：「做出那種東西之後要幹麼？」

北原回答：「找出共通點。」

「共通點？」

「城山應該是以實際交易做為偽裝，在其中加上自己的黑錢。這一來就不知道是黑錢還是真正的交易金錢，透過這樣的形式把錢流入城山的口袋裡。也因此，我們無從得知哪一家公司把錢輸送給城山。不過城山也不可能有幾十家那樣的公司。願意協助城山拿黑錢的公司頂多只有十間左右。只要網羅過去疑似與城山有關的圍標事件，製作這些公司的資料庫，或許就能找到共通的公司。這些就是受到城山操控的公司。」

領悟力很高的嶋野思索之後，不情願地回答：

「原來如此。這一招的確可行。」

「試試看吧。」

「就算我說不要，還是得做吧？」

「你真聰明。」

北原說完就站起來。

「你要去哪裡？」

「吃飯。肚子餓是不能打仗的。」

時間已經過了晚上十點。嶋野瞪大眼睛。

「該不會今天接下來就要做這個吧？」

「有什麼問題嗎？」

「當然有。不能明天開始嗎？」

北原不理會嶋野的抗議，迅速走出房間。

「好好好，我知道了。我也要去吃飯。真是的，這個人只要一提出來就不肯退讓。」

嶋野拿了外套，追隨在北原身後。

過了兩個星期——

此刻兩人正在檢視過去十年當中，檢察官認定與城山有關的官商勾結圍標案件參與公司及其交易對象的資料庫。嶋野以平假名五十音的順序替資料庫排序，想要挑出吻合的公司。

他找到兩百家左右。

「比預期的多很多。」

對於北原來說，也是意想不到的結果。

原本期待可以更簡單地縮小範圍，但卻沒有如願。不過如果是大型企業，會成為各家公司共通的交易對象也不奇怪。

「要把這兩百家公司都看成疑似與城山有關，或者要畫出某種界線？」

他們根據信用情報資料庫，調查這些公司的地址與代表人姓名、有無上市、營業額等。北原的工作態度非常仔細。

「用營業額一百億日圓以下的條件，再篩選一次吧。考慮到輸送黑錢的方便性，不太大間的公司應該比較容易利用才對。」

「的確。」

最終列舉在螢幕的公司，一共有九間。

「越來越接近真相──了嗎？」

嶋野仍舊有些半信半疑，不過聲音當中帶有無法壓抑的興奮。

「北原，要不要再縮小範圍？」

「不，先回到起點一次。」北原腦筋很清楚。「別忘了，我們在追蹤的是常磐土建的案件。這九間當中，只有一間是常磐土建匯款的三島企劃公司交易對象。」

嶋野緊張地抬起頭。

「是哪一間？」

北原指著畫面中的其中一間公司。

總研顧問株式會社。代表人，茂原通彥，四十三歲。公司所在地是世田谷區。營業額七十億日圓，員工人數一百人，是一家中堅企業。

「顧問公司啊……」

嶋野喃喃自語。

調查之後發現北原的記憶沒錯，三島企劃每個月都會支付給這家「總研顧問」二十多萬圓包含消費稅等的金額。

「這個叫茂原的男人是誰？」

至少在城山周邊，找不到茂原通彥這個名字。

他們試著在網路搜尋畫面輸入「茂原通彥」。他們使用的電腦與檢察廳網路分開，連結到一般網路。即使被分析存取記錄，也不會知道是來自檢察廳。

驚人的是搜尋結果竟然有五百件，立刻就查出茂原的底細。

「原來是曾經在外資顧問公司工作過的人。」

在某個協會的演講介紹當中，刊登出他的個人檔案。主題是「在這十年內生存下來的經營策略」。他也出過兩本經營策略方面的專業書籍。北原雖然沒聽過這個人，不過茂原似乎是在建設與土木領域頗有名氣的顧問。

然而從網路搜尋中，找不到城山與茂原的連結。事情沒有這麼簡單。

「這家總研顧問的主要往來銀行是東京第一銀行玉川分行。要不要去調查看看？」

3

時間是七月的第一個星期一。

上午九點開門之後，看到進入銀行的顧客，萌差點要叫出來。

四個男人在分行人員「歡迎光臨」的聲音中進門，直接走上通往分行二樓的階梯。走在最後面的，竟然是平太。

平太在銀行內東張西望，似乎是在尋找萌的身影。

兩人視線交接。

他稍稍舉起右手。然而就在萌不知道該如何反應時，平太就走上階梯消失在二樓。

「那該不會是妳男朋友吧？」

這時突然有人從背後問她。萌驚訝地回頭，看到瑠衣臉上浮現惡作劇的笑容站在那裡，嘲弄地說「你們感情真好」。

「才不是。」

這樣的猜測未免也錯太遠了。瑠衣似乎對萌的焦躁態度感到意外，瞪大眼睛問：

「你們吵架了？」

萌沉默不語，她又繼續追問：「你們該不會已經分手了？」

「也沒有……」

萌曖昧不明地回答。「到底發生什麼事？」瑠衣顯得更加好奇，但萌以排拒的口吻冷冷回答「沒什麼」，就開始瀏覽堆積在手邊的一疊單據。

然而萌的視線只是在單據的數字上不斷來回，完全沒有進入腦中。

走在四名男子前方的，是萌也認識的人物。

他就是一松組社長，松田篤。松田平常都帶會計部長到銀行，這次之所以和平太等人同行，萌大概也猜得到理由。

平太提起過兩千億日圓規模的地下鐵工程。他們想必是來商量調度工程所需資金的事。

萌已經聽園田說過，一松組的業績不太理想。要申請新的融資，大概會很困難。不要緊嗎？可是——

「這件事已經跟我無關了。」

萌再度把注意力集中在單據上，壓下心中湧起的複雜情感。

「今天很感謝您撥出時間與我們討論。」

當分行長江坂禎五郎帶領下屬進入室內，松田便站起來慎重地鞠躬。

平太在銀行頂多只利用過自動提款機和櫃檯，此刻進入氣氛沉重的會客室，不禁暗自屏住氣息。江坂稍嫌陰沉的第一印象，也讓他感到坐立不安。這樣的氣氛似乎被江坂旁邊、負責一松組融資業務的男人增幅。

這是個身材瘦削、一副菁英姿態的男子，堪稱冷酷的一雙眼睛看著他們。平太一邊聽松田與江坂的對話，一邊瞥了一眼放在桌上的名片。男人的名字是園田俊一。

打過招呼之後，彼此開始談不著邊際的經濟話題，接著松田切入話題：

「我今天來打擾的理由只有一個，就是上次也提到過的地下鐵專案，希望能夠以投標為前提，討論資金調度事宜。」

平太感覺到會議室空氣急速冷凍般的微妙氣氛變化。或許是原本刻意繞圈子的話題突然被直接切入的緊張感吧。

「您說過這項工程的承攬總額是多少？」江坂詢問。

「應該是一千八百億到兩千億圓左右。」

聽到這個回答，江坂便陷入沉默。這件事他應該已經聽松田說明過幾次，卻仍舊露出驚訝的表情，讓平太難以理解江坂這個男人的個性。

「工期是五年。這段期間的營運資金，希望能夠先設定五百億日圓的信用額度。這就是今天來拜訪的主要用意。」

尾形常務代替松田社長繼續說明。

「貴公司當然會和其他公司聯合承攬吧？這麼說，剩餘的營運資金要由其他公司籌措嗎？」

「不。」尾形直視江坂的臉。「這回我們打算單獨投標。」

「哦，單獨投標嗎？」

江坂不知道事先知不知情，露出關注的表情。這個男人的內心想法讓人難以摸清。

「我們希望貴行能夠先提供五百億圓的授信額度，暫時以這筆資金籌劃。在那之後的追加資金，希望可以預定在兩年之後另外討論。」

江坂沒有回應。

考慮到一松組低迷的業績，原本就可以猜到這次的融資並不簡單，不過分行長的態度卻出乎預期地慎重。

在尾形催促之下，平太從公事包拿出地下鐵專案的計畫書。這是以上次西田等人提出的內容為骨架、重新整理過的文件。

尾形將它交給江坂，開始說明專案概要。

「降低成本嗎……」

江坂聽完大致的說明，喃喃地說。接著他回頭看身旁的園田，問他：「你覺得怎麼樣？」

園田臉上毫無笑容，露出嚴肅的表情。看起來腦筋很好、自尊心很高的這個男人以居高臨下的態度看著尾形。

「這個嘛……我了解大致情況了。不過這項計畫實際的進展如何？」

「這一點請讓我來說明。」

照例以神經質的表情回應的是兼松。他把平太新拿出的厚厚一疊資料遞給園田，開始詳細說明構件調度的展望等。

然而園田打斷他的話。

「簡單地說，就是會依照這上面寫的數字，對不對？」

他的語氣似乎在表示不想聽繞圈子的說明。

「大概就是這樣。」

「那麼這樣的成本水準和其他競爭公司相較，有多大的優勢？」園田提出銳利的質問。

「利用先前尾形常務說明的新工法，應該會有相當大的優勢。」

「你們怎麼能夠斷定？」園田依舊顯得懷疑。

「因為這是正在提出專利申請的新工法。其他公司想必會以降低構件調度費用做為降低成本的主軸，但是這樣的做法有其極限，很難壓低到能夠戰勝本公司的成本。」

「您還真有自信。」園田的發言中摻雜著譏諷的意味。「其他公司的成本目前是什麼樣的狀況？」

兼松說：「我並不知道具體數字，畢竟每一家公司都把成本當作禁止對外流出的機密。」

「那麼怎麼知道貴公司占有優勢？」

「當然是根據過去的經驗——」

「經驗嗎？恕我直言，一松組稍早之前的成本結構，不是也和其他競爭公司一樣嗎？然而這次卻主張可以利用新工法降低費用。那麼其他公司或許也會使用新工法、新技術來降低成本吧？」

「您說得沒錯，可是……」

兼松感到不知所措，皺起眉頭。園田繼續咄咄逼人地說：

「到頭來，還是不知道其他公司的成本，那就沒有任何根據可以說貴公司占有優勢。」

「我們的確沒有和其他公司比較檢討的資料做為根據。」兼松勉強嘗試反擊。「不過憑本公司長年的經驗，在成本方面不可能會輸。」

「也就是說，這只是推測吧？也許是一廂情願的觀測。」

趾高氣揚的融資承辦人這麼說。他那副自以為了不起的態度，讓人看了就生氣。銀行的確居於借錢給人的強勢立場，可是也不能對請求貸款的對象擺出這種態度吧？

「這樣的說法會讓我們很為難。不過根據我們收集到的情報，並沒有一家競爭公司要用能夠匹敵本公司的新工法挑戰。在這次投標當中，本公司一定會成為其他公司相當大的威脅。」

「在授信判斷上，光憑『大概如此』、『也許這樣』的說法，是很難構成合理依據的。」

園田提出銀行內部的做法，或許是想要說明沒有那麼簡單，但是他的口吻只會引人反感，無法讓人接受。

「就算貴公司主張依照計畫進行，但是銀行方面並不知道該如何評價這個專案的數字，也沒有確切根據能夠證明這個計畫比較優秀。光憑老王賣瓜、自賣自誇，在審核融資時是沒有任何說服力的。」

兼松的表情變得僵硬，室內的氣氛變得更加緊張。園田繼續說：

「而且恕我直言，貴公司最近的業績總是比原先計畫下修，工程單價也持續下降。即使這次接到大宗工程，貴公司的業績也不會有太大的變化吧？」

「您說得沒錯，可是——」

這時尾形插嘴：「在工程收支方面，我們已經重新檢視全公司的狀況，並且開始得到改善。接賠錢案件的例子大幅減少，並且透過徹底管理調度，提升整體工程利益。像這樣的成果，應該也會在不久的將來出現。」

「從試算表來看，工程成本的確下降了，但是仍舊遠遠不及預期收益水準吧？」

不論怎麼說，園田都能回嘴。尾形暗自皺起眉頭。

「園田，就先說到這裡吧。」

聽他們對話的江坂分行長出面緩頰。「這些事就請你再好好研究——總之，我們會進行審查，請給我們一些時間做出結論。」

最後一句話是對尾形說的。

「本公司的業績還在成長當中。」這時松田社長總算開口。「貴行或許會有一些在意的地方，不過這次的地下鐵工程，可以說是賭上公司興亡的大計畫也不為過。能否接到這個案子會大幅影響到本公司的未來。希望貴行能夠理解，並給予支援。拜託。」

松田彎腰鞠躬，但江坂卻只說「我們會考慮看看」，輕描淡寫地迴避正面回答。一小時左右的銀行訪問就這樣結束。

在畢恭畢敬的鞠躬送行之下，一行人和來時同樣地魚貫走下階梯。

平太在一樓看到萌和看似上司的男人站著說話。她只瞥了平太一眼，連對他示意的閒暇都沒有，視線又回到談話對象。

空洞的期待在平太心中萎縮。

取代期待的，是「原來銀行就是這樣的組織」的想法。

尾形那麼努力地說明計畫，松田也低頭拜託，但江坂分行長卻絕口不提融資與否的結論。不僅如此，直到最後他都沒有至少說一句要盡量支援。

他只說要進行審查。

從這樣的地方，平太不得不強烈感受到銀行冷酷的工作態度，或者應該說是沒有人情味、殺氣騰騰的金融世界。

而萌也深深沉浸在這樣的世界。

「真嚴格。」一行人坐上在停車場等候的車子之後，坐在後座的松田社長喃喃地說。「那個負責融資的行員是不是不太喜歡我們公司？」

「怎麼可以用個人喜好來決定！」尾形的聲音聽起來相當堅毅。「一定要讓銀行通過融資才行。」

「如果是聯合承攬，或許會輕鬆一點。」

松田這句話，讓開始前進的車內籠罩著尷尬的氣氛。

平太也知道，尾形堅持要單獨投標這麼大的工程，在公司內部也有質疑的聲音。聯合兩間——不，三間大公司，就會輕鬆許多，而且要降低構件成本也會更順利。

實際上也有其他公司詢問要不要聯手，然而尾形卻刻意拒絕，堅持單獨投標，其真正用意讓人難以理解。

如果沒有辦法得到白水銀行的支援，該怎麼辦——

平太勉強壓下這樣的疑問，在前座沉默不語。

利用橢圓形潛盾工法和 **Turn Soil** 這種新技術降低成本、取得優勢——到這裡都沒問題；然而資金調度能力優劣足以左右這項專案是否成功。如果無法從白水銀行籌得資金，還有其他金融機構能夠支援如此巨額的資金嗎？這才是問題所在。

「果然很困難嗎？」

平太回到業務課，提起在銀行的對話，西田便擺出苦澀的表情交叉雙臂。「最近的銀行對業績不振的公司很冷淡。我們社長好像天天去銀行拜訪，可是銀行沒有善良到只要露臉就會借錢。」

「就是因為這樣，才會被稱為富二代社長。」理彩的評論相當嚴厲。「應該還有更多別的事可以做吧？」

「社長乾脆什麼都別做。」西田也口無遮攔地說。

「不過尾形常務為什麼要堅持單獨接案呢？」平太問西田。

「那當然是因為單獨接案賺得比較多啊！」理彩的回答很明快。「大佛那個人不喜歡靠小工程慢慢賺錢，比較想要一舉逆轉的那種大案件吧。就像他比較適合東大寺而不是新藥師寺（註17）那樣。只要能湊到錢，勝算就在我們手中。」

註17　東大寺與新藥師寺都是位於奈良市的知名古剎。東大寺以「奈良的大佛」著稱，大佛殿也以規模浩大聞名，因此理彩在此或許是拿東大寺與規模較小的新藥師寺做為對比。

「可是就因為沒錢，才會像今天這麼辛苦吧？」平太說。「老實說，銀行的承辦人根本就看不起我們公司。」

他想起那個叫園太的承辦人冷淡的眼神。

「銀行那種地方本來就是這樣。對於賺錢的公司，會磕頭跪拜請求對方借錢，可是公司業績一旦變差，就會翻臉變得很冷淡。基本上，我們公司會栽跟頭，是因為在泡沫時期銀行主導進行的高爾夫球場開發案、度假飯店等等全都經營不善造成的。可是現在銀行卻一副自己完全沒有責任的態度，冷冰冰地對待我們。聽說以前反而是銀行分行長每天來拜訪我們公司。」

平太進入一松組的時候，距離被稱為泡沫時期的時代已經過了十年。即使聽說過有那樣的時代，但仍舊很難想像。

「你們還算好的。」

這時兼松從課長位子對他們說話。「像我這種在泡沫顛峰時期進入公司的人，根本很難想像現在這種情況，簡直就像從天堂跌到地獄一樣。」

「因為知道美好的時代，所以更無法忍耐吧，課長。」

理彩這麼說，兼松便用手指抓抓變得有些稀疏的頭髮。「即使懷念從前也沒用。」他嘆了口氣。

「課長，如果白水銀行拒絕融資怎麼辦？」西田以嚴肅的表情詢問。

「這個嘛，要怎麼辦呢……」

兼松抬起頭，視線游移。推動專案必須要有資金，也因此兼松今天才會跟去銀行。

「錢的事情，就算現在想破頭也沒有用。更重要的是，為了成功得標，必須盡最大的努力。」

不久之後兼松吐出的句子彷彿滑過上空，幾乎掉進桌子旁邊的垃圾桶。

4

「今天妳男朋友來了——不對，應該說是前男友吧。」

聽到園田的這句話，萌腦中頓時出現白色的隧道。

他為什麼會知道平太是萌的男朋友？

這個疑問很快地由園田親口回答。

「我是聽高橋說的。」

瑠衣那傢伙！萌緊閉嘴脣，垂下視線，把攪拌著湯的湯匙放回原位。

「對不起。」

她脫口而出的是道歉之詞。

我為什麼要道歉？

她自己也不知道，但是她覺得自己必須這麼說。園田為了平太的事情有些生氣。

「這不是妳要道歉的事。不過他給人的印象有些薄弱，感覺好像只是幫忙提公事包的，什麼都還不懂。」

萌沉默不語。她腦中浮現平太走在像鴨子般排成一排的男人最後方的模樣。她努力揮去這個殘影，注意到隔著餐桌看著自己的園田，感到有些慌張，覺得好像連內心都會被他看透。

這時園田從外套內側口袋的名片夾取出幾張名片，在餐廳燈光下檢視。萌看到一松組的商標，便知道園田手中有一張是平太的名片。

「業務課啊。沒問題嗎？」

萌不自覺地低下頭，聽到園田這麼說。

「一松組的業績很危險，光是要運用既有的營運資金都很辛苦，可是這次還想要接地下鐵工程案，不知道是搞不清自己公司的狀況，還是太樂觀了。」

葡萄酒瓶已經空了八成，幾乎都是園田喝的。微醺的狀態讓園田比平常更饒舌、更鬆懈。另一方面，萌的酒意突然醒了，感覺被迫看到想要迴避的現實世界。

「像那樣規模的建設公司，一般來說要借五百億圓應該沒有任何問題，可是總覺得有點危險。社長很無能，而且竟然不考慮公司規模，宣稱要單獨投標，真是令人無言。簡直就是白痴嘛！」

園田的針砭毫不留情。

然而萌覺得他對一松組的嘲諷和批判，都是在針對自己。

一松組對園田而言是微不足道的公司，而平太則是在那裡就職的平庸男人。萌曾經和那樣的男人交往的事實，讓園田感到憤怒。

「這次的事分行長也覺得太誇張了。而且那家公司不只是業績不振，還有那個問題。」

萌抬起頭。園田指的是上次東京地檢的檢察官來到分行的事。

「這件事江坂分行長也知道嗎？」

「不可能不向他報告吧？有什麼問題嗎？」

「沒有。」

萌閉上嘴巴。

「圍標的事也可能被舉發吧？如果在融資之後發生那種情況怎麼辦？一松組很有可能被禁止投標公共工程，這一來五百億圓也很有可能變成呆帳。銀行能夠融資給那樣的公司嗎？就連妳的前男友，也有可能會被逮捕。」

園田以挑釁的眼神看著萌。

園田無法原諒萌曾經和平太交往。他無法原諒這樣的事實、這樣的過去。不論他多麼愛萌，而萌也回應他的愛情，這樣的事實仍舊無法消失。

當萌沉默不語，園田便自己替變空的杯子倒紅酒。

園田選擇了萌。

這件事對萌來說，既感到幸福，也感到自豪。

和園田交往，讓萌感覺發現了新的自己。園田激發出萌的潛力，讓她看到過去不知道的世界。

然而在此同時，萌內心某個角落總是感到恐懼。

她害怕的是過度裝成熟的自己，以及對於自己（恐怕是）過大的評價。

平太的存在扯下了這種錯覺或幻覺的面紗，帶來與她相稱的現實——野村萌這個女性的真面貌，以及她所應得的評價。

「只能祈禱這家公司的業績不會比現在更差了。妳也不希望前男友被逮捕吧？」

園田以充滿譏諷的口吻補充。

明明已經沒有關係了。

已經結束了。

到底要我怎麼樣？

5

「貴公司的估價進行得如何？」

問這個問題的男人眼中閃爍著期待的答案。

這已經是這個月第二次和真野建設的長岡見面，六月則見了三次。

「你希望我回答『很不順利』嗎？」

三橋的態度很冷淡。

「不不不，如果進行得很順利，那就再好也不過了。」

長岡露出牙齒笑了，髮際線後退的額頭上泛著油光。從他的臉上可以明顯看出來，他心裡想的和嘴上說的完全不同。

這裡是位於向島的高級日本料理餐廳「唐坂」的包廂。三橋坐在背對床之間的座位，從啤酒切換到清酒。最近改裝的包廂散發著木材與新榻榻米的氣味，感覺很舒服，不過料理再怎麼抱持好意都稱不上美味。

「長岡，你就別再繞圈子了。」

三橋把杯子舉到嘴邊這麼說，對方就擺出謹慎的表情。

「老實說，顧問，這次的地下鐵工程投標出現了一些問題。」

「什麼問題？」三橋面無笑容地問。

「上次我已經提過，一松組準備單獨承攬，而且他們打算利用新的潛盾工法和專利砂石回收技術來降低成本。」

「然後呢？」

「也因此導致其他公司進行激烈的削價競爭，暗中較勁也越來越激烈。相信顧問應該也有耳聞吧？」

三橋說：「我才不知道那種事。」

長岡露出苦惱的表情，說：「雖然很失禮，不過我也探聽過貴公司的成本，和本公司相差不多。這樣下去，除非抱著賠錢的打算投標，否則就會讓一松得到最低標。」

「那有什麼問題？」三橋問。「努力降低成本的公司得標，不就是公平競爭的常理嗎？」

「是嗎？」長岡試圖反駁。「與其讓一家公司用那麼低的金額來做，不如讓共同參與的其他集團得標，才比較符合公益吧，顧問。」

長岡湊向前訴說，但三橋只投以冷淡的眼神。

「這算什麼公益？你說的只是公司利益吧？」

「不是的，顧問。」長岡不肯退讓。「我們建設公司不論是哪一家，都形成巨大的金字塔結構。如果是聯合承攬的共同體，金字塔的大小絕對不是一松組可以比得上的。要是一松組得標，就會獨占利益。這一來反而會違反公共利益。」

「長岡，你的說法太牽強了。回去重新努力吧！」

三橋把杯子「咚」一聲放在桌上，從正面直視真野建設的營業部長。「你們做了多少降低成本的努力？我也知道一松組開發了劃時代的工法，不過那是一松組的功勞。如果那種做法可以降低工程經費，那麼你們首先要絞盡腦汁想出對策、付出努力吧？真野建設究竟下了什麼樣的工夫？」

「恕我直言，我們也不是只有默默旁觀。構件調度成本已經壓低到極限，金融費用也降低到最低水準。」

「那不是理所當然該做的嗎？」三橋不禁笑出來。「這樣就算是動過腦筋啦？」

「要不然您要我們怎麼做呢，顧問？」

「這種事自己去想！」

三橋一聲喝斥，讓長岡低下頭。

「你到底在期待什麼？」三橋以教誨的口吻朝著他微禿的頭問。「難道你要我出面協調，好讓你們公司能夠得標嗎？」

長岡沒有回答。

「喂，長岡，那樣的時代已經結束了。業界透過內部協調、決定得標業者的時代已經過去了。真野建設不是也提出告別圍標宣言了嗎？」

「的確是這樣沒錯……可是顧問，凡事都會有例外。原則雖然很重要，但是如果因為太過拘泥於原則，導致業界整體利益受損，那就本末倒置了。這次的競標也未必是有益的。如果各家公司為了降低成本，紛紛減少獲利，那就失去接公共工程的意義了。這樣的話，到最後就沒有公司會想要接公共工程。」

對於長岡的詭辯，三橋流露出憐憫的眼神，沒有把它當一回事。

「那麼你們這次就退出招標吧，長岡。」

「顧問，請不要說得這麼絕。我和顧問不是老交情了嗎？」

「那就重新去思考：競爭究竟是什麼？告別圍標是怎麼回事？如果只是表面上說要公正投標，卻不了解其本質，那就不會有任何改變。」

「恕我直言，顧問的山崎組又如何呢？憑殺價競爭的體力勝負，能夠贏得這次的招標嗎？這麼重大的工程被區區一松組奪走，難道沒關係嗎？」

「如果沒辦法贏，那就只好輸了。」

聽到三橋吐出這句話，長岡一時語塞。

「不想輸的話，就去絞盡腦汁。這就是參與招標的公司獲勝的唯一策略。」

6

這間餐廳位於下北澤幽靜的住宅區，之所以常常被政客做為祕密會面地點，不是沒有原因的。

建築的大屋子據說是昔日的華族別墅，內部構造很複雜，也沒有長廊，因此不用擔心多餘的視線。店內徹底避免讓客人見到彼此，另外也會為分別前來並分別離開的客人準備兩個出入口。在過去曾負責赤坂高級日本料理餐廳的店主女將管理下，這家餐廳最大的特色就是料理很美味。

這些乍看之下很單純的要素，卻是密會所不可或缺的，對於城山和彥議員來說也不例外。如果一進入店內就會被埋伏的記者輕易得知和誰見面，那就會非常麻煩，更何況今晚要見面的對象更不能被外人知道；也因此，城山在同一家餐廳的另一間包廂舉辦和民政黨年輕議員的讀書會。在外面等候的記者一定會以為城山是來參加那場讀書會。

不過當城山配合晚上八點舉辦讀書會的時間來到這家餐廳，女將帶他進入的是這間舊豪宅中最隱密的東側別屋的房間。

「非常感謝您在百忙當中抽空和我見面。」

在包廂入口附近的榻榻米正坐的男人深深鞠躬。

「好久不見，茂原。你先坐下吧。」

城山迅速坐到包廂的上座，然後問對方：「有什麼事嗎？」

「失禮了。」被稱為茂原的男子在他對面的座位坐下。他是個身材高大的男人，西裝筆挺，從整個人的印象看得出收入頗豐，但是年紀大約才四十出頭而已。

「真野建設申請諮詢服務，並且已經把契約金匯進來了。總額三億圓，不知是否依照約定沒有錯誤呢？」

「嗯。」城山點頭，並且向對方確認：「應該沒有讓他們直接匯款吧？」

「當然沒有。」

茂原從西裝外套內側口袋拿出火柴盒大小的便條紙，遞給城山。

這是用箭頭連結幾家公司名字的筆記。起點是真野建設，箭頭終點則是總研顧問公司。只要是稍微機靈一點的人，就會立刻猜到這是代表資金流向。

城山瞥了一眼，把便條紙還給茂原。茂原在他眼前拿出打火機，點火之後在菸灰缸中燒掉便條紙。

「有沒有什麼令人在意的動作？」警覺心很高的城山問。

「沒有。對了，聽說東京地檢的人到三島中央信用金庫調查，不過似乎是為了別的案件。只是不知道是什麼案件。」

「東京地檢？你是聽誰說的？」

「是三島企劃的社長說的。據說是三島中央信用金庫的總行長在酒席上提到這件事。東京地檢到三島一帶出差是很罕見的情況，因此成了話題。」

城山瞇起眼睛盯著茂原，拿著酒杯的手停在半空中。

「不要緊嗎？」

「不要緊。」茂原充滿自信。「每一筆金錢都加在諮詢費上掩人耳目。即使我是東京地檢的檢察官，也不可能看穿，請您放心。像這樣的機制，小弟有一日之長。」

「是嗎？」

城山只是輕聲回應，表情沒有變化。他是個慎重的男人，雖然看似豪邁，不過一旦在意起某件事，就會一直放在心中某個角落。茂原察言觀色，轉換話題。

「對了，關於那件地下鐵工程案，您打算讓真野得標嗎？」

城山問：「你有什麼看法？」

「只要是您決定的，應該就沒問題了。」茂原精明地觀察著這名號稱道路族大咖的男人的表情，又問：「不過給其他公司的回報要怎麼辦？」

「這就是關鍵。」

城山說完，等候端酒過來的女將離去。城山和茂原見面時，都是由女將親自端上料理。「畢竟這次地下鐵工程的規模很大。如果要找同等的工程，至少要結合兩、三個預定工程才能取得平衡。不過各家公司都有自己的打算，通常都會產生糾紛。」

「這麼說，就是三橋顧問出面的時候了。」

茂原謹慎地說出這個名字。在安靜的房間裡，這個名字一說出來，氣氛就產生細微的變化。

「您已經跟他討論過了嗎？」

「還沒有。」

城山的表情蒙上陰影。茂原沒有錯過他這樣的表情變化。

「那傢伙滿頑固的。」城山果然說出這樣的話。「只要他願意，他的協調能力絕對是頂尖的，在業界的發言分量也無人能比；可是他本人對於政治毫不關心，這次應該也不會贊同吧。」

城山喝了一口杯中的啤酒，以混濁的眼珠子看著坐在對面的年輕人。

「你要不要代替他？」

「千萬別這麼說。」

茂原在胸前揮動雙手。城山嘆了一口氣。

「如果你年紀再大一點，就可以安排你當某家建設公司的顧問了。」

「不不不，我是諮詢人員，頂多只能像這樣在資金方面協助您。」

「政治需要錢。」

城山把左肘拄在餐桌上，以電視上常見的精力充沛的表情瞪著半空中。「不管世界多進步、表面話說得再漂亮，沒有錢的傢伙就是沒辦法參與政治。錢和選票是一體兩面。能夠吸引到錢的政治人物，就能吸引到選票；吸引到選票，就能吸引到人；吸引到人，就會吸引到注意力；吸引到注意力，又能吸引到錢。政治的世界就是依照這個循環在運作。就因為這是全靠錢和關係的世界，這樣的循環才能成為武器。」

「三橋顧問對此說了什麼呢？」

茂原似乎突然產生興趣，不過提問的聲音有些顧慮。

「那個男人的想法剛好相反。他認為金錢吸引到的人，在失去金錢的瞬間也會消失。所以一開始就沒有錢，才能推動真正的政治。他就是這個調調。」

「感覺很有三橋顧問的風格。」

「每次我都會跟他吵起來，質疑他都到這個地步還說這種話。」

城山感到不悅，夾起前菜，又說：「像這樣喝酒享受美食，才是人生最快樂的時刻。」

「如果對象不是我而是女人，那就更棒了吧？」

「我不會那麼貪心。這也是為了日本的發展。」

「乾脆改變招標方式如何？這樣的制度總讓人覺得有點勉強。」

茂原只是半開玩笑說出這句話，但城山卻出乎意料地以認真的表情說：

「沒錯。即使大家都說要拒絕圍標，會認為公共事業招標真的很健全的人，在日本反而是少數。話說回來，由政府決定的機制，一定會引來各式各樣的批評。說到底，目前還是只能在這個混濁的池子裡游泳。像我這種人，可以說是社會上必要之惡。」

「您當然是日本必要的人物，但絕對不會是惡人。」

城山沒有理會茂原的回應，對他說：「你這個人還不行。」

茂原瞪大眼睛。城山繼續說：

「你以為這是在奉承我嗎？你心中的想法太好懂了。」

對於這句話，茂原無言以對。

7

在位於大手町的東京第一銀行總部地下的綜合櫃檯，看到東京地檢出示搜索票的行員表情變得僵硬。

「請稍候。」

行員打了內線電話，對象大概是總務部。果不其然，等待幾分鐘之後，持總務部調查役（註18）名片的人快步出現，帶領兩人坐電梯到會客室。

當次長出現，北原拿搜索票給他看，說「請讓我們看這些資料」。他拿出的清單是東京第一銀行澀谷、玉川、池袋分行的顧客資料。

銀行無法拒絕這項要求。

在等候要求的第一手資料搬運進來的二十分鐘左右，北原站在為了搜查被分配到的會議室窗邊，俯瞰大手町一帶的辦公大樓區。

列車與新幹線無聲地進出東京站的景象，看起來有點非現實，就好像模型一般。下方往丸之內方向是密密麻麻的大樓，八重州方向則呈現繁雜熱鬧的景象。想到每一張窗戶後方都有社會經濟活動與人們的生活，就會對這座巨大城市錯綜複雜的機能，產生類似感嘆的心情。在人們經營的各種活動當中，北原與嶋野兩人來尋

註18 調查役：日本公司內部的職級名稱，位階高於沒有頭銜的新進行員。

找的，就是追蹤城山和彥這名政客的唯一一條線索。

這一天，兩名檢察官祕密搜查的對象，是茂原通彥擔任社長的總研顧問公司。

他們辛苦調查出常磐土建神奇地參與S區道路工程招標，以及匯款給三島企劃的事實，總算抓到這條線索。這家銀行是總研顧問公司的主要往來銀行。

三十分鐘後，兩人便埋沒在銀行保管的龐大交易資料堆起的山丘中。

「把總研顧問公司匯款的對象都挑出來。在這當中一定會有城山的相關企業。」

「終於要抓到他的把柄了。」

嶋野摩拳擦掌地說。

接下來兩人分工合作，直到半夜十二點多都在閱讀資料，但是卻沒有找到符合條件的公司名稱。

「嶋野，你有什麼看法？」

北原難掩倦色地問。嶋野此刻和他同樣地捲起袖子並鬆開領帶，默默地思考。

「或許之間還隔著一家做為橋梁的公司——不過前提是這條管道是正確的。」

「是正確的。」

北原先如此斷言，接著加了一句：「應該吧。」

兩人彼此都沒有說話，室內籠罩在沉鬱的靜默中。他們雖然陷入思考，但他們的思考就像電表一樣，只是反覆著緩慢地旋轉，沒有帶來新發現的兆頭。

不行嗎……

正當他們這麼想的時候，瀏覽著手邊資料的嶋野忽然對北原說：

「這個會不會有點可疑？雖然次數不多，可是有時候一次匯款幾千萬圓。你看——」

北原湊過去看。

「十勝農場？這是一家什麼公司？」

嶋野立刻用電腦開始調查。

「這是一家牧場。」

「啊？」就連北原也不禁發出錯愕的叫聲。「牧場？為什麼會支付給牧場幾千萬圓？」

「是馬。」嶋野望著螢幕喃喃地說。「這家十勝農場是生產賽馬的牧場。匯到這裡的錢大概是買馬的資金。」

「竟然悠閒地去當馬主！」

北原感到傻眼，把雙手交叉在腦後。

「總研顧問公司的社長興趣似乎是賽馬。網站上有寫。」

嶋野說出剛剛調查到的資訊。

「可惡！」

北原狠狠怒罵，嶋野則呵呵笑著說：

「也許有匹馬叫『城山第一』。」

「或者叫『營建獻金』。」

北原也自暴自棄地說。他自己說出口都覺得很蠢，不禁重重嘆了一口氣。

8

逐漸西沉的夕陽餘暉射入茶室。

室內隱約聞得到麝香。

三橋的妻子美津子俐落地轉動茶筅，調製第二杯薄茶（註19）遞到三橋面前，然後鞠躬之後就離開了。

「抱歉，我要坐輕鬆一點了。」

先前在觀賞點茶時一直忍耐正坐的城山，在榻榻米上改為盤腿的姿勢。

他把三橋太太留下的茶點拉到面前，拿起一個放入嘴裡。先前勉強維持的莊重氣氛轉眼間就消散，室內成了喝茶吃點心、毫無顧慮的場所。

「萬造，不用那麼拘束地正坐。你的腳不會麻嗎？」

城山這麼問，三橋便以若無其事的表情回答「我已經習慣了」。

「是嗎？像這樣只有我盤腿坐著，你卻保持正坐，看起來好像只有你很守規矩一樣。這樣不行，你也坐輕鬆吧。」

三橋笑著和他一樣盤起腿。

城山每次造訪都很突然，這天也到了下午才聯絡說「傍晚要去你那裡」。當時三

註19　薄茶：抹茶可分為抹茶粉放較多的濃茶與較少的薄茶，一般喝抹茶時較常喝薄茶。

橋在公司的顧問室，不過當城山說「你那裡」，指的就是三橋的家。

三橋沒有問他的意圖。

當對方說要來，他就只回應「恭候光臨」。城山來訪的時候，通常都由妻子點茶，然後等茶差不多喝完時，就會端出冰啤酒或清酒，兩人對酌到晚餐時間。這是他們二十年來的慣例。

三橋默默地喝茶，然後把原本留下一道可插入手的縫隙的紙門拉開。茶室雖然有點小，但加入細心照顧的日本庭園景色，便增添難以言喻的野趣。望著浮現卷雲的天空，欣賞暮色漸深的過程，可以真正放鬆心情。

「關於那件地下鐵工程，山崎組的進展如何？」

城山也眺望著同樣的景色，卻似乎無心欣賞，直接切入正題。難得的喝茶時間卻無法好好享受，實在是太急性子了。他的個性從以前就沒有改變。

「我們正在進行估價。」

「你們要聯合承攬吧？合作對象是哪一家？」

「青井和大倉。」

青井建設和大倉土木這兩家公司的規模都小於山崎組，不過是很可靠的中堅建設公司。

「哦。情況怎麼樣？有勝算嗎？」

「很難說。」

三橋仍舊拿著茶碗，望著從橙色轉為群青色的天空。

「也許能贏，也許不能贏。」
「我想問的是實際狀況。」
三橋思考片刻之後回答：「大概沒有勝算吧。」
「是嗎？」城山回應之後，又問：「為什麼？」
「因為在成本方面輸了。」
「輸給哪裡？」
「一松組。」
三橋的回答似乎令城山感到相當意外。他沉默了好一陣子。
「你沒有聽說嗎？他們好像是利用新技術大幅削減成本。」
「我的確聽到一些消息，不過我以為多少有誇張的成分。畢竟是一松組。真傷腦筋。」
「大哥，我認為這樣也好。」
三橋稱呼城山為大哥。
「就算結果輸了也沒關係嗎？」
「這才是競爭。」
「那我問你，既然你這麼想，那麼這次輸、下次贏怎麼樣？接下來會有瀨戶內橋梁工程等等好幾項合適的工程。」
三橋沒有立刻回答，只是望著室外的風景。
「這種事我不太能贊同。」

「都到這個地步還說這種話！照這樣下去，那項地下鐵工程會有很大的問題。你認為光憑一家一松組，能夠掌控兩千億圓的工程嗎？」

「老實說，我認為沒有問題。」

「我可不這麼想。」城山說。「那麼大的工程，萬一一松組的經營發生問題怎麼辦？不只是工程中斷、開通的時間表大幅延後，還會造成稅金的浪費。」

「所以你認為大型建設公司聯合承攬比較合適？」三橋以平靜的口吻詢問。「哪一家？」

「真野建設。」

真野建設和青島建設、帝都建設，以及兩家中堅建設公司組成五家公司的聯合承攬團隊。

三橋保持沉默，沒有回答。

「對於其他聯合承攬的公司，我打算分配接下來要發包的大型工程。」

城山從西裝外套內側口袋取出折起來的紙，滑向三橋的方向。然而三橋並不打算伸手去拿。

「喂，萬造，別忘了是我選中了你。仔細想想看，這片土地、這座建築、這麼風雅的庭園景色，為什麼會在你面前。你該不會忘記自己是什麼樣的人吧？」

「收入有多少？」

「訂金是三億。如果承攬到案子，還有三十億。」

城山的話就像在庭園裡爬的蜥蜴背部，綻放著腥臭的光芒。

「給你一成怎麼樣？有什麼好猶豫的？」

「大哥，現在已經不是那種時代了。」三橋以教誨的口吻說。

「我知道。你想要說現在是公平招標的時代吧？不過既然參與招標的所有公司都同意，那有什麼關係？要是因為殺價競爭，拉低投標價格，有什麼好處？那項地下鐵工程本來就有那麼多預算，只要在預算範圍內就行了。不是只有便宜接案才是能力。你應該也了解這一點才對。」

涼風徐徐吹來。

「我會想想看。」

三橋總算回應。

「這樣啊……」

城山深深嘆息，然後忽然問了意料之外的問題：

「那是什麼樹？」

三橋追隨城山的視線，看到細細的樹苗與小支柱一起種植在那裡。那是先前平太受母親之託帶來的樹苗。

「那是蘋果。」三橋說。

「哦。」城山盯著那株樹苗。「我想起來了，你的老家有桃子、栗子等等各種水果的果園，可是卻沒有蘋果。我以前聽美津子說過，她覺得很不可思議。」

「她說過那種話嗎？」

三橋說話時，眼神好似望著遠方。

「有什麼理由嗎？」

「有的。事實上，我們家以前也有種蘋果。」

三橋的回答讓城山瞪大眼睛。「那是非常受到珍惜的蘋果園。不過有一段時期家裡亟需要錢，於是就賣掉了。雖然也可以賣掉其他果園，不過蘋果園聽說最值錢。」

「這樣啊。」

城山沒有詢問為什麼需要錢。

三橋的妻子端著放了啤酒的盤子，從主房往這邊走過來。

「不好意思來晚了。你們等不及了吧？」

「喔，每次都麻煩妳了。」

城山說完，接過妹妹遞過來的杯子。「喂，萬造，世界雖然變化很快，但是其中也可以有不變的東西吧？不，應該說是沒有必要刻意改變的東西。就像是傳統吧。茶道不是也一樣嗎？」

他想要說的大概是園標。

「傳統的確是好東西。」三橋回答。「可是如果利休（註20）還活著，為了讓更廣泛的世人接受，應該會設法改變茶道。尊重傳統和被傳統束縛是兩回事。如果拘泥於過去而拒絕變化，就會積弊成習，這一來就會被時代遺忘了。」

註20　利休：千利休（一五二二—一五九一），安土桃山時代的茶人，影響後世茶道發展很深，有茶聖之稱。

「你還真死板。」

城山邊喝啤酒邊以無奈的口吻說。「不過這世上，有些東西還是保持舊樣子比較好。新的東西未必是正確的。認清這一點，是你我被賦予的使命。我們要為誰的幸福努力？不是為人類也沒關係。我們要守護的，應該是範圍更小的世界吧？那就是建築土木業界。」

三橋沒有回答。

就算現在和城山議論，也不會得到答案。

「你們兩個好像在談很艱澀的問題嘛！」

美津子笑著說，放下剛煮熟的毛豆和涼拌豆腐便離去了。

三橋瞇著眼睛觀察暮色漸深的天空細微的變化，和城山兩人靜靜地對飲，直到夕陽剩餘的最後一道光線消失。

第六章　協調

1

從相關部門傳來的成本管理表，分量多到可以將一整本電話簿用數字填滿。從工程種類、工程區間、工期等各個角度整理並檢討這些資料，尋找降低成本的線索，就是業務課現在努力進行的縝密工作。

「大概就是這樣吧。」

長時間盯著資料的兼松抬起頭，交叉雙臂。他繼續思考，摘下眼鏡，用力揉著疲憊不堪的眼睛。

時間已經過了晚上十一點。

他沒有拿加班費。這是免費加班。業務課除了兼松之外，還有西田和平太兩人，重新檢討各自負責的成本。不論再怎麼仔細都不嫌過分。

這次地下鐵工程中，一松組的工程成本大約是一千兩百億圓。透過橢圓形潛盾工法及 Turn Soil 兩大技術革新，得以大幅削減成本，光是這樣就降低了兩成以上。

「西田，你認為其他公司的成本會落在多少？」

兼松用沙啞的聲音問，同樣疲憊不堪的西田沒有立刻回答。他靠在自己座位的椅背，雙手在腦後交叉，直盯著天花板。

「一千五百億左右。」

兼松也沉默不語，不久之後回答「大概就是這樣吧」。

三百億圓的成本差異相當大。

然而即便如此，也未必一定能贏。

工程成本就只是工程成本而已。

公司為了營運所需的費用不只是工程成本。營業費、一般經費，以及融資所需支付的利息——這一切全都是成本。這些金額必須從工程營收來負擔，因此投標價格必須加上工程成本以外的經費。除此之外，最終的投標價格當然也得加上「獲利」的部分。

以一松組來看，工程成本是一千兩百億圓，納入這些種種經費與利益的部分，投標價格應該是一千七百億圓左右。

也就是說，工程成本率七成，毛利三成。毛利當中又包含經費與利益。

假設其他競爭公司也是同樣的成本結構，對手投標價格應該是兩千一百四十億圓左右。單純比較的話，一松組應該會以四百四十億圓之差取得壓倒性勝利，不過實際上沒有那麼簡單。

假設其他競爭公司不拿三成的毛利，抱著虧損的打算，決定只要一成毛利，那要怎麼辦？在那樣的情況，投標價格就會變成一千六百七十億圓左右，竟然會低於一松組的價格。

而且每一家公司的推銷費用與一般經費不一樣。經營較有效率的公司，其金額就會較低，而像真野建設與山崎組這些大型建設公司，會藉由徹底的裁員政策，把相對於營收的經費比例降低到最小，領先一松組。

「要不要再降低利潤？減去經費的最終利益，至少也要有百分之七。」

聽到兼松的話，西田敲打著連接在筆記型電腦上的數字鍵盤。

「一千六百五十億圓。」

「一千六百五十啊……」

兼松交叉雙臂，閉上眼睛。從一旁看，無法判定他是在思考或睡覺。他的神色疲勞到無可救藥，看得出這位神經質的課長雙肩背負著沉重的責任。

「怎樣，平太？」不久之後，兼松呼喚平太的名字。「天皇有沒有說什麼？」

「目前沒有。」平太搖頭。

目前為了得到這項地下鐵工程，有三個聯合承攬團隊與一松組在競爭。

一松組以外的三個團隊發揮規模優勢，徹底降低構件相關的價格。為了對抗以新技術大幅降低成本的一松組，他們決定強硬降低成本。

然而所謂的降低成本，最終就是壓低構件價格，以及欺壓承包商。實際上，材料廠商與承包商發出的聲音已經接近悲鳴。

為了確保大型企業的利益，承包商與往來企業的獲利就會被削減。不論是哪一種業界或許都在做同樣的事，但這次格外激烈。

「三橋真的不打算出面嗎？」西田懷疑地問。「真野似乎很辛苦。他們幾乎是把公司命運賭在這項工程上。我認識的採購人員為了亂七八糟的成本降低目標都哭了。」

「那家公司應該是目前最辛苦的。」兼松忽然說。

平太說：「這麼說，真野應該會把投標價格的利潤稍微提高一些。這一來，本公司就不可能會輸了。」

兼松把指尖插入泛黃的襯衫領口鬆開領帶，搖了搖頭。

「不對。他們不需要增加利益，只要收支平衡，還是有辦法周轉資金。接到案子就能拿到預付款。資金周轉有問題的時候，拿到這麼大的工程的預付款，就能暫時性地讓手頭寬裕一些。」

「可是那只是一時性的吧？」

「每一家公司都是這樣。」西田以自嘲的口吻說。「建設公司是不支付支票的業種，也就是說不會『跳票』。即使工程接案狀況惡化、或是資金回收延遲，只要資金還在流動，就能設法生存下去。說得更具體一點，即使資金惡化，只要銀行願意支援就沒問題。」

「關於真野公司的狀況，有傳言說銀行支援已經不太可靠——雖然只是傳言而已。」

雖然是疲憊不堪的部門內部討論，但是兩人的對話在平太聽來，卻沒有絲毫空隙。即使以新技術達成大幅削減成本的目標，他們也不會因此沖昏頭，並且還能冷靜地注視業界動向。不只是拉低成本的狀況，也會去了解其他競爭公司有什麼問題、以什麼樣的態度爭取這項工程，拼湊片斷的情報，預測實際的投標價格。西田說：「真野旗下的大型開發業者面臨經營危機，所以才會被傳言說信用有問題。」

「那也不能為了預付款接案吧？簡直就是拆東牆、補西壁的經營方式嘛！」

平太感到不以為然。

「所以說，每一家公司都半斤八兩。我們公司不是也苦於資金籌措嗎？」

聽他這麼說，平太也無言以對。

就如西田所說的，自從上次去主要往來銀行的白水銀行說明之後，過了一星期左右，仍舊沒有得到融資獲得通過的消息。就算工程得標，身為承攬業者為了完成工程，也必須取得營運資金，然而現在卻連這筆資金都無法確保，光是用想像的也知道這是很嚴重的狀況。

他們沒有資格取笑真野建設。

平太心中閃過萌的事情。

兩人的關係徹底冷卻，幾乎已經等同於崩壞。萌並沒有明確提出要分手，可是對她來說，平太已經不再是特別的對象了。

為什麼萌的心會遠離他？從什麼時候開始的？理由是什麼？這些平太都不明白，只能被迫接受無法挽回的現實。

「真野一定會不顧一切來搶這項工程。」

兼松茫然地以自言自語般的口吻這麼說。

「應該吧。」

西田回答。兩人陷入含意深遠的沉默。

兼松問：「西田，你認為他們會不惜虧損來投標嗎？」

「就如課長說的，如果他們的目標只是預付款，那麼的確有可能。不過這一來，真野未免太不顧未來發展了。還是必須要有相稱的利益才行。」

這時平太發現兼松的視線朝著自己。「聽說最近真野建設的長岡部長頻繁接觸三橋顧問。」

平太是第一次聽到這個消息。他有自信比這裡面的任何人都更親近三橋，接觸的次數也最多，但是三橋從來沒有對他提過長岡的事。相反地，三橋所說的都是對於業界舊習的警告及訓誡。

平太提到這些，西田便對他說：

「真心話和表面話是不一樣的。三橋先生希望達到那樣的境界或許是事實，不過我們業界現在所處的狀況，並沒有輕鬆到可以清廉正直地遵守拒絕圍標的宣言。對於真野建設來說，我們公司大概就等於是眼中釘吧。他們一定覺得我們很礙事。」

「可是這不就是競爭嗎？」平太反駁。「在公平競爭當中落敗，就接不到案子，這不是很基本的常識嗎？」

「平太，你還真會說。」西田笑了一下，然後說：「不過即使是很簡單的道理，為了生存仍舊得讓步——真野公司那些人現在應該是這麼想的。所以才會跑去找三橋大叔，哀求他想想辦法。」

「可是這就等於是要讓真野來聯合承攬地下鐵工程吧?怎麼可以接受這種事!」

平太原本以為西田會立刻回答「那當然」,但是西田卻忽然沉默下來。

兼松皺起眉頭,用手掌撫摸臉。

不久之後西田回答:「巧妙地安排這些狀況,就是三橋做為協調人的厲害之處。不過這次不知道行不行得通。」

平太說:「三橋先生說過,應該要公平競爭。因為沒辦法在招標中獲勝,就去拜託他想辦法,這種事他不可能會答應。」

西田聽了,擺出有些同情的表情對他說:

「也許吧。不過啊,平太,你聽我說。三橋並不是單獨在行動。他的大舅子是民政黨的城山。只要扯到城山,三橋也無法憑自己的意願來決定。最近搞不好就會找我們去談。」

「怎麼可能……」

平太不敢相信。三橋否定圍標,主張應該公平競爭,然而他卻被周遭的狀況驅使,被迫違反心願出面協調——真的會有這種事嗎?不過如果真的發生那種事,三橋一定也會很痛苦。

即使如此,他仍舊要為城山和真野建設安排圍標嗎?

平太想起三橋曾經說過的話。

——如果沒有人需要我,我也不會出面。

平太原本以為他所說的「需要」是指拯救整個業界的大議題,然而即使是大型建設公司，只為了拯救真野建設一家公司，難道就是三橋所說的「需要」嗎？不可能。

「現實羈絆有時會讓人變得渺小、卑微。」西田雙手交叉在腦後，以達觀的口吻這麼說。「只要是人，就算是三橋也不例外。」

「可是也不應該在這項工程出面協調吧？這種事根本不可能順利談成。每一家公司都想要接這個案子。我們公司不是也抱著背水一戰的態勢在準備嗎？」

「而且還導入新的工法。」西田補充。「圍標不見得每次都會談成。這次的案子不是小小的公共工程。這項工程牽涉到我們一松組的存亡。這麼大的工程要是不能得標，公司就會衰落。就算要我們通融，也不可能會答應。」

沒錯——平太正要點頭，默默聽他們對話的兼松便開口：

「姑且不論情況怎麼樣，如果要協調，三橋一定會出馬。他這個人可以擺平所有人都認為擺不平的事，所以才能成為一流的協調人。也因為這樣，才會被稱為天皇。」

西田悵然地閉上嘴巴。

平太懷疑他的說法。

即使是三橋，這次也不可能協調成功吧？一松組拚命要取得這項工程，不論誰說什麼，都不可能讓步。即使是三橋這樣的人物也一樣。

次日早晨，三橋親自打電話給平太。

「上次非常感謝您。」

平太很有禮貌地道謝，三橋便說「那沒什麼」，然後又問：「尾形先生在嗎？」

平太替他轉接電話之後，過了不久就接到尾形的內線電話。

「三橋先生明天要過來這裡，到時候你也要出席。只要你一個人過來就行了，時間是下午兩點開始。」

「我知道了。」平太確認時間表上有空之後回答。「有什麼需要事先準備的資料嗎？」

「沒有。」尾形以斬釘截鐵的口吻說。「他並沒有告知談話的內容。反正應該不會是季節性的問候吧。」

平太感覺到握住聽筒的手滲出汗水。

該不會是——三橋要採取行動了嗎？

「我知道了。」

平太低聲回應，結束與尾形的通話。

2

「很抱歉在百忙當中占用你的時間，尾形常務。」

三橋身穿西裝，但沒有打領帶。他的打扮雖然輕鬆，不過坐在沙發上的姿態卻具有莫名的威嚴。

此刻的三橋和平太過去幾次私下會面時的氣氛完全不同。先前平太在大門外迎接他時，他只是稍稍舉起右手，就迅速踏入一松組。

祕書沒有與他同行。他進入兼作會客室的尾形辦公室之後，只注視著尾形一人，彷彿平太完全不存在一般。

「請別這麼說。我很高興有機會與三橋先生見面。」

尾形雖然嘴巴上說著外交辭令，態度謙和，但臉上也沒有笑容。

「最近業績怎麼樣？」

三橋開口問，接著兩人便談起沒有起色的經營環境、構件價格高昂，進而談及政治，持續著漫無邊際又沒有意義的對話。平太坐在兩人對峙的會客沙發邊緣，手上拿著筆記本卻沒有動手，只能默默地觀望事情發展。

「就因為是這樣的時機，所以這次的地下鐵工程成本也很難降下來吧？」

慎重地說出這句話的是三橋。

「我們當然也不例外。只能拚命把價格壓到可以和其他公司競爭的水準。」

尾形如此回答，三橋眼中便閃爍著銳利的光芒。

「是嗎？我聽說貴公司的成本完全不把其他公司放在眼裡。尾形先生，聽說貴公司要導入新的技術。」

「沒什麼大不了的。」

「你就別謙虛了。對了，貴公司在廣島有分公司吧？有沒有打聽到什麼消息？」

聽到三橋突來的問題，尾形沉默片刻。

「廣島？」

「四國是由哪裡管轄？不是廣島分公司嗎？」

「我們在松山（註21）設有負責統轄的分公司，權限都集中在那裡。」

「是嗎？那麼那家松山分公司應該已經得到消息了。」

尾形凝神注視三橋。

「顧問，可以請您不要出謎語嗎？」

「事實上——」

三橋把身體湊向前，壓低聲音。「廣島到愛媛總計五座橋梁的連結計畫，不久就會提出預算，建設經費不會低於七千億圓。有沒有興趣？」

「當然有。」

坐在他對面的尾形仍舊安穩地坐在沙發上。「不過即使有興趣，也不可能輕易得標。關西資本的建設公司應該都會不顧一切去搶吧？」

「你想不想要得到這項工程？」

這句話彷彿是三橋脫口而出的自言自語，然而一旦說出來，就成為具有意志與生命飛繞的奇特生物。

一直默默無言盯著三橋的尾形把視線別開。

「我不太明白您的意思……」

「新的橋梁會成為連結本州與四國的第四條路徑。招標時間是明年，工期是後年

註21 松山：指四國地方愛媛縣松山市，隔著瀨戶內海與廣島相望。

開始的八年。要不要試試看？」

「我們當然很想要去做。」一面對語調越來越熱切的三橋，尾形以冷靜沉著的聲音回應。「但是畢竟需要經過招標過程，即使想做也未必能做，必須要價格適合才行。這才是公正的競爭吧？」

最後一句話大概是尾形些許的譏諷。

「這項橋梁工程是由城山在背後操控。」

平太驚愕地看著三橋的臉。城山——這是他第一次聽三橋提起這個名字。

「你應該知道這代表什麼意思吧？如果貴公司想要得到這項工程，我可以想辦法安排，不過必須透過聯合承攬的方式。即使如此，每一家公司分配到的金額都會高於這次的地下鐵工程。開工時間雖然會晚一年左右，但是只要這一點不成問題，那麼這件橋梁工程的利益絕對比地下鐵更高。」

「您雖然特地給我們這樣的機會，不過我們已經宣誓要拒絕圍標了，顧問。」尾形挺直背脊，以嚴肅的口吻說。「如果能夠承攬這項工程，對本公司來說當然是再好不過的事，不過如果要進行協調，那就有些困難了。」

「我就知道你會這麼說。」三橋說完，輕輕嘆了一口氣。「對你沒辦法隱瞞任何事情，我也不想隱瞞。簡單地說吧，我希望這次的地下鐵工程能夠讓真野建設得標。」

尾形靜靜地閉上眼睛。三橋繼續說：「真野現在的境況很拮据。如果發生萬一，就會有幾萬名員工，以及好幾倍、甚至幾十倍的承包商員工流落街頭。到時候，對經濟會有莫大的影響。」

「既然如此，就讓真野建設承攬橋梁工程不就行了？」尾形的意見很正當。

「沒有時間了。」三橋的聲音懾人心魄。「這件事只能在這裡說——真野建設目前資金周轉相當窘迫，往來銀行內部也開始出現重新檢討對真野融資的議論，本季如果沒有大宗公共工程得標的成績，真野的信用危機就無法解除。你們要拋棄真野或許很簡單，不過仔細想想，如果你們處於相反的立場，被業界拋棄的話怎麼辦？」

「不過顧問，您所做的事是牴觸法規的。」

「我也知道。」三橋瞪大眼睛。「真野如果倒閉，世人對整個業界的看法也會改變。銀行恐怕會縮小對建設部門的融資。這一來，勢必也會影響貴公司的資金調度。不，不只是貴公司，只要是和建設業有關的公司，就連中小微型企業都會受到深刻的影響。請你們救救真野——不，一定要救他們才行。」

「顧問，您的意思是要我們退出招標嗎？」

「尾形先生，這是交易。」三橋說。「如果你們肯接受，一定會得到充分的回報。」

「很遺憾，這件事——」

「你要憑一己之見決定嗎？」三橋打斷尾形的話逼問他。「這種事應該不是憑你的一己之見能夠決定的。我三橋抱著極大的決心到這裡進行這項提議，可以請你回應我嗎？」

「您要我怎麼做？」

「我希望你去跟松田先生好好商量。」三橋提出一松組社長松田的名字。「看是要現在投標地下鐵工程、等待結果，還是寧願晚一年得到能夠確實承攬的更大工程。哪一種選擇對公司更有利？我希望你們能夠重新想想看。」

在突如其來的沉默中，兩人互相瞪著彼此。

「那麼我會去和社長談，日後再回覆——」

「就交由他來回覆吧。」

三橋用下巴指著一旁的平太。

「我知道了。」

尾形說完，將近一小時的面談便結束了。

離開送行到辦公室外的尾形之後，平太和三橋兩人搭乘電梯下樓。

「三橋先生，請問這到底是怎麼回事？」

平太問他，但沒有回應。「我不認為這樣的交涉是出自您的本意。」

「我並不打算找藉口。」

三橋終於回答。他的聲音沙啞，好似空殼一般。「我無法逃離自己的人生。就只是這樣而已。」

「三橋先生其實也認為，根本不需要去理會真野建設吧？」

「我怎麼認為並不重要。如果需要反派的角色，就由我來承擔。我也只能認命，接受大家期待我扮演的角色。平太，讓你感到失望了嗎？」

「不是這樣的。」

被問到的平太說出違心之言。

電梯抵達一樓，原本大概在車內待命的祕書來到入口大廳，鞠躬迎接三橋。

「我走了，平太。近期內再見面吧。」

三橋說完舉起右手，走出反射夏季耀眼陽光的入口大廳，坐進黑色的車子。

平太目送到車影消失，不久之後心中就產生確信，即將有某件事要開始了。

「我們接到協調的要求。」

平太回到業務課報告，原本在閱讀資料的兼松便抬起頭。西田也在座位上站起來。

「什麼樣的內容？」

「放棄地下鐵工程，換取明年招標的本州、四國之間橋梁工程。據說可以保證以聯合承攬的方式，得到超過七千億圓的工程。」

兼松啞口無言，只能瞪著平太。「搞什麼！」西田憤恨地低聲咒罵，然後又問：

「尾形常務怎麼說？」

「他想要拒絕，可是三橋顧問說，不應該由常務自己判斷，要他和社長商量——」

「呸！又要延後嗎？話說回來，那個巨大工程是哪來的？真的有那種工程嗎？」

「雖然還沒有公布，不過據說是有的。」

「一定是城山。」兼松忽然說。「這應該是城山和彥擅長的祕密法寶吧。三橋就是這樣取得權力的。他在談圍標的時候，為了讓對方放棄投標，會分配別的大型工程。只要最終那家公司得利，就會感謝三橋。三橋擁有特別的情報來源，和民政黨以外的道路族議員也很熟，並且受到尊重。三橋的影響力就是透過像這樣的交涉和實績累積而來的。」

如果能夠在那項橋梁工程得標，就長遠的眼光來看，的確有可能對一松組更有利。不過——

「怎麼可能接受那種提案！」西田說。「都做到這個地步，怎麼能放棄！課長，你說對不對？」

「那當然。尾形常務應該也是為了避免讓三橋顧問丟臉，所以才沒有當場拒絕。本公司不論如何都要取得這項工程。即使結果會讓真野建設破產、讓好幾萬名員工和承包商都流落街頭，那也是經營的問題，跟這次招標根本就是無關的話題。」

兼松的語調非比尋常地堅強。平太點頭，他也贊同兼松的說法。

「看來這次三橋天皇的光芒失效了。不行就是不行，就只是這樣而已。對不對，平太？」

西田拍了一下平太的肩膀。

3

「顧問，一松組怎麼回應？」

真野建設的長岡在傍晚造訪山崎組的顧問室，一開口就詢問當天的成果。

「尾形拒絕了。」

長岡一聽到這個回答便扭曲臉孔。

「這是一松組的結論嗎？」

「不是。他想要做出結論，不過我請他姑且先和松田社長商量再說。」

「顧問，那怎麼辦？這樣會很傷腦筋。如果一松組要認真投標，不論我們價格壓得多低，都得不到那項工程。即使得標，如果不能獲利甚至虧損，那也沒有意義了。」

「那是你們公司努力不夠吧？」三橋毫不留情地說。

「所以我才要拜託城山先生啊，顧問。」長岡滿臉通紅地訴求。「要是被一松組拒絕了，到時候情況真的會很糟糕。」

「他們有辦法那麼輕易地拒絕嗎？」

三橋的語調變了。長岡目瞪口呆地看著這個老練的協調人。

「顧問，您是什麼意思？尾形不是要拒絕嗎？他在一松組的發言分量是絕對的。如果尾形說不行，那就是不行。應該已經沒有勝算——」

「我不是說過，還有松田嗎？」

「唉，那傢伙不行。」

長岡皺起眉頭，一副不屑的樣子在面前揮手。「那個社長雖然說是松田財閥的成員，不過他只是因為創業者家族出身、才能坐上社長寶座的蠢蛋。那種人不可能不顧尾形的反對堅持到底。」

「是嗎？」

三橋嘴角忽然泛起笑意，以憐憫的眼神看著慌亂的營業部長。「那麼到時候你們就要有心理準備。」

長岡的表情變得好像隨時要發出悲鳴。

「喂，平太。」

平太抬起頭，看到西田捧著成本計畫的資料夾望著他。

「尾形常務找我們去。到社長室吧！」

「現在要去嗎？有這樣的計畫嗎？」

平太厭煩地回應。時間已經過了下午五點，六點開始就要舉行專案會議。他光是準備那場會議就很忙了，現在卻又要被叫去。

「誰知道。總之，他就是叫我們過去。不要囉嗦，快走吧。」

平太連忙拿起筆和本子，跟著西田到社長室，尾形與兼松兩人已經先到在等他們。

「社長，今天下午山崎組的三橋顧問來過，對我們提出重大的提議。」

尾形切入話題，簡單扼要地說明三橋的提議內容。

「本公司目前正全力準備這次的地下鐵工程招標，因此我認為應該拒絕這樣的提議。您認為呢？」

簡單地說，他是要向松田社長確認這件事。

這一來，三橋的勸說就要以失敗告終。正當平太這麼想，閉眼聽尾形說話的松田張開雙眼。平太以為他要說「我知道了」，但松田說出口的卻是意想不到的話。

「拒絕？尾形，你到底在想什麼？」

對於平太來說——不，不只是平太，就連尾形常務、兼松和西田，聽到松田社長的發言，應該也打心底感到驚訝。

這一點只要看三人的臉就知道。尾形壓抑不滿的心情，兼松忙碌地眨眼並用中指把眼鏡往上推。坐在一旁的西田小小的眼睛射出鐵絲般細而剛直的視線，盯著松田。

尾形說他打算拒絕三橋萬造提議的圍標。這樣的做法理應受到褒揚，誰會想到竟然會被斥責。

「你在想什麼」這句話，應該直接丟回給松田才對。

松田繼續說：

「如果太過拘泥於眼前的工程，就會忘記計算利弊得失。如果一年後的橋梁工程更有利，為什麼不選擇它？既然是城山先生指示的工程，利潤一定很高。難道你這時候還要拘泥於地下鐵工程，把公司命運賭在利潤很低、也不知道能不能得標的案子嗎？就算不冒這種風險，只要等一年就有橋梁工程了。到底哪一個工程更能讓本公司獲利，這種事連小孩都知道。」

松田交叉雙臂，挺起胸膛坐在沙發上，以一副想抱怨「有這麼笨的下屬真辛苦」的眼神，看著尾形常務與業務課的三人。

「社長，本公司對外宣誓過要拒絕圍標。」

「那又怎麼樣！」對於尾形的諫言，松田拍了一下扶手。「那只是對外宣傳而已。山崎組、真野建設和村田組這些大公司要採取共同行動的時候，哪有人會笨到因為要拒絕圍標就袖手旁觀！」

「即使不接受協調，承攬業者也是憑招標決定的。想要橋梁工程的話，只要去投標就行了。」

「也有可能會兩邊都落空。不知道為什麼，你堅持要由本公司單獨承攬，拒絕聯合承攬的形式，不過要是地下鐵工程沒有得標、這個大型橋梁工程也沒有得標，那怎麼辦？經營的勝負關鍵，就是要盡量排除風險。能夠控制風險的人，就能控制經營——你打算做的是高風險高報酬率的毀滅性選擇。接受三橋顧問的提議吧！」松田下達命令。「把地下鐵工程讓給真野建設，換來利潤高的橋梁工程吧。告訴三橋顧問，請他多多關照。」

與松田對峙的尾形雙手放在膝上，沒有回答。

看得出來尾形把所有情緒壓抑在表情底下，設法想要說服松田，但是什麼樣的言語能夠改變松田的想法？這個答案似乎不容易找出來。

「這幾個月以來，為了承攬地下鐵工程，公司內的專案小組成員都全力以赴，透過新工法降低成本，把成本拉低到可以得標的水準。不能讓我們繼續進行下去嗎？」

尾形展現頑強的韌性，但松田的反應很冷淡。

「情勢已經變了。停止地下鐵專案，盡快把人員調到橋梁工程。」

毫無體諒的言語輕易地被說出來。這是不由分說的命令。

不悅地低著頭的西田緩緩抬起頭。他眼中燃燒著強烈的怒火，感覺好像隨時要發動攻擊。這種時候身為課長的兼松理應出面緩頰，但是被拔掉利牙的中階主管表情疲憊，只是陰沉地望著眼前的虛空。

過去做的努力到底算什麼？

真的要這樣結束了嗎？

平太以求救的眼神望向尾形，這時尾形再度開口：

「社長，不能這樣做。」

他的語氣很果斷。

「什麼？」松田瞪大眼睛質問，但尾形毫無動搖地注視松田。

「這樣做的話，會影響到公司內部的士氣。我們努力把成本降低這麼多，絕對不可以中途放棄。」

常務的當面反對，讓松田氣得臉頰顫抖。

「你是不是搞錯了工作的意義？」松田質問。「我們不是為了興趣在工作，重要的是有沒有得標。這種事不需要我特地說明才對。」

「就算參與協調，也沒有保證能夠得標，社長。您想過這一點嗎？」

尾形和暴怒的松田形成對比，顯得冷靜沉著，口吻好像在教誨一般。「如果是橋梁工程，協調過程想必會很艱難。即使是三橋顧問，也未必能夠依照自己的想法進行。」

「可是過去都是這樣做的。」

松田的回答很膚淺。「公平競爭是很好，拒絕圍標也很偉大，可是一旦進入協調過程，那就不一樣了。三橋顧問過去給我們各種情報，對我們也有恩。現在加入協調讓真野建設得標，下次本公司有危險的時候，也比較有保證。」

「可是也不能因此——」

「不用說漂亮話！」

松田打斷想要反駁的尾形。「如果能夠獲得獲利更大的工程，那麼就高高興興地再等一年。應該要這麼做才對。」

就在這個時候——

「那個，可以聽我說嗎？」

平太脫口而出這句話，連自己都感到很驚訝。他知道一旁的西田驚愕地看著自己，但是已經來不及了。

「我們好不容易把成本降到可以得標的地步，要是現在加入圍標，那就不會有任何改變。三橋顧問也說過，原本最好是不經過任何協調。這次想必是有不得不出面的理由。也許他其實希望我們拒絕。」

「你——叫什麼名字？」

松田一副現在才發現平太在場的態度問他。

「敝姓富島。」

「他負責聯絡三橋顧問。」兼松加以補充說明。

「那就去告訴顧問，上次的提議我們會積極考慮。還有，尾形——」

松田命令咬牙切齒的尾形：「如果說會影響到公司內部的士氣，那麼你的工作不就是要好好帶領大家，避免發生那種情況嗎？」

尾形沒有回答。

不過松田並不給尾形反駁的機會，起身說「那就這樣吧」，結束了短暫的討論。

「砰！」巨大的聲音響徹業務課的辦公室。

西田把手中捧著的資料摔在桌上。

「怎麼了？」

理彩驚訝地瞪大眼睛問他。

「社長說要停止地下鐵專案。」平太說明。

「那個白痴富二代！」理彩聽了也忿忿地罵，把鉛筆丟到正在檢查的成本表上。

「到底在想什麼！課長怎麼說？」

「他在和常務討論。我以為他至少會對社長說句嚴厲的話，沒想到卻保持沉默，真是不可靠。」

西田因為無處發洩的憤怒而扭曲著臉，理彩則仰望天花板。

「然後呢？這些怎麼辦？」她指著桌上的資料。

「都要停止。一切都結束了。辛苦妳了，理彩。」

「別開玩笑！先前我陪大家一起加班工作，要怎麼補償我？」

「到頭來，社長是在逃避。」西田說。「在資金調度都有問題的現況，再加上交給大佛包辦的投標竟然出乎意料要單獨承攬。即使說要降低成本之類的，在松田大叔眼中，都會覺得像是迎戰建設業界這個風車的唐吉訶德吧？也就是說，社長一點肩膀都沒有。真沒用！」

「我覺得，社長是不是不信任尾形常務？」

理彩提出不同的看法。

「什麼意思？」

平太不禁詢問。理彩繼續說：

「因為尾形常務是個工作很能幹的聰明人，相較之下，社長只是因為出生在松田家，才坐上社長的位子，是個平庸的人。平太也許不知道，過去他也常常被大佛指責自己做的決定，到最後被完全變更。如果社長不是出生在松田家，一定沒辦法坐上社長的位子。對於那種人來說，厲害的下屬反而會被討厭吧？」

「松田尾形不和論嗎？真是受不了！」西田狠狠地說。「不過我也贊成這個理論。松田那個大叔就像是懷疑家臣會趁他睡覺時砍他頭的笨領主。那種人有時會強硬要求別人接受自己的意見，就像這次一樣。即使如此，也不應該把進展到這個地步的專案停掉。只能說是判斷錯誤。」

就在這個時候——

「不對，我們不會停止。」

兼松的聲音突然傳來，讓雙手交叉在腦後的西田驚訝地回頭。

兼松此刻剛好回到業務課的辦公室，臉色蒼白，肚子裡彷彿裝了沉重的壓力。

「課長，你說不會停止是什麼意思？」

兼松走過西田與平太身旁，回到自己的座位放下文件，然後回頭看下屬。

「我剛剛和常務討論的結果，專案小組要繼續保留下來，不過會改為尾形常務的私人單位。」

「那個……課長，我不了解你的意思。」

西田用手指捏著眉間詢問。「如果公司要參與圍標，保留這個專案也沒有意義吧？」

「圍標未必會成立。」兼松說。

「原來如此……」西田喃喃地說。「這次的協調的確會引起爭執，沒有保證能夠成立。」

「恐怕很難成立。」兼松說。「仔細想想，這是為了救濟真野建設。可是在建設業界當中，也許有公司會覺得真野建設就算倒了也沒關係；也可能有公司打算認真降低成本，憑公正投標獲勝。對於這樣的公司來說，關鍵就在於要選擇這項地下鐵工程，或是三橋顧問提出的替代方案。」

「剩下的就看三橋顧問的——不，是城山的威望有多高了。」西田說。

「就看他的能耐如何。不過如果我們只是在一旁觀望，等到協調失敗的時候就會難以因應。平太——」

兼松轉向平太。「你明天就去見三橋顧問。告訴他本公司打算接受協調。」

「可是這樣不就等於是在騙三橋顧問嗎？」

專案小組要保留下來，等於是騎牆式的應對方式。

「如果協調成功，我們就會接受。」兼松說。「既然是社長命令，那就沒辦法。但是在事情決定之前，必須要竭盡全力追求最好的結果。這是風險管理的基本。」

「我知道了。」

身為小兵的平太沒有反駁的餘地，只能接受公司內部政治協調之下得出的結論。

4

「恭喜你升遷。」

萌說完，稍稍舉起白葡萄酒的酒杯，喝了一口。

她此刻坐在表參道一家義大利料理餐廳的餐桌，面對園田。

兩天前，園田的人事命令終於發布了。他被調到紐約分行。話說回來，在出國之前還有一個月的準備期間，因此這段時間他會隸屬於人事部，留在國內。

這項人事異動正如園田的願望，因此可以說是升遷。萌原本應該一起感到高興，但是老實說，她的心情寂寞更多於喜悅。

「幸好和預定的一樣。」園田以嘲諷的口吻評論。「人事部有時會毫無顧忌地出爾反爾。課長雖然說大概會調到國外，不過要是打開人事命令通知書才發現是大阪，到時候想哭都哭不出來了。」

「可以去紐約很棒吧。你要住哪裡？」

「應該會租一間公寓。不過並不是像國內那種類似貧民窟的公司宿舍。聽說要是結婚了，可以租郊外的獨棟房屋。」

園田瞥了萌一眼，挺起胸膛。他似乎想要說，只要跟著我，就能住到那裡。

實際上，只要萌答應，大概就會實現。但是——

萌忽然想到：我真的想要去紐約嗎？

園田在所有人眼中，都是一流銀行的菁英，做為結婚對象沒有可挑剔之處。

但是跟著園田前往紐約，意味著要辭去現在的工作。在銀行，和同事結婚的女行員一般都會離職，並沒有在先生調去的紐約繼續雇用的制度。對於英文沒有好到可以在工作上使用的萌來說，在紐約等候她的就是專職主婦的生活。

另一方面，園田一定會引導萌見識她過去所不知道的世界。

不過，這樣真的好嗎？

辭去工作前往紐約，在沒有任何朋友的地方，只注視著園田生活。

妳真的願意這樣嗎？

萌困惑地自問。

剛開始和園田交往的時候，她完全不會去想這種問題。

不久之前，對萌來說園田的一切都很新鮮刺激，但是現在有些不同。

她有無法純粹感到高興的苦衷。

「萌，妳去上英語會話班吧。」園田把前菜送入嘴裡，對她說。「至少要能夠進行日常對話才行。有時也可能會受邀參加客戶公司大人物的派對，為了避免丟臉，最好先做些準備。」

丟臉……嗎？

你是指我會丟臉？或者是你會感到丟臉？

萌心中的聲音在詢問，但園田聽不見。

「要找哪間英語會話教室？你有什麼推薦嗎？」萌試著問。

「我也不知道。我沒有上過。」

園田的回答有些冷淡。他不會說要幫忙尋找。

「妳可以上網查，找間評價高的就行了。反正去哪一家，應該都沒有太大的差別。」

「應該吧。或者也可以請你來教我。」

園田聽了，臉色變得有些不悅。「我現在忙著做準備，應該沒辦法抽出時間。」

「我知道，我是在開玩笑。」

園田臉上毫無笑容。

「不過對妳來說，到國外生活也很棒吧？可以拋棄過去的所有羈絆，展開新的生活。」

「首先要交到朋友才行。」

「一定沒問題。調到紐約的人等級都很高，可以交到很多好朋友。」

也就是說，要加入那些人的圈子。

可是我的等級沒有那麼高——萌心想。

「對了，一松組那個案件，也得好好交接才行。」
這時園田興致盎然地談起這個話題，讓萌的表情蒙上陰影。
「我後來考慮很多，覺得還是有些困難。反正接下來就交給木暮來處理。」
木暮孝光是園田調職之後承接他工作的行員。
他的入行年次比園田晚一年，工作能力絕對稱不上優異。據說他在融資課經常被課長訓斥。
「要接替你的職務，他的壓力也很大吧。」
萌這麼說，園田似乎也不否認。
「也不能讓太年輕的人來做。對木暮來說，能夠接替我的職務好好表現，也是獲得認可的好機會。」
他說得或許沒錯，不過如果問木暮能不能幫助一松組，萌感覺可能性很低。對於分行長不太願意通過的融資，行內評價很低的行員不論如何反抗，結局都顯而易見。更何況木暮的個性原本就很容易被他人的意見左右，因此不太可能會主張通過大家不贊同的融資。一松組正面臨危機。
「這下一松組也完了吧。」
園田注視著萌的反應，說出這種話。
「這樣啊……」
萌裝出事不關己的表情。她告訴自己：這件事和我無關。
「最好也告訴妳的前男友吧。妳最近沒有跟他聯絡嗎？」

「沒有。應該不會再聯絡了。」

「因為妳對他太冷淡了。」

園田露出勝利的笑容這麼說。

萌原本想要問園田，如果沒有融資的話一松組會怎麼樣，不過還是沒有開口。如果她問了，園田或許又會以此為契機，開始談起平太的話題。她已經受夠和園田談這種事。她無法理解為什麼園田這麼執著於平太的事。

「別提那種事了。」

萌喝完杯中剩下三分之一左右的葡萄酒，她想要繼續喝到醉。

「我有件事想要跟你商量。」萌說。「可以把我們之間的事告訴瑠衣嗎？」

園田沒有立刻回答。他緩緩地把葡萄酒瓶放回冰桶，然後說：

「我不太建議這麼做。」

「為什麼？」

「我們都在銀行工作，為了避免引人議論，還是別說出去吧。而且我也不想被人事部問些有的沒的。」

「可是我越來越受不了繼續保密了。瑠衣還找我商量，問我該不該對你告白。我該怎麼辦？」

「別管她。」

園田的反應很冷淡，他顯然完全不在意瑠衣。

「可是瑠衣是我的朋友，也是今後要一直交往的對象。我不希望我們之間的關係變得尷尬。」

「那就告訴她吧。」園田以漠不關心的口吻說。「不過等我離開分行之後再告訴她。我不希望被人用有色的眼鏡來看。」

誰會用什麼樣的有色眼鏡來看？

萌很想這樣問，但還是忍下來了。她只說：「這瓶葡萄酒真好喝。」

「以這種程度的餐廳來說，的確是不錯的酒。」

萌感到有些受傷。選這家餐廳的是萌，而且雖然有點貴，不過她今天打算請客。

「你比較喜歡每次去的那家嗎？」

萌忍住內心湧起的一絲悲哀問他。

「也不是。我喜歡這家餐廳輕鬆的氣氛，感覺很有庶民風格。」

園田請店員拿酒單過來，開始挑選第二瓶葡萄酒。

萌不是微醺，而是喝太多了。

他們在晚上十點多離開餐廳。園田邀她去安靜的地方，不過萌拒絕了，直接去搭地下鐵。

園田雖然顯得有些不滿，不過當萌恢復獨處，便感到鬆了一口氣。在餐廳的兩個小時半當中，她內心某個角落一直處於緊張狀態。園田至今仍舊鄙視、瞧不起萌的過去。他想要切斷萌與她的過去，就像是在對絕對無法抹滅的事實感到憤怒。在什麼樣的家庭長大、度過什麼樣的人生——這些都是構成萌的要素，但是園田卻只喜歡現在的萌。這點讓萌感到痛苦。
她在明治神宮站下車，轉乘ＪＲ，前往新宿站。
在乘客相對較少的車內，萌茫然望著車窗外流逝的景色，拿出手機。她在螢幕上顯示的是平太的電話號碼。她自己也不知道為什麼要這麼做。
萌在新宿站下車，打了仍顯示在螢幕上的號碼。

5

當晚造訪的山崎組顧問室出乎意料地樸素而乏味。
三橋聯絡時指定的時間是晚上九點。平太原本以為三橋會叫他到青山的住處，但三橋卻叫他「到公司來」。看來他似乎為了工作而忙碌。
這是一間只有簡單的會客沙發組及辦公桌的房間。桌上放的只有報紙，連公文盒都沒有。
「你很驚訝這裡什麼都沒有吧？別客氣，說說你的想法。」
三橋似乎覺得平太的反應很有趣，這樣問他。
「很抱歉，我以為是更豪華的房間。因為太樸素了，所以——」
「所謂的顧問只是頭銜，沒有實質。為了只是來公司打發時間的人，沒必要準備豪華的房間吧？」
這段話雖然一定是在謙遜，不過很有三橋的風格。

「然後呢？你是有話要來對我說的吧？」

三橋在對面的扶手椅坐下，單刀直入地問。「是那件事嗎？」

「是的。」

平太的表情變得僵硬。「社長下達指示，要接受這次的提案……」

三橋沉默不語。

他翹著二郎腿沉思，然後問：「尾形常務怎麼說？」

「老實說，他反對接受，認為應該照現在這樣繼續做下去，而不是進行協調。我也是……同樣的意見。」

說出這句話需要勇氣。

對於如此高度的經營判斷，身為一介員工的平太的意見沒有任何意義。更不用說把他的意見告訴號稱業界天皇的男人，也不能改變什麼。

然而平太就是無法接受。

「三橋先生，真的有必要去救真野建設嗎？」

平太豁出去，進一步詢問。

三橋沒有回答。這次的情況明顯不符三橋之前對平太談論的思想、業界理想狀態，然而三橋卻選擇不符自己一貫信念的做法。

「您說過，如果沒有必要，就不會出面協調；我以為這個『必要性』是指出現更大問題的時候。」

「你會這麼想也是很正常的。」

平太原本以為三橋會生氣，但他卻以平靜的聲音說話。「但是我只能這麼做。平太，這是工作。既然是工作，就不能只憑自己的意志進行。」

「這就是現實羈絆嗎？」平太想起西田所說的話，便問。「是因為城山先生要求，您才被迫出面協調，是這樣嗎？」

「你既然知道，就別問了。」三橋以固執的表情看著平太。「我不會替一松組或者是你帶來困擾。」

「我並不是在抱怨……我只是想要知道三橋先生怎麼想。」

「我怎麼想——」三橋的表情變得有些寂寞。「這種事沒有任何意義或價值，只是言語而已。」

「但是如果您提出主張，也許就能改變情況了。只要您說應該堅持公平投標的原則，或許大家就會這麼做。真野建設的確會陷入險境，也許下一次有可能換成是一松組被逼到絕路，但是我認為這才是必然的考驗。在拒絕圍標的時候，早就應該知道會發生這樣的狀況；可是如果還繼續做這種事，業界體質就永遠不會改變。三橋先生，這並不像是您的作風。」

平太鼓起勇氣說。「是不是有可能透過協調來避免協調呢？」

「透過協調來避免協調……」

三橋以朦朧的語氣說，然後雙眼不經意地望向遠方。「這次的事或許讓你失望了。不過別因為這樣，就對這個業界失去信心。現在雖然是這個樣子，不過建設業界總有一天會變好。在不久的將來，無法靠業界內部協調來解決的社會一定會來臨。現在還有人依附舊習、想要從中得利，但是有一天這些傢伙也會消失。我也一樣。到時候，就由你們來開創新的建設業界吧。」

「我聽起來只像是在說漂亮話。」

平太在膝蓋上握緊拳頭。「現在明明就已經可以這麼做了……」

「這是我經手的最後一個工作。」

聽到這句話，平太盯著三橋。

「如果我不接下這個工作，就會有其他人代替我去做；但是這種髒工作，由我一個人做就夠了。這個工作之後，我就要收手。我差不多也到了該享受晚年的年紀。原諒我，平太。拜託。」

驚人的是，三橋說完就深深鞠躬。

「三橋先生……」

平太說不出其他的話，只能茫然地看著他。

平太離開山崎組之後，宛若靈魂出竅的空殼般，垂頭喪氣地走向東京車站。

他了解上班族是身為公司的一分子在工作，必須把公司方針放在個人想法之前；然而現在地下鐵工程的投標公司明顯準備踏上錯誤的道路。

明知如此、卻連三橋都無法阻止的現實，讓平太全身虛脫，不得不感到幻滅。

他心想，這樣做不可能是正確的，一定是哪裡搞錯了。然而現在的平太無從與之對抗，只能隨波逐流。

在爬上中央線月臺之前，放在西裝內側口袋裡的手機響了。

「你現在過得怎麼樣?」

打來的是萌。

「還好。」

平太的腦袋變得混亂,該說的話在腦中打結。「老實說,我媽病倒了。」

電話另一端傳來屏住呼吸的氣息。

「為什麼……」

「蜘蛛膜下腔出血。她現在還在住院,不過勉強撿回了一條命。」

「幸好……」

「萌,妳呢?過得怎麼樣?我上次去了妳工作的分行。」

「我知道。」

萌的聲音有些無精打采,感覺很陰沉。

「妳在哪裡?」平太問她。

「新宿。」

「要不要難得喝一杯?」

平太猜想會被拒絕,但還是鼓起勇氣邀她。果不其然,手機另一端傳來好像在猶豫的靜默。

「我今天已經喝過酒了。不過如果是喝咖啡的話……」

三十分鐘後,兩人在新宿站地下警察局前碰面。

距離上次見面應該沒有過多久，但萌卻覺得好久沒有見到平太了。如果說這世界上有分物理性的時間與精神性的時間，那麼影響萌的總是後者。

「很抱歉突然打電話給你。」

「沒關係，反正我剛好也要回去。」

「這樣啊……」

萌以僵硬的表情坐在桌前，平太似乎也不知道該對她說什麼。

萌雖然一時衝動想跟平太說話就打電話給他，但是見面之後卻不知道該說什麼。平太不知道她和園田的事，也不知道紐約的事。

「其實我很高興接到妳的電話。」

平太邊喝服務生端來的冰咖啡，邊悄悄地看著萌顯露疲態的臉。「妳不要緊嗎？」

「嗯，還可以。」

「今天是飲酒會嗎？」

萌勉強擠出笑容說：「是跟朋友聚餐。不過我喝太多了。」

平太沒有問她是什麼樣的朋友。對於平太而言，萌說是朋友就是朋友。換作園田一定會追問，但平太不一樣。他馬上就會相信他人，而且毫不懷疑。他就是如此單純而愚直的人。

「我知道往前走有一家開到深夜的藥局，待會去那裡買預防宿醉的藥吧。」

「謝謝。」

她之前覺得平太這樣的個性很土氣、很煩，可是現在卻找他出來喝咖啡。到底是怎麼回事？難道只是在追求懷念的感覺嗎？真是惡劣的女人——萌陷入自我厭惡，另一方面對於平太的反應又感到安心。

平太問：「工作很忙嗎？」

他或許以為萌沒有聯絡他是因為工作的關係。萌還沒有正式和平太分手。

「還算忙。」萌回答。「你呢？要承攬地下鐵工程應該很忙吧？」

「對呀，要做很多事情。上次我也到妳工作的分行——」

「是為了融資吧？」

「嗯，我們公司的資金籌措好像很困難。銀行的人有沒有說什麼？——呃，承辦人好像是園田先生……」

「我不知道。我們又不同單位。」

萌有一瞬間猶豫該不該說出園田告訴她的話，但最後還是這樣回答。不了解詳細情形的她要是隨口轉述聽來的話，絕對不會有任何好處。

這時她忽然想到不久前來到分行的檢察官。

檢察官在調查常磐土建這件事，園田雖然阻止她說出去，但是她到現在都在猶豫該不該告訴平太。

「平太，我想問你一件事：你現在還在參與圍標嗎？」

萌壓低聲音問。

「嗯。」平太有些尷尬地回應。他或許在擔心又要為了這件事和萌爭論。

「你不會擔心被警察抓走嗎？」

平太有好一陣子沒有回答，只是盯著水滴附著的杯子。「搞不好會發生那種事吧。」他如此回答。

「千萬不行！」

萌的聲調拉高到連自己都感到驚訝，內心忐忑不安。

「就算是工作，也不應該做那種事。拜託，別做了。」

「發生什麼事了嗎？」

平太或許在萌拚命的語調中察覺到什麼，探頭詢問。

「沒有，可是……我只是不希望你被逮捕。」

萌把視線別開。「而且如果你被逮捕了，你媽媽一定會很傷心。」

「萌，妳呢？」平太忽然問。「妳會傷心嗎？」

「這不是傷不傷心的問題——」萌支支吾吾地說，「我絕對不希望發生那種事。」

她感覺到平太一直盯著她的臉頰。她聽見心跳的聲音，應該不只是因為酒精的關係。

「我會小心不要被抓到。」

平太的回答就好像沙漠中乾燥無比的沙，只有滑過表面。

他或許以為萌是來責罵他的。

不是這樣——

「平太，有一件事我想要告訴你。」

萌終於無法壓抑心中突然湧起的想法，對他說：「上次的招標，得標的是常磐土建吧？」

平太把喝到一半的杯子放回桌上。

「沒錯。怎麼了？」

「檢察官在調查他們。」

平太的動作停下來。

「什麼意思？」

「對不起。其實我更早之前就發覺到了，只是有人跟我說，最好別說出去——」

萌告訴他檢察官到白水銀行新宿分行來搜查的事。

「不會有錯嗎？」平太以認真的表情詢問。

「嗯，我想應該不會有錯。檢察官在調查的是常磐土建。」

「妳記得那張匯款單上，常磐土建匯款到哪裡嗎？」

萌沉默不語。她當然記得，但是她不確定能不能把這一點也說出去。

「拜託，萌，可不可以告訴我？這或許是很重要的線索。」

萌強烈地感受到平太急切的心情，咬著嘴脣思索之後，終於說出這家公司的名稱：

「那是一家叫作三島企劃的公司。我想應該是靜岡的公司。你聽過嗎？」

平太搖頭。

「我只知道檢察官在調查常磐土建，不知道跟你在做的工作有沒有關聯。總之就是發生了這樣的事，提供你參考。」

提供你參考——萌對自己公務式的口吻感到突兀。這時平太告訴她：

「這件事幕後有城山在運作。民政黨有個叫城山的政客，妳應該也聽過吧？他是道路族的大咖議員。」

「嗯，這件事跟他有關嗎？」

「這次的圍標，是城山在操盤的。」

平太的聲音低到連不禁湊上前的萌也只能勉強聽見。

萌瞪大眼睛看著平太，腦中縈繞著疑問。

「等等，常磐土建不是承攬S區公所的道路工程嗎？常磐跟這次的地下鐵工程也有關嗎？」

「沒有。」

「那麼檢察官到底在調查什麼？」

「檢察官可能掌握到常磐土建有特別的嫌疑，或者也可能是在調查那項道路工程的圍標——應該是這兩種情況之一吧。」

常磐土建拒絕了瀧澤建設的和泉專務主導的協調，獨自投標並得到這項工程。

「常磐土建不是一家很大的公司吧？」

「沒錯。」平太邊想邊說。「所以那場招標感覺有點奇怪。常磐土建不知道為什麼能夠受邀參與招標。由區公所指名參與招標的業者是很正常的，可是沒有業績的新公司能夠參與，可以說是特例。公司內部也在討論，會不會是有某種政治力量在運作。」

「該不會就是由城山來關說的？」

「有可能。這麼說的話，檢察官也許是在調查城山。」

「如果是這樣的話，你也會有危險，平太。」萌皺起眉頭，以強烈的口吻說。「你現在做的工作，搞不好被檢察官盯上了。拜託，別再做危險的事。」

然而——

「別忘了，我是上班族。」

平太的回答很單純。

「怎麼說這種話——難道為了工作，就可以做壞事嗎？」

萌在銀行這樣的組織裡，也痛切了解上班族的情況。

「我會調查看看。」平太短促地嘆了一口氣這麼說。「謝謝妳。也許妳救了我也不一定。」

「如果是這樣就好了……」

萌對於發展到意外方向的對話感到驚訝。

接下來兩人的話題轉移到平太的母親和彼此的工作。

明明是曾經一度感到厭倦的話題，不知道為什麼感覺很新鮮。

業績惡化、從公平招標變成圍標的經過——談話內容雖然很嚴肅，但是從平太口中說出來，即使是深刻的話題，聽起來也會變得委婉，感覺很不可思議。

在此同時，萌也感到悲傷。

我背叛了他。

她心中湧起這樣的想法。

對不起，平太。還有——

謝謝你今晚陪我。

6

「會不會是哪裡搞錯了？」

說話的是嶋野。這裡是東京地檢特搜部的辦公室，時間已經過了晚上十點。

「也許吧。」北原回答。

嶋野又說：「也許是漏掉了很重要的地方。」

「也許吧。」

北原再度喃喃地回答。他眨動因為閱讀太多資料而累壞的眼睛。肩膀痠痛而僵硬，只要一轉動似乎就會發出「劈劈啪啪」的聲音，眼睛內部感覺很痛。

兩名檢察官依舊在追查城山議員的資金流向。

他們從常磐土建、傳言中與城山有關的過去圍標事件、相關公司，再加上這些公司的交易對象等龐大的資料庫，逐漸縮小範圍，終於鎖定幾家企業，不過針對每一家的調查都揮棒落空。

像這樣的「敗仗」持續下去，除了肉體的疲勞之外，精神上當然也會疲憊不堪。

「我們被拋在後頭了。」嶋野又說。

以三橋為協調人的圍標事件這條搜查主線，正逐步得到成果。

透過徹底祕密偵查三橋的住家與公司，以及參與地下鐵工程招標的企業，誰在何時造訪三橋的資料日漸累積，由事務官調查的周邊情報也不斷增加，砌起越來越高的理論堡壘。

然而他們無法得到決定性的證據。雖然有進行圍標的徵兆與情況證據，但卻沒有足以證實的證據。

圍標並沒有未遂罪。

照理來說，不論有沒有投標，只要聚集在一起、以不當方式決定價格，罪行就應該成立；然而正因為是這樣的罪行，因而更加難以證明。

搜查總部開始出現焦慮。

「這就是城山之牆嗎？」

嶋野看北原沒有回答便喃喃自語，並重重地嘆了一口氣。

「搜查才剛剛開始。」向來好勝的北原說。「總之，我們要一一解決眼前的資料。不論需要花上幾年的時間，只能從做得到的事情逐步去做。」

「要用消去法嗎？感覺不太可靠。」

「你自己在考試的時候遇上選擇題，也依賴消去法解決過不少題吧？閉上嘴巴繼續讀。」

北原以粗魯的口吻對年輕的同事這麼說，然後從鼻孔吐出憤怒的氣息，拿起調查資料。這份資料照例是可能與城山有關的公司的信用調查書。

然而北原在翻閱時，也覺得上面記載的文章和數字就像荒蕪沙漠中的海市蜃樓，沒有任何意義。

他雖然對嶋野說了那些話，但是在這項圍標調查中，缺乏一件關鍵性的東西。

然而要填補這個缺乏的東西，就像中樂透一般困難。現在只能不抱期待，先做有辦法做到的事情。

北原卯足所有精力與體力，集中精神在文件上。

第七章　策略

1

這兩個星期，真野建設的長岡昇沒有一天不去造訪三橋。

原因是三橋的協調進行得不順利。

「岸原怎麼說？」

這天長岡一進入顧問室，首先詢問的是村田組常務的反應。他們已經向村田組提出幾項替代方案，但是村田組對每一項都不太滿意。

「你可以自己去問。你們又不是彼此不認識。」

三橋的回答很冷淡。從他的語氣，長岡可以猜測到事情並沒有進展。

「顧問，如果我出面能夠讓對方接受，我早就自己去找他們了！」

長岡從沙發探出上半身，額頭因為激動而泛紅。

真野建設的業績惡化已經是業界公開的祕密，不過具體而言有多糟糕，連三橋都不清楚。從長岡此刻拚命的神色，清楚呈現出事態的嚴重性。

「總之，他們還是一句話：替代方案無法讓公司內部意見一致。」

為了讓真野建設聯合承攬兩千億圓規模的地下鐵工程，三橋對各家競爭公司提示的，是未來幾年內會推出的公共工程。每一項都是城山挑選的大工程，不過老實說，也不是沒有規模相對遜色的案子。

「村田組根本沒有做任何經營努力。」長岡以充滿怨恨的聲音痛罵。「他們一定以為只要堅持不讓，就能得到更好的條件。」

「當初為了自己的狀況提出任性要求的，應該是貴公司吧？」

三橋平靜地喝茶，並提醒長岡。「你沒有資格批評岸原才對。」

「但是以前村田組業績很差的時候，我們不是也幫過他們嗎？他們完全忘了這回事，抓緊機會趁虛而入。這是對業界的背叛。」

「話說回來，如果不說服岸原，就沒有任何展望。光是抱怨也沒有用。」

這次對村田組提出的讓步條件，是明年下半年開始的宮城縣橋梁工程；不過因為金額不足，因此岸原的回應是希望能夠重新考慮。

「城山先生怎麼說？」

三橋的表情變得苦澀。

「就算要求其他工程，近年也沒有那麼多。而且即使有準備進行的工程，也不能全都拿來當作協調的材料。」

而且還要提防檢察官——這句話三橋沒有說出來。

長岡問：「村田組遲遲不肯答應，真正的心意到底是什麼？顧問，您應該知道吧？」

「大概是想要瀨戶內的橋梁工程吧。那項工程的規模更大。」

這項工程已經答應要給一松組了。這時有人敲門，祕書探頭進來。

「一松組的富島先生來訪。」

「請他進來吧。」

三橋說完，便起身準備迎接新的訪客。

在炎炎夏日連續好幾天的八月上旬，三橋找平太見面，說「有話要談」。

平太在約定的下午五點造訪三橋時，已經有一名先到的訪客。他是真野建設的長岡。先前曾在茶會取笑平太的男人，此刻帶著嘲諷的笑容坐在沙發上。

「辛苦了，請坐在那裡。長岡，你坐到這裡吧。」

三橋迎接平太進來，請他坐在沙發，並向長岡指著自己隔壁的座位。

「抱歉讓你在百忙當中特地過來。」

三橋慰勞他，聊了一陣子業界閒談打發時間之後，單刀直入地切入正題：「事實上，關於上次拜託的事，不知道能不能稍微變更條件。」

「變更條件？」

平太對突如其來的要求感到困惑，如此反問。長岡也露出驚訝的表情，觀望對話的發展。

「瀨戶內的橋梁工程，可不可以讓村田組也加入聯合承攬？」

一旁的長岡張大眼睛看著三橋。看來長岡也沒有預期到這樣的談話內容。

雖然說一開始的條件的確是聯合承攬，但是原本的認知是和當地建設業者合作。實際上，前幾天在課內的會議中，平太也聽兼松課長說明「工程應該會由一松組主導，只撥出零星的工程給當地業者」。

如果像村田組這樣的大公司加入，可以輕易想像會和原本預期的狀況完全不同，一定會影響到收益狀況。現在開始決定兩家公司的工作分配未免太早，不過三橋既然說要變更條件，那麼可以猜想到原本預期的收益勢必會縮小。

「我必須把這項提議帶回公司討論——」

平太先如此回應，然後詢問在意的事：「之前是說要把東北地方的工程分配給村田組，那項工程會怎麼安排？」

「那個還是給村田組來做。」

三橋平時總是一副泰然自若的表情，今天卻顯得陰沉。「這次的變更是額外給他們的。因為有種種狀況發生。可以想辦法整合一松組公司內部的意見嗎？」

平太深深吸了一口氣，沉默不語。老實說，他感到相當不滿。

「種種狀況是什麼樣的狀況？」

「村田組原本就以關西地方為據點，擅長橋梁工程。瀨戶內的橋梁工程如果沒有村田組參與，在當地或許也會產生質疑聲浪，所以這是政治考量。」

「那麼村田組原本要做的東北工程，也請讓本公司參與。」

長岡的表情變得僵硬。他顯然覺得平太太過狂妄。

但是平太也不能輕易讓步。他身為業務課的一分子，代表一松組來到這裡；就算要回公司討論，也必須考量到屆時必然會產生的質疑與意見，因此必須先在這裡進行交涉。

「那是不可能的。」三橋說。「那項工程的規模沒有那麼大。如果讓一松組加入，村田組一定不會接受。」

「也就是說，村田組認為一開始被分配到的工程不夠嗎？」

平太這麼問，三橋便面有難色地承認：

「嗯，就是這樣。最理想的方式當然是分配新的大型工程給他們，不過事情沒有那麼簡單。瀨戶內的橋梁工程規模比這次的地下鐵工程更大，所以希望能夠把多的份也分給村田組。」

即使規模很大，但是到時候實際分配到的工程還不知道會變成什麼樣。

平太問：「這是三橋先生的意見嗎？」

三橋緊閉嘴唇，闔上眼睛。他沒有立刻回答。不久之後，他再度張開眼睛，以沉重的口吻回答：「沒錯。」

「是嗎？那麼我會先回公司討論，不過請不要太期待。」

平太要告辭的時候，三橋對長岡說：

「喂，長岡，你打算從頭到尾都保持沉默嗎？」

長岡露出呆滯的表情，接著他理解到三橋的意思，擺出臭臉。

不久之後，他對平太說：「總之，拜託你們一松組了。」

他臉上的假笑帶著譏諷，說著言不由衷的話語，內心顯然在想：為什麼要對這種傢伙低頭。

「請不要說得那麼簡單。」平太忍不住說。

說出口之後，他才想到糟糕，但是已經太晚了。相反地，當他看到長岡顯露怒氣的褐色臉孔，情緒便有如決堤的洪水般湧出。

「為了地下鐵工程的投標，本公司非常努力投入。業績不振的不是只有貴公司。沒有好好努力經營，只會拜託政客協商圍標，老實說真的很困擾。就是因為做這種事，建設業界才會腐敗吧？」

「什麼！」

長岡湊向前，一副挑釁的態度瞪著平太。

「你以為你在跟誰說話？我認識很多一松組的董事。下次見到了，一定會叫他們好好教育員工。你最好要有心理準備！」

「喂，長岡。」

這時三橋以平靜的口吻說。「向平太道歉。」

「啊？」

長岡一副不敢置信的表情回頭看三橋。「可是顧問，像這種無禮的傢伙——」

「別搞錯了！」

三橋怒叱，讓長岡閉上嘴巴。

「為了一家公司的任性，整個業界都要弄髒手，你難道沒有一點反省嗎？」

「這個當然是很過意不去……」

長岡有些支吾地說，然後憎惡地看著平太。「……很抱歉造成種種困擾。」

這是心不甘情不願的謝罪。

平太以憤怒的表情瞪著長岡，不過也只能道歉說「我也太過情緒化了，很抱歉」，然後站起來快步離開。

然而——

「別開玩笑！」

西田發飆。平太帶回三橋的提議後，他們正在開業務課報告會。「如果公平投標，村田組根本沒有勝算。沒必要對那樣的公司客氣。」

「可是實際上，我們也不知道村田組的成本是多少。」

理彩這麼說，西田便以怒氣沖沖的眼神瞪她。

「成本只要去問承包商就可以知道個大概了。這種事三橋應該也知道才對。」

西田咬牙切齒，幾乎可以聽到唧唧的摩擦聲。

「乾脆把村田組從這次的協調剔除吧。弱到不成對手的公司，一開始就不應該納入協調對象。」

「我也贊成。」理彩舉起右手。「話說回來，三橋先生為什麼要對那樣的對手客氣？」

「因為有過去的羈絆。」兼松說話時蒼白著臉，額頭上浮著血管。「這次的工程，村田組的準備進度的確落後；不過三橋先生過去主導協調的歷史絕對缺不了村田組。也就是說，過去也曾經發生過相反的情形——原本應該由村田組得標的工程，被分配給其他公司。協調並不只是成本的問題。」

「即使是這樣，也不能由我們公司吃虧呀！如果公平招標，我們得標的機率很高。要是有羈絆的話，就讓山崎組承受就好了。」

「如果會讓自己的公司吃虧，一開始就不會主導協調。這等於是莊家的不成文定律。」

兼松說完深深嘆一口氣，然後起身說：「好了，去向常務報告吧。」

「我也一起去。」

西田說完，回頭對平太說：「平太，你也來吧。」

「別管它，平太。」

尾形聽完報告之後，在三人屏息注視之下沉思片刻，然後說出意想不到的話。

「請問這是什麼意思？」平太驚訝地問。

尾形說：「這種條件變更，沒必要認真面對。」

「可是——」平太連忙問，「我已經說過會回到公司討論了，怎麼辦？」

「你沒有說要什麼時候回覆吧？」

「是沒有……」

「那就沒問題了。對方如果問起，就想辦法敷衍過去吧。」

這麼做有什麼好處？平太完全無法理解尾形的想法。

「如果接受協調比較賺錢，那還可以理解，可是叫我們和村田組聯合承攬，換句話說，就是要本公司這回忍讓，我們不可能接受這種條件。」

「可是也不能不理他吧……」

「你就說你已經向我報告，可是還沒有得到結論。不久之後對方也會焦急，或許就會變更條件了。畢竟三橋顧問有義務要讓這次的協調成功。」

平太問：「您說的義務是指什麼？」

「真野建設應該有很大一筆錢流向城山那裡，其中一部分當然也會進入三橋顧問的錢包。城山和三橋都等於是被真野建設雇用。」

平太感到很不是滋味。

姑且不論圍標是不是必要之惡，這裡討論的完全是錢——賺錢或不賺錢、有利或吃虧——身為人、或是企業的自尊與常識都被拋開，一群大人眼中只剩下錢。

「這件事可以請常務向社長說明嗎？」兼松謹慎地詢問。

「我知道了。社長當初會指示接受協調，是因為這樣比較賺錢；換成現在的回報，不可能會放棄可以贏的投標。這種事即使是社長應該也能理解吧？」

尾形的發言透露出對松田的鄙視態度。他一定是想要抱怨，當初命令要接受三橋協調的是松田，換來的結果卻變成這樣。平太感覺到以這次圍標為肇端，過去的人際關係一點一滴地改變。從金錢的角度俯瞰，連對人的看法都會變得不一樣。原本談論高尚理想的三橋，現在感覺也像不同的人。

兼松說：「這一來搞不好會發生萬一的情況。」

西田聽了會心一笑。兼松暗示的是協調失敗。

「這樣對我們來說剛好。」西田說。「如果是公平招標，我們一定能贏。與其靠橋梁工程，不如靠擅長的隧道工程決勝負，也比較適合本公司。」

兼松似乎又開始胃痛了，伸手撫摸襯衫前方的部位。

「那麼專案小組會繼續保留下來嗎？」

「那當然。」尾形立即回答。他是來真的。「降低成本的交涉要持續徹底進行。成本應該還可以降更多。」

「潛盾機怎麼辦？」兼松問。「我們已經以暫定的形式委託帝國重工。這邊也要保留嗎？」

「沒關係。」

尾形果斷地說，眼中蘊含著無窮的力量。此刻水面下有某種東西正在蠢動——室內開始瀰漫著這樣的氣氛。

在和尾形的討論中，平太最後還是沒有說出從萌得到的消息。

萌是為了想要救平太，才告訴他檢察官的動作。

然而這等於是萌把透過業務得知的祕密告訴他。萌以銀行員的身分冒著危險，偷偷告知平太。平太不能造成她的困擾。

不過——

「西田，你覺得這次投標，檢察官有沒有可能正在祕密調查？」

回到辦公桌，平太還是忍不住這樣問。

「檢察官？」西田以探詢的眼神看著平太。「什麼意思？」
「我只是在想，有沒有這種可能。」
「應該有吧。」西田如此回答。
「畢竟牽扯到城山。」
從稍遠的座位聽兩人對話的兼松也說。「城山的圍標嫌疑一直是檢察官暗中調查的對象。根據傳言，檢察官曾經好幾次想要舉發城山。」
「只是沒有成功。」西田接著說。
「為什麼沒有成功？」平太問。
「圍標這種東西其實很難證明。彼此討論之後決定得標業者，然後為了讓這個業者得標，就指示其他競爭公司出更高的工程價格來投標——可是這樣的過程並不是公開進行的。必須要找到彼此曾經協調過的證物，但是業者也沒有笨到會留下那種東西。」
西田發出低沉的笑聲，有些得意地翹起二郎腿。
「這也是理由之一，不過城山應該也使用了不容易被追蹤到的技巧。」兼松說。「以城山的情況來說，協調的時候不可能不動用到金錢。為了躲過檢察官的搜查，他一定建立了相當嚴密的收錢系統。雖然無法想像是什麼樣的系統，不過城山就是靠著它才能長年掌握權勢。」
三橋所支配的，正是城山建立的這套黑暗系統。
「在這次的協調也產生效果了嗎？」

「應該吧。」兼松邊嘆氣邊回答平太的問題，然後補充：「到頭來都是錢。另外還有靠公平投標制度會有問題的建設業界經濟狀況。對於業界來說是必要之惡，可是對於進行協調的城山和三橋來說，就是賺錢的工具。這是骯髒的話題。」

「而我們現在也被捲入了這個骯髒的話題，還被要求接受不合理的條件變更。」

西田充滿譏諷地抬起嘴角，但平太完全沒有心情去笑。

他不知道這套收錢系統如何運作。

無疑是複雜到平太無法想像的地步。

然而即便如此，這世上也不可能會有永遠無法被攻破的城堡。不論是什麼樣的機制，應該都會有產生破綻的一天。

「真的不要緊嗎？」平太產生不祥的預感，表情變得憂鬱。

「這個就不知道了。」西田以銳利的眼神看著平太。「只能多加小心。不可能只有城山被檢察官祕密偵查。三橋恐怕也是偵查對象。檢察官或許也已經掌握到，有哪些人以什麼樣的頻率去造訪三橋。比方說常常造訪三橋家的年輕小夥子是誰。」

西田不是在開玩笑，他的表情相當認真。

「這麼說，平太也可能被檢察官盯上了嗎？」

理彩的臉色變了，視線在西田與平太之間來回。

「我是說也許。不過就算平太去造訪三橋，也不知道檢方會不會認為是為了協調，畢竟其他公司都是董事等級的人物，身為小員工的平太等於是混在這些人當中。就這點來說，尾形常務挑選平太負責聯絡三橋，或許可以說是正確策略。」

「可是其他公司的董事被逮捕的話，平太不是也很危險嗎？」

理彩說出平太想到的事情。

「到時候就只能認命了，平太。」

「怎麼可以說這種話！」理彩生氣地說。「這樣平太太可憐了。你想要讓平太一個人承擔責任嗎？吾郎，你太讓我失望了。」

「開玩笑的。」西田在臉前揮手。「別擔心。要是發生那種事，我們所有人都會被檢察官抓走。到時候只要供稱一切都是受到常務指示。檢察官應該也不會拿我們這些小嘍囉當對象。理彩，妳也一樣。」

理彩嫌惡地皺起臉。

「我又沒有想要自己一個人逃跑。可是到那種地步，我們公司也完蛋了。被判定為圍標罪的話，就沒辦法參與公共工程的招標。」

「說對了！」西田以食指指著理彩。「社長似乎只看到眼前的利益，但是如果協調失敗，到時候的風險難以小覷。」

「既然這樣的話，就應該阻止他才行。現在開始也不會太晚。」理彩露出擔憂的表情。「要不要乾脆收手？就說檢察官搞不好在調查，社長的想法應該也會改變吧。」

「那可不一定。」西田持否定看法。「妳以為那個老頭會收回自己的發言嗎？要是有那種事，就等於承認自己判斷失誤。社長應該也有自尊吧。」

「真不敢相信！這種時候怎麼還會想到自尊的問題？根本不是顧慮形象的時候了。」

理彩難以置信地仰望天花板。

「這就是一松組這家公司的極限。」西田以惡毒的口吻自嘲。「如果有被檢察官盯上的確切證據，或許又另當別論。」

平太問西田：「除此之外，難道沒有其他方式說服社長嗎？」

「應該沒辦法說服。不過也不是沒有其他手段。」西田說。「那就是讓三橋的協調工作失敗。如果協調沒有成功，不論社長意願如何，都只能依靠公平招標。尾形先生的目的，搞不好就是要破壞圍標。」

2

「七月有十二次，這個月已經有十五次——這是真野建設的長岡昇營業部長拜訪山崎組總公司的次數。除此之外，如果再加上拜訪三橋住處的次數，這個數字就更驚人了。長岡因為身分的關係，過去參與過多次圍標，被認為是整合公司內部的人物。從狀況來看，這次他和三橋之間，無疑也在進行某種協商。」

這是東京地檢特搜部內的會議。正在發表的真下檢察官以充滿力量的眼神環顧會議室。在他背後的是面對堆積如山的文件的承辦事務官。累積的資料的確多到非比尋常，可是——

「這些都只是情況證據。」

嶋野用幾乎聽不見的細微聲音這麼說，右手則轉著鉛筆。

北原沒有回應，但也有同感。

不論收集多少誰造訪誰的紀錄，都無法成為證明圍標的決定性證據。

「真野建設的業績持續惡化，很有可能為了得到這次的地下鐵工程，而請三橋擔任協調人進行圍標。」

「雖然不知道談話內容是什麼——」

坐在中央座位的特搜部長內藤彷彿是在問自己。「可是拜訪次數會不會太多了？為什麼有必要這麼頻繁地拜訪三橋？」

「也許實際上是為了和圍標無關的生意去拜訪的。」

發言的是資深檢察官德田。他總是以嘲諷的觀點看事情，並且常常批判夥伴的意見；雖然很討人厭，不過特搜部內也需要這種提出不同意見的人。

真下瞪了德田一眼，不過無法反駁。

情況證據就只是情況證據而已。

「也許是協調進行得不順利。」

北原發言。內藤往他的方向看過去，好像在看北原，但他的雙眼卻看著北原的後方。這是他平常思考事情時的表情。

「雖然不知道為了讓真野建設得標，進行什麼樣的協商，不過有可能會出現不想配合的投標者。實際上，參加投標的企業或聯合承攬團隊，每一家的業績都稱不上良好。」

不同於以前的是，現在每一家建設公司都不太寬裕。圍標與其說是利益分配系統，不如說是維生裝置，或許比較接近實情。即便如此，要是容許圍標，業界體質就永遠不會改變。

「城山的資金流向調查得怎樣？」

內藤這麼問，嶋野便聳聳肩。北原簡單扼要地說明到現在為止的經過，不過並不能改變「沒有進展」的結論。

「城山不可能會利用幽靈公司、空殼公司之類容易被發現的公司。」

看來內藤也和北原持同樣意見。

「如果巧妙地混雜在實際的商業交易，以正當的政治獻金等形式吸收資金，那麼要查明就得花一些時間。」

北原如此回答，但其他檢察官沒有反應。

在特搜部內，北原和嶋野的「常磐土建」路線等於是相對於主屋的別館，可以說是特搜部的附錄。從現場的氣氛也可以知道，沒有任何人抱持期待。

「感覺好像只有我們兩個進入鐵路支線了。」

會議結束後，兩人回到被分配的小房間，嶋野便說出這樣的感想。他說得沒錯。

「不過主線搜查方面，也只是分量很多，內容感覺很空洞。」北原說。

「的確都是情況證據，欠缺決定性的一擊。」

北原說：「基本上，這場搜查有決定性不足的東西。」

嶋野沉思片刻，然後歪著頭問：「是什麼？」

「消息來源。」北原邊把外套掛在椅背上邊說。「像是誰到哪裡造訪多少次的情況證據，不論收集到多少，都無法成為圍標案成立的要件。綜觀以往圍標案件成立的經過，順利進行的情況通常都有消息來源的存在，可是這次卻沒有。也因此，我們只能從外圍進行基本的搜查。」

「從外面搜索有一定的限度。」

嶋野也嘆息。

不用說，出席會議的所有人也都知道，有再多的情況證據都沒有任何用處。能夠突破這道牆的，只有內部情報。真野建設的得標預定價格是多少、其他競爭公司以什麼樣的金額投標——要找到足以相信有這類密約的證據，憑現在進行的祕密偵查很難達成目的。

「最後只能搜索公司內部了。」

嶋野先開口，說出類似結論的話。

「也許吧。」

北原沒有否定。但是要搜索公司內部，必須要先確信能夠找到證據。檢察官如果到大型建設公司搜索，一定會引起世人矚目，也會上報紙或電視新聞，因此不能容許失敗；然而在現階段，他們並沒有確信能夠搜索成功。

而且即使這樣的搜索能夠使圍標案成立，但他們真正的重點是要證明民政黨的城山參與其中，而達到這個目標的可能性不高——不，應該說很低。

如果沒辦法證明與城山有關，那麼單單只是舉發一件圍標案，就只是被他斷尾求生。即使清除周圍障礙，要是沒辦法攻陷主要城堡，那也沒有意義。

「也許我們調查的資金路線比較有希望。」

「就算是沒有中獎的籤，有時候集滿十張也能換獎品。」

嶋野說出奇妙的比喻，低聲笑出來。

「總之，不論什麼樣的線索都只能去試試看了。在這裡抱怨，也不會有任何好處。」

嶋野說得沒錯。

次週的星期日下午，北原前往新宿，想要在難得的假日購物。他前往百貨公司逛了特價品，然後為了挑選新的高爾夫球桿而前往南口方向。北原的興趣是打高爾夫球，不過最近因為工作很忙，因此這三個月以來幾乎都沒有去球場打球。

由於是假日的午後，街上人山人海。新宿站南口有個像流浪漢的男人將街上撿拾的雜誌排列在三夾板的架上，所有雜誌都是百圓均一價。或許是因為現在景氣很差，因此這樣的雜誌似乎賣得很好。

北原也想要去逛高島屋，不過當他穿過甲州街道下方的連接通道，就被往高架橋沿線大樓走動的人潮吞噬。

由於人很多，因此他原本以為在舉辦什麼活動，不過這些人以中老年男性占絕大多數。除此之外，他看到其中不少人將折成小小的報紙拿在手中或夾在腋下，總算想到那是什麼。

是賽馬。這些男人拿的是賽馬報紙。

北原腦中首先浮現的疑問是：為什麼在這種地方？

這些男人走向連接通道另一邊的某棟大樓，宛若被吸入裡面。

北原對賽馬沒什麼興趣，不過也走向警衛出來疏導人群的方向。

他終於來到大樓入口，望著大門敞開的內部。

裡面是場外馬券賣場。

即使是從來沒有買過馬券的北原，也知道除了賽馬場以外，還有別的設施可以購買馬券。他並不打算自己也踏進去，只覺得進入裡面的人都有愛好賭博者特有的活力。雖然不知道他們是不是打算一夕致富，不過這些人臉上都帶有期待中大獎的表情。

由於檢察官這種職業的嚴謹特質，北原周遭沒有喜歡賽馬的人。他逆著人潮，沿著來時的路退回去，心中更加強烈地無法理解「為什麼有人會為了這種事瘋狂」。

「對了，那家顧問公司也擁有賽馬。」

北原忽然想起這件事，內心產生不同的興趣。

「你要問能不能從馬主名字查出所有馬的戰績？」

山村義夫發出怪異的聲音，在電話另一端呻吟。

在大型出版社工作的山村是北原大學時代的朋友，以喜歡賽馬著稱。北原想要調查馬的戰績，但完全不知道方法，於是首先打電話給山村。至少北原不認識比山村更喜歡賽馬的人。

「有辦法做這種調查嗎……應該說，我沒做過這種調查。不過——你知道那匹馬是在哪間牧場買的嗎？」

山村自己也以合資馬主的形式對幾匹賽馬出資，對於北海道的牧場很熟。

「我記得是在十勝那一帶，好像叫十勝農場吧。」

「十勝農場？」

北原在新宿人潮中握著手機，耳中聽見山村的言語顯得有些空虛。

「你聽過嗎？」

「我沒聽過，不過北海道的牧場每一家經營狀況都很嚴峻，也常常合併，所以或許只是沒聽過這個名字。這樣想的話，就知道為什麼是十勝了。」

「什麼意思？」北原在山村的話中感覺到有些蹊蹺，便問他。

「純種馬的生產牧場在日高地方的門別、新冠有很多，不過在十勝地方比較少，所以這很有可能是不太有名的小牧場。話說回來，北原，像你這麼正經的人，為什麼要調查這種事？」

山村發揮週刊記者特有的嗅覺詢問。

「因為我有點興趣。」

「興趣？你對賽馬有興趣？別開玩笑！」

山村壓根不相信。他們兩人在大學時代是好朋友，因此山村很了解北原的個性。

「是職務上的祕密嗎？」

「嗯，差不多。」

北原這麼說。即使是山村，也不可能從十勝農場這個關鍵詞猜到和民政黨城山的關聯。

「我本來想說讓我來替你調查，不過這樣應該會有問題吧？」山村嘆了一口氣說。「對了，我記得網路上好像有可以搜尋馬主的資料庫。我查查看再寄給你。不過我不確定能不能連馬的戰績都搜尋到。」

北原道謝之後掛斷電話。

北原回到家後，檢視山村寄來的郵件，連上郵件中的網站。

——看來應該不是官方資料庫，大概是某個賽馬迷吃飽太閒建立的網站。真是辛苦了！

看到郵件中附帶的這句話，北原不禁會心一笑。因為網站實在是做得太好了。只要在資料庫輸入馬、牧場、馬主的名字，就可以進行檢索。

北原首先在搜尋欄位輸入「總研顧問公司」的名字。

結果出來了。

這家公司擁有的馬總共有十匹以上，可以看出是頗具規模的馬主。

接著他輸入每一匹馬的名字，檢視牠們的戰績。

他調查了十匹左右，每一匹的成績都不怎麼樣。看來這位馬主雖然有錢，但是卻沒什麼賽馬運。

「都是因為太貪心，才會為這樣的馬花幾千萬圓。」

簡直就像把錢丟到水溝一樣。

北原嘲諷地笑出來，但他的笑聲突然停止。他心中湧起新的疑問。

「錢真的是丟到水溝裡了嗎？」

「也就是說，你認為這家十勝農場公司，就是城山收錢系統的終點嗎？」

嶋野瀏覽著北原拿給他看的賽馬戰績表，如此歸納。這是北原昨天用家裡的電腦列印的資料。

「你有什麼看法？」北原問。「會不會是我想太多了？」

「這個嘛……」

嶋野把戰績表丟到桌上，交叉雙臂瞪著天花板。接著他口頭整理目前為止建立的假說：「起點是常磐土建。該公司參與S區公所道路工程標案，並且得標。這家常磐土建匯了疑似黑錢的三百萬圓給三島企劃這家公司。接著我們從過去傳聞城山參與的圍標事件相關公司中，找到了與三島企劃有生意往來的總研顧問公司——」

「然後在這裡遇到瓶頸。」北原接續著說。「這家總研顧問公司向十勝農場這家牧場買了賽馬。那些賽馬的成績都不怎麼樣，可是價格全都是一流等級。這裡或許就是盲點。」

「沒想到是馬。」

「的確。怎麼會有這麼平庸的戰績！根本就擺不上檯面。以投資效益來說，不僅沒有賺錢，還造成嚴重虧損。」

「問題是要如何解釋這個情況——」

「沒錯。」北原繼續說：「譬如用三千萬圓買一匹拍賣會上只能賣三百萬圓的馬，這樣就能把資金流向十勝農場。」

「馬的價格根本沒有一定的標準。」嶋野也點頭。

「城山的黑錢由總研顧問公司透過買馬的名義，最後流向十勝農場。只要十勝農場和城山有關係，就能看作是貨真價實的洗錢終點了吧？」

北原說到這裡，再次問嶋野：「是我想太多了嗎？」

嶋野思索片刻，把視線移向堆放在眼前的裝有資料的紙箱。

「相較於翻遍這些資料，調查那條線索會讓人產生更多的工作意願。」

北原會心一笑。

「嶋野，我們要來調查十勝農場的往來銀行，追蹤他們支付多少錢給哪些交易對象。這次或許可以找到我們在尋找的東西。」

他們在尋找的，就是城山的家族企業。如果北原的推測正確，十勝農場收到那些資金之後，一定會透過某種名義，支付給和城山有關的公司。

透過這樣的過程，被支付的黑錢終於得以見天日。如果這個推測正確，那麼就可以闡明洗錢的全貌，揭穿城山的煉金術。

嶋野立即打開電腦，查閱十勝農場的信用資料。

「十勝中央銀行。」

嶋野說出北原沒有聽過的地方銀行名稱。「這就是該公司的主要往來銀行。」
「去調查十勝農場在那家銀行的帳戶動向吧。」
次日，北原和嶋野就前往北海道出差。

3

「他們公司內部似乎還沒討論出結果。」
三橋結束和平太通話，回頭告訴在一旁屏息聆聽的長岡。
「還沒——」長岡變了臉色。「一松組到底打算討論到什麼時候？從上次到現在，已經過了一個星期。再過一個月，就要進行投標了。」
三橋回答：「一松組應該也有不能退讓的理由吧。」
長岡以咄咄逼人的眼神看著他，湊向前說：
「顧問，可以請您直接找尾形先生談嗎？」
「尾形似乎不打算見面。」
事實上，他已經向尾形提過想要見面討論，但每次都被拒絕；有時候是因為在出差，有時候是因為有事，接連兩、三次之後，當然也會看出對方的用意。
「一松組如果不肯變更條件，能不能再一次用當初提議的條件說服村田組呢？」
長岡顯得很焦慮。
「村田組在一松組提出正式結論之前，應該也不打算重新考慮吧。」

「一松組到底在想什麼！」

長岡用折起來的扇子敲膝蓋，怒聲痛罵。對長岡來說，一松組或許是比較容易對付的對手，因此他把協調不順利的怒火完全朝向一松組。他不思檢討自己，只有嘴巴很厲害。

「這麼重要的時候，卻一直拖延結論，根本就是不可原諒的背叛行為。他們明明一直受到顧問的關照。」

「時代確實在改變。」

三橋凝視著牆上的一點，對氣得額頭泛紅的長岡說。「這種事有如家常便飯的時代已經過去，建設公司所處的環境也改變了。每一家公司都拚命想要求生存。真野建設的業績惡化，是因為不合理地擴大事業內容、過度相信開發商的關係吧？這個後果原本應該是你們自己要承擔的。不論是村田組或一松組，內心其實都這麼想吧？」

「顧問，您這麼說就太令人意外了。」

長岡設法壓抑內心沸騰的情緒，勉強擠出聲音說。「這次的事，不是城山先生也答應才進行的嗎？本公司也付出了適當的心意，可是關鍵的顧問卻抱持這樣的想法，原本能夠成功的事都無法成功了。」

「你真是個誇張的傢伙。」三橋以幾乎像是憐憫的眼神看著長岡。「我的做法從以前就沒有改變。要不要接受協調，終究是由參與投標的企業決定。話說回來，長岡，你有沒有搞錯自己應該面對的問題？」

「您這是什麼意思？」長岡仍舊忿忿不平地問。

「已經知道預定價格了。」

三橋一說出口，長岡臉上原本的表情都消失了。在他晒黑的臉上，一雙眼珠顯得動搖。

「多、多少錢？」

「一千七百五十億。」

長岡屏住氣息，有好一陣子沒有回應。

「這麼……」他一臉茫然，嘴脣之間吐出這樣的話。「這麼便宜？」

他的表情轉眼間就產生變化，容易激動的情緒直接化作憤怒的表情。

「怎麼估算才能得出這樣的價格？太亂來了！到底是以什麼時代的成本為基礎在計算的？」

「這就是政府機關。」

三橋一副「你應該也知道」的口吻說。「脫離現實的日薪和材料費、以此為基礎的預定價格——如果再加上各家公司之間的削價競爭，利益根本微乎其微。我們必須在這樣的環境當中戰鬥。」

他沒有繼續說，因此圍標才會成為必要之惡橫行。此刻三橋的表情轉為無奈，或許是對於業界面對的矛盾感到無能為力。

「就算我們提出拒絕圍標宣言，政府也沒有任何改變！」

長岡吐出的話語聽起來像是空虛的嚎叫。既不能因此就把協調圍標正當化，也不能要求把預定價格提高到符合現實成本的金額。實際上，地方政府的標案有時會發生沒有一家投標廠商達到預定價格的情況，甚至也有經過兩、三次重新招標，最後沒有得標者的例子。

三橋問：「你原本預期是多少？」

長岡沒有立即回答。他咬著嘴唇，接著啐了一聲，報出的價格是一千九百億圓。

三橋發出無奈的嘆息。

「再怎麼協調投標價格，要是你們公司沒有達到預定價格，那就不用談了。只能想辦法壓低成本，達到可以實現這個預定價格的水準。或者你們要抱著虧損的打算投標？那樣做也沒有任何意義吧？」

「您說得沒錯。可是顧問，這樣的預定價格，真的有企業能夠以正當的做法得標嗎？」

「一松組可以辦到。如果本公司想要取得這項工程，也是有辦法的。雖然利益會很少，但是不會賠錢。重點就在於企業努力的差別。你們公司之所以虧損，一定是有必然的理由。」

長岡尷尬地低下頭，把指尖插入領口鬆開領帶。他的額頭冒出汗水。

「得標價格希望可以比這個預定價格再低百分之幾。」

三橋提出更進一步的條件，長岡也只能默默接受。如果以幾乎等同於預定價格的金額得標，日後有可能會受到懷疑。昨天城山親自打電話通知的預定價格，是從地下鐵工程發包單位得到的極機密情報，具備發展為官商勾結圍標案的要素。預定價格和最低得標價格是機關內部的金額，不能對外透露。

「我知道了。」

長岡說完，拖著沉重的步伐離開三橋的辦公室。

4

「是的……沒錯，就是這樣。我也沒有獲得告知，所以只能說還在討論中……很抱歉——再會。」

平太放下聽筒，深深吁了一口氣，望向牆壁上的月曆。

「是三橋嗎？」

西田似乎聽了他講電話的內容，從堆積如山的文件後方詢問。

「不是，是真野建設的長岡先生。」

「他說什麼？」

「他希望我可以告訴他，討論遇到什麼瓶頸。聽說他直接打電話給尾形常務，可是尾形常務總是找理由不接電話。三橋顧問好像也說聯絡不上尾形常務。」

「大佛到底在想什麼？」

理彩提出疑問。「他說要接受三橋天皇的協調，卻又拖延做出結論的時間，實在搞不懂他想要怎麼做。該不會是要含糊了事吧？可以這麼隨便嗎？而且關鍵是社長怎麼說？」

「這就是我在意的地方。」西田說。「事實上，關於這件事，社長並沒有動作。」

這個情報令人意外。

「我聽祕書室的同梯說，社長告訴三橋，這件事完全委由尾形常務負責，拿這個當藉口躲避回答。」

「畢竟跟一開始的條件不一樣，已經沒辦法賺到錢了。」

兼松從課長座位插嘴，語氣中也摻雜著無法理解的成分。

「他現在把對常務的敵意放一邊，為了公司利益決定彼此合作了嗎？之前不是還用威脅的態度要求參加協商嗎？」

理彩會感到錯愕也是很正常的。當初強制要求接受三橋協調的，正是松田社長。

「聽說尾形和社長見面談過了。」

聽到西田的話，兼松也抬起頭。

「西田，真的嗎？」

「我也不知道詳細情況，不過上星期，他們好像為了這件事協調過意見。在那之後，社長就抱定主意保持沉默，一定是被尾形常務辯倒了吧。常務在我們面前假裝遵從社長命令，可是他不可能會乖乖接受。」

「不過大佛如果要拒絕，應該明確拒絕才行。」

理彩說出和平太相同的想法。「像這樣一直拖延的理由是什麼？」

距離投標只剩下不到兩個星期。

「其中一個理由，大概是想要認清狀況吧。」兼松以冷靜的語調說，然後喝了茶。「如果我們拒絕三橋顧問的提議，這次的協調就會失敗。到時候，真野建設想必會被逼到絕地。現在雖然只是傳言，但是真野建設的資金籌措要是出問題，建設業界的一角就會崩壞。」

如果高居金字塔結構頂層的大型建設公司破產，不只牽連到一百家左右的子公司，還會影響到幾十倍之多的承包商經營狀況，導致整個建設業界出現連鎖破產潮。

「真野是老字號的企業，旗下企業和承包商的數量都不是本公司可以相比的。過去他們以照顧廠商著稱，所以有很多承包商主要依靠真野一家公司的工程。如果真野倒閉，恐怕會導致幾十萬人失業，對經濟的影響難以估算。」

這不是在唬人。西田說話的表情很嚴肅。

對經濟的影響……這種事全看一松組是否接受協調，感覺也很不可思議，不過這是事實。然後——

「秩序應該會崩壞……」

兼松喃喃說出口的一句話，像一滴墨汁般在平太心中迅速擴散。

「即使是尾形常務，也不得不猶豫吧？」

西田把雙手交叉在腦後，繼續說：「過去說要拒絕圍標，只是口頭上的宣傳，不過現在如果拒絕三橋的協調，那就是真正的拒絕圍標了。在此同時，也意味著要和習慣彼此串通的業界風氣訣別。今後雖然不知道會不會孤立到無法跟其他公司聯合承攬，不過危險性不是零。大佛要怎麼度過這個難關，就看他的本事了。」

「話說回來，我們也不能作壁上觀，西田。」兼松提醒他。「這件事會直接影響到我們的工作。如果這次拒絕協調，業務課搞不好也會解散。」

「到時候就做為營業部下面的一個單位來努力，不就行了嗎？」

理彩這麼說，但是兼松和西田都沒有回答。

平太也知道其中的理由。

事情沒有這麼簡單。業務課一旦解散，課員就會分散到各個部門。如果在公司內被分配到工作，那還算好的；在這個利用提前退休制度意圖縮減中階主管的時代，課長兼松或許就會被拿這個當作勸退的藉口吧。

「現在能夠想像到的最惡劣情況，就是拒絕協調、結果又在投標中落敗。」

課長或許是性格使然，總是想像到最惡劣的情況。「距離投標剩下的時間不多，不過還是不能在成本交涉方面鬆手。平太，你也一樣。能殺價就盡量殺。」

「我知道。」

西田說完，忽然轉向兼松說：「不過課長，可以請你去確認一下尾形常務的心意嗎？這樣下去，平太被夾在他和三橋顧問之間，未免太可憐了。」

兼松點頭，因為壓力而蒼白著臉，嘆了一口氣。

「我知道了。平太，這項工作雖然變得困難，不過還是努力做好吧。我們也不能一直拖著不回應。事情很快就會有新的發展，到時候就拜託你了。」

平太意識到自己被捲入公司之間激烈的勾心鬥角，不過他也只能對課長說的話點頭。

「很抱歉打擾您的工作。」

兼松邊說邊進入辦公室。尾形的視線仍落在桌上的文件，沒有回應。正當兼松以為他沒有聽到而感到詫異的時候，他的右手動了，比了手勢要兼松坐在沙發。兼松以直挺的姿勢坐下，尾形便摘下附金鍊的老花眼鏡站起來，緩緩坐到扶手椅。

「三橋顧問和真野建設的長岡部長不停催促，非常頻繁地聯絡，老實說光憑我們很難應付。能否請常務說明一下您的想法，今後要如何處理呢？」

「我的想法嗎？」

尾形喃喃地說，翹起二郎腿，視線仍舊徘徊在房間的虛空中，用眼鏡的鏡架撫摸下巴。

「您打算拒絕協調嗎？」

「你有什麼想法？」

兼松被反過來問，一時無言以對。尾形過去不曾像這樣拿同樣的問題反問他。兼松覺得這似乎反映著尾形自己的迷惘。

「我很難決定。」兼松老實回答。「如果吞下對方提出的條件，就會有違公司的利益。不過如果堅拒協調，不知道會發生什麼事，視情況有可能會變得很嚴重。然而另一方面，要發揮 Turn Soil 工法等本公司的技術優勢，就只有這個時機了。」

「本公司的擅長項目，就是隧道工程。」

尾形以平靜的語調低聲說，等候兼松的同意。

「常務，您的想法是什麼？」

尾形沉默片刻，眼珠朝著上方沉思。

「我打算最後還是接受協調。」

兼松注視著尾形寬廣的額頭。他感覺到這句話當中似乎另有所指。果不其然，尾形繼續說：

「不過這只是形式上。」

兼松吃了一驚，注視隔著桌子坐在對面的尾形沉重的表情。

「也就是說——」

兼松用手帕擦拭額頭上忽然冒出來的汗水，詢問：

「您打算……毀約嗎？」

這意味著要破壞協商時訂立的圍標約定，以低價得標。不僅是禁忌招數，也是背叛行為。

「恕我直言，常務……」兼松勉強擠出話。「如果您打算這麼做，那麼與其毀約，不如明確拒絕，表明不打算參與圍標吧？」

「這是想法的問題。」

「請問這是什麼意思？」

兼松感到混亂。他想問尾形，到底有什麼樣的想法。假裝要參加圍標，到最後關頭才破壞約定——哪有這麼無意義的做法？這麼說很奇怪，不過就算是圍標，也是紳士協定。打破這樣的約定，就等於是主動把其他競爭公司當成敵人。破壞圍標的業者被排擠，是業界的不成文規定。

「常務，我沒辦法理解。如果要拒絕的話，就明確告知對方吧！」

課長對常務提出建言，原本是不可能發生的。兼松扭曲的表情呈現著從心中擠出來的勇氣。

「如果無法達成協議，其他公司也可以做適當的準備。不讓對手做準備，恐怕有違我們這個業界的信義原則。」

然而尾形沒有回應，只有不帶感情的雙眼掃過兼松上方，接著他把冷靜的側臉對著兼松。

「沒有所謂的信義原則。」

不久之後，尾形說出這句話。兼松像是被石膏固定一般無法動彈。

5

「平太，媽媽決定要動手術了。」

加班時父親撥進手機的電話，告知母親的病況進入新的局面。

「動手術？」

坐在對面座位的西田聽了抬起頭。平太站起來走出辦公室到走廊。

「她說胸口很痛，經過檢查，判斷是狹心症。」

「狹心症？」

平太感覺到全身力量好像都從腳底流光了，握著手機的手在顫抖。「爸，這是怎麼回事？」詢問的聲音也在顫抖。

「好像是心臟的三條冠狀動脈當中，有兩條堵塞了，剩下一條也變得很狹窄。根據醫生的說明，如果不做擴張手術，就會有生命危險。」

據說這個手術是從手腕血管放入氣球導管，引導到心臟，擴張堵塞的部位。

「那個手術——」

平太吞嚥口水。他因為口渴而難以發出聲音。「不要緊嗎？」

「手術本身似乎沒有失敗的例子，不過你媽媽不是有糖尿病的傾向嗎？如果發生合併症，到時候就會很危險。話說回來，不動手術的話，將來那條血管也會堵塞，變成更嚴重的狀況。」

平太的腦中變得混亂，只能凝視灰色的天空。

要不是此刻距離故鄉幾百公里，他想要立刻奔到母親身邊。

「媽媽怎麼說？」

「老實說，她有些沮喪。」

平太想起母親躺在病房的模樣，垂下視線。他緊緊握住耳機，用力貼在耳朵上直到疼痛的地步，聽著手機中傳來父親平淡的聲音。

「醫生說，媽媽過去大概忍了很久，現在各種毛病一下子跑出來。不過這樣或許也算幸運。蜘蛛膜下腔出血的恢復情況不錯，目前已經穩定下來；狹心症也因為及早發現，來得及動手術。」

父親像是在鼓勵自己般地說。過去父親把所有家事都交給母親來做，母親病倒時受到的衝擊想必比平太還大，因此聽他這麼說反而感覺痛心。
「什麼時候要動手術？」
「因為要看從腦外科移到循環系統科的時機，所以目前是暫定下星期二。你有辦法回來嗎？」
不用打開記事本，平太腦中已經記住當天的預定計畫。
那是地下鐵工程投標的日子。
「有點困難吧。」
父親沉默片刻。
「是嗎……不過還是以工作優先吧。」
父親雖然這麼說，但聲音顯得有些寂寞。
「爸，對不起。」
「這邊就交給我吧。媽媽運氣很好，你真的不用擔心。」
「怎麼了？你媽媽最近還好嗎？」
當平太打完電話回到自己的座位上，西田委婉地詢問。他大概從平太講電話的口氣猜到是老家打來的。西田以他的方式在關心平太。
「經過檢查，這次好像發現心臟有異常，必須要動手術。」
西田停下正在用原子筆寫字的手，注視平太。
「異常？」

「好像是狹心症，要動手術。」
「手術是什麼時候？」
平太告訴他是投標那天，西田便丟下原子筆，交叉雙臂。他以苦澀的表情仰望天花板，皺起眉頭，然後說：
「你還是去醫院吧。」
「可是那麼重要的日子，我不能請假——」
「重要的日子頂多到前一天為止。」
西田說。「當天只是要投標而已，就算你不在也沒問題。平太，你去陪你媽吧。我會跟課長說。」
「可是——」
「不用說了。」
西田制止想要反駁的平太，以命令的口吻說：「總之，你去陪她吧。」

6

十勝中央銀行的總部大樓位在帶廣車站前的精華地段。
兩人被帶到會客室，要求的資料也陸續被搬進來。
「找到了，北原。」
不久之後嶋野這麼說，並且把手中的資料滑到北原面前。這是十勝農場在這家銀行開設的存款帳戶進出帳明細。

兩人一起檢視。

他們立刻找到八千萬圓的入帳。摘要欄位有總研顧問公司的名稱。

「不可能只有這樣。」

兩人仔細檢視了三年份的資料，不用多久就找到八件、總額高達三億六千萬圓的匯款。

「總研顧問公司的營收是七十億圓，淨利大約六億圓。」嶋野喃喃地說。「其中每年平均花一億圓以上在賽馬，未免太反常了。再怎麼喜歡馬，也要有個限度。」

「馬不過是隱藏黑錢的工具。」北原斷言。「賽馬的價格終究是憑主觀來決定的。即使是不到一百萬圓的平庸的馬，也可能有人會看到一億圓的價值。不論用多少錢買，只要買家和牧場彼此同意，就沒有任何違法性。十勝農場想必是把這筆馬的費用列入營收，藉由支付稅金，黑錢就會變成正當的錢。沒有任何人能批評馬的買賣。」

「這個點子真厲害。」

嶋野望著資料，彷彿事不關己般喃喃地說。

「問題是這筆錢的去向。」

城山的收錢系統以洗錢為目的。十勝農場就像是過濾裝置，把違法的錢轉換為合法的錢。

繳過稅、成為合法資金的黑錢，從十勝農場往何處、以什麼樣的名義支付出去？

他們仔細檢查支付對象的明細。

「啊，請看這個。」

嶋野說完指著備註欄，上面以片假名記載著匯款對象的名字。

八尋產業。

這是城山的家族企業之一。

「終於連起來了。」

北原低聲說，露出得意的笑容。

7

笠木尚道是和一松組有往來的大型建設資材廠商營業部長。

在距離地下鐵工程一星期的日子，笠木說為了感謝平常的照顧，想要找時間一起去吃飯。

先前為了降低成本進行交涉的時候，大概是要求得太囉嗦了。有可能是因為第一線人員發出悲鳴，讓部長總算採取行動。這一來，或許會被拜託一句「請手下留情」。

「今天非常感謝您百忙當中撥空前來。」

進入和室時，已經在等候的笠木鞠躬致意。這裡是位於赤坂、歷史悠久的一家日本料理餐廳的別屋，從房間可以看到燈光打亮的美麗和風庭園。

「請別這麼說。我必須拜託您多多關照才行。」

尾形正說到這裡，忽然發覺到餐桌上有三個筷子托，便問笠木：

「還有其他人要來嗎？」

「是的。」

笠木的表情忽然變得緊張，額頭泛紅。「我沒有事先告知常務，不過因為大家是老朋友了，所以——」

笠木很勉強地辯解，還沒說完，尾形就感覺到背後有人靠近。

「嗨，尾形先生。」

在女服務員的引導之下，一名男子面帶笑容舉起右手。尾形一看到他，臉上的表情就變得僵硬。

「三橋顧問——」

尾形以嚴厲的眼神瞪著笠木，但已經太晚了。

「尾形，別責備笠木。」

三橋以輕鬆的口吻說。他不理會一副惶恐態度的笠木，逕自坐在下座，說這樣比較容易談話。

「尾形，你好像很忙，所以我就請笠木幫我邀你。請坐下吧。」

「您這個人真是……」

尾形從鼻孔吁氣，無奈地背對床之間坐下。

不久之後，酒端上來，三人開始乾杯，但氣氛卻相當尷尬。三橋頻頻聊起業界閒話敷衍場面，不過當這些話題也聊完，笠木便拿著從胸前口袋掏出的手機，站起來說「我先出去一下」。他大概是預先受到三橋指示，但演技很拙劣。

「對了，上次拜託你的事，談得怎麼樣了？」

等到紙門關上、腳步聲遠離，三橋便詢問尾形。

「我們正在討論當中。」

尾形把杯子端到嘴邊，冷淡地回答。

「可是不會討論太久了嗎？下星期就要投標了。」

「因為這個問題很困難。」

「瓶頸是什麼？」

「有很多。」

「光是講有很多，我也不明白。」

三橋耐心地問。「舉例來說呢？」

「要我舉例也很難說。」

「喂，尾形。」

對於尾形曖昧不明的態度，三橋終於也忍不住了。「如果你不喜歡條件變更，也可以重新考慮，這樣如何？」

尾形沒有回答。

他默默地把杯子端到嘴邊。

「顧問，您有辦法說服村田組嗎？」

「關於這件事——」

三橋將手中的杯子放在桌上，面對尾形。「村田組說願意接受一開始的條件。」

「也就是說——您已經說服村田組了嗎？」

「沒錯。」

三橋斬釘截鐵地說。他在來到這個飯局之前，已經預先去說服村田組。為了讓尾形點頭，他先解決了周邊的問題。「瀨戶內橋梁工程可以依照一開始的條件，由一松組一家公司和當地建設業者聯合承攬。這樣的話，你們應該也沒有怨言了。怎樣，尾形，可以當場答應接受協調嗎？」

「很遺憾，關於這件事，不能由我作主回答。」尾形說。「我會回去向社長報告。這樣就可以了嗎？」

「我知道了。不過一定要報告喔？」

三橋遞出酒壺。「今晚就盡情喝吧。」

當尾形接受這壺酒時，便聽到笠木看準時機回來的腳步聲。

8

「最近分行狀況怎麼樣？」

園田打電話約見面，因此萌便來到位於代代木的法式家庭料理餐廳。時間是星期五的晚上。
這是一家位於窄巷裡、隱密低調的餐廳。前菜的生火腿很好吃。
「槙原先生調職了。」
槙原是融資課的課長代理，比園田早三年入行。園田還在分行的時候，和槙原格格不入。此刻園田皺起鼻子，露出嫌惡的表情。
「哦，那傢伙啊。他被調到哪裡？」
「廣島分行。」
「哼，活該。」
「槙原先生的老家在廣島，所以好像是他本人的意願。聽說他的雙親身體不是很好。」
「哦。」園田以漠不關心的語調回答。「還有什麼？」
「沒什麼。」
「一松組的融資討論得怎麼樣？」
園田的口吻變得有些惡毒。萌想要迴避這個話題。
「我不知道。」
萌老實地搖頭。她當然不會不在意，但是她在營業課工作，不會得到融資審查進展狀況的情報。
「話說回來，俊一，你的情況怎麼樣？」
她把話題轉移到園田身上。園田放下手中的刀叉，難得露出煩惱的表情，先喝葡萄酒潤喉。

「老實說，我今天有很重要的話想要對妳說。」

萌察覺到他的語氣和平常不一樣，也放下手中的叉子。

園田說：「十月五號，我就要去紐約赴任。」

時間只剩一個月了。

「原來已經決定了……」萌喃喃地說。「我應該說恭喜嗎？」

「謝謝。」

園田老實回應，然後開始談自己的計畫。「不過在那之前，我想要讓妳見我的雙親，可以嗎？」

萌低下頭。她自己也不知道為什麼要猶豫，但是她覺得無法立即回答。

「下星期日，妳有沒有空？」

萌望著餐廳白色的灰泥牆。她星期日有空，不過這樣真的就可以了嗎？

「有空……」

萌老實回答。「不過俊一，你是怎麼介紹我的？」

「我還沒有說明。我母親滿囉嗦的。」園田回答。「不過我打算告訴他們，我們是以結婚為前提在交往。見過雙親之後，我想要計畫將來的事。一旦到了紐約，就沒辦法輕易回來。現在先計畫好，不論要在紐約或日本舉辦婚禮，都會比較方便。妳有沒有什麼好點子？」

萌沒有任何點子。

只有迷惘。

「啊，對了，我也必須去見妳的雙親。妳是怎麼介紹我的？妳應該有和母親談起過吧？」

「嗯，談了一點。」

萌回答。然而這句話有一半是謊言。萌的母親仍舊以為萌和平太在交往。關於園田，萌只提到他是很優秀的分行前輩。

「不用那麼急吧？」萌試探地說。「我才踏入社會第四年，英文也不是很好。我想要一邊繼續現在的工作、一邊學英文，等到有自信之後再去比較好吧？」

「工作根本不重要，反正生小孩之後就要辭職了。」

園田的回答讓萌感到失望。

「我就算去美國，也打算要好好工作。」

「哦，是嗎？」

園田的態度忽然變得冷淡。

他停止說話，以飛快的速度解決前菜和葡萄酒。

萌心中再度降下沉重的帷幕。

自己此刻究竟打算走向何方？這個方向是否正確？她不知道該如何找到答案。

9

平太坐在父親開的車上，隔著前窗看到U紀念醫院的建築。

這一帶雖然是市區，不過只有低矮的樓房，因此紀念醫院的巨大建築相當明顯，從遠處也能看到。擁擠的停車場前，等候停車的車輛在排隊。

父親說：「你先去吧。」

於是平太先下車，前往病房。母親的病房據說前幾天才剛從腦外科樓層搬到循環系統科樓層。

平太憑著房間號碼找到病房。這是一間六人房，母親靜靜地睡在窗邊的病床。

他俯視母親沒有血色的臉孔，拿了立在牆邊的折疊椅坐下來。

「你來啦？」

母親張開眼睛，乾燥的嘴唇說出話。

「啊，我吵醒妳了嗎？」

平太擺出笑臉給她看，然後把買來的水放在床頭櫃上。

「工作不要緊嗎？」

「今天是星期六，所以放假。」

他想到此刻正在加班準備投標事宜的西田，歉疚的心情與擔心母親的心情交錯在一起，讓他感到窒悶。

「身體狀況怎麼樣？」

「還好。人生不是只有快樂的時候——這樣想就能忍耐了。」

這句話聽起來，似乎稍微透露了母親走過的人生，深深打動平太的心。母親直到病倒之前，都是為了平太、父親和家庭在生活，而不是為了自己。她總是把自己的事排在後頭，扮演吃虧的角色，最後變成這樣。

「當初聽說要動心臟手術，我也很驚訝，不過現在的醫療很進步，聽說只要從手腕把導管之類的放進去，就能把心臟治好了。」

母親為了讓平太安心，故意用滑稽的口吻說。

「我聽說了。不要緊，放心吧。手術的時候我也會在場。」

「你不是要工作嗎？」母親驚訝地問。「去工作吧。媽媽這邊，你爸爸說要陪我了。」

「別客氣。我已經跟課長說了。」

「對不起，讓你擔心了。」

母親說完閉上眼睛。

平太看到從母親閉上的眼睛流出淚水，不禁屏住氣息。

「媽，妳聽我說。」平太假裝沒有發現母親的淚水，盡量用開朗的口吻說話。「等妳恢復健康，就跟爸爸去泡溫泉吧。由我來贊助你們的溫泉旅行。」

「哦，謝啦。」

或許有些逞強，不過既然母親感到高興，那就行了。

六人房用簾子隔起來的空間很小。這時平太發現床頭櫃上擺的花掛著六本木知名花店的名片，驚訝地問：

「這是誰送的？」

「是以前認識的人送的。」

母親如此回答。平太盯著她的臉，問：

「該不會是三橋先生？」

「我跟你提過萬造的事嗎？」

平太感到驚訝的是，母親已經不記得對平太說過三橋的事了。當時她剛剛因為蜘蛛膜下腔出血而倒下，因此記憶消失了。那時候的對話似乎沒有停留在母親記憶當中，像夢境般被遺忘。

「媽，妳不是叫我送蘋果樹苗給他嗎？我送去的時候，三橋先生問我媽媽住在哪家醫院。」

「樹苗……？是我說的……？」

平太注視著母親驚愕的表情。

「我當時說了什麼？」

「妳說外婆家的蘋果園，一開始是從三橋家拿的樹苗。」

「這樣啊……原來我說了那些話。」

母親呆滯的眼神望向虛空。

「我不知道妳跟三橋先生老家有來往，所以嚇了一跳。你們是什麼樣的關係？」

「那是以前的事了。」

母親說完閉上眼睛。不知道過了多久，當她再度張開眼睛，視線似乎不是朝向天花板，而是朝向遙遠的過去。

「萬造的家是那一帶的地主，祖父當過好幾屆縣議員，算是名門世家。到了萬造父親那一帶，因為事業失敗，大半的財產落入其他人手中。他們雖然有很棒的蘋果園，可是被迫要鏟平……萬造知道之後，就把樹苗帶到我們家，問說可不可以代為種植。當時萬造還是高中生。我到現在也能回想起來，那天晚上他突然來到我們家，手上很小心地捧著樹苗。」

三橋的父親和平太的祖父是當地學校的同學，兩家彼此都有往來，因此三橋常常到母親的老家，把母親當成妹妹一樣照顧。

平太問：「那片蘋果園對於三橋先生來說，很重要嗎？」

「那是他死去的母親生前細心照顧的果園。萬造的母親在他上國中的時候生病過世了，來了一位後母。萬造的父親就是在那之後變了。之所以會去碰不熟悉的事業，聽說也是後母的建議。對於萬造來說，那片蘋果園就像是已故的母親留下的遺物。果園要被鏟平，他一定很難過吧。」

平太問：「他父親的事業是什麼樣的事業？」

母親困惑地說：「我也不清楚，畢竟是很久以前的事了。」

平太不知道母親對於兩家互相往來的三橋曾懷抱什麼樣的感情，不過正值青春期的母親即使對三橋抱持特別的感情，也不足為奇。對於母親來說，三橋或許是青春時代無法忘懷的回憶之一吧。也因此即使在生病意識朦朧之際，她也希望能夠將樹苗送給三橋。母親這樣的心意脆弱而純粹，感覺就像是無可替代的珍寶。

「下次遇到萬造，替我跟他打聲招呼吧。」

母親說到這裡，簾子拉開，父親探頭進來說「嗨」。

「你有沒有拿我拜託的東西過來？」母親問。

「嗯，帶來了。」

父親說完，從紙袋取出襪子、內衣等等給母親看。母親開始針對這些東西提出各式各樣的要求。平太笑著看他們，腦中不由得開始思考母親這名女性的一生。

一切都順流而下。母親沒有去抵抗，後來和一名男子結婚，生下平太。平太只能祈禱過去的人生對母親來說是幸福的。

最終章　鐵之骨

1

「平太，你去三橋顧問那裡聽他吩咐吧。」

這就是平太一大早被叫去常務室時，尾形對他的指示。

「也就是說——」平太不明白尾形內心的想法如何改變，問他：「要接受協調嗎？」

「沒錯。」

尾形靠在扶手椅的椅背，瞪大眼睛注視平太。「時間不多了，你現在立刻去山崎組。三橋顧問在等你。」

「可是——」

平太無法隱藏困惑。「對於顧問提出的協調條件，要怎麼回應？」

「這一點已經解決了。」

出乎意料的回答，讓平太目瞪口呆。

「請問這是怎麼回事？難道要答應和村田組聯合承攬嗎？」

「不是。瀨戶內橋梁工程會排除村田組。村田組讓步了。」

「讓步……」平太沒有聽說這件事。「常務，請問這是什麼時候討論的？」

「昨晚我在某個地方見了三橋顧問。」

事情發生得太突然了。尾形先前明明一直曖昧不明地不肯提出結論，現在卻跳過業務課做出決定。這時候才說村田組讓步、因此要改變方針，平太也沒辦法輕易接受。

「三橋顧問應該會告訴你協調內容。我希望你去接受指示。」

尾形似乎完全無視平太的想法，以不由分說的口吻下令。

即使提出質疑也沒用，尾形不會聽平太的反駁。平太把不滿壓在心底，只回答一句「好的」，然後迅速回到業務課。

「什麼？」

平太說出尾形的指示，正在埋頭閱讀文件的西田果然抬起頭，發出非比尋常的聲音。「村田組讓步了？我可沒聽說！竟然完全沒有告知一聲，太過分了。這是怎麼回事？」

西田以忿忿不平的口吻說完，又問兼松：「課長，你有聽說嗎？」

「沒有，我也是第一次聽說。」

兼松瞪大眼睛，無法隱藏內心的困惑。「不過還真令人驚訝，竟然急轉直下做出結論。」

「這樣只會造成困擾而已。又不是做出結論就行了！」

西田用手掌拍打攤開在桌上的資料。「這些怎麼辦？為了刪減成本，我們每天都免費加班到半夜，結果上層一道命令，就要讓努力都付諸流水嗎？」

「沒錯！大佛太讓我失望了。」

理彩也噘嘴表達不滿。「他自己決定要保留專案小組，然後又去談妥踐踏大家努力的結論。對大佛來說，我們到底算什麼？」

「別生氣了。」

兼松深深嘆息，面對情緒激昂的下屬露出為難的表情。「我去跟尾形常務談談看。畢竟還有訂潛盾機的事。要中斷持續到現在的工作，也不是那麼簡單，還得去告知承包商和材料業者才行。」

「就算是面對承包商和往來業者，也得講信用才行。這樣會影響到今後的交涉。課長，可以請你嚴正地對常務提出意見嗎？」

「唉，我了解你們的心情。」

雖然無法想像軟弱的兼松會去向尾形提出意見，不過西田怒火的矛頭也只能指向兼松。眉頭深鎖的兼松立刻拿起筆記簿，走出辦公室。

如果說這就是由上而下的組織不合理之處，或許就是這麼回事。雖然這樣的結果令人感到半途而廢，但既然是決定事項，也只能遵從了。

「我去一趟山崎組。」

平太拿起掛在椅子的外套穿上。

「喔，你來了。」

平太從祕書打開的門探頭進去，三橋便以輕鬆的聲音迎接他。

「請問您什麼時候和本公司的尾形部長談過？我完全不知道這件事。」

平太一開口就問。他的口氣中帶著怒意，但三橋假裝沒有發覺。

「不知是不是心有靈犀，人有時會在不曾想像到的地方相見。」

三橋以手勢示意他坐在沙發，然後自己坐在對面的扶手椅。「那只是偶然而已。幸虧有那次的偶然，才能討論出結果。」

竟然說這種話。三橋和尾形一樣，對他們提出質疑或反駁也完全沒有意義，徒勞無功。平太領悟到這一點，不情願地談起之前去長野的醫院探望母親的事，並且感謝三橋送的花。

「令堂的情況怎麼樣？」

「經過檢查，又發現她得了狹心症，必須動手術。」

聽到平太的話，三橋的表情變得陰鬱。他低聲說「這樣啊」，然後把視線朝向窗外。先前難以捉摸的氣氛消失了，彷彿突然蒙上沉重的陰影。

「我聽說蘋果的由來了。」平太說。

「那是很久以前的事了。」

「母親也這麼說。她說那是很久以前的事。不過聽到她談起往事，就讓我覺得有些回憶不論經過多久，都無法忘記。」

三橋默默地喝茶，視線落在桌上。不久之後，他喃喃地說「也許吧」。

平太問：「那株蘋果樹苗是令堂的回憶吧？」

三橋泛起有些寂寞的笑容。

「在那之後過了半個世紀，我也老了，令堂也一樣。可是只有自己母親的回憶是不會變的。我知道的母親比現在的我更年輕，感覺滿奇妙的。」

「人的死亡大概就是這麼回事吧。」

平太脫口而出這樣的話，連自己都感到驚訝。「我最近也常常在想死亡是怎麼回事。很抱歉，說了奇怪的話。」

「一點都不奇怪。」三橋說。「每個人都會有思考這種問題的時期。認真面對人的生死是很重要的，平太。如果不這麼做，日後就會後悔。」

「我也有這種感覺。不過想到這種事，就會覺得害怕。」

「每個人都一樣，接受變化總是可怕的。不只是人，公司和業界也都一樣。我們現在面對的正是這樣的變化，而變化會伴隨著犧牲。」

三橋的談話轉向活生生的現實。

「可是三橋先生卻好像要救回原本應該付出的犧牲。」

「你認為我很矛盾嗎？」

被稱為天皇的男人表情變了，將睥睨業界的強勁視線射向平太。

「是的，很抱歉。」

「如果真的矛盾，那麼日後一定會遭到報應。這點我已經有心理準備了。」

「既然都知道了，為什麼還要這麼做？」平太忍不住問。「就算是城山議員的要求，也應該拒絕才對。」

「如果能拒絕，我早就拒絕了。」三橋說。「然而一旦被捲進去，就無法從現實羈絆中抽身。我也不例外。」

「聽起來像是藉口。」平太有些惱火地說。

「真嚴格。你是第一個跟我說這種話的人。」

「很抱歉。」

三橋只是笑了一下，然後恢復正題：

「你是受到尾形命令來的吧？寫下我接下來念的數字。這是投標金額。」

平太連忙從內側口袋抽出原子筆，從公事包拉出筆記本。

「一千八百九十億圓。」

「一千八百九十億圓。」

平太一邊複述、一邊寫下這個金額。

「這是第一次。」

「第一次？」

平太抬起頭。「什麼意思？難道還有第二次投標——」

「有。」三橋說。「第一次投標，大家的出價都會高於預定價格。」

平太忘了眨眼睛。

「預定價格……？您知道那是多少嗎？」

三橋沒有回應。只有他的手動了，將茶杯拿到嘴邊，然後再放回去。

「第二次——一千八百五十億圓。」

「一千八百五十億圓。」

平太邊寫邊產生奇妙的感受。

對於了解一松組成本全貌的平太來說。他知道這是什麼樣的金額。太高了。

如果是公平招標，不可能以這樣的金額投標。

「可以請教您一件事嗎？真野建設要以什麼樣的金額投標？」

「一千六百八十億。」

「真野有辦法出這樣的價格嗎？」

根據在刪減成本的交涉中收集到的情報，平太知道真野建設的成本很高。長年對於承包商的保護政策起了反作用，使得真野建設的獲利體質惡化；再加上他們也沒有像一松組這樣的新工法，只能依賴舊有的工法，因此公司體質相較於規模顯得相當脆弱。

「我會讓他們出。」三橋很果斷地說。「要不然就沒有冒風險的意義了。」

他說得沒錯。

「你可以把剛剛說的金額轉告尾形常務嗎？」

「三橋先生——」平太最後問他。「您知道如果這是公平招標，本公司的出價是多少嗎？」

三橋沉默地看著平太。

「一千五百七十億圓。」

三橋站起來，走到俯瞰大手町的窗邊。他的雙脣緊閉。

「這個數字變成虛幻的最低標了。」

聽到他好像擠出來般低聲說出這句話，平太便走出辦公室。

2

位於濱田山的園田家是穩重的和風獨棟房屋。

萌在車站與園田會合，由他開車載到家裡。

「很高興見到您，我叫野村萌。」

萌對來到玄關迎接的園田母親鞠躬。

「歡迎光臨，請進。」

園田的母親是很優雅的人。雖然有打扮，但並不浮華。她的身材修長，眼睛顯得很溫柔。園田也繼承了這雙眼睛。園田在來到這裡的路上告訴萌，園田家原本是仙台的世家，祖父成為舊大藏省官僚的時候搬到東京。以前的官僚領的薪水是現在無法想像的高薪，因此園田家的不動產幾乎都是在祖父那一代購入的。

守護這個家的就是母親。萌暗自擔心她會不會是個高高在上、個性強橫的女人，不過這樣的預測完全猜錯了。

「別客氣，放輕鬆吧。要不要喝茶？」

萌原本以為是要在會客室喝茶，但她和園田被帶去的竟然是位於庭院角落的茶室。園田的母親大概原本就打算在這裡招待她，茶室的風爐已經放入炭火，可以聽到熱水沸騰的細微聲音。

「那個，我沒有茶道的經驗。」

萌想到這該不會是新娘測驗，內心就感到憂鬱，不過園田的母親卻爽朗地笑著說：

「沒關係，不需要那麼拘束地喝茶。阿俊，你去拿坐墊給她。跟咖啡比起來，抹茶對美容更有幫助。」

萌在園田遞給她的小坐墊上正坐。

「妳可以坐輕鬆點，沒關係。正坐太久的話，腳會麻喔。」

園田的母親說完，開始點茶。萌的目光為她典雅的手部動作吸引。沒想到點茶的技藝是如此優美，讓萌心中感受到新鮮的驚奇。

抹茶的茶碗遞到萌的面前。

「謝謝。」

喝抹茶或許比喝咖啡對美容更有幫助，但是她緊張到沒有心情享受茶的滋味。

「你要喝很多吧？」

園田得到裝滿茶的抹茶茶碗，完全無視他想必熟知的茶道規則，盤著腿喝茶。日式點心端上來。園田的母親最後也替自己點了茶，結束點茶過程，面對著萌。

「您常常點茶嗎？」

萌覺得這個問題很沒意義，不過她只能想到這樣的問題。

「嗯，我很喜歡抹茶。我之所以會嫁到園田家，也是因為有茶室。」

她開了玩笑並呵呵笑，感覺就像是個無憂無慮、保留女學生氣質的大人。

「我是第一次像這樣在茶室喝茶。很抱歉，我完全不懂茶道的規則。」

萌老實說。如果是在意家世、禮儀的母親，光是這句話大概就會認定她沒有資格嫁進來。萌心想，這樣也好。如果硬是逞強，到頭來吃苦的還是自己。這就是這幾天萌思考後做出的結論。她對於來到園田家感到猶豫，直到現在老實說也無法確信這是對的選擇，不過眼前的女性至少和萌憑空想像的未婚夫母親形象不同。

「不懂茶道規則，和不懂禮儀是不一樣的。妳在喝茶的時候確實說了謝謝，而且也抱持著體貼對方的心坐在這裡。我可以察覺到這些地方，只要這樣就足夠了。」

「很高興聽您這麼說。」萌感覺到自己內心的緊張總算緩解。

「我兒子說要去紐約，我才想到希望在那之前像這樣喝一次茶。平常就算邀他，他也不會來。」

「我對這種東西沒興趣。」園田噘起嘴巴說。

「你只有新年第一次茶會之後的葡萄酒品酒會才來。」

母親嘲諷他，他便板著臉喝茶。

「這個人每次都這樣。妳跟他交往不會累嗎？」

萌突然被問到話，內心有些慌張。

「與其說累……有時我會覺得彼此住的世界不一樣。」

她覺得自己也許太老實了一點。從園田驚訝的眼神也能感覺到這一點。

「他只是在裝腔作勢。」母親若無其事地回應，又問：「你們今後打算怎麼樣？要保持一陣子的遠距離戀愛嗎？」

「不久之後我會正式報告。」

園田以嚴肅的表情這麼說，萌則沉默不語。

明明已經談到這個階段，她內心卻仍舊迷惘。這樣的落差讓她感到苦悶。

這時母親問萌：「妳目前在銀行做什麼樣的工作？」

「我負責匯兌工作。」

「工作幾年了？」

「整整三年。今年是第四年。」

「工作有趣嗎？」

「是的。我覺得好像總算能領會到工作的樂趣。」

萌很有自信地回答，不過這時她注意到園田不悅的表情。

「只不過是匯兌工作而已。」他果然這麼說。「如果妳想工作的話，還有很多更有趣的工作。」

萌沒有反駁，只是沉默不語。

「工作不是那樣的。」這時園田的母親代替她辯駁。「萌，妳最好還是珍惜自己覺得有趣的工作。這也是一種緣分。」

萌覺得覆蓋內心一隅的厚雲開始飄動。

「謝謝您。」

「人生真的很短暫。」園田的母親繼續說。「像我就覺得自己不久前還是學生，現在已經是歐巴桑了。妳或許也會變成這樣。所以妳一定要做自己喜歡的事，而且要做到盡興為止，要不然以後一定會後悔。日後才想去做，終究是不可能的。有些事情是只有現在才能做的。妳必須去做那些事才行。」

萌驚訝地看著園田的母親。她的口吻雖然輕鬆爽朗，但她或許憑著敏銳的感受力，察覺到萌的心情。

「妳在煽動萌做什麼？」

園田的語氣顯得不以為然，但他的母親只是淡然地說：

「我是為萌好才說的，為萌好也就是為你好。今後不再是為了先生的工作犧牲自己人生的時代。我非常贊成萌想要工作的意願。」

「可是在紐約沒有那種工作。」

「你真是──」

園田的母親以無奈的表情向萌笑了笑。「女人總是得在現實跟理想之間苦惱。」

她的口吻很有趣，讓萌不禁笑了，不過她覺得自己意外得到激勵與勇氣。

萌也發覺到一件事，那就是自己在不知不覺之間，或許就準備在無法認同的情況下，扭曲自己的生活方式。讓她發覺到這一點的園田母親，會不會是出於自身的經驗提供建議？這樣的想法真的只是錯覺嗎？

「老媽真是的，說些有的沒的。」

園田在送萌從園田家到車站的車上這麼說。「今天我爸原本也應該在家，可是他臨時得去出差。我媽趁我爸不在，就口無遮攔。」

「我覺得你的母親很迷人，而且也很有趣。」

萌真心這麼說。她相當確信和那個人一定能夠相處愉快。她反倒不確定能不能當好園田的妻子。不過她現在好像發覺到，有比當妻子更優先的事。

「她是個隨心所欲的有閒貴婦。」園田雖然說母親壞話，但並沒有嫌惡的態度。

「她根本沒資格談論工作。」

「她在結婚之前做什麼工作？」

「好像是在商社上班。結婚之後她就辭掉工作，從此就成為名義上是專業主婦的自由人。」

當了園田家的媳婦之後，一定不用擔心錢的問題，可以過著優雅的主婦生活。不過萌並不渴望那樣的生活，而或許園田的母親也是如此。

人生的選擇未必會取決於經濟水準。

「下次要不要一起用餐？」

「我再想想看。」

萌這句話包含各種意義，然而園田似乎完全沒有察覺到萌的心情變化，默默地繼續握著汽車方向盤。車站出現在眼前。

「再見。」

「嗯，再見。」

萌目送返回的銀色賓士直到看不見，然後開始爬上車站階梯。

她現在首度覺得造訪園田家是正確的選擇。

電車入站的聲音越來越大，接著聽到刺耳的煞車聲。

萌覺得自己已經和來時不一樣了，一口氣奔上通往月臺的階梯。

3

「終於要繞過第四彎道了。」

利用賽馬的收錢系統在報告中得到闡明，讓個性堅實的內藤難得說出玩笑話。他的心情會浮動，也是可以理解的。

檢察官對上城山的死鬥，已經在水面下持續將近十年。過去無論如何都無法打破的牆壁，終於被他們突破了。

做為圍標協商斡旋費支付的巨額資金，偽裝成一般買賣的費用支付給與城山有關的幾家公司，然後再以顧問費名義集中到總研顧問這家公司。

總研顧問公司將這些資金當作購買賽馬的費用，支付給十勝農場；十勝農場又假裝與城山的家族企業進行交易，支付這些資金。在到達這個終點之前，光是已查明的部分，就牽涉到超過十五家一般企業。

「話說回來，做為洗錢的機制，真的設計得很好。」

內藤也為這套精緻的系統驚嘆。「在一般交易中浮報金額的巧妙手段，達到煙幕彈的效果；最後集中在總研顧問公司的資金被用在賽馬則是關鍵。以三千萬圓買賣廉價的馬，也沒有任何人能說嘴。之後再由十勝農場進行正規會計處理，黑錢就轉變為正當的錢。」

「這是如假包換的洗錢行為。」北原補充。「繞了一個大圈子進入城山的錢包裡，成為巨額的選舉資金。」

「話說回來，我在支付給十勝農場的資金當中，發現到一個有些在意的項目。」

北原把在十勝中央銀行影印的文件之一交給內藤。「這是十勝農場在這家銀行開設的活期存款進出帳明細，請看這裡。」

他指著清單上的一處。以黃色螢光筆畫線的文字是「阿見貞一朗」，支付金額為一百萬圓。

「如果是支付給個人的金額，算是頗大的數字，如果是營收，又沒有像消費稅那樣的尾數。因為有些在意，所以我就去調查匯款對象的明細。就是這個。」

北原又遞出一張紙。這是印有十勝中央銀行商標的匯款單影本。

「匯款對象是東京中央銀行新宿分行的活期存款帳戶。這個阿見貞一朗已經查明是國土交通省的鐵路局長。」

「鐵路局長？」在一旁聽他們對話的真下檢察官臉色一變。北原對真下說：

「接下來是我的推測：關於這次的地下鐵工程預定價格，城山或許是從阿見得到情報。阿見的立場會知道預定價格。這筆一百萬圓就是情報費。」

「也就是說——」真下吞嚥口水。

「這不是單純的圍標。」北原斷言。「這是城山策劃的官商勾結圍標案件。」

特搜部內陷入片刻的沉默。接著內藤詢問真下：

「三橋有什麼動作？」

「他照樣頻繁接觸各家公司的業務負責人。不過根據從材料業者打聽到的消息，真野建設殺價的力道很強，看來成本協調方向是要讓真野建設為主的團隊得標。」

「具體的協商負責人有誰？」

「真野建設是派長岡營業部長，村田組是岸原常務，山崎組是三橋本人──」

「一松組呢？」

北原詢問，真下就以不解的表情說：「這個就有點奇怪了。一松組負責相關業務的董事應該是尾形常務，可是目前沒有掌握到尾形本人接觸三橋的事實。」

「這麼說，一松組沒有參加這次的圍標嗎？」

「至少到最近為止，一松組都持續進行降低成本的交涉。不過他們也不是完全沒有和三橋接觸。不知道為什麼，拜訪三橋的是業務課的年輕職員。」

「年輕職員？」

事實上，真下的情報來源是山崎組的祕書課。他在大學時代加入的玩樂社團中，有一位女性朋友在那個單位當派遣員工。他以昔日的交情請對方協助，不過只得到這點程度的消息，無法得知具體的協商內容。

「是一個姓富島的男性職員，據說也曾經和真野建設的長岡同席。」

「這麼說，一松組是讓這位富島負責協商工作嗎？」

這項工程預估會有兩千億圓左右的得標價格。照理來說，應該由具有權責的人物前往協商會場。一松組的應對方式明顯有問題。

「一松組真的有參加圍標協商嗎？」

「應該沒錯。」真下非常果斷地回答。「基本上，預期成本最低的一松組要是不參加圍標，那就沒有意義了。如果是公平招標，得標的會是一松組。」

「也就是說，這場圍標最吃虧的是一松組。」北原喃喃地說。「可是他們為什麼還要參加圍標？現在的建設業者沒有輕鬆到可以吞下單方面吃虧的條件。即使是圍標，沒有經濟合理性也不能成立吧？」

「因為有相對應的回報。」真下說。「恐怕是幾千億規模的公共工程。城山應該能掌握到國內大型工程相關情報，所以有可能規劃不只一件圍標。」

真下說得沒錯，但問題在於能夠讓案件成立到什麼程度。

內藤特搜部長對於這項地下鐵工程相關的官商勾結圍標案，一定打算要把城山及大型建設公司董事一舉揭發。與其追小案件，不如追大案件。放長線才能釣大魚。

「部長，現在不是最好的時機嗎？」

真下逼問，但內藤搖頭。

「還不行。太早了。」

北原從他沉重的口吻察覺到有異，便盯著他注視牆上一點的臉。內藤原本個性就很慎重，不過此刻他或許還有特別的盤算。北原可以察覺到這一點。

「為什麼？」真下問。

「關於這項工程的圍標，只有情況證據。必須要確信能夠找到確實證據才行。」

「如果要等到那樣的確信，根本不知道什麼時候才能檢舉。」

真下繼續堅持。「部長，我們應該採取果斷的行動進行內部搜索。現在應該還能找到證據。要是等到招標結束之後，證據有可能會被銷毀。」

「要等真野得標之後再說。」

內藤腦中已經建立邁向檢舉揭發的步驟，可以感覺到內藤近乎愚直般想要慎重遵循計畫的氣勢。

這時一名事務官快步走入室內，展開大張的圖。這是建築平面圖。

「召集所有人過來。」

內藤說完，緩緩站起來走近平面圖並俯視圖面。這是山崎組總公司的樓層圖，上面清楚顯示好幾個出入口，以及位於七樓的三橋顧問辦公室地點。

大桌子上依序擺出真野建設、村田組，以及其他參與招標企業的總公司大樓平面圖。當北原看到最後一張是城山後援會事務所的平面圖，感覺全身血液沸騰。

等到招標結果出來，內藤就打算一口氣完成調查。

這次的住處搜查，會成為檢察廳傾全力的行動。

4

平太回到公司，報告三橋指示的投標金額，西田吐露的感想寫實地表達這次的圍標具有什麼樣的意義。

「倒退十年。」西田這麼說。「實在是太蠢了。真是受不了。」

他把手中的原子筆丟出去，雙手交叉在腦後，身體靠在椅背上。相對於自暴自棄的態度，西田那雙燃燒著怒火的眼睛顯示他內心非常憤怒。

兼松課長像枯樹般站在看得見灰濛濛天空的窗前；理彩則像被長年交往的男人背叛的女人，深深嘆息發洩怨氣。

「大佛怎麼說？」不久之後理彩問。

「他只說：知道了。」

平太一回來就向尾形報告三橋的指示。他把投標金額抄下來遞給尾形，尾形只瞥了一眼，就丟進辦公桌的抽屜，沒有多說什麼。

「過去的辛苦都化作泡影。課長，成本管理怎麼辦？有些廠商還要等我們的回覆。包括潛盾機在內，要不要全部都取消？」

「不能在投標前取消。」兼松面色蒼白地看著他說。「這樣太明顯了。表面上還是要維持公平招標的形式。」

「也就是說，要繼續演無意義的戲。」西田惡毒地說。

「尾形常務說，希望能夠實際繼續交涉，而不只是演戲。可以請你們幫忙嗎？」

「那根本沒用吧？」西田試圖反駁。「我知道他會在意當局的視線，可是沒什麼比扮演假候選人直到最後更蠢的事。到這個地步，我都覺得那些業者很可憐了。他們都是認真想要接工作的。」

「沒辦法。」

兼松的語氣中摻雜著中階主管的達觀。

真的沒辦法嗎？——平太心想。

對於這項地下鐵工程，一松組預估的投標金額是一千五百七十億圓，比真野建設透過圍標決定的得標價格低了一百一十億圓。也就是說，這就是對社會背信的價格。如果是公平招標，就能便宜一百一十億圓完成地下鐵。

「真的沒辦法嗎？這種協調，到最後對任何一方都沒有好處。」西田提出異議。「各家建設公司都失去了獲利機會，社會被迫支付更貴的工程費用；就連得標的真野建設，在高成本體質不變的狀態下，也沒辦法得到利潤，只是為了預付款接案。即使撐過一時，真野建設遲早也會走投無路。明明知道這樣的情況，卻還要策劃這樣的圍標，已經完全超脫為了生存的必要之惡這種程度了。這只是為了賺錢而已，而且還是相當惡質的方式。」

兼松深深地嘆了一口氣。

「即使是這樣，我們也只能依照命令去做。」

「是是，因為我們是上班族。」西田憤恨地說。「如果被命令要為了天皇陛下而死，就得衝入敵艦高高興興地送死。就是這麼回事吧？可是課長，恕我直言，常務的判斷是錯誤的。這種救濟協商有什麼意義？」

「別說了，西田！」

兼松難得爆發情緒，讓西田驚訝地閉上嘴巴。理彩和平太看到平時給人溫和懦弱印象的兼松發脾氣，也難掩驚愕。

「我也不是自己喜歡要做這種事。誰會想要接受這種協調！尾形常務也一樣！」兼松的聲音因憤怒而顫抖。「大家其實都想要擺脫這樣的舊習，可是卻都苦於無法擺脫的現實羈絆。在前途不透明的這個狀況，或許有很多選擇，但是有時就算是感覺不合理的要求也得吞下去。經營公司就是這麼回事吧？工程不是只有這一件，今後公司也得經營下去。以長遠的眼光來看，要怎麼做才能生存下去——想到這個問題，眼前覺得不正確的選擇，到了五年後、甚至十年後，也可能是正確的。這次的協調或許也是這樣。」

兼松異乎尋常地熱切，但西田卻像鬧彆扭的小孩般把臉別開。他的表情明顯透露出不滿。

「我認為不是這麼回事。」西田反駁。「拿現實羈絆來當作無法拒絕協調的理由，根本只是藉口。課長，你是真心這麼說嗎？如果是的話，那就太丟臉了。這樣的態度正是被認為和社會脫節的地方。而且我們一直都依照課長指示在工作，加班到深夜、降低成本，做出能夠贏得這項工程的數字。為了得標，大家都拚命努力。我不知道有什麼現實羈絆，可是了解我們辛苦的人怎麼可以這麼輕易就接受？課長，難道你對自己的工作沒有自尊心嗎？你不重視自己的工作嗎？如果重視的話，就該對尾形常務提出意見，展現出不惜吵架的氣概吧。我倒想要聽聽看尾形先生到時候會說什麼。要是沒辦法接受那個答案，我就要離開這家公司。」

理彩瞪大眼睛看著西田。

「我不管什麼組織理論，請你別那麼輕易就接受。我希望你能更頑強抵抗。」

即使在喝醉的酒席上，也沒有人看過西田說得這麼直接。他眼中泛著淚水，拚命訴說，完全沒有平常吊兒郎當的樣子。這是偶爾會出現的西田真面目。外表看似隨便、其實工作能力很強的西田，此刻說出來的無疑是真心話。

西田一定很喜歡一松組，也很喜歡自己被交付的工作，也因此，他才會這麼認真地對課長極力爭辯。而兼松應該也明白這一點。

證據就是兼松的怒氣彷彿靈魂出竅一般消失，接著他沉重地嘆了一口氣。

「我知道你的想法了。不過這裡看在我的份上，設法忍耐吧。拜託。」

西田瞪著低下頭的兼松，沒有回答。接著他緩緩站起來，說了一句「我要去大便」就走出辦公室。這是很符合西田風格的離場方式。

5

「媽媽的情況怎麼樣？」

「沒有太大的變化。我今天被要求在手術同意書上蓋章，內容是說，要是發生萬一也沒有怨言之類的。動心臟手術的時候，聽說有時候會造成腦部障礙。雖然說這樣的案例很少……」

父親為了讓平太安心而這麼說。「話說回來，你真的能夠回來嗎？我告訴她，她聽了很高興。」

「媽媽雖然嘴上逞強，但是其實也很擔心。我雖然沒辦法做什麼，不過至少可以陪在她身邊。」

平太說完，又體貼地問：「對了，爸，你有沒有好好吃飯？」

「不會有問題的。我很擅長做飯。」

「騙人。我沒有看過你做飯。」

「我是最近才開始的。」父親笑著說，然後問：「你幾點會到上田站？」

「二十點五十六分。」

父親在電話另一端複述，大概是抄下來了。

「我知道了，我會去接你。不過不要太勉強。」

「嗯，我知道。」

平太在沒什麼人的休息室結束了和父親的通話，忽然想到要打電話給萌。他按下按鍵時有些猶豫。他之所以猶豫，是因為與萌的距離感。他覺得上次見面之後，這個距離稍微縮短了一些。可是——

平太等候鈴聲響了將近十次，然後按下結束按鍵。

接著他凝視窗外西新宿摩天大樓的燈光好一陣子，心想人類真是不可思議。先前明明在那麼近的地方，但轉眼間就消失在遠方。平太沒有想過他和萌的關係會變成這樣。

不過就如平太，萌進入銀行之後也變了。兩人之間的關係變得和過去不一樣，或許反而比較自然。

平太把手機放入褲子口袋，回到繼續加班的辦公室。

「西田，我想跟你討論一下星期二的事。」

平太回到自己的辦公桌，有些靦腆地切入話題。

「喔，是關於令堂要動手術的事吧。你就去吧。」

西田說話時，視線仍舊落在文件上。

「我姑且製作了交接清單。」

「放在桌上吧，有必要我就會看。不過你只請一天假吧？不用那麼在意。」

「很抱歉，拜託你了。」

母親的導管手術所需時間約兩個小時，預定從下午一點左右開始。手術後看過母親的狀況，搭乘新幹線回東京，就只需要請一天的假。

然而這一天卻很有問題。因為這是地下鐵工程投標的日子。

此刻平太桌上也有堆積如山的相關資料，正在進行西田所謂的「空虛的敗戰處理」。即使西田抗議，到頭來還是沒有任何改變。兼松沒有向常務提出意見，更不用說「接受協調」的公司方針也不會到現在才改變。

「這種工作也是成本。常務到底明不明白？」

西田說出這種話。「還是說我們的薪水就像鼻屎一樣大，所以他根本不在乎？可是這種事，對我們來說就等於是浪費人生。」

「不過我覺得這是很好的經驗。」

平太忽然吐露出真心話，讓西田驚訝地抬起頭。

「原來如此。不過接下來應該沒有要和天皇交涉的事了。直到下次有這麼大的公共工程為止。」

「光是能夠彼此認識也好。」

「是嗎？搞不好日後你會後悔認識他。畢竟雖然嘴巴說得很了不起，可是那位大叔終究是非法的協調人。」

「三橋先生也很苦惱。」平太說。「你在白天說的那些話，三橋先生聽了一定也會有同感，可是實際上卻因為和城山先生之間的羈絆，被迫主導圍標協商。」

「平太，三橋是有拿錢的。」西田一副不以為然的表情說。「他拿到的錢一定有幾千萬或幾億的規模。聽好了，平太，我說過很多次，說什麼有現實羈絆根本就是藉口。只要有心去做，那種事根本就很好解決。在我看來，那傢伙才是這個舊習的象徵。」

平太很想反駁，但他不知道該怎麼說才能讓西田接受。而且他自己也覺得西田說的才是正確的，因此更加難以處理。

對三橋的尊敬與親切感，與西田說的道理正面衝撞，讓平太感到苦悶。不過西田不理會平太的糾葛，迅速結束談話，開始打電話給承包商的聯絡人員。

「因為有急事，分行要我這個星期就過去，所以我打算後天出發。應該算是緊急召集吧。」

園田露出一副很困擾的表情，不過萌知道，事實上他對於受到紐約分行「緊急召集」一事感到驕傲。

園田之所以決定後天出發，無疑有他自己的計算。那一天是萌休假的日子。在萌的職場，為了消化年假，每個月除了星期六、日，還要請一天假。那天就是星期二。萌曾經告訴園田那天是休假的日子。

他終於要走了。

過去的萌會怎麼看這樣的園田？

會以憧憬的眼神看他嗎？

然而現在她無法毫無保留地讚賞園田的自吹自擂。

之前的萌太勉強自己了。她想要配合奔馳在菁英銀行員道路上的園田，因此對自己的心情說謊。然而事實上，她應該更重視自己，對自己更老實。有些諷刺的是，讓萌想起這件事的，正是園田的母親。

「是嗎？恭喜。」

萌說完拿起生啤酒的杯子，輕輕敲了一下園田的葡萄酒杯。

「要不要請他們拿葡萄酒杯過來？」

園田看著她快要喝完的杯子這樣問。餐桌旁邊的冰桶內，冰著園田喜歡的白葡萄酒。

「不用了。我想喝啤酒。請再給我一杯這個。」

萌對前來接受點酒的店員說。

「預定時間提早兩個星期，要準備也很辛苦。而且又有妳的事。」

「我？我不要緊，你不用擔心。」

萌覺得園田確實是很優秀的人，跟他在一起很愉快，他也會帶萌認識她所不知道的世界。不過這對萌來說是否舒適自在，又是另一回事。裝模作樣的餐點與葡萄酒、商業菁英——這些或許是所有人憧憬的世界，但是擁有這個世界的終究不是自己，而是園田。萌有自己的朋友、自己的世界。新宿分行匯兌的工作，對於園田來說或許是不足為道的無聊世界，但是萌卻開始在這樣的工作中找到意義。

「在工作稍微穩定下來之前，在那邊應該會很辛苦，不過等妳準備好了，我打算回來一趟。」園田這麼說。「我希望妳可以盡快跟我一起到美國。」

「那邊有我能做的工作嗎？」

萌問。她並不是真的想要找工作。

「工作？妳真的要在那邊工作？」

園田驚愕地說。「可是妳不會說英文吧？至少不可能馬上找到工作，而且反正過了五年回日本的可能性也很高。妳最好考慮到這一點再做選擇。」

「這樣啊……」

不論和園田針對這個問題討論多久，大概都無法產生共識。兩人的價值觀差太多了。只要和園田在一起，萌大概就會一直被看輕。她沒有自信能夠持續這樣的關係。

「我會離開一段時間，不過應該可以安心了吧？」

園田忽然這麼說，萌不懂他在說什麼。面對發愣的萌，園田繼續說：

「我原本有些擔心，但是現在應該已經沒關係了吧？就是妳在一松組的前男友。」

「哦，是啊。」

萌敷衍地回答。園田不知道上次萌主動打電話，約平太見面。

「一松組是不是越來越危險了？」

園田提到平太，就會用更加「高高在上」的語氣。「之前我在新宿分行的後任為了其他事打電話來，所以我就順便詢問，才知道原來融資還沒有通過。我可以理解。今後的時代，像那種規模的建設公司也會輕易倒閉。絕對沒錯。」

對園田來說，一松組就連二、三流的建設公司都不如。萌並不想要跟他唱和，因此喝著啤酒。

「萌，妳沒有把檢察官的事告訴前男友吧？」

話題跳到意想不到的地方。「貸不到營運資金這種事還算好的，要是發生問題，還有可能會被關起來。總之，不要跟他扯上關係。這是為了妳好。」

「發生什麼事了嗎？」

園田說話的方式讓萌有些在意，因此她壓低聲音問。

「事實上，我有個好朋友在每朝新聞的社會部工作。他上次打電話給我，問我是不是還在負責一松組的業務。如果是的話，他大概想從我這裡得到情報。根據他的說法，檢方從好幾年前就在祕密偵查城山。妳知道城山和彥這個議員吧？檢察官盯上城山的資金來源。」

萌聽平太提起過城山的事，但她沒想到會從園田口中聽到這個名字。

「最近有傳言說，檢察官在追查城山的動作。妳知道為什麼嗎？」

萌緩緩地搖頭。園田繼續說：「是地下鐵工程。根據我那個朋友的說法，一松組這次預定參與的地下鐵工程標案，或許在進行圍標。招標日前後，檢方可能就會採取行動。」

「地下鐵招標是什麼時候？」

萌忍不住問，得到「星期二」的回答。

「檢察廳或許也會到妳的分行搜索。當然也會去一松組。」

萌變得不安。

「俊一，你說過業務課就是『圍標課』吧？如果是真的，那麼業務課員是不是也成為調查對象？」

「那當然。」園田露出得意的笑容。「被逮捕的可能性應該很高。雖然不知道像妳前男友那樣的低階員工會不會也被抓，不過董事階層很危險。幸好妳提早跟他分手了。」

「不論如何，感覺都很差吧。」萌說。

「忘了那種事，來替我送行吧。」

園田有些強硬地邀她。「我打算傍晚從成田機場出發，應該有時間吃午餐。」

「要去是可以，不過回程會有些空虛。」萌回答。

「那要不要跟我一起去紐約？」

園田開玩笑地說。他不可能會理解萌此刻的心情。

「我會把成田特快的時間表傳給妳。」

「我會考慮。」

萌說完，試圖以啤酒沖淡心中萌生的不安。

招標日的前一天，平太從早上就忙著處理最後的事務工作。和材料廠商討論、決定剩餘的價格之後，到了快接近中午，才開始在公司內部的專案小組進行最後整理工作。

這項工作當然持續到下午，連午餐都沒吃，時間轉眼間就過去了。

「平太，你要搭幾點的新幹線？」

下午快五點時，西田問他。

「原本是想搭七點二十八分出發的『淺間號』，不過我會搭晚一點的班次。」

然而西田看了看手錶，說：

「沒關係，你走吧。這種工作反正沒什麼意義。」

「可是──」

「沒關係，你就去吧。」

平太還在猶豫，西田便對他說。「你媽媽不是在等你回去嗎？聽好，到了六點半你就回去。」

平太很感謝西田的體貼。

「謝謝。」

接下來的兩個小時轉眼間飛逝，平太走出公司時正好是六點四十五分。他走到代代木站搭電車，在四谷轉乘中央線，快七點二十分時抵達新幹線的月臺。他站在排隊等候上車的人背後，在新幹線月臺仰望暮色已深的丸之內一帶的天空。

不知為什麼，他想起為了進入大學來到東京的那天早上。

當時他站在同樣的這個月臺，望著車站屋頂後方的高樓大廈，對東京的印象是裝模作樣而冷淡，很難親近。

在那之後過了七年，同樣的景象讓他感受到的是熟悉親切的懷念。以往到東京是「去」東京，現在對於平太來說，則是「回」東京。

打掃完畢的新幹線車門打開，提著行李排隊的乘客開始移動。就在他跟在最後面往前走的時候，他的手機開始震動。

「你已經上新幹線了嗎？」打來的是兼松。

「還沒有。我現在正要上車。發生什麼——」

平太困惑地詢問，被兼松急躁的聲音打斷。

「發生了很嚴重的問題。」

說明的聲音被駛入對面月臺的新幹線噪音妨礙，只能片斷地聽見。

「抱歉，可以立刻回公司嗎？」

6

「爸，對不起。」

在電話中，平太不知說了幾次這句話。

「沒關係，你別在意。還是努力去工作吧。」

父親再度回應。平太又道歉說「真的很對不起」，父親便輕鬆地笑著回應：

「這邊沒問題。我會好好告訴你媽，總之別擔心手術的事。更重要的是把工作做好。媽媽一定也會說同樣的話。」

「謝謝。」

平太結束通話回頭，看到一臉嚴肅的西田站在那裡。

「抱歉，把你叫回來。」

「別客氣。不過這是怎麼回事？為什麼要重新調整？」

平太在課長打來的電話中，得知三橋突然提出請求，希望能夠重新調整原本已經定下來的條件。

「上星期橫濱百貨公司不是破產了嗎？」

西田提出的是意想不到的話題。財經報紙上的確出現過戰後排名第幾的大型破產的標題。

「橫濱百貨公司在博多站周邊開發購物商圈，而這個開發案是由村田組承攬。因為橫濱百貨公司破產，這項工程也停止了，村田組似乎會虧損幾百億圓。村田組得到消息之後，要求希望可以重新考慮條件。也就是說，他們想要參與那件瀨戶內橋梁工程。」

「現在才提出這種要求？」平太驚訝地問。

「沒錯。都到這個地步了。」西田以不以為然的口吻說。「現在課長和常務正在討論。我們過去吧。」

「平太，很抱歉。」

平太進入辦公室，尾形似乎已經聽說他的情況，便以言語慰勞他。

「請別這麼說。畢竟是很嚴重的情況。」

他說完坐在沙發邊緣。時間已經過了晚上八點半，室內籠罩在沉重的氣氛中。

西田問：「有什麼進展嗎？」

兼松搖頭。「在最初的電話裡，尾形常務就告訴三橋顧問，沒辦法接受這樣的條件。他知道之後就說，希望可以跟我們這邊的條件進行協調——平太。」兼松看著平太說，「雖然你才剛回來，不過很抱歉，可以請你去一趟山崎組嗎？這是很重要的工作。」

平太驚訝地抬起頭。

他沒有想到這麼重要的討論，竟然會指派自己參加。

「啊，好的。可是——在那之前必須先決定本公司的方針……」

平太不知所措地說。他雖然看著兼松，但這句話當然是對尾形說的。

「我們不接受任何條件變更。這就是本公司的方針。」

尾形立刻回答，使現場的氣氛變得緊繃。「所以我才希望由你去。」

這項指示聽起來有些矛盾。

這麼大的工程圍標，原本應該由尾形或兼松位階的人出馬，可是卻讓只比新人稍微資深一點的平太與會。令人感到不合常理的指派，其實正是尾形表達意志的做法。

「我一個人沒問題嗎？」平太刻意詢問。

「沒關係。」尾形的回答旗幟鮮明。「因為我不打算妥協。聽好了，平太，不論誰說什麼，都要拒絕變更條件。」

「我知道了。可是——」平太感到困惑。「什麼樣的解決方式才能接受呢？」

「這種事由對方決定就可以了。總之，你只要堅持不接受變更條件這一點就行了。」

平太啞口無言地看著尾形。

因為這樣做根本不可能談出結論。尾形湊向前，對心懷憂慮的平太說：

「你千萬要記住這一點：村田組蒙受的損失，歸根究柢是他們授信判斷太天真所招致的。不能連這種事都要我們來承擔。如果村田組有危險，那就由山崎組或真野建設讓步，來填補他們的虧損。我們完全沒有替他們擦屁股的道義責任。」

尾形對競爭公司的鬥志在燃燒。

真野建設和村田組之所以會要求增加分配到的利益，無疑是因為對於一松組抱持著輕蔑的態度。他們以規模較小的一松組為踏臺，自己則逍遙自在地盤踞在上頭。如此可憎的業界結構，平太自己在過去也曾感受過，並覺得相當荒謬。

「去吧，平太。」尾形命令他。「絕對不要退讓，要以堅決的態度應對。」

平太以緊張的神情鞠躬，然後快步走出尾形的辦公室。

7

「喂，尾形先生怎麼沒來？」

室內籠罩在異常的氣氛中。

這裡是山崎組顧問室。此刻這裡有三個男人，以殺氣騰騰的眼神看著平太。

「尾形先生不會來。」平太果斷地說。

「別開玩笑！」真野建設的長岡顫抖著臉頰勃然大怒。「這麼重要的討論，為什麼不出席？他沒有幹勁嗎？」

「這不是幹勁的問題。」

平太瞪著競爭企業的營業部長。「尾形先生判斷這個場合不需要他特地出席。」

長岡以凶狠的表情面對平太，兩人頓時彼此怒瞪。這是平太第三次見到這個男人，不過他實在無法喜歡對方。長岡一副瞧不起人的態度，完全不去反省為什麼會有這次的會談。他不檢討自己的公司業績不振，而擺出如此高傲的態度。

長岡咄咄逼人地說：「尾形先生要是不來，那就沒辦法討論了。」

平太回他：「關於條件變更一事，本公司拒絕接受。我只是來報告這一點，不需要尾形先生特地出席。」

「我們應該是請他來討論的。怎麼可以像這樣只顧自己！」長岡氣憤地喊。

「只顧自己的是誰？」平太反駁。「為了自己的方便，任性地要求改變已經決定的條件，才是只顧自己的做法。」

「你沒有看報紙嗎？」

直到現在一直沉默的岸原神經質地推起銀邊眼鏡。他是村田組的常務。「橫濱百貨公司的破產現在已經成為大問題。你以為我們樂意提出重新檢視條件的要求嗎？就因為是非常狀況，才要求重新磋商條件。你不要誤會了。」

「恕我直言，橫田百貨公司福岡計畫的損失，是貴公司的問題，並不是本公司的問題。」

平太以銳利的眼神直視對手發言。

「搬這套邏輯就不用對談了。」岸原說。「協調的目的，就是要守護業界的秩序。既然如此，就要盡量考慮到各家公司的狀況，彼此扶助才對吧？關於這一點，尾形常務是怎麼想的？」

「尾形先生的想法就如我剛剛說的。我們不接受變更條件。」

「顧問，可以請您說句話嗎？」

岸原為平太頑強的態度感到焦躁，向一直沉默聆聽的三橋求助。

三橋總算打破沉默，說：

「平太，我知道你想說什麼。不過對於村田組來說，橫濱百貨公司破產是沒有預期的損失。雖然還沒有報導，不過橫濱百貨公司為了隱藏損失，似乎從幾年前就在虛飾報表。這次碰巧是村田組受害，可是如果是其他建設公司承攬工作，恐怕也會同樣受害。這一來，就不能當作是村田組一家公司的授信管理問題了。希望你們能夠協助他們。」

「經營公司本來就會發生沒有預期的損失。這並不是什麼特別的事情吧？」

這或許是強辯。平太也覺得這個說法有些牽強，但仍舊毅然地說出來。

三橋聽到出乎意料的反駁，沉默不語。岸原臭著一張臉，點燃香菸。長岡滿臉通紅，雙手放在膝上握拳。

「怎麼辦，顧問？」詢問的是長岡。

「村田組沒辦法讓步嗎？」三橋反過來詢問。

「本公司也面臨存亡關頭。事實上我們原本想要取得這項地下鐵工程的。既然要協調，那就應該給予適當的代價。」

岸原沒有隱藏內心的焦躁。他的說詞雖然強烈，不過面對眼前三橋的威嚴，他的聲音動輒變得沙啞。岸原想必是盡全力在虛張聲勢。

三橋坐在對面的扶手椅，以異乎尋常的嚴肅表情沉默好一陣子，然後暫時離席。

「真是受夠了一松組的任性。」

三橋的身影消失在門後方之後，長岡抓住機會開口。「你也許不知道，以前大家常常幫助一松組，現在卻恩將仇報，真是讓人瞠目結舌。」

平太沒有理他。長岡憎惡地瞪著平太，用力把菸蒂按壓在菸灰缸內。平太心想：隨他說吧。重要的不是過去，而是現在。

不久之後三橋回來，岸原臉上綻放著期待的光芒。

「怎麼樣？有沒有替代方案？」

這個問題讓平太察覺到三橋離席的理由。他大概是去和城山討論收拾殘局的方法。一松組如果堅持拒絕瀨戶內橋梁工程的聯合承攬，那麼就必須準備替代的工程。

然而——

「現階段沒有可以承諾的案子。」

三橋的回答讓長岡仰頭看天花板。就如平太預期，討論正踏入沒有出口的迷宮。

四人繼續討論。

一小時過去、兩小時過去，轉眼間就過了半夜十二點。

這與其說是討論，不如說是長岡與岸原兩人試圖要求一松組讓步的爭執。找不到折衷方案，也找不到妥協點，到最後平太只是以冷淡的眼神看著不斷怒罵的兩人。

兩人提出各種條件，要求平太聯絡尾形，而平太則堅持不肯點頭。長岡失去耐性，當場打電話給一松組，又打到尾形的手機，但都無法取得聯絡。

「根本沒辦法討論。」岸原狠狠地說，憎惡地瞥了平太一眼，然後回頭看三橋。

「怎麼辦，顧問？招標日期是明天——不對，已經是今天了。」

三橋臉上明顯帶有疲色，抱著手臂思索。

然而即使是三橋，也不可能會有打破這個僵局的提案。即使是稀世的協調人，也貌似已經山窮水盡。

這次的圍標會失敗——

正當平太如此確信的時候，三橋突然問：

「如果依照先前的條件，一松組願意參加協調嗎？」
慌張的是長岡和岸原兩人。
「請等一下，顧問。本公司不能接受這樣的條件。」
岸原提出抗議，三橋便以毅然的表情看著他說：
「你剛剛說過，這次的地下鐵工程，你們原本想要得標吧？」
「呃，是的。」
岸原曖昧不明地回答，似乎無法捉摸三橋這句話的用意。
「那就自己決定投標金額吧。」
三橋說出驚人之語，讓現場空氣凍結。
「什麼？」
岸原發出尖銳的叫聲，與長岡面面相覷。
這可以說是三橋使出的最高技巧。
長岡詢問：「也就是說，要把村田組從這次圍標排除嗎？」
「沒錯。」
三橋嚴肅地點頭。「村田組可以去公正投標，忘了我上次提示的投標金額。這樣就沒有話說了吧？如果無法得標，那也是你們公司的實力。」
「那個，顧問，可以容我說一句話嗎？」平太無法繼續保持沉默，開口說。「村田組知道真野建設的投標價格，所以不能算是公正投標——」
「我會重新擬定真野的投標金額。這樣就行了吧？」

長岡的表情變得扭曲。三橋的話同時也意味著降低投標價格。對於業績不振的真野建設來說，這項工程的利潤越來越少。即便如此，他們仍舊極度渴望得到這項工程。

「不過，岸原——」三橋以燃燒般的眼神看著村田組的常務。「今後我不會提供你們公司任何關於公共工程的情報。你要有心理準備。」

岸原露出錯愕的表情，用手帕按著額頭，無法動彈。

「討論到此結束。」

三橋擠出聲音，這場會談便突然落幕。

有誰會想像到這樣的結局？岸原忐忑不安地站起來，拖著黑暗的影子走出山崎組的顧問室。

「這樣沒關係嗎，顧問？」

長岡等他的身影看不見了，慌亂地湊向前問。

「村田組要是得標，我們……」

因為疲勞與壓力布滿血絲的眼睛似乎隨時要哭出來。不過三橋卻冷靜而沉著。

「我知道他們的成本是多少。長岡，你們要投最低標。」

此刻顧問室充滿混濁的熱氣，瀰漫著不容疏忽的危險氣氛。在這當中，長岡以不敢置信的表情看著三橋，無言以對。在長岡的視線之下，三橋啜飲變冷的茶，靜靜地閉上眼睛。

8

九月的那天早上，平太比平常早三十分鐘出門，西田已經先到了，沒做什麼事，只是瀏覽著資料。原本以為是空位的課長座位也已經掛著外套，似乎是去開會了。從背後傳來腳步聲，理彩走進室內。

「原來大家都這麼早來。昨天不是很晚才回去嗎？」

昨晚平太從三橋那裡回來報告交涉過程時，已經過了凌晨一點。

「哪睡得著！基本上，像這樣的圍標，我從來沒聽過也沒看過。想到這個標案不知道會有什麼樣的結果，我的腦袋就一直旋轉，根本睡不著。」

西田發牢騷。

平太也一樣。他搭計程車回到笹塚的宿舍時，已經凌晨兩點多。他倒在床上滾入棉被，但沒有多久，就有種種片斷的思緒混合在一起襲來。

和父親通電話。瀰漫著香菸煙霧、令人喘不過氣的室內。和三橋、真野建設的長岡、村田組的岸原等人進行苦悶的交涉。對平太的嘲笑。高壓的視線。還有報告結論時兼松的慌亂態度，以及尾形一副毫無動搖的表情——這種感覺就好像在小小的盒子裡塞入太多雜物。他不可能睡著。

投標時間從上午十點開始。

這次沒有採用電子投標，也讓平太有些在意。想到在協調時見到的那些人又要齊聚一堂，他的心情就很沉重。而今天投標最大的焦點，就是村田組的出招方式。他們究竟會以多大的金額投標？真野建設是否能夠勝過他們的投標金額？

「話說回來，要是這次投標真野建設輸了，支配建設業界的三橋威望就要掃地了。」

真野建設能不能贏，全看三橋的「判讀力」。

這時一臉疲憊的兼松把資料夾夾在腋下回來。

「可以集合一下嗎？」他停在原地呼喚。「今天的投標依照預定，會從上午十點在都政府廳舉行。本公司由尾形常務、我、還有做為助手的平太三人出席。為了因應臨時狀況，西田，你在這裡待命。九點多我們就要搭乘公務車出發，請你們隨時保持沉著冷靜。」

沉著冷靜——以現在的精神狀態來說，這是剛好位於相反位置的形容詞。此刻大家的心情浮躁不安，幾乎想要在室內走來走去。

「就算這麼說，也很難冷靜下來。」

西田回到座位，把厚厚一疊資料砰一聲放在平太桌上。這是專案小組整理的地下鐵工程最終資料。

「平太，至少帶這些去吧。畢竟不知道會發生什麼事。」

平太聽了西田的吩咐點頭，但卻感到空虛。不論帶什麼資料過去，一松組的出價也已經決定了。

一千八百九十億圓。

這是依照當初三橋提示條件的金額。如果第一次沒有決標，第二次就要出一千八百五十億圓。另一方面，真野想必會出比當初預定的一千六百八十億圓更低的金額。他們要憑那個金額與村田組單挑。

「這下準備妥當了。不知道最低標是哪一家公司，真令人期待。」

西田開玩笑地說，但他的表情依舊僵硬。

東京地檢特搜部瀰漫著前所未有的高昂士氣。

今天就要收拾城山和彥。

這是先前內藤特搜部長站在總數超過兩百人的檢察官與事務官前方時，說出的一句話。

針對參與這項地下鐵工程招標的山崎組、真野建設、村田組，以及一松組的同步搜索將在今天執行。

「昨天一直到深夜，真野建設、村田組和一松組的協商負責人都聚集在一起。」

北原這麼說，嶋野便問：「會不會是在進行最終微調？」

「也許吧。」

北原為了這一天穿上了最好的西裝，雖然相信會順利進行，但卻無法冷靜下來。

城山的資金流向之謎已經解開了。

已經有充分的證據，證明他牴觸規範政治團體獻金的《政治資金規正法》；然而過去進入城山荷包的黑錢是透過參與圍標、由建設公司方面支付的。為了解決問題，必須以圍標罪逮捕，否則就失去意義。
「問題是能不能找到足以逮捕他的證據。」
北原以自言自語的口吻說。這次的行動可以說是賭博。
「北原，你在尋求什麼？」
嶋野忽然問。北原沉默不語。
「如果是我——」不久之後，北原才開口。「如果我站在內藤部長的立場，大概會覺得這次的搜索行動有些危險。」
然而內藤卻說服高層，決定執行這次的搜索。這點也讓北原感到不解。他無法不感到奇怪，那麼慎重的男人竟然會如此衝動行事。
「部長應該有勝算吧。」
「什麼樣的勝算？」
北原質問，嶋野便歪著頭表示不知道。北原在無法釋懷的情況下，抬頭看牆壁上的時鐘。

萌感到猶豫。
她難得請了特休假，早上卻比平常更早起，無法好好睡覺。她越想睡越清醒，最後在七點前下樓到客廳。父親正準備上班。
「唉呀，早安。」
母親看到萌和平常一樣起床，驚訝地說：「妳看起來很累，再睡一下吧。」

「我沒心情睡覺。」

萌說完，開始煮開水準備泡咖啡。

「妳今天要去送園田先生吧？」

「老實說，我就是在猶豫這件事。」

萌終於試著說出口，但是母親只輕描淡寫地回應「哦，這樣啊」，沒有多說什麼。母親有自己的界線，她會看清這是不是自己應該介入的問題。如果認為不應該發言干涉，她就會保持沉默；不過如果萌感到苦惱，她也會在絕妙的時機伸出援手。

園田給萌的成田特快車票是十二點半多從新宿發車。她預定要在月臺與園田會合。

還有時間。

不，他們一直交往到現在，卻只剩下這點時間。

9

一行人在投標開始時間的三十分鐘前抵達時，排列著鐵桌的都廳內會場已經有人先到了。

青島建設的木村在右後方的桌位，正在和聯合承攬的同業低聲交談。

當木村一看到進入室內的尾形，或許是因為聽說了昨晚的經過，停止說話並以冷淡的眼神看他。

「你好。」

尾形用不帶感情的聲音只說了一句話，就去占據和木村相反方向的左邊位置。這是三人用的桌位。面帶緊張神色的兼松坐在尾形右邊，平太坐在尾形左邊。從這裡可以清楚看見室內的情況。

這時真野建設的長岡蒼白著臉走進來。他似乎與平太視線交接，不過他的視線並沒有停留，而是直接朝向尾形。

他的視線當中帶有激烈的怨恨。昨晚堅持拒絕對談的尾形，今天坐在這麼靠近的位置，而且一副泰然自若的態度，無疑讓他感到憤怒。

長岡認為是一松組不合作的態度，使得這次招標變得不透明——不，不只是長岡，聚集在這裡的各家公司承辦人或許都抱著同樣的感想。

這些公司的相關人員進場之後，各自坐在聯合承攬的公司承辦人周邊，因此會場內形成三組聯合承攬團隊與一松組、總計四塊地盤。室內的空氣很沉重，宛若化成鉛一般。

門又打開了。

進來的是村田組的岸原。他要進來的時候，似乎被所有人的視線震懾，然後像是下定決心般，表情僵硬地直接走向聯合承攬的公司所在的地盤。

村田組的投標金額究竟是多少？真野建設的投標金額是多少？現階段所知道的，只有扮演「失敗組」的山崎組聯合承攬團隊與一松組，會以預先決定的高價投標。

最後當三橋入場時，室內一片鴉雀無聲。平太覺得這幅場景清晰地呈現支配業界、被稱為天皇的這個男人的威望。

三橋緩緩前往中央的地盤，然後大剌剌地坐下來。正中央的特等席可以說是為了三橋保留的。

根據三橋最初的劇本，這次的投標會進行兩次。

第一次投標，所有參與投標者出價都會高於預定價格，然後在第二次的投標中，會由勉強低於預定價格的真野建設獲得最低標。也就是說，這是為了用只比預定價格略低的金額得標的掩飾，不過因為村田組的背叛，這齣戲也失去了意義。接下來要展開的是沒有防禦的格鬥。

平太偷偷觀察室內。

三橋的表情顯得很從容，周圍不時有人向他打招呼，他偶爾也露出笑臉回應。相對地，岸原則擺出嚴肅的表情，幾乎沒有人敢對他說話。他的表情正是背負公司命令於一身、要來爭取這項工程的男人的表情。

在他凝重的表情底下，究竟準備了什麼樣的投標金額？最想知道這一點的，一定就是三橋和長岡兩人。

長岡和演技高超的三橋形成對比，滿臉通紅坐在隔壁的地盤。他的血壓上升，情緒激昂到彷彿頭殼會隨時掀開、冒出蒸汽。

坐在旁邊、應該是下屬的男人對長岡說話，但長岡完全沒有反應。他交叉雙臂，只是瞪著眼前的虛空。

在一松組的桌位，兼松不知是否胃痛，頻頻摸著肚子。他邊摸肚子邊瞥了一眼左手的手錶，低聲說「大概快要開始了」。

這時門打開，負責執行招標的人員魚貫入場。總共有七人。當年輕的男職員將投標箱設置在中央的桌子，年長的男人宣告投標程序開始。

平太盯著室內的虛空，嘆了一口氣。終於——要開始了。

「大概已經開始了吧？」

在東京地檢特搜部內，嶋野也剛好瞥了一眼手錶這麼說。

北原沒有回應。他大概覺得嶋野只是在自言自語。

在設置於大房間內的階梯座位上，部長檢察官內藤與地檢的次長檢察官坐在一起，文風不動。

剩下的就只有等待招標結果。

檢察官都各自分配到搜索對象，有些人已經離開地檢，前往搜索現場。北原和嶋野也已經準備好，隨時可以衝出這間房間。

這時一名事務官小跑步過來，在內藤耳邊低語。

他是來告知投標已經開始。

北原吸了一口氣，交叉雙臂耐心等候時間流逝——

10

「現在開始進行投標。投標的業者請依序投入中央的箱子。」

聽到職員宣布，平太打開公事包，取出裝有投標單的信封。投標單依照規定準備兩份，第一次投標沒有決定時，就要舉行第二次投標。

這份投標單是昨晚（不，正確地說是今天凌晨一點多）尾形聽取平太報告之後自己製作、並且在今天早上蓋了社長的認證印章，嚴密封印之後交給業務課。

白色信封內只有一張投標單，不過當平太拿在手上的瞬間，他感覺到難以言喻的重量。

他想到和三橋相逢、忙於降低成本的日子；然而最終這一切卻以救濟真野建設的名義，被協調的波浪吞噬。

他感到不甘心。

這張投標單上記載的一千八百九十億圓這個數字，是對於認真爭取地下鐵工程的一松組員工的背信。這個金額只是為了完成三橋所寫的劇本的舞臺道具，而這齣戲正面臨成功與否的關鍵時刻。

山崎組聯合承攬團隊的負責人率先站起來，投入投標單。真野建設團隊跟在其後。接下來，在眾人矚目之下，岸原正要投入信封。

聽見「喀沙」的短促聲響時，平太嘆了一口氣。他的情緒變得鬆懈，雖然覺得哪裡不對勁，但卻已經失去探究的能力與力氣，束手無策。而在他呆滯的視線前方，此刻尾形投入的信封正消失在小小的箱子裡。

就這樣，一家公司與三組聯合承攬團隊的投標結束了。

「現在要開始進行開標程序。」

在眾目睽睽之下，箱子打開，負責人取出四個信封，一封封用剪刀剪開，交給執行人員。

這是緊張的瞬間。從信封取出的投標單首先會檢查金額欄及各家公司的印章等形式要素，如果有瑕疵就失去資格，不過四份投標單都順利獲得執行人員受理。

執行人員看到投標單，應該已經知道哪一家企業得標，但其表情可以說完全沒有變化。

「那麼就來發表投標結果。」

當執行人員站起來時，原本聽得到低聲細語的室內變得悄然無聲。

「這次的投標公司較少，只有四家，所以雖然並非常例，不過我將會念出投標金額。」

會場內一陣議論紛紛，不過當執行人員說出「山崎組團隊」，又再度恢復安靜。

「——一千八百七十億圓。」

屏住氣息的參加者理所當然地接受這個金額。眾人稍稍活動身體，安心與緊張複雜地交織在室內的空氣當中。接著執行人員的一句「接下來是真野建設團隊」，再度升高緊張氣氛。

「一千六百四十五億圓。」

降低了！

當初真野建設預定的得標金額是一千六百八十億圓，然而此刻宣讀的金額又降低了三十五億圓，是目前的最低金額。

真野建設的長岡宛若水煮的章魚一般，面色紫紅，身體毫無動彈，瞪著執行人員手中的投標用紙。

「村田組團隊。」

吞嚥口水的聲音似乎從四面八方傳來。

決定勝負的時候終於到了。

真野建設團隊投標的金額，應該是由知悉村田組團隊成本結構的三橋預測「應該可以贏」而設定的。

相對於此，村田組的投標金額是多少？

是三橋的判斷會贏，還是負傷的村田組會在最後時刻獲得最低標？

室內所有人都不想聽漏金額，緊盯著執行人員。看不見的氣球此刻膨脹到最大，只要用針輕輕一戳，就會一口氣爆炸。執行人員繼續讀出金額。

「──一千六百五十億圓。」

在這個瞬間，平太看到長岡的表情。他緊緊閉上眼睛，好似隨時要哭出來一般，臉上擠出皺紋。三橋在中央的地盤，也露出勝利的表情。

村田組的岸原則和這兩人形成對照，表情呆滯，彷彿靈魂出竅的軀殼般，空洞的眼神望著前方的牆壁。

這正是失敗者與勝利者的構圖。

長岡再度張開眼睛，做了深呼吸。隔壁座位的男人已經性急地要和他握手。

「最後是一松組。」

執行人員無視於縈繞室內的感情起伏，輕描淡寫地念出最後的投標金額。正當所有人對此刻讀出的金額都毫不關心、沒有仔細聽的時候——

「一千五百七十億圓。」

大家的動作都停止了。

11

每個人都以為自己聽錯了。

室內的視線頓時都朝向這裡。原本已經露出安心表情的長岡張大嘴巴，彷彿下巴要掉下來，連眨眼都忘了。然而在驚愕、責難還有失望的視線當中，夾雜著唯一異質的視線。那就是三橋的視線。

他彷彿在遊戲中被遺棄的少年般，眼神顯得很悲傷。

這雙眼睛此刻緩緩地從尾形移到平太。

你知道這件事嗎？——他看起來好像在問。在這個瞬間，三橋看起來格外脆弱，讓平太覺得好像窺見到他的王座岌岌可危。到頭來，三橋的工作或許是建立在以細絲維繫的信賴上。

這條細絲斷了。

原本不可能斷的細絲，在不可能斷掉的地方斷了。

平太緩緩搖頭，回應被稱為天皇的男人的視線。三橋是否理解他的意思？即使理解，三橋此刻的眼中也看不出一小片情感。

三橋把視線移開，緩緩地站起來。

就在這一刻，騷動的會場出現變化。

背後的門打開，十幾個身穿深色西裝的男人突然湧入。

「請不要動！」

聽到這句話，原本要走出去的三橋停下來。

「我們是東京地檢特搜部。接下來要憑搜索票來搜索投標會場，所有人在原地坐下，不要碰自己的行李！」

檢察官說完亮出搜索票，宛若舊時代的戲劇般，雙手舉著從左到右揭示。

「有什麼嫌疑？快說明！」

呼喊的是臉色變成紅黑色、額頭冒出青筋的長岡。

「圍標。你應該知道吧？」

已經同時開始行動的檢察官之一用輕鬆的口吻說。他們完全不理會長岡的抗議，正準備開始搜索桌上的公事包。

這可以說是預期外的發展。

太面前。

「常、常務——」

兼松發出顫抖的聲音，面色蒼白。

然而尾形不發一語，只是交叉雙臂，持續閉著眼睛。不久之後，檢察官來到平太面前。

「你的公司名稱和姓名是什麼？」

「我是一松組的富島平太。」

「可以過來這裡嗎？把口袋裡的東西都拿出來，放在這裡。」

對方以毫不客氣的聲音下達命令，平太也只能遵從。

「這些要暫時由我們保管。」

檢察官以不由分說的口吻說完，再度轉向平太。

「還有，接下來要請你跟我們到檢察廳一趟。」

「這是——強制要求嗎？」

他腦中閃過母親的事。他已經告訴父親，今天投標結束後就會回老家。手術從下午一點開始。即使趕不上開始時間，他也能見到手術後的母親。

「不是，基本上是自願性質。」

平太看著說這句話的檢察官，心想：雖然說是自願，但想必是非常接近強制的自願，而且有可能隨時切換為逮捕。

「我知道了。」

平太說完，比尾形和兼松更早離開會場。

內藤接到電話。

是投標會場打來的。

內藤聽完報告，說「照預定計畫進行」，然後掛上電話，對在一旁等候的次長檢察官說了兩三句話。桌上麥克風的開關打開了。

「我們剛剛得到聯絡，檢方目前已經開始搜索都廳投標會場，在投標會場請真野建設、村田組、山田組各團隊，以及一松組的各圍標協商負責人協助調查，現在正帶他們到本廳。」

終於開始了。在緊張氣氛升高的室內，北原也無法按捺興奮的心情，深深吸了一口氣。這是賭上檢察單位威信的戰鬥。

「接下來就要進行地下鐵工程圍標，以及違反《政治資金規正法》嫌疑的同步搜索。」

眾檢察官似乎在等候內藤這句話，同時站起來。內藤繼續說：「至於先前結束的投標，以一千五百七十億圓決標——得標的是一松組。」

所有人都停下腳步。

「一松組？」

室內處處傳來疑惑的聲音，北原也詫異地望著階梯座位。

不是真野建設嗎？

好像有哪裡不對勁。

北原產生這樣的感想。一松組得標的事實令人意外，但即便如此，內藤對於最終決斷仍舊沒有猶豫。

他甚至理所當然地命令要進行搜索。

為什麼？

此刻北原心中再度湧起的是違和感，或者可以說是綜觀整個事件時感受到的不透明感。

「走吧，北原。」嶋野對他說。

「嗯，走吧。」

不論北原怎麼想，局勢已經開始發展，來到無法後退的地方。

12

當萌來到月臺，前往新宿方面的快速列車剛好駛入軌道。

距離成田特快發車還有足夠的時間。在平凡無奇的星期二上午，萌坐在乘客不多的電車座位上，嘆了一口氣。

最後她雖然在趕得上約定時間的時間離開家，但她的心情還是沒有整理好。

只是因為請了特休假卻沒事做，有多餘的時間——

園田要一個人出國，其實應該也會感到孤獨。即使撇開戀愛情感，萌也可以去替他送行。畢竟他們是同事。

不過在她內心某個角落，也知道這是藉口。

從電車車窗看到的新宿高樓大廈逐漸變大，萌凝視著薄雲覆蓋的天空。

就在這個時候，車內電子看板的跑馬燈新聞躍入她的視野。

——城山議員辦公室遭到搜查。

她看到的只有最後面的部分。

「城山？」

這個名字一開始只有朦朧的印象，然而在下一個瞬間，卻以驚人的氣勢滲入萌的腦中。

她注視的電子看板已經在播放不相關的新聞。

「那是什麼？」

她連忙取出手機，打開新聞網站。

「這是怎麼回事？」

她立刻發覺到自己被世界拋在後方。如果她在家看電視，一定會看到新聞快報。這則新聞在每一個網站都以頭條報導。

「今天上午，東京地檢特搜部以圍標嫌疑，同步搜索民政黨城山和彥議員辦公室及四家大型建設公司的總公司。」

四家大型建設公司？該不會是——！

萌抬起頭時，電車正要駛入新宿站。

萌下車後的第一件事，就是打電話到平太的手機。

他沒有接。

「萌，妳不要緊嗎？」

萌打電話到銀行，瑠衣開口就這麼問。「剛剛一松組好像遭到東京地檢特搜部搜索。現在融資課也亂成一團。妳的男朋友不是也在那裡上班嗎？」

瑠衣不知道萌和園田交往，以為她還和平太在一起，因此真心為她擔心。

「有沒有新的情報？」

「我剛剛聽說，投標現場是最早被檢方控制住的。」

走在新宿站地下連結通道的萌不禁停下腳步。

「有人被逮捕嗎？」

她因為太急，說話時聲音不自覺地拉高。

「一松組的社長和常務，還有投標承辦人好像都被請去問話了。」

在人群中握著手機的萌感覺到周圍的雜音都消失了。

是平太。

「萌，妳有沒有聽見——」

「謝謝。」

萌結束通話，跑上月臺，跳上剛剛駛入的山手線。

她在代代木站下車，奔向一松組的總公司。

13

「你知道圍標的事吧？」自介姓嶋野的檢察官問。

這裡是檢察廳的調查室。嶋野旁邊有一名事務官，面前擺了大量資料，注視著平太。

平太回答「知道」，檢察官便提出幾個日期。

「——這些日期，你和山崎組的三橋見過面吧？」

「是的。」

「你和三橋是什麼關係？」

「我們在賽馬場認識，得知彼此是同鄉。他請我到他家作客。」

「你們聊了什麼？」

「很多。」

「有工作的話題嗎？」

「有。」

「這次地下鐵工程的話題呢？」

「也有。」

「你可以告訴我具體談話內容嗎？譬如說，六月七日——這上面寫的是茶會。」

「這天是在青山的三橋家舉辦茶會，我也受到邀請。」

聽到平太的回答，對方露出詫異的表情。

「茶會？你記得當時聊了什麼嗎？」

「記得，不過沒有談到工作的事。」

「那麼你們是什麼時候談到工作的事？可以從這些日期當中挑出來嗎？」

嶋野的問題逐漸接近圍標的核心。

「這天——」平太指著三橋首次提出圍標的日子。「還有這天——」

那是他轉達接受協調的日子。

還有，「昨天——」

「昨晚你是幾點去拜訪山崎組？」

平太回答之後，嶋野問：「訪問目的是什麼？」

「因為他想要變更我們原先接受的條件，所以就去協調。」

「變成什麼樣的條件？」

平太說出內容，完全沒有隱瞞。因為他認為到這個地步再隱瞞，也沒有意義。

「結果村田組被排除在協商之外了？」

嶋野露出驚訝的表情。

他沒有想到三橋的協調在最後關頭會遭遇挫敗。

「為了避免誤會，我得先說清楚。」嶋野說。「就算昨晚討論的結果，村田組團隊退出這次的圍標，但是他們確實參與過圍標。這一點仍舊視同有罪。」

嶋野是一名年輕的檢察官。雖然看似年長，不過實際年齡應該沒有和平太差多少。

嶋野的調查隔了一次用餐休息時間，總共長達將近四小時。在這段時間，平太完全無從得知尾形、兼松、三橋、長岡這些人此刻到底在做什麼、說什麼，就彷彿這世界上只剩下嶋野、平太和一旁的事務官三人，不斷進行問答。

嶋野是個聰明的男人。他一邊提出問題，一邊平淡並合理地收集事實、釐清真相。只要稍有疑問，他就會不惜投入時間，提出能夠想像到的各種問題來闡明。他是個思考縝密的完美主義者。

在漫長而累人的問答之後，嶋野對平太提出這個問題：

「最後我要問你，你知道自己涉入這次的圍標嗎？」

「我知道。」平太回答。

「你明知這是圍標，卻前往和三橋他們討論的場合？」

「沒錯。」

平太已經說出從工地調動到業務課的整個過程。他並不打算到這個地步還辯解說是尾形指派他，或者拿身為上班族當藉口。

「當時你應該有辦法拒絕前往圍標的交涉場合吧？」

平太感覺到嶋野問這個問題的時候，語調和先前不太一樣。嶋野或許對於年紀與自己相仿的平太感到某種不耐吧。坐在桌子這一邊與另一邊，具有完全不同的意義。隔著兩人的桌子，代表人生的落差。這是檢察官與嫌犯的落差。

平太在嶋野注視之下，忽然抬頭看牆壁高處的窗戶。橘色的秋季陽光從那裡射入，將牆壁染紅。

母親的手術是否已經結束了？

平太想到完全不相關的問題，皺起眉頭。他不僅沒辦法到母親身邊，還得接受檢察官調查。他對於自己這樣的處境產生難以宣洩的憤怒。

「也許有辦法拒絕吧。」

不久之後平太回答。「但是我並沒有那麼做。」

「為什麼？」

「因為——」平太支支吾吾地說，「因為——我是一松組這家公司的成員。對我來說，除了這家公司以外，沒有別的去處。」

對於這個回覆，嶋野沒有任何回應。

他注視著桌上的扣押物，暫時陷入沉思。

他不知道思索了多久，接著緩緩地將視線朝向平太，以爽朗的態度說：

「辛苦了，你可以回去了。」

「咦？」平太不敢置信地看著嶋野。「請問……我不會因為圍標罪被逮捕嗎？」

「你沒有做任何決定的權限。你只是依照上司命令，前往協商的場合。這一點其他人也作證了。還有，扣押物要做為證物，由我們保管一陣子。」

「謝謝。」

平太覺得這應該是道謝的場面，便低下頭。嶋野沒有回應，迅速地把記事本和手機放回證物的袋子。

「請問——」平太詢問，「其他人怎麼了？尾形常務和我們課長，還有三橋先生——」

「你晚一點就會知道了。」

嶋野說完，就對一旁的事務官說：「帶他走吧。」

長達幾個小時的調查就這麼輕易地結束了。

「真是太好了。」

當平太鞠躬走出房間，和他一起出來的事務官對他這麼說。這個男人一直在旁邊聽平太與嶋野的對話。

「我為什麼可以回去？」

「你不會被逮捕。大概是檢察官判斷，即使逮捕你，以你的立場來說也不會被起訴。」

「不起訴？」平太問。

「這麼說很失禮，不過你只是負責跑腿而已。檢察官要對付的是巨大的罪惡。」

巨大的罪惡——平太知道誰適合這個稱號。

事務官停下腳步。

「那位是你認識的人嗎？」

平太望過去，看到萌正從等候室的椅子站起來。

「萌……妳不用工作嗎？」

「笨蛋。」萌剛說完，大顆的淚珠就從眼睛滾落。「這麼重要的時候，你到底在幹什麼！」

「對不起。對了，萌，不好意思，可以借我手機嗎？我得打電話給老爸。事實上，今天我媽要動手術——」

「手術成功了。」

平太呆呆地望著萌。

「剛剛公司的人過來，要我轉告你。」

「公司的人？」

「是一位女性。好像叫柴田吧。」

是理彩。

「她有沒有說什麼？像是常務和課長怎麼了之類的——」

「不知道。公司也遭到檢方搜索，一片混亂。我是聽說你被帶到這裡，所以才——」

「妳一直等到現在？」

窗外已經染上秋季的暮色。平太向表情顯得既疲憊又鬆了一口氣的萌道謝。

接著他也轉回頭，對事務官鞠躬，說：

「給你們添麻煩了。」

「正門口擠滿了媒體的人，你們還是從這裡出去吧。」

這名事務官似乎是個親切的人，帶兩人到冷清的後門。

他們打開鐵門到外面，看到的是秋老虎發威的傍晚的官廳街。

斜射的刺眼陽光讓兩人瞇起眼睛，他們快步走向地下鐵車站。

14

平太和萌道別，回到公司，發現業務課的辦公桌和櫃子裡的所有資料都被帶走，另外連每個人的電腦都被扣押了。

理彩孤零零地坐在宛若廢墟的辦公室。

「理彩。」

「平太！」

理彩跑過來，淚汪汪地抓著平太的雙肩猛搖，問他：「你不要緊嗎？」理彩的反應非比尋常，看來這次的搜查給了她很大的衝擊。

「還好。課長和西田呢？」

「他們還沒有回來。」理彩放開平太的肩膀，雙臂環抱自己的身體，以無比不安的口吻說。「平太，你沒有大家的消息嗎？尾形常務和課長好像都在招標會場被請去協助調查了。」

這是平太離開會場之後發生的事。或許是偵查的常用手段，他完全沒有被告知兩人在哪裡、處於什麼樣的狀況。

「喂，三橋被逮捕了。」

這時後面傳來聲音。是生產本部的小組長仁王。「不只是他，還有真野建設的長岡、村田組的岸原，還有青島建設的木村。」

「三橋先生……」

平太心中浮現當時三橋看著他時的悲傷眼神。

理彩問：「尾形常務呢？」

仁王搖頭說：「這個我就不知道了。其他公司也戰戰兢兢的，擔心被逮捕的人還會再增加。」

根據仁王的情報，被請去協助調查的人以社長和董事階層為主，人數將近五十人。

「有人被逮捕，代表搜查的時候扣押了證實圍標的資料吧？」仁王說。「檢察官贏了。」

「姑且不論社長和常務，該不會連課長和吾郎都被逮捕吧？」

正當理彩露出不安的眼神時——

「這個妳就不用擔心了。」

背後忽然傳來聲音。

「吾郎！」

理彩高喊並跑過去，也不顧淚水沿著臉頰滑落。

「你為什麼不早一點聯絡？我還以為你回不來了！」理彩用生氣的口吻說。「你被釋放了嗎？」

「不要說『釋放』。我只是被請求協助調查。」西田嘴硬地說。他重新環顧周遭慘狀，啐了一聲。「看樣子有好一陣子沒辦法工作了。」
「課長呢？」
「他跟我一起搭計程車回來。」
這句話還沒說完，一臉疲倦的兼松就走進來。
「不過事情還沒有結束。」西田說。「明天我們也得再過去。」
「什麼意思？」
「他們說有問題要問我們。接下來的一段時間，大概會不時像這樣被找去問話。」
接著西田問：「社長和常務被逮捕了嗎？」
「沒有。」
聽到理彩回答，西田以嚴肅的表情和兼松互瞥一眼。
這是關鍵所在。
「有什麼情報嗎？」
這個問題是問仁王。西田了解情況之後說：「現在如果沒有被逮捕，或許還有希望。大佛那麼厲害，應該還在努力吧。」
理彩問：「被逮捕會怎麼樣？」
「首先，業績會出現大洞。」西田明確地回答。「反正今天本公司的股價是暴跌。這還只是起始，等到被禁止參與公共工程投標，就沒有飯吃了。」
「現在只能等待。」
兼松說完，回到所有文件都消失的自己的座位，宛若旅人回到長年居住的家一般，深深嘆一口氣。過了兩個小時左右，到了晚上八點多，他們才得到聯絡說社長和尾形回到公司了。

15

「事情很嚴重吧。不要緊嗎？」

躺在床上的母親一看到平太，首先擔心的是他的工作。地下鐵工程招標一星期後的下午，平太請了特休假，在這天早上離開東京，當日來回探望母親。

剛剛父親送他到醫院時告訴他，母親的恢復狀況良好，只是因為生病而有些沮喪，希望平太可以好好鼓勵她。

「媽媽知道那件事嗎？」

當時平太戰戰兢兢地問父親。

「嗯，她有看報紙。我告訴她不用擔心。不過我沒有告訴她，你被特搜部找去問話。反正也不是被逮捕，沒必要對虛弱的病人做不必要的說明。」

「抱歉，爸。」平太發自內心地說。

「不是你的錯。」

父親結束對話之後，到販賣店去買寶特瓶裝的水。

平太沒有被逮捕，的確很幸運；不過母親大概為了三橋萬造被逮捕而心痛。

「工作姑且告一段落了。」

這是為了讓母親安心的謊言。

事實上不僅沒有告一段落，而且還持續著不知何時會有變局的狀況。這一個星期，尾形連日被檢察官找去問話。因為擔心隨時會接到尾形被逮捕的消息，公司內部變得神經過敏、情緒緊繃，每個人都浮躁不安。

另一方面，根據報導，檢察官闡明了城山議員收受賄賂的途徑，並且逮捕身為他智囊的總研顧問公司茂原通彥。除了圍標嫌疑之外，也以違反《政治資金規正法》的嫌疑起訴他。

「這樣啊。」

病床上的母親望著空無一物的天花板，以虛弱的聲音問：「你見到萬造了嗎？」

「嗯，我見到了。」平太回答。

「你們談了什麼？」

「談工作的事。」

「聽說萬造涉入圍標案，是嗎？」

母親詢問時，表情因為痛苦而扭曲。

「他應該也是無從選擇。」平太像是在說服自己般地說。「三橋先生不是會主動參與圍標的人。他絕對不是那種人。」

然而母親沒有反應，沉默不語，接著突然說：

「萬造是個可憐的人。當時也一樣。」

「當時？」平太問，「妳是說他拿著蘋果樹苗到妳家的時候嗎？」

面無血色的母親微微搖頭。

「是他母親過世的時候。萬造當時剛升上國中，目送母親出殯的時候，他的那雙眼睛悲傷到極點，拚命忍住淚水。當時萬造變成孤零零的一個人。我想萬造這輩子大概一直追求著母親的溫暖吧。他是個可憐的人。」

平太的心受到沉重的打擊。他想到自己或許也看到同樣的眼睛。

在投標會場——

當時三橋感受到的，會不會就是孤獨？

「不過一松組真了不起，平太。」

母親唐突地說。

「了不起？」這句話令平太感到意外。「哪裡了不起？」

「因為都沒有人被逮捕，不是嗎？競爭對手都被逮捕了，可是你們公司卻毫髮無傷。」

「嗯。」

目前為止——平太沒有說出這句話。

不過母親的這段話卡在他的心中，一直殘留下來。

16

「西田，關於這次的事件，我有一些問題。」

平太再次談起這件事，是在又過了大約兩個星期的夜晚。

他們坐在公司附近的居酒屋「屯面」的酒吧座位。西田已經喝了很多，用有些危險的眼神問他：「幹什麼？」

也難怪他會有這樣的反應。

這兩個星期如履薄冰。

在這段期間，業務課隨時擔心尾形被逮捕這個最糟糕的情況，造成嚴重的精神損耗。真野建設、山崎組，以及村田組等，已經接連被全國公家機關禁止參與公共工程標案。要是尾形也被逮捕，一松組也可能會受到同樣的處分。到時候，業務課沒有任何保證能夠像過去那樣繼續存在。

不過在兩天前的約談之後，東京地檢特搜部就結束對尾形的協助調查要求。

他們不了解詳細情形，也沒有聽說尾形如何回答檢察官的問題，但不論如何，尾形的嫌疑被洗清了。

搜查的輪廓此刻變得明顯，原本落在被逮捕與否的合格線的搜查對象被區分開來——平太得到這樣的印象。

「可喜可賀，尾形是清白的。」

西田的醉眼帶著笑意，豎起大拇指說「耶」。

「有一件事我感到很奇怪。」

理彩問：「有什麼奇怪？」

今天難得業務課所有人都聚集在一起舉辦慰勞會。兼松課長似乎也很有興趣，看著平太。

「沒有人被逮捕的結局的確很棒，投標也贏了。」

當初原本以為會重新招標，但是觀望搜查狀況的東京都遵從東京地檢特搜部的判斷，認為這次得標的一松組沒有參與圍標，因此承認先前的投標結果有效。

西田得意地說：「那當然。因為我們沒有參與圍標。」

「實際上不能這麼肯定地說吧？」

平太聽到母親在病房的那段話，一直感到在意的就是這一點。他覺得一松組絕對稱不上了不起。當初社長松田指示要參與圍標，尾形也一度吞下條件，結果在那麼堅持條件並接受圍標之後，卻在最後關頭背叛大家，蠻橫地奪得最低標。

這樣真的能稱得上了不起嗎？

「也許沒辦法肯定地說沒有，不過也沒辦法肯定地說有圍標吧？」西田的話逐漸變為詭辯。

「什麼意思？」

「你什麼都不知道。」西田突然斷定。

「吾郎，你又知道什麼？」

理彩立即吐槽，不過西田完全沒有笑容。「我知道。」他以酒醒般的表情回應。

「課長應該也知道。對不對，課長？」

西田這麼說，兼松默默地把杯中的啤酒吞下肚。這兩個星期以來，他的壓力大到甚至臉部輪廓都改變了。此刻他張口想要說話，卻又停下來。

西田注意到了，便說：「你說說話吧，課長。」

「我沒什麼好說的。」兼松回應。

「請你不要逃避。」西田吐槽他。「不過如果課長的立場不方便說話，就由我來說明吧。有錯的話還請幫忙更正。」

「你要說明什麼？」

「閉上嘴巴聽我說，理彩。我要來說明這次的事件究竟是什麼樣的事件。」

西田說到這裡，眼神變得嚴肅。

「這次的地下鐵工程招標，為什麼一松組沒有和其他建設公司聯合承攬？為什麼尾形常務沒有出席圍標的討論？為什麼其他公司負責協商圍標的人都被逮捕，本公司卻沒有人被逮捕？也就是說，這一切原本就是尾形的策略。」

「啊？」

理彩發出怪異的叫聲。兼松迅速垂下視線，看著啤酒杯嘆氣。平太則無言以對，只能盯著西田。

「不論誰說什麼，尾形都極度渴望得到這項地下鐵工程，可是三橋那些人卻提出要圍標。不過仔細想想，大佛非常熟悉業界動向，應該一開始就預期到會有某種協調介入。所以尾形常務才利用這個案件，擬定讓一松組得到最大利益的戰略。這個戰略恐怖到讓人發抖。」

理彩問：「他想要藉由一家公司單獨投標，獨占利益嗎？」

「才不只這樣。」西田的聲音有些凶狠。「這次的事件，檢察官為什麼能夠在那個時間點、進行那麼大規模的同步搜索，引起很大的討論。你們應該也知道吧？猜猜看是為什麼。」

沒有人能夠回答。西田看準這一點之後，斷言：

「因為有人從內部告發。」

平太的確看過幾篇提到類似內容的報導。

「可是這只是傳言吧——」

「不是。」

西田打斷理彩的話。「透過內部告發、向檢方流出情報的，就是尾形常務。」

聽到這句話，平太和理彩都僵住了，說不出話來。

「真的假的？」

隔了幾秒鐘的靜默之後，理彩瞪大眼睛問。

「我偷偷聽祕書室的人說，尾形常務常常接到一個姓內藤的男人打電話來。」

「內藤？是誰？」

「對方打電話來的時候只有自稱內藤，不過尾形的祕書有一次從公司打電話給那個叫內藤的男人。你們猜打到哪裡？」

西田問了之後，不等理彩和平太思考，便說出答案：

「東京地檢。我也調查過了，內藤就是這次的特搜部長。絕對沒錯。尾形大概是這樣盤算的：有沒有辦法利用圍標擊潰競爭對手，只有一松組存活下來，承攬地下鐵工程？而且這樣一來，真野建設、山崎組和村田組都會被全國公家單位禁止接案，會有好一陣子無法做任何事。對於一松組來說，這是千載難逢的好機會，正可說是圍標帶來的大量需求——活該！」

西田一口氣喝完手邊啤酒杯中的酒，凝視著虛空中的一點。「那個叫尾形的男人是個可怕的大叔。為了公司利益，不管他人死活。」

「課長，是真的嗎？」

理彩臉色大變，詢問兼松。

兼松直視她的眼睛，對她說：

「西田的推理恐怕是真的。」

「課長，你是不是很早就發現到了？我有這種感覺。」

「就算發現了，又能怎麼辦？」

兼松的表情讓人感受到中階主管的悲哀。

「這麼說，我——」平太喃喃地說，「我只是為了成為尾形常務計畫裡的一顆棋子，才來到這個圍標課嗎？」

西田迅速迴避視線，理彩則驚愕地望著平太，沒有說話。

兼松端正姿勢，把手放在平太肩上。

「聽我說，平太。」他的聲音比平常更有力。「不論你是因為什麼理由來到這裡，你都是了不起的業務課員。我們是夥伴。」

「你是說真的嗎？」平太在慌亂中質問。「在我聽起來，只像是在安慰我。」

他的聲音迷失去處，無奈地消失在居酒屋的空氣中。

17

妳過得如何？

我來到紐約已經三個月了。

當時讀了妳的簡訊，我本來決定不要再和妳聯絡，不過最近我的心情稍微穩定一些，可以開始冷靜地思考各種問題。

我充分理解到妳想要依照自己的方式生活。我想要尊重妳的心意，也發現到過去的我在不知不覺中失去對妳應有的尊重，態度變得傲慢。現在或許已經太遲，不過請接受我的道歉。

很抱歉為妳添麻煩，傷害了妳。

希望妳能夠在自己喜歡的道路上盡情衝刺。

然後有一天，當我們重逢時如果妳仍舊是單身，到時候請再給我一次交往的機會。我會一直等待那一天的來臨。不過很遺憾的是，不知道那會是什麼時候。

Sonoda@N.Y.

18

又看到一輛水泥車濺灑著泥水從門口駛入。

「天氣變壞了，看樣子會下一場雨。」

永山所長在平太旁邊，仰望窗外的天空。

「再經過一個小時左右，灌漿就結束了，勉強可以安全過關。」

永山對平太點頭，默默地從口袋取出香菸。

「對了，好久沒來工地，你有什麼感想？」

「感覺很棒。」平太露出笑容回答。「我果然還是比較適合穿工作服、戴安全帽。」

「笨蛋，不要勉強自己。」永山笑他，然後突然轉換為認真的表情說：「真是辛苦你了。」

「所幸有機會大展身手。」

平太這麼說，永山便「哼」了一聲，再度抖動著肩膀大笑。

平太是在新的一年的三月，聽兼松說有工地想要找他去幫忙。

「你來到業務課還不到一年，資歷太淺，所以我本來是拒絕的，不過他好像很執拗地去拜託人事部。」

這時平太從兼松口中得知，這個人就是永山。

「所以人事部就要我徵詢一下你的意願。雖然說這種事詢問本人也很奇怪，不過你打算怎麼樣，平太？」

當時平太回答：「我要去。」

他覺得這是對自己最自然的做法。

此刻永山正隔著窗玻璃，瞇起眼睛眺望建築現場。

「聽說你被當成幌子。竟然被指派那麼惡劣的工作！真是爾虞我詐的世界。」

永山雖然以開玩笑的口吻說話，但是平太後來也聽說，永山特地跑到人事部，痛罵他們讓自己工地送出去的人做那種事。

平太很感謝他。

人事命令在前天發布。

此刻一棟新建築在平太面前逐漸形成輪廓。鐵之骨的鋼筋搭建起來，注入水泥。原本一無所有的地方，構築出一棟建築，其過程美麗而高貴。不是誇張，真的是人類力量與想像力的結晶。

「好了，我要去巡視一下。」

永山說完走出辦公室。不久之後，戴上黃色安全帽、身材圓滾滾的永山背影出現在下方，消失在持續進行灌漿作業的建築中。

【解說】圍標為什麼不會消失？以及「奔跑吧，平太」

村上貴史（文藝評論家）

■圍標

這是一本以建設公司為舞臺、直接剖析圍標問題的小說。

社會上一般認為「圍標是罪惡」，但另一方面，圍標卻一直都沒有消失。為什麼不會消失？池井戶潤對此感到疑問，於是他運用銀行員的經驗與金融顧問的見解，加上小說家的採訪能力與想像力，將圍標寫成一本小說。

這本小說就是《鐵之骨》。這部作品連載於「IN★POCKET」二〇〇七年五月號到二〇〇九年四月號，二〇〇九年出版，本書則是文庫版。

■鐵

富島平太生長於信州。他在記憶中曾經受到東京摩天大樓的魅力震撼，自己也想要參與建設的工作，因此到建設公司求職。最後他雖然沒有進入大型公司，不過順利進入了中堅建設公司「一松組」。平太維持進入公司時的熱誠，在自己最喜歡的工地工作，不久之後在營造現場擔任主任，與眾多工人一起從事建築工作。

平太個性熱誠耿直，有時甚至會因為無法忍受承包商隨隨便便的工作態度而揮拳。到了第四年，他接到人事異動的指示，新的工作單位是總公司的業務課。這是負責業務工作的部門。對於志在現場的平太來說，這樣的人事異動令他不滿，不過身為上班族的他也無法反抗。

然而他調到的新單位卻是超乎想像的不同世界。看起來很神經質的老鼠臉課長、體格肥胖而全身菸臭味的學長、眼神顯露強硬個性的年長美女——與工地氣質迥然不同的這三人，就是下任社長候選人、尾形常務的心腹，忙於承攬工程案件。而業務課除了與承包商交涉價格的「表面」工作之外，還有更重要的協調任務。協調——指的就是圍標……

池井戶潤透過平太這個對圍標一無所知的青年，從執行者的角度鮮明描繪圍標的實際狀況。平太目睹學長造訪公務員探聽內情，並且和同業其他公司進行協調；而他自己也和擔任圍標協調人的「天皇」三橋多次對話。他對於首度目睹的承攬工程／圍標狀況感到困惑，勉強找理由說服自己，在與女朋友談論時堅持己見，然後逐漸對此習以為常。在這樣的過程中，讀者會體認到建設公司進行圍標的理由。

而且這個理由會經過一再的考驗。這是透過平太的女朋友——在一松組的主要往來銀行「白水銀行」工作的野村萌。

平太與萌在大學的網球社認識，踏入社會之後開始交往，原本擁有共同的價值觀，但是特別是在平太調動到業務課之後，由於建設公司與銀行的職場差異，使得價值觀的歧異變得明顯。對於平太主張的圍標必要性，萌提出非常正當的質疑。讀者動輒會偏向被學長說服圍標必要性的平太，認為這也是沒辦法的，但卻遭到萌的糾正。即使如此，你也要贊同圍標嗎？

池井戶潤進一步動搖讀者的心理，讓與萌在同樣職場工作的菁英銀行員園田成為她的新男友候選人，透過園田的言談，以銀行員的邏輯明快地批判依賴圍標的企業。由於園田也是平太的情敵，因此讀者會對他的意見產生反感，不過園田仍舊提出具有說服力的理由，主張圍標是不法行為。

接著又加入檢察官的觀點。從檢察官來看，圍標當然是惡行，不過他們主要追究的不是個別的罪惡，而是為了揪出背後的大老而行動。他們的調查暴露出與建設公司的圍標必要論不同的（亦即更骯髒的）圍標必要論。

另外還有三橋這個人物的存在。故事並沒有從三橋的觀點述說，不過他的想法透過與平太的對話傳遞給讀者。堪稱圍標象徵的人物，究竟在想什麼、期待什麼？差不多接近人生結尾的男人，如何回顧在圍標中生存下來的人生？這個人物也從另一個觀點呈現圍標的實際樣貌。

就這樣，讀者可以從各式各樣的觀點，思考圍標究竟是必要的、還是必須徹底排除的東西。這也是讓讀者用自己的腦袋去思索池井戶潤最初的疑問，也就是圍標為什麼不會消失。作者不是把自己的解答硬塞給讀者，而是請讀者自行思考。

池井戶潤的巧妙之處，就是把這樣的思考徹底融入娛樂故事當中。

故事的核心，就是企業之間為了接案展開的拚鬥。每一家公司都以自己公司的利益為優先，一邊提防其他公司一邊擬定戰略。這是攸關生死的競爭，而建設公司的死也會直接導致承包商的死，因此是企業群之間的競爭。在這樣的生存競爭當中，明明是新公司卻堅持拒絕圍標的常磐土建，究竟抱著什麼樣的目的？為什麼能夠如此強硬？這個謎首先吸引住讀者。在另一件大型工程（規模達到兩千億圓！）當中，則有要不要加入圍標、如果不加入圍標要如何戰勝聯手的大企業並贏得案子等問題，激烈的競爭深深蠱惑讀者。除此之外，還有檢察官追查圍標的緊張氣氛，讓人一讀就欲罷不能。池井戶潤將「圍標」這樣的社會主題，精采地融入讓人一口氣讀完的娛樂小說當中。

完成的作品是文庫本約有六百五十頁的大長篇。支撐故事內容的重要元素，就是配角的陣容。在此也要來關注他們。

首先要提的當然是平太的母親。她關心人在遠方的兒子，寄送季節作物給他，到東京的時候，也會纖細地關懷平太與萌的關係；當她病倒的時候，仍舊惦記著平太，而且（想必是在無意識當中）幫平太很大的忙。

園田的母親也給人強烈的印象。身為平太情敵的母親，應該屬於讀者較疏遠的人物，但是她的言行非常精采；透過極短暫的戲分，在讀者心中植入聰明、身段柔軟、內心堅強的印象，對主角們的行動也給予很大的影響。

相對於這兩名女性給人美好的印象，長岡這個男人則充分流露出企業戰士的悲哀，也給人深刻印象。他身為真野建設這家大公司的營業部長，地位雖然很高，言行舉止卻是徹底的小人，而且是那種搞不好可以在隔壁部門找到的小人物。做為讓讀者感到煩躁、讓平太感到憤怒的人物，他對於這個作品也有很大的貢獻。

像這樣的配角在各自的崗位上活躍，也成為讓人不斷讀下去的原動力。

■推理小說

這本書做為推理小說的一面也不容忽視。

池井戶潤原本就是獲得「江戶川亂步獎」這個推理小說新人獎而出道的作家。得獎是在一九九八年，得獎作品是銀行員追查同事死亡之謎的《無底深淵》。這是第三次報名參加而得獎。也就是說，池井戶潤一開始寫小說，完全是以獲得日本歷史最悠久的這個推理小說新人獎為目的。

在這之後，他也持續推出優質的推理小說，包括《M1》（後來改題為《虛擬貨幣（架空通貨）》）、《最終退行》、《股價暴跌（株価暴落）》、《夏洛克的孩子們（シャイロックの子供たち）》等等。事實上，他的所有作品其實都多少具備推理小說的要素，這本《鐵之骨》也不例外，使用了推理小說的技巧，處處加入推理小說的特色。

譬如讓平太接受圍標正當性的伏筆，在一開始談到安岡與永山的關係時就已經出現了。有了這樣的記述，讀者應該也能很自然地接受後來發展的圍標擁護論。

關於洗錢的機制，也顯露了他推理小說家的一面。在把黑錢洗白的時候，倚賴的不是把程序複雜化的「量」的手段，而是在資金流向當中加入合理跳躍的步驟、藉此阻斷追蹤的「質」的巧妙手段。這樣的跳躍正是推理小說家式的跳躍，讓人讀得興致盎然。

感到喜悅的瞬間不只是這裡。為了承攬兩千億圓工程執行的成本降低方案遭遇瓶頸時，另外提出的「祕密方案」一定也會讓讀者驚喜。這也是戳中傳統思考盲點的點子，揭示了與過去完全不同的藍圖。這樣的喜悅和閱讀推理小說感受的驚奇快感有共通之處。

結尾也可以看到這樣的特色。某個巨大的構圖變得明朗，讀者面對意想不到的真相，才會驚愕地發現原來那就是伏筆。

這樣來看的話，本書中雖然沒有殺人或密室這種典型的推理小說要素，但推動故事發展的手段卻和優秀的推理小說有共通之處。池井戶潤透過這樣的技巧，以及這種技巧引起的驚愕，描述環繞圍標的企業間鬥爭及平太的成長。這部作品不愧是以江戶川亂步獎出道的作家寫出來的。

■獲獎

池井戶潤以亂步獎出道之後過了十二年，剛出生的嬰兒都已經小學畢業的歲月流逝，池井戶潤再度以這部《鐵之骨》獲得文學獎。

二〇一〇年，他得到第三十一次吉川英治文學新人獎。

說起吉川英治文學新人獎，就是大澤在昌、宮部美幸、恩田陸、今野敏等傑出作家得過的獎。池井戶潤繼《M1》、《飛上天空的輪胎（空飛ぶタイヤ）》之後，第三次獲得這個獎的提名而得獎。

在本書之前，二〇〇六年發表的《飛上天空的輪胎（空飛ぶタイヤ）》獲得直木獎和吉川英治文學新人獎的提名，《我們是花樣泡沫組》（二〇〇八年）獲得山本周五郎獎提名，使池井戶潤的實力逐漸被一般人所認知。最終以得獎的形式獲得肯定的，就是本書《鐵之骨》。這次的得獎成為推動力，使他在次年二〇一一年以《下町火箭》獲得直木獎。

順帶一提，同時獲得江戶川亂步獎與吉川英治文學新人獎的，在執筆本稿之際，池井戶潤是第七人（岡嶋二人是兩人組，所以也可以說是八人）。過去則有栗本薰（江戶川亂步獎，以下簡稱「江」《我們的時代（ぼくらの時代）》；吉川英治新人獎，以下簡稱「吉」《弦之聖域》）、岡嶋二人（「江」《深褐色的PASTEL（焦茶色のパステル）》、「吉」《99%的誘拐》）、高橋克彥（「江」《寫樂殺人事件》、「吉」《總門谷》）、真保裕一（「江」《連鎖》、「吉」《WHITE OUT》）、野澤尚（「江」《虛線的MALICE（破線のマリス）》、「吉」《深紅》）、福井晴敏（「江」《Twelve Y. O.》、「吉」《終戰的羅蕾萊（終戦のローレライ）》）。

另一方面，同時獲得江戶川亂步獎與直木獎的，池井戶潤也是第七人。之前的六人（同樣將直木獎簡稱「直」）有多岐川恭（「江」《溼潤之心（濡れた心）》、「直」《墜落（落ちる）》）、陳舜臣（「江」《枯草之根》、「直」《青玉獅子香爐》）、

高橋克彥（「江」《寫樂殺人事件》、「直」《緋紅的記憶》）、東野圭吾（「江」《放學後》、「直」《嫌疑犯X的獻身》）、桐野夏生（「江」《溼潤面頰的雨》、「直」《柔嫩的臉頰》）、藤原伊織（「江」及「直」《恐怖分子的陽傘（テロリストのパラソル）》）。

江戶川亂步獎作家到二〇一一年的川瀨七緒／玖村まゆみ一共有六十四人，但同時得到兩個獎的卻各只有七人。不僅如此，或許有很多人已經發現，同時獲得江戶川亂步獎、吉川英治文學新人獎與直木獎三個獎項的作家，只有高橋克彥和池井戶潤兩人。

另外為了做為參考，在此列出同時獲得吉川英治文學新人獎與直木獎的其他作家，有赤瀨川隼、山口洋子、連城三紀彥、船戶與一、景山民夫、伊集院靜、大澤在昌、宮部美幸、淺田次郎、山本文緒等豪華的十人名單。這些作家都沒有獲得江戶川亂步獎，由此可知高橋克彥和池井戶潤獲得三冠是如何困難。即使將江戶川亂步獎置換為其他新人獎，前述十人當中，也只有連城三紀彥（幻影城新人獎）、大澤在昌（小說推理新人獎）、宮部美幸（ALL讀物推理小說新人獎）符合。這麼想的話，池井戶潤的三冠真的很了不起。

順帶一提，從《無底深淵》獲得江戶川亂步獎，到《鐵之骨》獲得吉川英治文學新人獎，兩者之間花上十二年歲月，在同時獲得這兩個獎項的作家當中是最長的；到《下町火箭》的直木賞之間的十三年，則是第二長。從江戶川亂步獎到直木獎之間花最長時間的，是一九八五年以《下課後》獲得江戶川亂步獎、二〇〇六年以《嫌疑犯X的獻身》獲得直木獎的東野圭吾。以他的情況來說，出道三年後推出的《學生街殺人》獲得吉川英治文學新人獎與日本推理作家協會獎的提名之後，幾乎每年都獲得包括直木獎在內的文學獎提名，因此不像池井戶潤在《飛上天空的輪胎》之後那樣，給人突然躍居文學獎競爭舞臺的印象。反過來說，從文學獎這個切入點來看，在《飛上天空的輪胎》之前與之後，情況（周圍對他作品的評價）有了這麼大的變化（池井戶潤本身則認為，自己作家生涯的轉捩點是在二〇〇六年出版的《夏洛克的孩子們》執筆過程中出現）。使周圍變化加速的，就是《鐵之骨》獲得吉川英治文學獎；決定性的關鍵則是《下町火箭》獲得直木獎。

不過池井戶潤自己早已預期會花很長的時間。

他寫的是融合推理小說風格與企業小說的新型態小說，無法融入傳統的分類。他曾經遇到過幾次，原本當成推理小說寫的作品，在書店被放在企業小說的書架販售。正因如此，他認為要讓讀者閱讀自己的作品、理解到不應勉強歸類在既有分類當中，需要頗長的一段「準備期間」。

既然如此，在改變周圍評價之後，第十二年獲得吉川英治文學新人獎、第十三年獲得直木獎，或許也在他的計算當中——這樣說好像太誇張了一點。

順帶一提，池井戶潤原本為這本《鐵之骨》想到的書名是《奔跑吧，平太》，但是因為編輯反對而改名。雖然可以理解編輯想要制止的心情，不過在想到主角形象時，也是滿貼切的書名。如果就這樣埋沒，感覺也很可憐，所以就加入這篇解說的標題當中。

逆思流

鐵之骨（原名：鉄の骨）

著者／池井戶潤
發行人／黃鎮隆
副總經理／陳君平
副理／洪琇菁
執行編輯／劉銘廷
美術監製／沙雲佩
譯者／黃涓芳
美術編輯／李政儀
企劃宣傳／邱小祐、劉宜蓉
國際版權／黃令歡
文字校對／施亞蒨
內文排版／謝青秀

出版／城邦文化事業股份有限公司 尖端出版
台北市中山區民生東路二段一四一號十樓
電話：（〇二）二五〇〇―七六〇〇
傳真：（〇二）二五〇〇―二六八三
E-mail：7novels@mail2.spp.com.tw

發行／英屬蓋曼群島商家庭傳媒股份有限公司城邦分公司 尖端出版
台北市中山區民生東路二段一四一號十樓
電話：（〇二）二五〇〇―七六〇〇（代表號）
傳真：（〇二）二五〇〇―一九七九

中彰投以北經銷／楨彥有限公司（含宜花東）
電話：（〇二）八九一九―三三六九
傳真：（〇二）八九一四―五五二四

雲嘉經銷／威信圖書有限公司 嘉義公司
電話：（〇五）二三三―三八五二
傳真：（〇二）二三三―三八六三
客服專線：〇八〇〇―〇二八―〇二八

南部經銷／威信圖書有限公司 高雄公司
電話：（〇七）三七三―〇〇七九
傳真：（〇七）三七三―〇〇八七

香港經銷／城邦（香港）出版集團有限公司
香港灣仔駱克道一九三號東超商業中心1樓
電話：（八五二）二五〇八―六二三一
傳真：（八五二）二五七八―九三三七
E-mail：hkcite@biznetvigator.com

新馬經銷／城邦（馬新）出版集團Cite（M）Sdn. Bhd.
E-mail：cite@cite.com.my

法律顧問／王子文律師 元禾法律事務所
台北市羅斯福路三段三十七號十五樓

二〇二〇年九月一版一刷

■中文版■

郵購注意事項：
1. 填妥劃撥單資料：帳號：50003021戶名：英屬蓋曼群島商家庭傳媒(股)公司城邦分公司。2. 通信欄內註明訂購書名與冊數。3. 劃撥金額低於500元，請加附掛號郵資50元。如劃撥日起 10～14日，仍未收到書時，請洽劃撥組。劃撥專線TEL：(03) 312-4212 ・ FAX：(03) 322-4621。E-mail：marketing@spp.com.tw

國家圖書館出版品預行編目(CIP)資料

鐵之骨 / 池井戶潤作. -- 1版. -- 臺北市 : 尖
端出版 : 家庭傳媒城邦分公司發行, 2020. 09
面； 公分
譯自 : 鉄の骨
ISBN 978-957-10-9067-2 (平裝)

861.57 109009486